アンティーク雑貨探偵④

月夜のかかしと宝探し

シャロン・フィファー　川副智子 訳

Buried Stuff

by Sharon Fiffer

コージーブックス

JN169161

BURIED STUFF
by
Sharon Fiffer

挿画／たけわきまさみ

スティーヴに

なにもかもが不可能に思えるとき
そこでなし得るすべてのことをあなたは思い出させてくれます。

謝辞

医学の専門知識、銃に関する情報、広範な調査結果、友情（順不同）を提供してくれた以下の人々に感謝を捧げます――ジュディ・グルーズス、デニス・グルーズス、ジェームズ・ハイム、マイケル・シュウォーツ、ローレン・ポールソン、ベッカ・ゲイ、キャサリン・ルーニー、トム・ビショップ、アラン・ローゼン。

すばらしい助言を与えられるだけでなく、上質なユーモアと無条件の支援のバランスを上手に取ることができる我が夫スティーヴ、それに子どもたち、ケイト、ノーラ、ロブ、ありがとう。

カーリー・アインスタイン、ベン・セヴィア、セント・マーティンズ・ミノタウロスのみんな、ジョアンヌ・ブラウンスタイン、ブランド&ホックマンのみんな、ありがとう。

最後に、わたしの作家人生を愉しく、おもしろく、充実したものにして……ええ、そう！……可能にしてくれている、ゲイル・ホックマンとケリー・ラグランドに感謝を。

月夜のかかしと宝探し

主要登場人物

ジェーン（ジェイニー）・ウィール……フリーランスの拾い屋《ピッカー》。私立探偵
チャーリー……………………………ジェーンの夫。地質学者
ニック（ニッキー）…………………ジェーンの息子
ドン……………………………………ジェーンの父。居酒屋〈EZウェイ・イン〉の主人
ネリー…………………………………ジェーンの母。居酒屋〈EZウェイ・イン〉のおかみ
ティム・ローリー……………………ジェーンのゲイの幼なじみ。花屋の経営者。骨董商
ブルース・オー………………………元刑事。非常勤の大学教授。私立探偵
クレア・オー…………………………ブルースの妻。アンティーク・ディーラー
ファジー・ニールソン………………農園の経営者
ルーラ・ニールソン…………………ファジーの妻
ジョー・デンプシー…………………起業家
マイク・フーヴァー…………………起業家
ロジャー・グローヴランド…………〈カンカキー〝K3〟不動産〉の従業員
ヘンリー・ベネット…………………〈カンカキー〝K3〟不動産〉のオーナー
ジョン（ジョニー）・サリヴァン……新聞記者
ジャック・サリヴァン………………農園の経営者。ジョニーの父
エリザベス・サリヴァン……………ジャックの妻
マンソン………………………………刑事

用語解説

エステート・セール

家の所有者の死亡や引っ越しで家を売却するまえに、遺族や本人が家財を売り払うセール。

サルベージ・セール

古い家が解体されるまえに建築部材を売るセール。

ラメッジ・セール

不用品処分のために一堂に集められた物を売るセール。教会の慈善バザーなど。

ハウス・セール

エステート・セールなど、屋敷を開放しておこなわれるセール。

ガレージ・セール

民家のガレージでおこなわれるセール。

ヤード・セール

民家の庭先でおこなわれるセール。

用語解説

ベークライト

〝プラスチックの父〟ベークランドが開発した合成樹脂。

アンティーク

製造されてから100年以上経過しているもの。

コレクティブル

製造されてから100年経過していないが、稀少性があり、蒐集価値のあるもの。

アーツ&クラフツ

19世紀、イギリスのウィリアム・モリスらによってはじまったデザイン運動。産業革命によって大量生産が可能となったいっぽう、安価な粗悪品が市場に出回ったため、古き良き時代の熟練職人による質の高い工芸品に回帰しようという運動がおこった。イギリスからヨーロッパ各地、さらにアメリカへと広まった。

ディプレッション・ガラス

世界恐慌の時代に大量生産された色つきの型押しガラス製品。

エフェメラ

古いカレンダーや地図など、印刷物のこと。

1

もし、なにもかもやりなおせるなら、人生の大きな分かれ道の最初の一歩にもう一度戻れるなら——諺《ことわざ》に出てくる道のようなひどく抽象的な喩《たと》えでいうと、ひとつにまとまっていたフォークの歯が分かれるところまで戻れるのなら——果たして今と同じ道を選ぶだろうか？

ジェーン・ウィールは、ドアも窓も閉め切られて外界から遮断された我が家のガレージの側壁に張りつき、夫のチャーリーを見やった。ハリソン・フォード演じるインディアナ・ジョーンズと、ジェームズ・スチュワート演じるスミス氏と、ジェリー・ルイス演じるナッティ教授を足して三で割ったような地質学者のチャーリーが、箱のまえにひざまずいて、角の尖った薔薇石英の塊を選り分けている。そんな彼をまえにしたら女はだれしも幸運だと感じるだろう。感謝の念を抱いて物欲しそうに眺めるだろう。もちろんジェーンだって、ガレージドアの外で人の声がしていなければ、テラスを歩く人の足音が聞こえていなければ、自分を罰するために見知らぬ人間たちがやってきているのでなければ、彼女たちに同意するだろう——この幸運を嚙みしめ、感謝して、もっと眺めていたいと思うだろう。しかし、今はただ怖いだけだ。パニックに襲われて体が固まっている。なぜなら、これからみんなの身になにが起こるかがいやというほどわかっているから。

なにか言わなくちゃ。叫ばなくちゃ。息子に警告してやらなくちゃ。ニックは袋に詰めこまれた本を覗きこんでいる。一番上の表紙に積もった埃《ほこり》をふっと吹き、本を開いては閉じ、塵《ちり》や埃の微粒子を空中に舞い上がらせている。ジェーンにすれば、これから起ころうとしていることは自業自得だとしても、ニックはちがう。息子はまだ十三歳だ。成績優秀で運動も得意、人生はこれからという若人なのだ。無邪気な笑みを父親に送りながら、袋のなかから取り出した一冊の本を見せているニックを見ると、胸が張り裂けそうになる。

ふたりの口の動きを、手振りを、目を細めて笑う顔をジェーンは眺めた。でも、まるで水中から見ているような、あるいはワセリンで汚れたレンズを通して見ているような感じだった。すべての動きがのろくて音がない。たしかに、時間の進み方が恐ろしく遅くなっている。だからといって、力を蓄えて敵を負かすだけの猶予を与えてはくれない。つまり、忍び寄る悪を食い止められず、これから起こることの過酷な細部までを見届けるしかないということだ。

ガレージの反対側にいるティム・ローリーの動きもまた、痛ましいほどゆっくりとして無音だった。ティムが手に取った小ぶりのラグを見つけた場所をジェーンは覚えていた。シカゴのノースウェスト・サイドに建つ煉瓦造りの小さなバンガロー風の住宅だ。それは、曲がった尻尾をもつ犬がにっこり笑った絵柄の鉤編みの敷物で、見つけた現場からティムに電話をかけて、人間のような微笑みを浮かべた犬がいると話したことも覚えているし、その電話を受けたティムがにやにや笑って――彼は電話回線を通してにやにや笑いを送る技をもっているのだ――人間の微笑みと犬の微笑みのちがいがわかるとは、きみは正真正銘の鑑定家だと憎まれ口を叩いたことも覚えている。

ティムは相変わらずふくみ笑いをしながら敷物を見ていた。上手に編まれてはいないし、色もひどく褪せているのはジェーンにもわかっている。糸の始末もよくなくて、犬の左耳の近くがほつれはじめている。

クレア・オーがティムに笑みを返して彼の手から敷物を取り上げ、さっとひと振りした。効果的であると同時にそっけなくもあるそのひと振りで、クレアはそれを梯子《はしご》に引っ掛けた。その梯子はジェーンがウィスコンシンのオークションで見つけた掘り出し物だ。観光果樹園〈ユー・ピック〉が宅地開発で売りに出されているころ、〝摘み取り《ピッキング》〟用の大梯子五台を獲得したのだった。ぐらぐらしないように土台が幅広く、林檎《りんご》の木の枝のなかに突っこめるよう先端が細くなっている。クレア・オーの装いは、注文仕立てのネイビーブルーのスーツと、スーツに合わせたネイビーブルーと白のハイヒール。今まさに始まらんとしている争奪戦にはまったくそぐわない。彼女は敷物を見ながら目を細くした。それから、なにもおかしいことなんかないでしょうに、とでも言いたげに、鉤編みの犬に向かって首を横に振った。

声を出さなくちゃ。警告しなくちゃ。これを食い止めなくちゃ。

ジェーンの隣に、ほんの六十センチばかり離れたところに、ブルース・オーが立っていた。覚悟を決めたような顔つきで、まっすぐにまえを見て。たぶん、彼にもわかっている。ジェーンがなにを言えなかったのかを彼は察している。片手を上げれば、彼の肩を叩けるかもしれなかった。そうすればオーはジェーンの目を読み、ジェーンの知っていることのいっさいを知る。どれほど大それた、どれほど激烈なことが起ころうとしているのかを。オーは止めてくれるだろう。きっと助けてくれるだろう。

夢であればいいと思わずにはいられない。ぱっと目を開けたら隣にチャーリーがいて、廊下を隔てた部屋からはニックの寝息が聞こえてきて……。だいだい変じゃないの！　わたしが大切に思っている人たちがこのガレージに勢揃いしているなんて。チャーリーとニック、ティム、ブルースとクレアのオー夫妻。愛犬のリタまでも。ここにいるみんなは、わたしがこんなに怯えているのに気にも留めず、言葉を交わしたり笑い合ったりしている。こっちは恐怖のあまり喉から一音を発することもできず、彼らが交わす言葉の意味も理解できないというのに。とはいえ、外の動きはどんな小さな気配でも聞き取れた。もちろん、例の音、どしんどしんと響く足音や強盗団のような話し声がもうじき聞こえてくるのは予測がつくし、ひとたびなかにはいるや、彼らがなにをするかもわかっていた。これについてはだれも責められない。自分のせいなのだ。警告は受けていたのだから。ゆうべのうちに電話があったのだから。

明日、行くぞ、と彼らは言った。道はちゃんとわかっている、とも。とりわけ好戦的なある男などは、今すぐ飛んでいきたいぐらいだと言った。今夜のうちに着きたいね、一番乗りしたいから、と。

ジェーンは電話を切ったあと戸締まりをして、リタをガレージに置いた。侵入しようとする者がいたら吠えるように。でも、これだけ大人数となるとリタだけではもはや手に負えそうにない。リタは今、これが限界だというように、さも苦しげな目でジェーンを見ていた。わたしたちをどんな目に遭わせようとしているのですか？　リタの目はそう言っている。

ティムがこっちへ歩いてきた。唇が動いている。自分の手首を指差している。怪我でもしたのかしら。早くも？　まだドアを破られていないのに。いったいなにがあったのよ？　するとティムは、今立っているところからどけ、というように身振りでジェーンに伝えた。なんなの？　なにが始まっているの？　今やみんながジェーンを見ていた。チャーリーはにこにこ笑っている。ニックは話を続けている。クレア・オーは百八十センチの長身を目いっぱい伸び上がらせ、押し寄せる群衆をいつでも迎え撃つというふうだ。ブルース・オーは深呼吸をしながら完全に静止している。ジェーンは神経を集中させてティムの言葉を聞こうとした。

「もういいよ、準備オーケーだ」

「だめよ、オーケーじゃない」ジェーンは小声で言い返した。

ふと片手になにかが近づくのを感じた。ニックがぎこちなくジェーンの手を叩いた。慰めたいと思っているらしい。母の手を握ってやりたいけれど、それには年齢がいきすぎたという自覚があるのだろう。

「大丈夫だよ、お母さん。準備オーケーだってば」

「だめよ」ジェーンはもう一度小声で言った。息子を抱きしめて、その目をふさぎたいと心から願った。これから自分の身に、いや、みんなの身に起こることを息子に見せたくない。

「ねえ、そういう無意味なやりとりはやめましょうよ」クレアがジェーンの危惧を一刀両断し、手を伸ばして、ジェーンのうしろにある電動ドアのボタンを押した。

「八時になったわ。午前八時開場と告知してあるんですからね。わたしが我慢できないことのひとつは時間どおりに始まらないガレージ・セールなの」

ドアが開くなり、ジェーンの危惧の正しさが証明された。買い付け袋や気泡シートを持参した——ジェーン自身もドアの外で待つ身になったときは同様の武装をする——少なくとも百人の男女が、私道で押し合いながら、クレア、ティム、チャーリー、ニック、ブルースが用意したテーブルや台や棚へ突入しようと身構えていた。陳列されたがらくたは、ジェーンいがらくたであり、再三再四の説得や催促にほだされて、しぶしぶながら売ることを許可した物ばかり。

高級アンティーク・ディーラーのクレア・オーは、ふだんは手を汚すような仕事はしない——今も医療用の薄いゴム手袋をはめているから、文字どおり手を汚してはいないけれど。それでも、ジェーンへの恩返しをしたいので〝極上の〟がらくたの一部を売るこのセールを主催すると言ってくれたのである。

にしても、たいした恩返しだわ。クレアにかけられた殺人容疑を晴らす手伝いをしてあげたのに、わたしの心をずたずたにしにやってくるなんて……。

で、仲間はずれにされたくないティム・ローリーも助っ人を買って出たわけだが、彼がこのセールに関心をもっているのかどうかは疑わしかった。今回セールに出したお宝のいくつかをティムが喉から手が出るほど欲しがっていることは知っているし、せっかくジェーンが貴重なお宝を手放そうという局面でクレア・オーに先んじられたくないという、州南部のアンティーク・ディーラーとしての意地があるのもわかっている。

にしても！　わたしが喜んで手放そうとしている物はこのなかにひとつもないのだから笑ってしまう。

「お母さん、その梯子はいくらで売るの？」ニックが訊いた。

「それは売り物じゃなくて」必要に迫られれば声が出せるとわかってほっとした。「ディスプレイとして使っただけよ」

「ジェイニー、それと同じのを五台も持っているじゃないか」とティム。

「だめ。全部持っていたいの。あると重宝するのよ、だって、ほら……」

あれだけやかましい音をたてて右往左往して、がらくた漁りをしていた人たちが、どうして急に水を打ったように静かになるんだろう？　まるで、梯子を売りたくないわたしが、どんな言い訳をひねり出すか聞いてやろうと待ちかまえているみたい。

「……物を引っ掛けておくのに便利だし。そう、その梯子は物を引っ掛けるのに必要なの」

「それにあなたは拾い屋《ピッカー》ですからね、ミセス・ウィール」とブルース・オー。「梯子はピッキングの必需品でしょう？　通常は廊下の壁飾りにしているのですか？　もしかしたら、左右両側の」

「あら、ブルース、インテリアの提案？」腕いっぱいに本を抱えた男のために両替をしながら、クレアが言った。ジェーンは本のタイトルを必死で読もうとした。それらを取り返す必要が生じたときのために。「あなたが推奨するインテリアは、家のなかになにもない状態じゃなかった？」

「まるきりなにもないというわけではないさ」妻の発言を熟考したのち、オーは答えた。「わたしは空間そのものが好きなんだ。まず空間があって、主張はそれからだ。ただ、声をあげている物がある。物語をもっている物がね。ここにある梯子は……」オーは言葉を切り、梯子の横木に触れた。存在感のある頑丈な木。たくさんの足に踏まれたところが擦れて、光沢を帯びている。「この梯子は〝侘《わ》び・寂《さ》び〟の佇《たたず》まいを感じさせる……使い古して擦れたなかに美しさがある」そう言って、肩をすくめた。オーにしては長い弁舌だった。

ジェーンはいたく感激していた。今、彼が言ったことはジェーンの信念だったから。どんな物にも物語があり、生い立ちがある。こちらが見抜く目をもっていれば、物が歩んできた歴史と価値を、美しさと意味を伝えてくれる。だれにも求められない物の管理者《キュレーター》を長く自任してきたジェーンは、こんな梯子がなぜ必要なのかを自分以外の人が能弁に説明してくれたことに、天にも昇るような安堵を覚えた。

セールが実際に始まった今は、いくらか呼吸が楽にできるようになった。ほんの少し焦点をずらせば、今、袋に詰めこまれ、束ねられ、後部座席に押しこまれ、トランクに投げこまれているのは、かつて自分が得意満面で家まで持ち帰った物だということを認めずにいられるだろう。もちろん、全部が全部そうだというわけではない。衝動買いした物も、誤って買ってしまった物もある。ティムに〝箸にも棒にもかからない〟と切り捨てられた物も。

古いがらくたを一掃する利点のひとつは、後進の古いがらくたに道を譲ることにほかならない。クレア・オーは親切にも、ジェーンと一緒にクロゼットを調べ、古参の〝新しい〟ベッドカバーや使い古したキルトを、新顔の〝古い〟ベッドカバーやキルトに取り替えるのを手伝ってくれた。万が一の補充用として、チャーリーとの新婚時代に新品で買って、当初から気に入らなかった毛布類は、今はべつのだれかのお宝となった。クレアはまた、ジェーンが数年まえに買い付けたヴィンテージのシェニール織のベッドカバーを夫婦のベッドに使うべきだと説得した。ジェーンがそれを二束三文で獲得したのは、ケーブルテレビのホームショッピング番組やフリーマーケットの出店《でみせ》によってヴィンテージのリネンが新たな流行となるまえのことだが、箱にしまってラベルをつけたままガレージに置いたきりにしていた。セールの掘り出し物を自分で使う主義だとはいえ、荷解きの時間がいつもあるとはかぎらない。そんなジェーンをクレアは一歩ずつまえに進めてくれた。

それにしても、あの荒くれ者のビッグ・エルヴィスはこのガレージ・セールになにをしにきたんだろう？　ビッグ・エルヴィスは本の買い付けを専門とする〝ブックガイ〟で、大規模なセール場ではいつもジェーンと一戦まじえる、競争相手のピッカーでもあった。彼はほんとうにここで掘り出し物を見つけようとしているの？　ビッグ・エルヴィスが本気で欲しがる物は、売ってはいけないということなのだけど。

「悪いけど、それは売り物じゃないの」彼が手にしている物がよく見えない。

「このテーブルに置いてあったぜ」

ビッグ・エルヴィスは歩調を乱さず、ジェーンのほうを見もせずに答えた。彼の目はガレージのなかのありとあらゆる物を〝スウィープ〟モードですばやく感知していた。極上の物、稀少な物、値打ち物を見いだそうとするのをだれにも止めさせるつもりはなさそうで、ジェーンがたまたまその物の持ち主であるという事実もたいした問題ではないようだった。ガレージ・セールの看板がひとたび掲げられたら、持ち主はうしろへ下がり、セールが終わるのをじっと待っていろということらしい。

「悪いけど」ジェーンはさっきより音量を上げて言った。「まちがいなの。それは売らないわよ」

とにかく、それがなんなのかを知りたい。

「なんだって？　売らない？」

庇《ひさし》のような前髪をいつにも増して高く盛り上げたビッグ・エルヴィスは、眉を盛大に吊り上げ、ジェーンの左の肩越しに視線をやった。

チャーリーが近づいてきた。ジェーンの隣に立つと、彼はきっぱりと言った。

「〝ノー〟はあくまで〝ノー〟さ」

「今回はぼくの命と引き替えにはできないけれども……」とチャーリーが言いかけたところで、ビッグ・エルヴィスはうんざり顔になった。手にしていた葉巻箱《シガーボックス》をぽいと投げると、どすどすと床を踏み鳴らしてガレージから出ていった。こんなひどいジャンク・コレクションはお目にかかったことがないと大声で捨て台詞を吐きながら。

「ありがとう、チャーリー」

チャーリーは良き夫だった。いえ、良き夫だ。中年にさしかかるとはどういうことなのか。ジェーンは最近、中年についてよく考えるようになっている。物事を過去形で考えてしまってから強引に現在に引き戻すのが中年なのだろうか。もはや人生の後半だと決めこむよりははるかにましだとしても。今を――今この瞬間を――しっかりと理解しようと心に決めた。

たとえば、チャーリー。彼がいてくれることをあたりまえのように考えがちだけれど、けっしてそうじゃない。彼の人柄、ハンサムな顔、日に灼けた肌、昔から腕相撲好きなジェーンもほれぼれする力強い前腕。彼の聡明さ、ニックの質問に返す思慮深い答え。どのひとつを取っても感謝したくなる。しかも、今のように理由も相手のこともわからないのに、さっと助けにきてくれたりすると、心の底から感謝の気持ちが湧いてくる。このままずっとこの瞬間に存在していたい。ええ、そのつもり。だから、手刺し刺繍をほどこしたティータオルで満杯の箱を抱えた人がガレージから歩み去ろうとしていても、気に留めるまいとした。ひと息入れなさい、と自分に言い聞かせて。

「ありがとう、チャーリー」

「それはさっき聞いたよ」チャーリーはシガーボックスを拾った。「ところで、これはなに？」

救出されたのは〈エル・プロダクト〉のシガーボックスだった。赤茶けた濃いオレンジ色と黒の文字を交互に使って〈El Producto〉という社名が入れられている。絵柄はいかにも女らしい体つきをした女性で、柔らかそうな腕にもたっぷりした腰にも古き良き時代の香りがぷんぷんしている。もっとも、モデルの髪の色が不吉な鴉《からす》の濡れ羽色だから、古き悪しき時代と皮肉ることもできる。暗い色のレースのブラウス、ぴっちりしたスカート、百合の花の白さをした信じられないほどきれいな手に、わざとらしく持たされた弦楽器。だが、それらの道具立てによってスペイン系またはラテンアメリカ系の美しさが効果的に表現されている。真っ赤な口紅と極端に白い肌の肉感的なそのモデルだけを見れば、そのシガーボックスの製作年は一九五〇年代から六〇年代前半ということになるかもしれない。ただし、重要な手がかりは二個で二十八セントという値段だ。

ジェーンがそう言うと、チャーリーはケースの上蓋を指ではじいて開け閉めしてから、「一九六七年」と言った。

「六七年は、少し下りすぎなんじゃない？」

チャーリーはもう一度蓋をはじいて開け、箱の上の部分に青緑のマーカーで記された〝一九六七年六月〟という文字をジェーンに見せた。

「父さんだわ」救出した甲斐があった。「それ、父さんが持っていたシガーボックスのひとつだったのよ」

ジェーンの両親ドンとネリーは、シカゴの南六十マイルにあるカンカキーで居酒屋〈EZウェイ・イン〉を営んでいる。ジェーンがチャーリーとニックと暮らす——そして目下、ノースショアのガレージ・セール狙いの大集団を撃退中の——エヴァンストンからだと南に七十マイルほど行ったところだ。〈EZウェイ・イン〉は今でこそ眠ったような古い町の居酒屋だが、かつては大いに活況を呈していた。父のドンはもっぱらバーカウンターを、母のネリーは鉄のフライパンと毒舌で調理場を切り盛りしていた。ネリーはいつも鉄板のまえに立つかスープ鍋と向き合うかしていた。店の入り口には工場の従業員たちが並んで、注文を叫んでいた。

「ダブル・ハンバーガー二個、オニオンとピクルス、野菜入りビーフ・スープ、おまけのクラッカーも！」通り向かいの〈ローパー・コンロ〉工場の三十分休憩にはいつもリーロイがやってきて、声を張りあげ、カウンター席につき、〈パブスト〉を二本ぐびぐびと飲んでいた。

「おまけのクラッカーは別料金だからね」ネリーも声を張りあげて応じ、ハンバーガーを裏返し、紙皿にパンを置き、オニオンとピクルスをささっと載せた。そうしながら、つぎの客の注文を聞いていた。

小さな店に一時間、工員たちの波が流れこんで店の奥の調理場の戸口までふさいでいた。そのあいだ、ネリーの動きは一度も止まることがなかった。かきまわして、裏返して、すくいながら、客の注文を確定していた。メモを取ることはけっしてしなかった。

伝票がないので、代金は客の自己申告だった。工員たちは料理をかっこんでビールで流しこむと、自分がなにを食べたかをドンに告げる。ドンは集金をする。もしくは昼食の勘定書にその額を書き留める。で、金曜日に男たちは給料小切手を持ってやってくる。午前中に銀行へ行って現金をおろしてきたドンは、店の奥の小部屋に小切手現金化の〝部署〟を設け、そこで一週間ぶんのつけを精算する。〈EZウェイ・イン〉はクレジットカードやATMの先をいっていたということかもしれない。とにかく全盛期にはフルサービスにしてハイテクなこのシステムで顧客の要求に対応していた。

当時、その栄えあるシステムが見事に機能していたのは、昔の人たちは今より正直だったという側面もあるだろう。でも、ジェーンは、両親がそうしたやり方で店の運営に成功したのは一にも二にもネリーの鋭い聴力のおかげだと思っていた。カウンターのうしろにいてもドンがすすいだグラスに残る汚れを見逃さぬ視力をもつネリーは、その視力に勝るとも劣らぬ強力な聴力の持ち主であり、調理場のなかで工員たちの声に耳を傾けながら、ひとつひとつ確認を取った。彼らの注文を、消費した飲み物や食べ物を、ネリーはドンに向かって復唱した。リーロイがクラッカーを申告しそこなえば、調理場から飛び出してきて、ほろ酔いで顔を赤くしたリーロイをやりこめた。

「クラッカーの代金の支払いはだれがすると思ってるんだい？　あたしがその金をだれかに支払わなきゃならないとは思わないのかい？　あたしがやってる仕事は十セントの価値もな

いのかい？」

ネリーが吠えはじめたら毒舌よりも手に負えないことを常連客は知っていた。ネリーはだれも飢えさせまいとした。居酒屋でも料理を目当てにやってくる人が増えて採算が取れるようになってしばらくしてから、〈ローパー・コンロ〉が一連の従業員の削減や一時解雇に踏み切ったときにも、相変わらず朝の七時にはドンとともに店に出て、鉄板に火を入れ、スープ用の野菜を刻んでいた。たとえジェーンが、あるいはドンまでも、この状況で食材に金をつぎこむのは割に合わないと説得しようとしても、ネリーはこう言い返すだけだった。

「じゃあ、だれが工場の男たちに食べさせてやるのさ？　みんな食べなきゃいけないんだよ」

厨房の明かりを落とすことにやっと同意したのは、〈ローパー・コンロ〉工場が完全に閉鎖されてからだった。ドンはピザ用のオーヴンのプラグを差しこんだ。冷蔵庫には男たち――今はほとんどが引退した工員だ――のためのペパロニとソーセージパイが収められるようになった。一日じゅうカード遊びをしたり野球のダブルヘッダーを見たりしたあと、なにか軽いものを食べたくなるかもしれないから。毎日こしらえていた自家製スープはネリーの気が向いたときだけ不定期につくられるようになった。口のなかでとろけるサイコロ・ステーキと白パンに載せたオニオンはいつしか伝説化し、法的に酒を飲める年齢に達した息子を連れてきた古顔は決まってその話を聞かせた。

プルーストの『失われた時を求めて』で回想のきっかけとなったマドレーヌにも匹敵する

このシガーボックスは、〈EZウェイ・イン〉でドンが確立したシステムの一部なのだ。いや、一部だったのだ。中身の葉巻――この場合はふた箱で二十七セントの〈エル・プロダクト・ブランツ〉――がなくなるや、シガーボックスは事務用品として新たによみがえった。ドンが年と月を書きつけたその箱は、ビールとウィスキーの注文や、支払い済みの小切手や、なんであれ青緑のマーカーが一九六七年六月に記録したことのファイル箱となった。シガーボックスは常時補充されていたから、ドンが使わなくなった箱はジェーンがいそいそともらい受け、子どものころからティーンエイジャーになってもまだ、種々雑多な小物のコレクション箱にしていた。

ガムボール・マシーンの景品、切符の半券、ちびたクレヨン、貝殻、スタンプ、一セント玉――かわりばんこにシガーボックスの宝物になった物たち。でも、この一九六七年六月の箱にはいっている物は石のように見えた。もちろん、チャーリーにとってはただの石以上だった。

「なかなかいい瑪瑙《めのう》じゃないか。石英の塊もいくつかあるな。これは黄鉄鉱か？　いったいどういう……ほら、ニック、この鏃《やじり》を見てごらん」チャーリーは箱を手にその場を離れた。

父の古いシガーボックスのなかに石集めの探検の細々とした収穫物を保管していた記憶はないのだが、地下室に空のシガーボックスを山積みにしていたから、ニックがそのひとつに自分の集めた石を入れたのかもしれない。仕事熱心なクレア・オーが、ニックの部屋の外の廊下にあるクロゼットからめぼしい物をいくつか勝手に取ってきたということも考えられる。

ジェーンは慌ててテーブルに目を走らせた。ひょっとして、ニックが大切にしまっていた宝物が並べられているんじゃないでしょうね。ここにあるほかのすべての物よりもっと売ることができない物、ニックが集めた古いコインやら野球カードやらが。もっとも、ほかのどれもこれも全部、売りたくないというのが偽らざる本心だけれど。

ジェーンはトランプカード一式をつかんだ。カードの裏には〈バターナット・ブレッド〉の広告がはいっている。キャラクターはアニメのフレッド。〝うちへ帰ろう、フレッド、〈バターナット・ブレッド〉持って、フレッド〟――あのコマーシャルソングは今でも歌える。あれを覚えているかぎり、このトランプを持っている権利はあるはずだ。ついでに、ベークライトの持ち手がついた林檎の芯抜きと、ベークライトの持ち手がついたケーキ・ブレイカーも撤収。

「そのふたつ、よく似ているわね」クレアはジェーンがヴィンテージの調理器具をつかむのを見逃さなかった。「それに、高値をつけたから儲かるわよ」

林檎の芯抜きには八ドル、ケーキ・ブレイカーには十ドルの値がつけられていることに気づいた。ふわふわのエンジェル・ケーキをナイフよりも確実に切り分けることができるので、そんなふうに呼ばれている。ガレージ・セールの商品の値段としてはべらぼうに高い。ジェーンがそのふたつを去年の秋のとあるラメッジ・セールで手に入れたときの値段は、それぞれ十セントと二十五セントだったのだからなおさらだ。だけど、やっぱり……いいわ、ほかにも持っているから。ただ、このふたつは赤のベークライトの持ち手がついていて、ベークライトの赤はとくにお気に入りなのだ。クレアがキッチンの抽斗《ひきだし》に残したほうはバター飴色の持ち手だった。やっぱり、どっちも手放したくない……。

「〝私を野球に連れてって、観客席へ連れてって……〟」

懐かしいメロディーが聞こえてきたので思わず口ずさみはじめてから、オルゴールが鳴っているのだと気がついた。クレアったら、どこで『私を野球に連れてって』が流れるオルゴールを見つけてきたの？　この甘い音色を奏でるオルゴールはすでにだれかの手に渡ってしまったの？　またどこかのピッカーが大枚をはたいてこれを手に入れたということ？　買い戻さなければならないかしら。

ちょっと待って。

『私を野球に連れてって』が流れるオルゴールなんか持っていたっけ？

ジェーンはそのメロディに耳を澄ましながら、大工仕事用のエプロンのポケットに手を突っこみ、大嫌いな携帯電話を引っぱり出した。ニックだ。毎日のようにニックが勝手に着信音を変えるものだから、買ったときから嫌いなこの現代機器がますます嫌いになってしまった。そもそも携帯電話を持つことにしたのはニックを安心させるためだ。ジェーンがピッカー稼業を始めたのは数年まえで、それ以前は長時間勤務の広告業界でテレビ・コマーシャルを制作していた。地質学の教授でパートタイムの古生物学者でもあるチャーリーには大学の授業がひんぱんにあるし、ほかの理由で連絡がつきにくいことも多い。それに、短期間だが夫婦が別居していた時期があった――ふたりの住まいがほんの数ブロックしか離れていなくても別居にはちがいなかった。そうしたもろもろの事情から、電話にはかならず出るとニックに約束したのだ。どんなに魅力的なラメッジ・セールの現場にいても、がらくた漁《ラメッジ》りの手を止めて電話を受けると。しかし、現実には約束どおりにいかないこともある。それでニックは毎日のように着信音を変えるという仕返しをしてくる。スーパーマーケットの青果売り場で突如として『ジングル・ベル』や『グリーンスリーヴス』（イングランド民謡）が流れ、買い物客がいっせいにバッグやポケットを叩きはじめても、ジェーンが気づくのは一番最後だった。

ティムとニックが体をゆらゆら揺らして歌っている。〝ピーナッツとクラッカー・ジャックも買ってよね、うちへ帰れなくても……〟。声をあげて笑いながらハイタッチまでしている。ふたりをぎろりとにらみ、通話ボタンを押してそのメロディを止めた。

人生最悪の朝がもっとひどいことになろうとしていることを即座に悟った——もとい、最悪とは少々言いすぎかも。死体をひとつならず発見してしまった日もあったから。まあ、厳密に言えば、あのときはお昼を過ぎていたけれど。

「あんた、今、運転してないだろうね？」

ジェーンの母、ネリーは、いつも中途から会話を始める。もしもし、とは口が裂けても言わない。しかも、忙しいときにこちらが電話をかけたとでもいうような迷惑げな口調と決まっている。

「してません。今、わたしは……じゃなくて、わたしたちは、ガレージにいて……」

「とにかくエンジンをお切り。電話しながらバックで出したりするんじゃないよ。ドン、あの子ったら車をガレージから出しながら電話してるのよ、まったく……」

「してないってば、母さん。ちゃんと足で立ってます。ガレージに立ってこの電話を受けてます。用件はなに？」

「相変わらずがらくた拾いをしてるのかい？　それとも、まだあの東洋人の男と警察ごっこかい？」

「あのね、母さん、わたしは相変わらずピッカーをやっているし、日本人を父親にもつオー刑事の助手もケースバイケースで務めているけど……」

ジェーンはそこで言葉を切った。今なにをしているのかと母はまだ一度も尋ねていない。なにかよくないことでもあったのだろうか。わたしにしてもらいたいことがあるのだろうか？

「なにかあったの、母さん？」

「それがニールソンの農園で面倒なことが起こったらしくて、あんたとチャーリーに力を貸してもらえないかって、父さんが言ってるのさ。だれが来たって時間の無駄かもしれないよって、あたしは言ったんだけど」

オーケー。ジェーンは心のなかでいった。こんがらかった結び目をほどく要領で話を整理しなくては。糸をほぐしつつ、一本一本ゆっくりとほどいていこう。

「ファジーと話したければ、ここにいるけど」とネリー。

「あ、ちょっと待って」と言ったが、遅かった。ジェーンが思い出せないくらい昔からの

〈EZウェイ・イン〉の常連客、ファジー・ニールソンの「もしもし」と言う声が聞こえてきた。

「ジェイニーかい？」

「こんにちは、ファジー」

　だれかがニックのアメリカ少年サッカー連盟《AYSO》の古いジャージーが詰まった箱を運び出すのを横目で見ながら、ジェーンは応じた。あれもほんとうは取っておいて、ニックが大学へ進学するときにキルトを作ってやりたかったのだ。今、十三歳の息子が十八歳になるころには、たぶんキルトの作り方を習得できているだろう。甘いかしら……？

「あの子を動揺させないでちょうだいよ。車をバックさせてるんだから」ネリーがうしろで言っている。シッ、静かに、という父の声も聞こえたが、〝シッ〟はネリーには通用しない。

「忙しいとこ邪魔して悪いね、ジェイニー。ネリーが娘に相談すれば解決すると、あんまり自慢するもんだから。それに、ご亭主は石に詳しいそうだし……」

　まだファジーの話の趣旨が読めない。母さんが、ネリーが、わたしのことを自慢しているですって？　信じがたかった。

　と、どしんと大きな音がして、罵声が続いた。ネリーの声だ。そのつぎに聞こえたのは、「ファジー！」と呼びかけるドンの大声。

「ネリー、彼にさわるな。救急車を呼べ。ファジー？　ファジー・ウジー？　おい、ファズ！　起きろ！」

「なにが起こってるのよ？」ジェーンは携帯電話に向かって怒鳴った。

そのすさまじい声に、ガレージにいた全員が、売り手も買い手もいっせいに、ぴたっと動きを止めた。取り引きの真っ最中だったクレア・オーは、二十ドル札を片手に握りしめて凍りついた。チャーリーとニックとティムは、石のはいった箱から気遣わしげに顔を上げた。ブルース・オーはいつものように平静かつ無表情にジェーンの目を見据えた。もっとも、彼が興味をそそられているのもいつものことだった。

電話の向こうで父がなにか言っている。〝死〟という言葉が最後に聞こえた。

「息をしてないみたいよ」とネリー。「死んじゃった」

「セールはこれで終了します」ジェーンはきっぱりと言った。「みなさん、お帰りください」電動のガレージドアのボタンに指をあてた。「さあ」

買い手はぶつぶつ文句を言った。クレアは木製の古いジグソーパズル三種を買おうとしていた女性の手に二十ドル札を返し、出口のほうを指差した。ジェーンはボタンを押した。最後のバーゲン・ハンターが、閉まりはじめたドアを小走りにくぐって出ていった。ガレージドアがけたたましい音をたてて地面におりるのとジェーンが電話を切るのとは同時だった。

ファジー・ニールソンはかつて〈ローパー・コンロ〉の広報部に勤務していた。週末は農園で野菜作りに励み、夏になると新鮮なトマトやピーマンやパプリカをジェーンの家族に届けてくれていた。これまでに出会った人たちのなかで一番といっていいほど親切な老人だ。その人がわたしに助けを求めようとした。

死？
まさかファジーは死んでやしないわよね？

2

「二百四十一ドル五十セント」クレアはしわくちゃの紙幣をキッチン・テーブルにばしっと置いた。「開催時間が十五分にも満たないセールだったわね。もしも……」と言いかけてから、キッチンのなかを行ったり来たりして携帯電話でリダイヤルしているジェーンに目をやった。〝もしも〟の先は続けなかった。

「うちの弁護士が十五分間の電話相談で請求するのとぴったり同じ金額だな」冷蔵庫を覗きながらティムが言った。アルミフォイルに包まれた三角のものを見つけると、手に取って掲げてみせた。「これがかつてなんだったかわかる人！」

ニックはその食べ残しのピザを受け取って包みを開き、電子レンジでチンしてから、名付け親の手に返した。

「ゆうべのだから大丈夫だよ。お母さんは野菜なら三日か四日か五日まえのまでは食べられるって言っているよ」

「どこから、そんな消費期限をはじき出したんだい、ミズ・家庭科落第生？」ティムは用心深く小さめにひとくち、ピザを食べた。

ジェーンは足を止め、ティムを見た。そして、使い勝手のよい広いキッチンに立ったり座ったりしている人々を見た。ニックも、チャーリーも、ティムも、オーもクレアも、全員がここにいるとわかって安堵した。でも、みんなは、なにか言うだろうと期待するような目でこちらを見ている。どうしてなのか全然わからない。ジェーンはクレアがテーブルに置いた金に目を落とした。

「なにを売ってこんな大金をつくったの？」と、携帯電話を両手に持ったままで訊き、視線を電話機からクレアへ、さらに紙幣へと移した。

ジェーン・ウィールによる〝人生初の大ガレージ・セール、ヴィンテージとコレクティブルの山！　ピッカーのお愉しみ！〟――これはクレアがみずから新聞の告知欄に載せた宣伝文句だが、開場後十五分間でクレアの手から客の手に渡った物のリストが読みあげられるまえに、チャーリーが口を挟んだ。

「回線がつながったよ」チャーリーはキッチンの電話を差し出した。「今呼び出している」

「あなたが話して、チャーリー。父さんたちに訊いてみて……」

ジェーンはふと口をつぐんだ。思わず彼に頼んだのは、こういうときになにを言うべきかをチャーリーは心得ていて、ネリーとドンに対して自分よりもうまく話ができるという確信があったからだろうか。そう、そのとおり。それに、ファジー・ニールソンが〈EZウォーク・イン〉の床に倒れて死んでしまったと母の口から聞くのが恐ろしかったのだ。幾度も自分を悩ませてきた死体発見という厄介な問題がついに両親にもおよんだと聞かされるのが。

ネリーのそばにも死体が置かれはじめたとなると、つぎはなにが起こるやら。ティムまでが、手塗りの嫁入り箪笥《マリッジチェスト》を開けるたびに死体を発見することになるのだろうか。

クレアは、ジェーンが裏の路地から引きずってきた錬鉄柵の部品に大枚をはたこうとする人たちがなぜいるのかを、オーに説明しているところだった。ジェーンが保管していたのは柵の前部の最も装飾的な二カ所だ。それでベッドの豪華な頭板をこしらえられるのではないかと考えたのだ。鉄をきれいに磨いたとして。ベッドのうしろの壁に取りつける金具さ

オーがクレアに言っている――錬鉄柵の門扉が醸《かも》す〝侘び・寂び〟は理解できる。使いこまれた物のなかに美しさがあることは。しかし、ミセス・ウィールがその錬鉄柵を見つけたのは路地だ。彼女が好んで使う言葉に倣うなら〝ビッグ・ストア〟だ。なぜその柵の一部に大枚をはたく人がいるのだろう？　自分で見つけることはできないのだろうか？　そのゴミ《ガベッジ》、いや廃棄物《レフューズ》、いや、それもちがう、そうだ、解体された建築部材《サルベージ》を？　きみはそれをなんと呼んでいる？

チャーリーがにこにこ笑いながら、しきりにうなずいているのがわかったが、声は聞こえない。彼が受話器に向かって喋っている様子はない。こういうことはネリーとの会話では珍しくなかった。ネリーの相手をするには、なによりも耳を澄ますことが大事。というより、ジェーンがロングランで演じてきた母と娘のドラマにおいては、耳を澄ますことと、耳を澄ましてはいけない瞬間を知ることこそ肝要なのだ。

ファジーが死んだという話をしているのなら、チャーリーはあんなにうなずいたり笑みを

浮かべたりしないし、目のまわりに悩ましげな皺《しわ》を寄せるはず。年季のはいった皺で気遣いと慈悲を目いっぱい目尻に張りめぐらすはず。そう思うと、呼吸が多少もとに戻ってきた。また、ドンとネリーの足もとに死体が転がっているのではないかと心配する一方で、なぜファジー・ニールソンがふたりに助けを求めたのかも気になりはじめた。

　ファジーは〈ＥＺウェイ・イン〉の常連で、それも、ジェーンの記憶では物心ついたころからずっと店に来ていた。実際のところ、両親の居酒屋に来る客で新顔はひとりも思い浮かばない。だれもが昔からの常連だから。ファジーも、ギルも、ふたりのバーニーも、ヴィンスも、ヘンリーも、ジュニアも、ウィリーも、アジーもみんな、ジェーンがやっとスツールに座れるようになり、そんなところに座るんじゃない、塗り絵なら隣の食堂のテーブルでおやりとネリーに言われていたころから、いつもバーカウンターにいた。〈ＥＺウェイ・イン〉には食堂とバーを仕切る壁もドアもなくて、食堂の床が少し高くなっているだけだ。その段差が、テーブル八卓と公衆電話一台のある隣の部屋が、もともと酒場だった店にあとからつけ足された場所であることを示していた。本業の酒場は、どっしりとした大きな四角いオークのカウンターを中心に営まれていた。低い天井に吊された明かりは薄暗く、隅の棚の上に置かれたテレビの投げる光のほうが明るかった。音量を調節したりチャンネルを変えたりするのはドンとネリーだけだという貼り紙がしてあった。

　バーカウンターは子どもの場所ではないとネリーはジェーンに言い聞かせていたが、娘が学校から帰ってきてから夜まで〈ＥＺウェイ・イン〉で過ごしていることを説明する必要があるとは思っておらず、そのことが規則のようになっているのを皮肉とも思っていなかった。ジェーンはドンとネリーが一日の仕事を終え、六時にやってくる遅番のバーテンダーに引き継ぐまで、ずっとふたりを待って店で過ごしていた。

　ネリーは想像力に乏しい現実主義者だった。家業が酒場で、その一家にたまたま子どもがいたなら、親が店を掃除し、金を数え、接客をし、カードゲームを終わらせるあいだ、子どもが待っているのは当然のことであり、だからといって、子どもがバーカウンターにいていいということにはならないと考えていた。説明の手間を取らず、皮肉というものを解さず、なにかを洗う、または乾かすことと無関係なことにはいっさい興味を示さなかった。

　そこで、その子ども、つまりジェーンは、食堂のテーブルのひとつに陣取って塗り絵帳や帳面を開き、クレヨンをテーブルの上にばらまいて、自分の〝アート〟の実践を始めたが、子ども時代が日一日と過ぎるにつれ、塗り絵やお絵描きよりも、耳をそばだて目を皿にして観察することに興味が移った。店の隅にあるテレビは、客の希望があれば〈ホワイトソックス〉の、指定なしなら〈カブス〉の試合にチャンネルが合わせられていたから、好きな番組は見られなかったけれど、酒場の〝大画面〟で、ネリーとドンが客たちと繰り広げる駆け引きを見ることができた。客に説教をして毒舌を吐くネリー。飲み物を出して場をなごませるドン。そこに、黒縁眼鏡をかけた背の高い男がいた。歯をにっと見せる笑い方をして、髪型は毛先をつんつんさせたクルーカットだった。それがいつのまにか〝角刈《ファズ》り〟と言われ、彼は〝ファジー〟と呼ばれるようになった。ニックネームとは元来、偏った観察と文法的な冒険が奇妙に混成した結果である。

それはともかく、ファジー、またはファズ、またはファジー・ウジーは、上背のある堂々とした体軀とごま塩頭で、屈託なく笑い、こちらがはっとするほど親しみのこもった表情を見せる人だった。〈ローパー・コンロ〉で働いていたが、ほんとうにやりたいのは農業で、町の西に二十エーカーほどの土地を所有し、実際、週末になるとそこで農業にいそしんでいた。他人に貸している土地もべつに数百エーカーあった。おもな作物はトウモロコシと大豆ぐらいだが、ファジーにとって野菜畑は生涯の恋人だった。

八月の一日か五日、長雨や日照りや春の遅霜によって多少のずれはあっても、そのころになるとファジーは決まってネリーの調理場の戸口に現われた。〈EZウェイ・イン〉はドンとネリーの店であり、バーカウンターのうしろと食堂のフロアはふたりの共有スペースということになる。そのバーのうしろ、店の北西の角にあるL字形のアルコーヴにドンの机が置かれ、机の上に加算機が鎮座している。そこはドン専用の場所だ。

一方、床がバーより一段低く、開けっ放しの戸口を通って自由に出入りでき、薄っぺらい網戸を開ければコンクリートの土間経由で裏の駐車場からも出入り可能な調理場は、ネリーの専用スペースで、メニューにサイコロ・ステーキがある日にドンに玉葱刻みの手伝いをさせたり、自分がケチャップ瓶やマスタード入れを洗っているあいだにドンに鍋やフライパンのいくつかを洗わせたりもするが、あくまでもそこはネリー専用の場所、ネリーの調理場なのである。

新聞紙にくるまれた丸い物を肉厚の大きな両手にひとつずつ持ったファジーが戸口に現われ、屈託のない笑みを顔に広げながら、そのふたつをネリーに向けてぐいと差し出す。それは、今が盛夏だという合図のようなものだった。

ビーフステーキ・トマトとは、これ以上鮮やかな赤い色は思い出せないというくらいに真っ赤っかな、皮が今にもはち切れそうなトマトのことで、しかも、切っても形が崩れず、雑誌の広告写真のように美しく、大地のような温かく甘い香りがする。そこに塩をひと振りしようものなら天にも昇るおいしさだ。ネリーはいつもくんくんとにおいを嗅いでから指でつまみ、しかるのちに薄切りにした。ドンは塩と胡椒を振り、ナイフとフォークを使ってそれを食した。ネリーは味付けせずにそのまま食べた。去年穫れた最高の野菜より出来がいいかどうか、判定をくだすのを邪魔するものはいらないというわけだ。

ジェーンはそのまま食べるのも、塩を振るのも、胡椒を振るのも好きだった。トマトの汁が顎《あご》に垂れるのがたまらない。でも、なんといっても、ふたつに切って白パンに載せ、ほんのちょっとマヨネーズを塗るのが一番好きだった。たしかに、ある人たちにとってはとんでもない食べ方、おとなならコレステロールが気になるし、食通も首を横に振るにちがいないが、八歳の子どもには、〈ワンダー・ブレッド〉の食パンの最初のひとかじりでトマトとマヨネーズがパンの両側からにじみ出るその感じこそが、〈EZウェイ・イン〉で許される完璧に近い体験だった。

〈EZウェイ・イン〉を第二の我が家と呼ぶおとなたちにとっての至福の体験は、ビール専用の冷蔵庫の下の方から取り出された、きんきんに冷えた瓶ビールだったかもしれない。あるいは、なんであれ、その季節にドンがジョッキについでくれる飲み物だったかもしれない。でも、ジェーンのような子どもや、ネリーのような断固たる禁酒主義者には、トマトこそが夏だった。ファジーが野菜を持ってやってくると、恐ろしげに引き結ばれたネリーの口がたちどころにほころび、希望に満ちた笑みをつくっていた。

「去年に負けない出来なんだろうね、ファジー？」というのがネリーの決まり文句だった。

「もっといい出来さ」

ファジーはそう言ってうなずき、調理場の木のカウンターにトマトを置いたものだ。〈EZウェイ・イン〉という祭壇に祀《まつ》られた偉大なるネリー神に捧げ物をするかのように。

「いつのまにかファジーが死んだことになっていたみたいだな」受話器を置きながら、チャーリーが言った。

「いいかしら？」とクレア・オー。もう一度ガレージドアと現金箱を開けてもいいかと訊いている。ジェーンにではなくティムに。クレアはガレージ・セールの再開をまだ諦めていなかった。土曜日の朝の最初の一時間に訪れる最重要の客をおおかた失ってしまったにもかかわらず。この十五分間にやってきた人々はガレージドアが閉められているのを見て、さっさとつぎのセール場へ向かっただろう。

ブルース・オーは、ジェーン・ウィールが〝とっておきの〟お宝の一部を処分するので手伝う約束をしたと妻から聞いて、気にかけていた。ディーラーにして鑑定家にして正直な市民である自分の汚名をそそぎ、評判を守ってくれたジェーンに対する感謝の気持ちだとクレアは言っていたが、今日のセールをやはり中止にできないと悟った瞬間、ジェーンの顔に浮かんだ恐怖の表情にもオーは気づいた。ジェーンとクレア。オーが人生で出会ったこのふたりの女はあまりにちがいすぎた。ふたりともアンティークが好きで蒐集に興味があるのだから、共通点は多いと第三者は思うかもしれない。しかし、妻の目はビジネス、すなわち、買った物を売ることに向けられており、一方のミセス・ウィールの目はロマンス、すなわち、買った物を守ることに向けられているというちがいを彼は知っていた。

「セールの再開を論議するまえに、あなたの友人になにが起こったかをわれわれは知っておいたほうがいいのではありませんか？」

オーの言葉はそれとなく妻に向けられていた。

「失神したんですよ」チャーリーが答えた。「ストレスと暑さで……早朝からずっと農園に出ていたらしいんです。ネリーが本人に詰問して、ドンが水を飲ませようとする様子に耳を澄ました結果を総合すると、そういうことになります」

「ストレス？」とジェーン。「ファジー・ニールソンが〝ストレス〟なんて言葉を遣ったの？」

「それはぼくの言葉。彼が言ったのは〝最近とんでもない目に遭ってね。奥歯をぎりぎりさせてばっかりだ〟とか、まあそんな感じ」

ジェーンはドンやネリーや〈EZウェイ・イン〉の常連客がストレスに負けるという状況を思い描こうとした。自分と同世代の人々が抱えている慢性病――不安神経症、手の指が痺れる手根管症候群、ストレス――は、〈EZウェイ・イン〉の主にも客にも無縁に思えたが。子どものころ、どこが痛いの、苦しいのと訴えるたび、ネリーから返ってくる言葉は同じだった。〝母さん、脚が痛い〟〝そうかい、みんな脚が痛いのさ〟。ネリーは愛の鞭《むち》の先駆者だった。

「ファジーはなにがしたかったの？　いえ、母さんはファジーがなにをしたと言っていた？」ジェーンはチャーリーに訊いた。

「彼は自分の所有する土地で興味深い発見をしたようだよ」チャーリーは自分のコーヒーをついでから、みなさんもいかがというように、ほかの人に向けてポットを軽く振ってみせた。「週末に車で畑へ向かう園芸家のなかには、野菜畑で農作業をしているファジーを見かけては、彼の作ったトウモロコシやトマトを褒め、野菜作りの助言を求めている人たちもいた。自分の畑は土が格別にいいんだとファジーが言うと、その男は土を買いたいと――」

「その男って？　ネリーはその人の名前も言っていた？」ティムが口を挟んだ。

「いや。なぜだい？」チャーリーはコーヒーミルクを探して冷蔵庫を引っかきまわした。容器を見つけると消費期限の日付を読み、ため息をつき、どろどろになった中身をシンクに流した。

「よくわからないけど、町の人間にしてはなんだか妙だな。その男がカンカキーから来たんだとしたら。金を払ってまで土を買いたいなんて変わっている。カンカキーの人間はまずまずの花を買うのに十セントすら出し惜しみするんだから」ティムはそこで言葉を切った。「なるほど、わかったぞ。花より土に金をつぎこんだほうがいいってわけか。そういうことか」

ティムがカンカキーについてぶつくさ言いはじめたので、ジェーンはひとにらみした。

「そんなにカンカキーがいやならこっちへ引っ越してきなさい。地元に住みつづけながら、地元の人間をこきおろすのは仁義に反するわよ」

「それで、なにが問題なの、お父さん？」とニック。「土でお金が稼げるなんてすごいと思うけどな」

ニックは相変わらずジェーンがセールから救出したシガーボックスをためつすがめつしながら、キッチン・テーブルに石を一列に並べている。

「ファジーもそう思ったのさ。だから実際、〝土売ります〟という看板を道路脇に出して、大量に買いたいという人がいると、トラクターだか耕運機《ティラー》だか畑仕事に使っている器具を持ち出して、土を掘り返していたそうだ」

「すばらしい。よくそこまで聞き出せたわね、チャーリー」ジェーンはにっこりした。いったいなにが、物静かで思慮深い夫の目をこんなに大きく見開かせ、きらきらとさせているのだろうと思いながら。

「身のまわりで死体を発見するのはどうやらきみだけじゃないらしい。ファジーも白骨化した死体を発見してしまったんだ」

　窓の外を見ていたクレアが、まだセールにやってくる人々がいるということを全員に思い出させた。

「永遠にガレージドアを閉めておくの？　わたしだけでもガレージへ出てこの事態を収拾させてもらえたら嬉しいんだけど。あなたたちはこのまま議論していて結構だから……」

　もっとも、議題がなんだったのか定かではない。クレアは、本来ならガレージでセールを続けているべき時間にみんなでキッチンに集まっていたら、どれだけの損失になるかを計算ずみだった。そう、問題は……。

「たしかに白骨は問題だけれど」とクレア。

　全員の目がジェーンに向けられた。ジェーンは目をつぶり、ガレージの様子を思い浮かべた。がらくたでいっぱいのテーブルや棚を。皿や小物のほとんどはオハイオのミリアムのために買い集めたが、その後、アンティーク・ディーラーの先輩であるミリアムがそれらを必要としないとわかり、よそへまわすほどの稀少価値もないというような物だった。あるいは、誤算の在庫とでもいうか、オークション会場では見栄えがよく、安値だったので即決で買ったものの、帰って箱を開けてみたら支払った代金よりはるかに価値が劣ると判明した物、自宅の裏の路地に捨てられていたのを持ってきた物もある。それにしても、大型ゴミ容器《ダンプスター》の上にちょこんと置いたあったときはあんなに素敵に見えた緑のセラミックのランプが、汚れを拭いてテーブルの上に置くとみすぼらしく見えるのはどういうわけ？

「ミセス・ウィールのご両親はなぜその件であなたと話をなさりたかったのでしょうか?」オーが質問した。

「警察が来て、発見された白骨には犯罪性はないと判断したうえで、準調査機関の人間に調査を依頼してはどうかという提案をしたんです。調査には専門家が加わって、今回の発見に伴う事実を明確にする必要があります。白骨が発見された土地がもともと墓地だったのか、集落があったのか、住んでいたのはネイティヴ・アメリカンか、というようなことをね。農家の人や建設作業員が発掘して結局は動物の骨だとわかり、さほど大騒ぎするまでもなかったというケースもときどきあります。ただ、そうだとしても、今回はすでに警察に通報されているので、だれかがもう一度調査して、正式な報告書を作成しなくてはならないということでしょう」チャーリーはそう説明した。

「で、ご夫婦でその調査をするというわけですね?」とオー。

「新学期が始まるまで、まるまる一カ月ありますから。八月はだいたいいつも家族旅行をするんですが、今年はまだプランを立てていませんでしたし。ファジーの農園に古いログキャビンがあるとネリーが言っていたので、そこを拠点に何日かキャンプするのもいいんじゃないかと——愉しいかもしれません。ニックにいろいろ教えてやれるし、ジェーンは、地元のカンカキーでティムと一緒に聞きこみをすればいいですから」期待からか、チャーリーの声はいくらかうわずっていた。まるで、本心からなにかをやりたいと思ったときのニックのように。

「わたしもあなたたちと一緒に土掘りをしてもいいわよ」とジェーン。

チャーリーとニックがぎょっとして目を上げたので、ジェーンは噴き出した。

「だって、宝探しには変わりないでしょ。なら、わたしだって――」

「オーケー」とティム。「きみの野外調査にぼくの一日もあげよう。その携帯電話で呼び出されて、売れる土地を見つけてくれとせがまれるまえに」ジェーンは反論しようとしたが、ティムは続けた。「それに、目下、大がかりな仕事が進行中なんだ。超がつく大がかりだぞ。けち臭い自己嫌悪のあてこすりを口にしたことをきみに後悔させるぐらいのね。それをやり遂げるにはきみがどうしても必要だし」

ジェーンはお世辞にも、人から必要とされることにも、めっぽう弱い。そのふたつの組み合わせがあれば、ジェーンを意のままに動かせる。今の言葉でジェーンをその気にさせたことがティムにはわかった。

実際、ジェーンは嬉しさのあまり、ティムがクレア・オーにかすかにうなずいて、今が最高のタイミングだと知らせたことに気づかなかった。

「お願いよ、ジェーン。客足が遠のくまえに、ちょっとだけでも売らせてもらえないかしら、あなたのかわりに」

「わかったわ、どうぞ」

クレアはガレージのほうへすっ飛んでいった。

「ぼくも手伝うよ」とティム。「客を間引きましょう、マダム。とっておきの在庫は売らないようにしましょうね」

ジェーンは鼻をうごめかせた。なにか罠を仕掛けられているようなにおいが漂ってくる。

「あんたは自分の仕事に集中したほうがいいわよ」とティムの背中に向かって言った。「超がつく大がかりな仕事に。それと、あの梯子もシガーボックスも売っちゃだめよ」

自制心をかき集め、クレアとティムを追ってガレージへ行くまいとした。重要な物は全部救出したと自分に言い聞かせて。持ち出されるときに目に留まらなかった物は、なくなっても寂しくないはずだ。さまざまな物が売られ、古い茶色の紙袋にほうりこまれて運ばれ、先週の古新聞で包まれるところが目に浮かぶ。どれもみなこの手で集めた物ばかり。路地のゴミ箱から、ラメッジ・セールの台から、救い出してやった物たちだ。今や、それらを救う役目はほかのだれかに移りつつある。ジェーンは唾を飲みくだした。ガレージまで走っていきたい衝動をこらえ、クレアが今日のために貸してくれた金属製の折りたたみテーブルの上に身を投げ出した。

そして、ガレージへ行くかわりに、チャーリーとオーとニックのほうを向いた。三人ともキッチン・テーブルをまえにして座っている。ジェーンのひとり綱引きの決着を待ち受けているのだ。三組の目がじっとこちらを見て、一挙手一投足を追う。ここにある物たちを取るか自分たちを取るか、見届けようとしているのだ。

いいだろう、いざ出発。

仕事を兼ねた休暇の旅に出かけるとしよう。

椅子を引き、腰掛ける。もう一回、浄めの深呼吸。ガレージドアが上がる音が聞こえる。

「じゃ、白骨の話をしましょうか」

3

「ファジーは今なにが起こっているのかをだれかに説明してほしいんだと思うよ。自分の味方になってくれる人にね」車のエアコンを入れながらチャーリーが言った。

「母さんがそう言ったの？」ジェーンはエアコンの噴き出し口の向きを変え、後部座席のニックに風があたるようにした。

「言い方はちょっとちがうけど。ネリーが言ったのはこうだ。ファジーが土を掘って見つけた石で金儲けができるとだれかが考えた。それで、みんなが石を欲しがっている。今じゃファジーから畑の土をふんだくろうと躍起になっている」

「白骨は？」ニックが訊いた。

「ぼくらが解明しなくちゃいけないのはそっちさ。だれの骨か？　年齢はどれぐらいか？もし、ファジーが重要な遺跡でトマトを栽培していたんだとしたら……」チャーリーの声は尻すぼみになった。

ジェーンはチャーリーが遠くを見るようなまなざしをしていることに気づいた。願望と、好奇心と、もうひとつ、あの深みのある光はなんだろう？　渇望？　そうだ。ジェーンも身に覚えがあった。ラメッジ・セールが開かれる聖アンソニー教会の扉のまえに立ったときや、だれの目にも留まらなかったヴィンテージの植木鉢が詰まった箱を見つけたときには、自分も今のチャーリーと同じ目つきをしている。

ニックはジェーンが後部座席に押しこんだ箱の中身を調べていた。「テントのペグとかも必要になるんだね、お母さん？　ほんとうにキャンプをするんだ？」

プランを立てそこなった家族旅行のかわりに、ファジー所有の土地にテントを張って数日間キャンプをすることにはジェーンも賛成していた。ファジーのところにはログキャビンがあるとネリーは言ったけれども、どんな小屋なのかわからない。〈エアストリーム〉の理想的なキャンピングカーを置く場所を探す時間はなかったから、とりあえずテントと寝袋とコンロともろもろの用具をまとめた。で、記録的なスピードで荷造りを終えたジェーンとチャーリーとニックは今、クレア・オーとティムがウィリー・ネルソン似の年配の男と最後の取り引き——売れ残り全部で五十ドル——をしたわずか二時間後の午後三時半現在、カンカキーへ向かう道をひた走っている。

セール後、ガレージに空間がたくさん生まれ、脇扉への通路もできたと口々に褒められると、うなずくしかなかった。ガレージに詰めこんであったほかの物がごっそりなくなったためにキャンプ道具一式が簡単に見つかったことにまず驚き、車をガレージのなかに停められると荷造りも楽々とできることにまた驚いた。なにも置かれていない棚やガレージの四隅が、早く物で埋めてくれと叫んでいるということは胸にしまっておいた。慌てることはない。多くを望むな、多くを望むな、と自分に言い聞かせた。今週末の残りはチャーリーの仕事にこの身を捧げるのだ。チャーリーとニックの情熱に。今週末はセールにもオークションにも行かない。それに……ロッシーニの『ウィリアム・テル』序曲が物思いを破った。

ジェーンの困惑顔にニックが笑いだし、後部座席から手を伸ばして、ハンドバッグのなかの携帯電話を取り出した。

「今回の着信音は気に入ったわ。一日じゃ物足りないから、もう少し着信音の設定をこのままにしておいてくれない？」

ジェーンはネリーを迎え撃つ覚悟を決め、相手の番号を確かめるという最初の手間をはぶいて通話ボタンを押した。ネリーはジェーンが車に乗っていると判で押したように電話してきて、携帯電話を使っていることについて判で押したように説教を垂れ、運転しながら電話に出たと言っては判で押したように非難する。ジェーンの携帯番号にかけてくることによって、世界を滅ぼすテクノロジーの陰謀に自分も荷担しているとはこれっぽっちも考えないようだった。電話に出ないでおくのは娘の責任なのかもしれない。

「ベイビー、きみをうちの店のまえで降ろすようにチャーリーに言ってくれ。今すぐやってもらいたい仕事があるんだ」

ティムはセールが終了するとすぐにエヴァンストンのジェーンの家を出たので、すでにカンカキーのフラワーショップに戻っていた。

てっきりネリーの命令口調が聞こえるものと思っていたので、ティムの声に頭を切り替えるのにしばらくかかった。

「無理よ、ティム。わたしたち、ファジーのところでテントを張るんだから。そう言ったじゃない、これから――」最後まで言わせてもらえなかった。

「ハニー、そんなのはチャーリーとニックにやらせればいいさ。今朝は例の超大がかりな仕事の話をするチャンスがなかっただろ。きみが必要なんだよ。それに、どうせテントのポールとスキーのストックの区別もつかないじゃないか」

ティムの言うとおり、テント設営に関してはど素人だ。ヴィンテージのピクニック・バスケットを豪勢なランチでいっぱいにして、ベークライトの柄がついたピクニック用のカトラリーを収め、ピクニック用の魔法瓶に自家製レモネードを満たすことはできても、ポップアップ・テントの上下の区別もつかないときている。テントはちっともポップアップしてくれず、風の強い日の傘のようなすばやさで裏返しになってしまう。テントの設営場所をどこよりも素敵に飾り、ギンガムチェックで目いっぱい愉しげに写真写りよく仕上げることはできても、設営はまともにできない。

「わたしも手伝うってチャーリーとニックに約束したし――」と言いかけたが、チャーリーとニックが速攻で割りこんだ。

「いや、ハニー、きみをティムの店のまえで降ろすよ。全然問題ない」チャーリーが言うのと同時にニックも口を開いた。

「キャンプの場所はお父さんとぼくとでちゃんとしておくから大丈夫だよ、お母さん」

ふたりともやけに必死だ。ごろごろした岩だらけの地面に得意げに立ったジェーンが、テントを張るには最高の場所ね、などと言う場面をよほど避けたいのだろう。

ジェーンはうしろを振り返り、ニックの目を見つめた。

「頼むから」とニック。「お父さんとぼくとでやらせてよ。男同士の絆って言うでしょ」

ニックは日増しに知恵がまわるようになっている。遅れずについていけるかしら？

＊

世界最大のガレージ・セール
開催地／イリノイ州カンカキー
かつては北米で最も住みにくい町
今や〝ツイン・ガゼボの本拠地〟
九月十四日〜十六日、二十一日〜二十三日、カンカキー市全域でおこないます
お隣さんでお宝を見つけよう！
問い合わせは〈T&Tセールルズ〉のティム・ローリーまで

「ジャジャーン」

ジェーンがフラワーショップの入り口からはいるなり、ティムはポスターを掲げてみせた。

「なんなの、ガゼボって？」

「レターマンが町に寄贈したやつ。でも、そこんとこはポスターの重要部分じゃないから」

「デイヴィッド・レターマンからガゼボが贈られたの？」

「覚えていないのか？　カンカキーが〝最も住みにくい町〟の汚名を着せられたときのことを」ティムは目を上げずに言った。カウンターに置いたポスターにほれぼれと見入っている。

「レターマンがそのことをショーの演出に使ったじゃないか。市長と会談してガゼボ（あずまや）を寄贈した。それによってカンカキーの町がもっと住みやすくなるにちがいないと請け合って――」（一九九九年、有名テレビ司会者レターマンから寄贈された一対のガゼボは今も郡庁舎まえに残されている）

「知らなかったわ。全然」とジェーン。

「まあ、いいんだよ、そんなことはどうでも。要は――」

「なにが基準でそういうことになったの？　だれが決めたのよ？」

ティムはため息をついた。ジェーンは、カンカキーがたどった長い道のりの最近の紆余曲折の詳細を聞くまでは、町を活性化させようというティムのプランに耳を貸しそうにない。

そこでティムは、都市を住みやすさで格付けする組織があるのだということをまず教えた。

「失業率、生活費、文化的環境といった項目別に点数をつけるわけさ……よくは知らないけど、生活の質を問う項目がたくさんあるんだろうな。で、カンカキーはいささか得点が伸び悩んだらしい」

「その格付け組織の人たちはカンカキー川のほとりに座って、川に映る夕陽を眺めなかったの？」

「おっと、紳士淑女のみなさん、この金遣いの荒い娘はただいま川を遡《さかのぼ》っております」

「バード・パークで鴨に餌《えさ》をやらなかったの？〈デイリー・クイーン〉のピーナッツ・バスター・パフェや〈ルートビア・スタンド〉のソースバーガーを食べなかったの？」

ジェーンはティムのフラワーショップのなかをゆっくりと進んだ。

「コブ・パークへ栃の実を拾いにいかなかったの？　聖マーティン教会の全景が見える公園の遊具でアスレチックをしたり、懸垂をしたりしなかったの？　川の上流のモメンスの町で催されるグラジオラス祭りに出かけなかったの？　ライブを愉しみながらルバーブ・パイに舌鼓を打つ市民会館の催しにも行かなかったの？」

「ジェイニー、生まれ育った町への愛情たっぷりのきみの怒りはもっともだけど、カンカキーの悲惨な状況はわかっているだろう。とにかくビジネスが衰退している。町を活性化させるにはどうすればいいか、いろんなところで議論されているんだ。新しい空港ができれば町がよみがえると信じている人は多い。でも……」

「新しい空港？　オヘア空港の混雑を緩和させるための？」

「だから、たまには新聞を読めって。新空港用地として浮上したカンカキーとペオトンは必死になっているよ」

「それに関する意見はどうなのよ？」

「ぼくは中立の立場」ティムは店の飾りつけとして置かれている、彫刻がふんだんにほどこされた胡桃《くるみ》材の椅子をジェーンのほうに押し出した。「いいから、座ってくれないかな。うろうろ歩かれると目がまわる」彼は保温ポットからジェーンにコーヒーをつぐと、慎重に語りだした。ふだんとは打って変わって真剣な口調で。

「町のみんなの肩を揺すって、新空港建設に伴うビジネスでも、働き口でも、税収でもなんでも、恩恵を受けろと言いたい気持ちもたしかにあるよ。そうすることになにか不都合があるか？　それはそれでいいんだ、まったく。ただ、ダウンタウンの失業者や閉店した店にどんな恩恵がある？　気にくわないのはそこさ。ぼくたちが子どものころの土曜日を覚えているだろ？　よくダウンタウンへ行ったっけ。ダウンタウンは活気のある洒落たところだった。カンカキーの人間はカンカキーで金を使っていた。映画館が三軒、本屋が一軒、キャンディストアが二軒あった。パラマウント劇場の隣にあった〈キャロリンの店〉のキャラメルがけの林檎飴を覚えているよね？　ダウンタウンには買いたい物と、足が向かう場所と、たくさんのプライドがあった」ティムは歌うような調子で言った。「今は中規模の工業都市はどこも同じような状態なのはわかっているさ。工場がより低賃金の労働力を求めざるをえなくなり、地滑りが始まっているのは。だけど、やっぱりぼくは、町の人々が踏みとどまってくれたら、地元で買い物をしてくれたら、ダウンタウンを生き延びさせようと努力してくれたら……そう考えずにはいられない。どうなるかわからないけど、それでも……」言葉が途切れたが、ティムはすぐにまた立ちなおった。「ぼくの言っていることはきみのカンカキー川ウォッチングと栃の実拾いと似ているみたいだ。ふたりとも、郷愁に駆られているのかもしれない。実際は記憶にあるほどすばらしくはなかったとしても。とにかく、これが一回でも成功すれば、なにかしら取り戻せるんじゃないかと思っている」

「それで、なぜ中立なの？　いっそ新空港に無条件で賛成しちゃえば？　それとも、空港以外にも提案されていることがあるとか？」

「自分が憧れているのは、いわば、小さな町の生活はかくあるべきだという一九五〇年代の理想なんだ。空港ができれば、あるいは、ほかの大きな企業がこの町へ移ってくれれば、時間旅行なんかできなくなるってこともわかっている。それぐらいは現実が見えているよ」とティム。「そうなったら、ここも簡単にシカゴ郊外のつまらない町になってしまう。なんとなく汚れて、安っぽい家が大量に立ち並び、映画館もキャンディストアもない、魅力のない町になってしまう。シェイクスピアを引用すれば〝すべて失われた〟町に（『お気に召すまま』より）」

「そんなの引用のうちにはいらないわ、ティミー。でも、あんたの言いたいことはわかる」

「そこで、ぼくのプランだ」ティムはふたたびポスターを掲げた。

ジェーンはポスターの文字をもう一度読んだ。ガゼボに触れている部分にはこだわらないようにして。それから両手を上げた。

「いいわ、聞きましょ。どんなプラン？」

ティムはぶ厚いペーパーバックを手に取り、差し出した。「このなかに鍵がある」

「シェイクスピアの引用はもうやめてね。思わせぶりな言いまわしはもうたくさん」ジェーンはその本を受け取った。「ギネスブック？」

「カンカキーがそこに載ることになる。世界一大きなガレージ・セールの本拠地として。ぼくは市民の百パーセントの参加を目指しているからね」

カンカキー市内のほぼ全家庭と、隣接するブラッドレーおよびバーボネのコミュニティをこの企画に参加させるつもりだと、ティムは説明した。すでに全家庭に対して、最低でもテーブルいっぱいに並ぶぐらいの物をセールに出してくれと依頼していて、依頼されたほうも相当に興奮しているそうだ。近隣の親睦を図る地区別《ブロック》パーティの計画もあり、地元農家はダウンタウン地区で巨大な市《いち》を立てる予定だという。

「町のみんなが売り手になったら、だれが……」

「買うか？　シカゴからカンカキー以南までの全地元紙に広告を打つ。ここまでくれば、どういうふうに動きだすかはきみにも想像がつくはずだ。売り手は互いに観察し合い、交代でほかのブロックの様子を調査するようになる。分野を特化しようとするブロックも出てくるかもしれない――うちはおもちゃ部門だとして子どもの物を大量に用意するブロックがあったり、古本やビニール盤のレコードを専門に扱うブロックがあったり。そうだ、公立図書館が週末のどこかで本を売るというのも悪くないな。学校が古い机や椅子を売ってもいいし……」

「聖パトリック小学校は？　あそこの古い教卓や机や椅子が欲しいな。そうよ、本棚も」欲求がつま先からじわじわと這い上がり、全身に広がるのを感じた。「図書館も本以外になにか売ってくれるかしら？　カンカキー図書館のカード目録を収めた古い木のキャビネット、喉から手が出るほど欲しいのよね……」

　ジェーンはふと口をつぐんだ。欲しい物を減らそうとしているのに。ジェーン・ウィールは、アンティーク・ディーラーのティム・ローリー、クレア・オー、オハイオに住む旧友ミリアムのために掘り出し物を探すピッカーであると同時に、ブルース・オーの片腕として働く探偵なのだから。名刺こそまだ持たないけれど、ジェーン・ウィールは今やプロフェッショナルだ。名刺なんか、コピーショップで印刷してもらえればいいだけのこと。〝ジェーン・ウィール／ＰＰＩ／ピッカー兼私立探偵《プライヴェート・インヴェステイゲーター》〟と。

　しかし、それよりも、今、自分に突きつけられている課題は、価値があるとわかっている物をすべて買うばかりか、ほかのピッカーが見向きもしなかったとわかっている物まですべて買ってしまうという無節操な流儀の軌道修正だ。縁の欠けた陶器、ひびのはいった大皿、変色した本、疵《きず》のあるクリスタル、黴《かび》の生えた写真。クレアとティムはジェーンの自宅を埋めているそれらの物をなんとか減らそうとしていて、今回のガレージ・セールの目的はまさにそれだった。クレアとティムは、売り上げ千四百八十七ドルの大成功だとセールが終わるまえから宣言していたが、あれはいわばヴィンテージの革製の消火バケツのなかの一滴の水にすぎない。クレアに打ち明ける勇気がないのだけれど、じつはまだ、今にもはち切れんばかりの段ボール箱が物置ひとつぶん残っている。今回はたまたま都合よくそのことを言い忘れていたというか……。

ジェーンはカード目録のキャビネットが自分の物になるという夢想から抜け出した。

「駐車場はどうするの？　町じゅうが駐車場になるってこと？」

ティムはべつのパンフレットを手渡した。こちらにはカンカキーのストリート・マップが載っていて、通りの角々に二十から三十の赤い星印がつけられていた。

「その星印がシャトルバスの停留所。インディアナのバス会社ともう契約した。週末はシャトルバスが運行することになっている。一日じゅう無料で乗車できて、車でやってきた人が乗れるように全駐車場――町はずれの教会や学校やモーテル――にもバスが停まるように循環ルートをつくった。地元の人は家のそばの角でバスに乗れば、近所のどのブロックへも行ける。わかるだろう、ジェイニー。町のみんなが互いに話しかけて、知り合いになれば、町全体がきっとよくなるよ」

ティムの目はきらきら輝いていた。

「こんなに興奮しているのを見るのははじめて……これはあんたにとって〈マクフリー〉よりも大きな企画なのね？」〈マクフリー〉とは、ふたりの母校、ビショップ・マクナマラのためにティムが催した資金集めのパーティのことだ（アンティーク雑貨探偵シリーズ『ガラス瓶のなかの依頼人』中のエピソード）。

ジャーン・ジャジャーン・ジャ・ジャ・ジャ・ジャ・ジャ――『ウィリアム・テル』序曲が鳴りだした。今回はすぐさまその音を認識した。着信音を変えるチャンスがニックになかったのだろう。ちょっとがっかり。突如鳴りだしたのが自分の携帯だとわかるのはいささかあたりまえすぎるのかもしれない。発信者はたぶんニックかチャーリーだ。テントが張られ、ログキャビンの掃除も終わり、もうジェーンが来ても安全だと知らせてきたのだろう。またも画面を見ずに通話開始のボタンを押した。

「チャーリー」とジェーンが応答するのと、もうひとりのひんぱんな発信者が電話口で「あぁ？」と唸るのとは同時だった。

「あら、母さん」ネリーが電話の会話を〝もしもし〟で始めることはありえないの？　電話をかけたのが自分だと認めることも。ネリーから電話がかかってくると、ジェーンはギヴ＆テイクの要領を駆使しながら、ネリーの電話の用件を突き止めなければならない。いや、母の会話はテイク＆テイクだ。たいていのおとなはネリーと話しているうちに抜け毛と歯ぎしりに追いこまれる。

「ああ？」ネリーは繰り返した。

「ほら、もう十セントよ、母さん」とジェーン。

「携帯電話じゃ一通話十セントどころじゃないだろ。よくそんなものに使うお金があるね」とネリー。

「たしかに厳しいわ。とくに、昼間に電話がかかってきて肝腎の用件がわからないまま時間切れになったりすると」

「そうかい？」

「そうよ」

母の大きなため息のあとに、ジェーンはログキャビンを気に入ったかと父が尋ねている声が聞こえてきた。

「まだ見ていないって父さんに言って。男性陣がテントを張って、わたしは今、ティムの店にいるの。これからティムの車で……」

「なんだってティムの店なんかに寄ったりするのさ？　バーベキュー・パーティに遅れちゃうじゃないか、まったく」

「なによ、バーベキュー・パーティって？」

「ファジーが豚を丸焼きにしてるのさ。町じゅうの人間を招待して。ファジーが畑で掘り起こしたがらくたを見にいった大勢の人間を。科学者や新聞記者も招待したって言ってたから、チャーリーや『デイリー・ジャーナル』の配達員もよばれてるんじゃないのかい。あたしに言わせりゃ、無料《ただ》で飲み食いしようっていう輩《やから》のために大忙しだよ」

「母さんと父さんも行くの？」

「あたしはポテトサラダを作ったけど」

「つまり、行くということね」

「ルーラはよせばいいのにゼリー《ジエロー》を山ほど作る気でいるよ。市議会の連中もやってきて、例の空港やら工場誘致やら、金儲けのろくでもない話をするらしいし……」

そんな話はあとですればいい、携帯電話は料金が高いのだからと、ドンが遮ろうとしている。

「そんなことは百も承知。だから、いつもあの子にそう言ってるんじゃないの。そんなヘボ機械をしょっちゅう使うなって、口を酸っぱくして言って聞かせてるのはあたしなんだから」

ジェーンは携帯電話をティムに差し出した。ティムが非のうちどころのない擬声で雑音を発すると、回線が切れたことを伝えるその効果音にかぶせて、たどたどしくこう言った。

「じゃ、またあとで」そして、力をこめて終了ボタンを押した。

「その声の出し方を教えて」

「これは地声」ティムは首を横に振った。「ネリーの文句はなんだった？」

ジェーンは肩をすくめた。ネリーの文句はほぼ毎日聞かされているが、いつもなんだかよくわからない。


ファジーは、つい先ごろストレスだかプレッシャーだか暑さだかが原因で、あるいはネリーの執拗な尋問のせいで失神した男にしては、パーティ主催者の力量を充分に示し、ピクニックの達人としても豚の丸焼きの非凡な才能を発揮していた。

デニムのオーヴァーオールに格子縞のシャツ、農機具メーカー〈ジョン・ディアー〉のキャップ、つま先を保護する金属がついたワークブーツという出で立ちで、じゅうじゅう音をたてている豚の丸焼きを管理している姿は、まさに農園の王といった風情だ。柄の長い刷毛で肉にたれを塗りながら、その同じ刷毛で、続々と車で到着する友人や隣人に農園のまわりのさまざまな場所を指し示し、掘り返している土が自分の所有ではない人たちの愚かさを論じ、首を振り振り声をあげて笑っている。ジェーンはそんなファジーを観察しながら、招待客と愛想よく握手を交わしている彼が、客の到着がつかのま途絶えると、身じろぎもせずトウモロコシ畑を見つめていることに気がついた。長く外気にさらされてきた人特有の皮膚をもつ顔の表情がパズルのピースのように崩れた。なぜおれなんだ？　そう自問しているように見える。なぜこのおれにこんなことが起こるんだ？

　ここへ来るのはほんとうに久しぶりだから、ニールソン農園がお伽噺《とぎばなし》に出てくるようなところだったのをすっかり忘れていた。幹線道路から少しはいったところに建っている白い下見板張り母屋、オークの大木を縫ってその家まで続いている長い私道。さらに、ジュディ・ガーランドとミッキー・ルーニーがＭＧＭの青春ミュージカル『青春一座』でタップダンスを二時間踊ったかと思わせるような納屋。主人公のふたりが斜陽の一座を救うのに必要だったのは、〝父さん〟の納屋で劇を上演することだけだった。

「あそこでショーをやって町を救うっていうのはどう？」ジェーンは年季のはいった下見板に見入り、納屋の屋根裏の干し草置き場から始まるシーンを想像した。

「あまりに二十世紀的すぎる発想だな」ティムは母屋のうしろの炉を囲んでいるひと塊の人々を手振りで示した。「もしも、ジュディ・ガーランドが生きていて、ミッキー・ルーニーがまだタップダンスを踊れたら、市をあげてのガレージ・セールになるだろうけど」

ログキャビンは、納屋から都市の一ブロックの半分ほど離れた背後にあり、ニックとチャーリーはその隣に車を停めていた。テントはログキャビンのポーチから六メートルほど離れたところに張られていた。ふたりのほうに歩いていきながら、ニックがチャーリーに似てきたことに驚いた。ふたりとも腰に手をあてがって、ジェーンが近づくのを眺めている。目にかかった髪を振り払う仕種までがそっくりだ。ジェーンは空想する映画のジャンルを切り替え、今度は頭のなかでミュージカルを演じるのではなく、西部開拓期を描いた大作の一本を鑑賞することにした。ゲーリー・クーパーまたはジェームズ・スチュアートが演じる男──と少年──が中西部の土地を耕し、農園をひとつずつ増やしていくというストーリー。

ログキャビンの反対側の、テープで封鎖された一画が目にはいった瞬間、映画はストップし、全身に悪寒が走った。警察のあの黄色いテープを見ると氷水に浸けられたような感覚に陥る。また死体を発見したわけじゃないわよね？　まだしていないわよね？　今しがた到着したばかりなのだから。でも、あのテープを見たら殺人事件を思い出さないわけにはいかない。

「ここが現場だよ、ハニー」チャーリーがこっちへ向かってきた。「ここで白骨が発見されたんだ」

うなずいたものの、氷水に取って代わる温かい安堵の波は起こらなかった。テープで封鎖された場所の隣でキャンプをしたいとはとても思えない。しかも、そこは墓穴にそっくりではないか。ジェーンは、自分たち家族のなかに夢遊病者はいないという事実を前向きにとらえることで安心感を得ようとした。

「ログキャビンはどう？」ジェーンは訊いた。

「すごくいいよ、お母さん」ニックが答えた。「きっと気に入るよ。家具も同じ丸太で作ってあるみたいだし、鍋やフライパンや服だって掛けられる、かっこいいフックがいっぱいあるよ。作りつけの棚まである。なんとなくキャンピングカーみたいな感じもするし。もちろん動かないけどね」

ジェーンはログキャビンの敷居をまたいだ。キャビンをぐるりと取り囲むように高窓が設けられているので今はまだそこそこ明るいが、電気が通じていないとなると、数時間後に太陽が沈んだら真っ暗だろう。その実感が早くも湧いてきた。開けっ放しにされた裏口の向こうに屋外トイレが見えた。しまった。なぜ給排水のことが今の今まで頭に浮かばなかったの？

以前、夫婦の休暇にニックを連れて南部にドライヴ旅行をしたとき、ミシシッピ州のテューペロに寄り、エルヴィス・プレスリーの生家を訪ねたことがあった。エルヴィスの生家があると聞けば、だれだって行きたくなる。どの観光案内にも神聖なる名所として載っているその〝生家〟で、もしかしたら十字架の断片が、せめてベークライトのピックのひとつでも見つかるかもしれないと期待してしまう。観光ガイドの説明によると、その家はショットガン・キャビンと呼ばれていた。玄関でショットガンを発砲したら、弾丸《たま》がそのまま裏口から外に飛び出すというわけだ。ジェーンは今、架空の弾丸の軌道を追ってひと部屋しかない居室を通り抜け、裏口から振り返った。

向かって右手の薪のコンロのあるところがキッチン・エリア。手造りの大きなベッド二台と、そのあいだに置かれた低い本棚のあるところが一応寝室ということになる。部屋の真んなかから少し脇に寄せて四角い大きなテーブルが置いてあり、大きな丸太造りの椅子がまわりを囲んでいる。テーブルの下を利用して作られた棚に、古いボードゲームがいくつか置かれていた。

「モンタナから曾孫が来るとここに泊まるんだって、ファジーが言っていたよ。義理の孫娘の夫婦が自分たちだけ最寄りのモーテルに逃げこんでも、子どもたちはここへ来て、このログキャビンで結構愉しくやってるって」ジェーンのあとからなかへはいったニックは、母がピッカーの目で室内の様子を観察するのを眺めた。その目がすでに鋳鉄の鍋を〝コレクティブル〟と評価し、薪のコンロの上方に並んだスパイス缶が見た目どおりに古い時代の物かどうかを確かめたがっていることも、ニックにはわかっていた。ベッドのそばにある埃っぽい数冊の本が自宅の『大草原の小さな家』シリーズの上に置かれる小道具となることも、母が壁につけて置かれたトランクを開けたがっていることも、もちろん、洗面台のまえの鉤編みの敷物の裏を調べたがっていることも。

「母屋のバスルームも使っていいって、ルーラが言っているよ、お母さん。ぼくとお父さんは使わなくても大丈夫だと言ってあるけど」

ジェーンは片眉を上げた。

「必要なら外にも明かりをつけられるぞ」チャーリーがログキャビンの入り口に紐で括《くく》ってある太いコードを指差した。ファジーが母屋から引いてきた業務用の延長コードだ。ランプのプラグがふたつコンセントに差しこまれている。ベッドの脇には一九五〇年代物らしき卓上ランプ、部屋の隅には渋い緑の笠の四〇年代のフロアランプ。どちらも場違いなランプなのにジェーンは気づかなかった。部屋の家具によく調和している。でも、その明かりがついた光景が思い浮かばない。

「ランタンがふたつあるし、テント用の懐中電灯もあるけど」とチャーリー。

「暗いのはべつに怖くないのよ」ジェーンは怖くないものの全リストを今にも挙げそうな勢いで言った。それは、自分が怖いと思うもの、たとえば、百科事典の〝S〟の項目、マリリン・マンソン、ラベルのない缶詰、家族を襲う病気や怪我、スキー場のリフト、首から下のボディピアスといったものを思い浮かべずにすむ、まわりくどい方法だ。

「ほんとにこの穴のそばで寝るのかい?」

ネリーがうしろから近づいていたことにまるで気づかなかったから——背後から忍び寄るネリーの気配に気づく人はまずいない——耳もとに母の声が聞こえた瞬間、飛び上がった。

ああ、そうだわ、ネリーもそう。ネリーもちょっぴり怖い。

ジェーンはあとずさりでキャビンから出ながら、このひなびた美しさを弁護するにはどうしたら一番いいかと考えた。ネリーは今、壁にあいた複数の穴をじっと見つめ、部屋の隅の薄い埃の膜のなかに残された複数の不可解な小さい跡を指差していた。いずれもジェーンができれば気づきたくなかったところだ。ネリーは汚れや埃やばい菌がついていそうなところを隅々まで探すのが趣味で、ジェーンが見つけ出したいお宝は、ネリーがぼろ切れと〈パインソル〉の瓶を手に拭きまくることができる物ばかりなのだ。図書館のカード目録用キャビネットがあれば、探したい物をくまなく探せるかもしれない。ネリーがそばにいたら、娘の背後から音もなく近寄り、抽斗をひとつずつ引き開け、綿棒と消毒剤の瓶を用意して、隅の汚れを取ろうとするに決まっている。

ドンは汚れに関してはもう少し寛容だし、娘に対してもネリーよりはずっと甘い。ログキャビンの外で父の声がした。ドンはなかの様子を調べるかわりに、地面に掘られた穴をニックと一緒に覗いているようだ。

「わからんな」とドン。「どうしてファジーは土を売るのをやめるのか」

「ここに骨が埋まっていたんだとしたら、きっと重大な発見なんだよ、おじいちゃん。保護する必要がある遺跡なのかもしれないよ。そうしたらファジーは土地にはなにもできないし」

「だれが保護するんだ?」

「イリノイ州歴史保存局ですよ」チャーリーがふたりに近づき、ドンと握手を交わした。「土地の所有者や宅地開発業者が変わったものを発掘した場合、州が保護するんです」

「白骨とかね」ニックがチャーリーの言葉を引き取った。

ジェーンは心のなかでつぶやいた。ニックがやけに潑剌《はつらつ》としているのは、太古の動物の骨を探す父親の影響かしら？　それとも、人間の新たな死体を発見してしまう母親の影響？

「人間の遺体が発見された場合には検死局と警察に通報しなければなりませんが、犯罪性がないとわかれば、人骨保護法の適用を受けるんです」

「それでも、だれが保護するかはまだはっきりしないな」

「だれと特定するなら、やはりイリノイ州歴史保存局の局長でしょうね。どういう措置を取るか決めるのは局長の責任ですから」

「これはファジーの土なんだろ？」ネリーが言った。ネリーとジェーンも仲間に加わり、今は全員で地面に掘られた穴を覗きこんでいた。「持ち主はファジーだよ。ファジーはお金を出してこの土を買い、耕してる。毎日、ルーラのキッチンや〈ＥＺウェイ・イン〉にこの泥の跡を残してる。この土をどうしろとか、どうしちゃいけないとか、彼に命令する権利なんかだれにもないさ」

　洞穴いっぱいに缶詰を備蓄し、ショットガンを肩に提げたネリーがコロラド山脈のどこかにいる姿を想像した。そうね、母さんなら、サヴァイヴァルゲームにも難なく勝ち残れるわ。目をつぶるまでもなくそのイメージが瞼《まぶた》に浮かんだ。ネリーは今、ポテトサラダのボウルを抱え、追徴金を取り立てるか、密造酒の蒸留器を壊すかするためにやってきた役人でも見るみたいな目つきでチャーリーを見ていた。

　ネリーが自分の唯一の武器はボウル一杯のポテトサラダであると考え、チャーリーを敵と見なしたら、その武器でどれほど大きなダメージをもたらせることか。彼はそこのところを理解していないらしく、ネリーの目のぎらつく炎を無視して義母の肩に腕をまわした。

「でも、ネリー、自分の骨をだれかに並べ替えられたり、もっと悪くすれば、ゴミ箱に捨てられたりしてもいいとは思わないでしょう？　死んでからずっとそこにいて、一族の墓地で安らかに眠っていたとしたら」チャーリーはネリーに言った。

「あたしは火葬にしてもらうからね」とネリー。この持論をジェーンは耳に胼胝《たこ》ができるほど聞いていた。通夜のあと、葬儀のあとにはかならず。「死んだ姿を人に見られるのも、ご愁傷さまと言われるのもごめんだから。つらい人生だったんでしょう、ずいぶん老けて見えるわ、ほんとうに苦しんだのね、なんて言われた日にゃ……」

「そんなことはだれも言わないんじゃないかな、ネル」少し離れたピクニック・テーブルのまえで足を止めたティムが、チップスとディップとサラダが山盛りになった皿を持ってやってきた。

「晴れ着を着て、頰紅をつけたネリーをひと目見るだけかもしれないよ。唇には〈レブロン〉のサクランボ色の口紅を塗って、瞼には真珠のように光るグリーンのシャドーをほんの少しあしらうといいね、そのほうが緑の目がいっそう……」

詩のような調子で言いながらティムが遠くを見るのを、それからまたネリーに目を戻すのを、ジェーンとチャーリーは見守った。今やネリーの目はめらめらと燃えていた。

「よくお聞き、ティム・ローリー。もう一度あたしを〝ネル〟なんて呼んでごらん。あんたが顔じゅうにバーベキュー・ソースを塗りたくって、髪をコールスローまみれにして伸びてたって、町の語り草になるよ」

　あきらかに第一ラウンドはネリーの勝ちだが、ことあるごとに始める火葬の大演説をティムが脱線させてくれたので、ジェーンは胸を撫でおろした。が、その半秒後、抑制不能なネリーが火葬話を再開すると、第二ラウンドもネリーの勝ちと判定せざるをえなかった。

「あたしは火葬が希望なの。聞いてるのかい？　ここにいる全員に証人になってもらうからね。死んだらこっちは見返せないんだから、だれにもあたしを見させない。あたしを見て悲しむのも嘆くのもお断り。いいね？　あたしは火葬が希望だからね」

　ドンは四十年間変わらぬ冷静な目で妻を見つめた。「わたしらはみんな、おまえが死ぬまで待たなきゃならんのか？」

「あなたのことはぞんじあげないけれども、その言葉を信じましょう。もし、そのときわたしが立ち会ったら、ご希望どおりにおこないますよ」

　ジェーン、チャーリー、ニック、ドン、ネリー、ティム。テープで封鎖された地面の穴を見ていた六人はいっせいに振り返った。いきなり言葉をかけてきたのは、ごま塩の貧相な山羊ひげを生やし、髪の分け目を入念につけた男だった。今夜は暖かく、ファジーとルーラが招待した客のほとんどは豚の丸焼きを食するにふさわしい普段着でやってきているというのに、その男はスーツ姿でネクタイを締めていた。

「ドクター・ジェーキルです」その声には傲慢さを感じさせる鋭さがあった。この六人のなかで最も口が達者で生意気だと踏んだのか、まっすぐにティムを見た。「ジェ、、、、ーキルです。

といっても、助手はミスター・ハイドではありません。このジョークはいやというほど聞いてきましたが」ドクター・ジェーキルはチャーリーに片手を差し出した。「カンカキー郡に代わって検死官を務めます。郡検死局の優秀な検死官が今月は休暇中なので駆り出されたというわけでして」

ネリーはバンタム級のボクサーよろしく、ジェーキルのまわりをまわりはじめた。

「だれが死んだの？」と尋ねた。

「たくさんの人が、毎秒、死んでいますよ」ジェーキルは地面の穴のほうに目をやった。

「しかしながら、かならずしも、わたしたちが今立っているところで死ぬとはかぎりません」ジェーキルはため息をついた。みずからの意思表明をして安堵したのか、生きている人間たちにこうして囲まれていることに落胆したのかはわからないが。「ふたりで話ができますか、教授？」

ジェーンとほかの一団は、ドクター・ジェーキルがテープで封鎖された一画の反対側へチャーリーを導くのをじっと見守った。

「検死官になるべくしてなった人がいるのね。あの悲しそうな、うちしおれた顔ときたら。彼の手を見た？」ジェーンは、ジェーキルがチャーリーと話しながら、骨張った長い指をぐっと握り締めてはまた開くのを観察した。彼は自分以外のだれにも見えないものを傷つけようとするように、宙にジャブを送り出し、骨と石が所狭しと並べられた台を指差した。

「たしかに。わたしはあなたにはたいして興味がもてませんと言いたげな目で人を見るな」

とティム。「なぜなら、あなたはまだ死んでないから、って」

ファジーの母屋のまえの庭は、互いに手を振り合う人、大皿に料理を盛りつける人でいっぱいだった。男たちはみなファジーと同じ帽子をかぶっているように見えた。女たちはみな使い捨てのアルミフォイルの深いトレイを運んでいた。ジェーンは目を少し細め、この光景を愉しい帰郷のシーンに見立てようとした。こういう想像をするのは大好きだ。

「どう思う、ティミー？　これって昔のブロードウェイ・ミュージカルのワンシーンみたいじゃない？　『回転木馬』とか『オクラホマ！』とか」

ネリーとドンが徐々にそちらへ移動しはじめると、ニックは穴の横に盛られた土の山のひとつのまえにしゃがみこんだ。ティムは群衆のほうを見やった。男たちは天候や失業やカブスやホワイトソックスを話題にしながら、しかつめらしい顔をして首を振っていた。女たちはまめまめしく立ち働きながら、子どもたちやしかつめらしい顔をした男たちの世話を焼いていた。

「『わが町』の墓地のシーンみたいだな」とティム。

ジェーンはふたりの客がドンとネリーに近づくのを見た。ネリーは六十年間カンカキーに住んでいる自分とつきあいがない相手に対しては、じろじろと遠慮のない視線を送るので、ジェーンにも地元民でない人は見分けがつく。男の都会的な髪型と磨きあげた黒い靴が、自分はよそ者だと声高に主張していた。

「ジョー・デンプシーです」背の高いほうの男が自己紹介した。「お目にかかれて光栄です。

ドンとネリー、こちらの美しい娘さんをご紹介いただけますか」ジェーンが近づくとそう言った。

営業マンだ。営業畑の人にちがいない。ジェーンは心のなかで言った。ジェーキルの職業が外見と一致するように、このデンプシーの職業も見た目から判断できそうだと思った。ジェーキルほど痩せこけてはいないが、やはり空気を撫でるように両手を振りまわすところは似ている。周囲にいる人間を自分のまわりに集めようとする優雅な仕種。チャーミングだと思われることに慣れている。デンプシーが笑みを送ると、ネリーがふんと頭を振るのがわかった。ネリーは口ひげをたくわえた男をけっして信用しない。顔に毛を生やす男にはなにか隠さなければならないものがある、それ以外の理由なんかあるはずがない。ジェーンは昔からそう聞かされていた。鉛筆並みに細いデンプシーの口ひげですらネリーに疑念を抱かせることだろう。歳のころは六十代なかば。たっぷりした見事な銀髪。見てくれを少しでも洗練させたいと思っているのだろうか。そうした気持ちはべつに責められることじゃない。気になるのは彼の喋り方だった。喋るというより発表するという感じなのだ。

「わたしの協力者のマイク・フーヴァーです」ジョー・デンプシーが両腕を振りながら大声で言い、いくらか堅苦しい身振りで背の低いほうの男を示した。その男はデンプシーより二十歳ほど若く、カジュアルなチノパンにスポーツコートという服装で、空腹で喉も渇き、不安を覚えているらしい——第一印象を順に並べるとそういうことになる。フーヴァーは唇を舐めながらうなずいた。

ファジーが声を張りあげ、みんなこっちへ来て自由に料理を皿に取ってくれと言った。自分もおなかがぺこぺこであることをジェーンは思い出した。ジョー・デンプシーとマイク・フーヴァーも食べ物が並んだテーブルのほうへ向かったが、デンプシーはそのまえにジェーンの片手を取ることを忘れなかった。まるで手の甲にキスでもしようかというように。さすがにそこまではしなかったが、にっこり笑って、あなたは大胆な女性だ、とジェーンに言った。ふたりのあとからピクニック・テーブルに向かおうとしたところで、ティムがログキャビンの戸口から合図を送ってきた。

「ティミー、もう食事ができるわよ。ニックも呼んでこなくちゃ」

ティムに続いてログキャビンのなかへはいると、雑な作りの、ほとんど映らない鏡の下に置かれた小さいテーブルをティムが指差した。ウォッカの〈グレイ・グース〉が一本とグラスがふたつ置かれている。塩漬けのオリーヴの瓶も。まるまるとしてジューシーで、かじったらヴェルモット酒が口のなかに広がりそう。色鮮やかなプラスチックの楊枝も用意されていた。テーブルの下にはアイスボックス。ティムはふたりぶんのウォッカ・マティーニを用意し、チリンと音をたてて自分のグラスをジェーンのグラスに合わせた。

「罪のない骨と利益をもたらすガゼボに乾杯」

「これ、すごくおいしいわ、ティム。いろいろ考えてくれていたわけね」

「ああ、そのアイスボックスのなかにチャーリーのビールとニックのソーダ水もあるよ」

マティーニをすすると、じんわりと体が温まり、つま先まで満ち足りた幸せな気分になった。これこそが人生で大事な瞬間だ。さまざまな物に取り囲まれて謎を解明するのもいいけれど、大切なのはやっぱりこれよ……家族と一緒で、ティムのような親友もそばにいることよ……。

「やっぱりアルコールが欲しくなるよな、ハニー。こういう寂しい場所にいると」

チャーリーが入り口から顔を覗かせ、ティムに向かってうなずいた。ティムはテーブルの下に手を伸ばし、チャーリーのビールを取り出した。

「でも、ジェイニー、発掘現場には人を近づけないようにしないといけないんだ。ぼくたちがここに入り浸っていたら、つぎからつぎに穴を覗きにきそうだ。ジェーキルが警察に電話して、早めに封鎖を解除させるかもしれないけど。おそらくここは遺跡でもなんでもないということはジェーキルにもぼくにもわかっているから。それでもまだ、現場は現場だ。いったいファジーはどういうつもりなんだろう。こんなに大勢の人を招待するなんて」とチャーリー。

「ファジーの考えが矛盾しているか合理的かの判断はきみにまかせるよ」

ティムは、ファジーとルーラが料理を用意している、母屋に近いトウモロコシ畑沿いのテーブルへひとまず戻ると言って、ログキャビンから出ていった。ジェーンも外に出ようとすると、チャーリーが戸口に腕を渡して遮った。

「いいのかい？　こんなところにずっといても？」

「このログキャビンは気に入っているわよ。ささやかだけど豊かな休暇を愉しんでいるもの。

あなたがいつも発掘現場でしていることを教えてもらえるし。見たいもの、あなたとニックが一緒に……」ジェーンはふと言葉を切った。チャーリーがじっと見ている。彼の表情を……なんと形容したらいい？　にこやかな笑みを浮かべたチャーリーの目はジェーンの目に留まるたび、探りを入れるような表情を帯びた。その目つきには覚えがある。

「チャーリー、あなた――」と、言いかけてから、自分たちのような結婚生活の長いカップルにふさわしい垢《あか》抜けていて奥ゆかしい表現を探した。「――欲情しているんじゃないの？」

「ぼくはいつでも欲情しているよ」とチャーリー。「男はみんなそうさ」

「たしかに」とジェーン。

「そうだよ。女がそれに気づくのをやめただけで。きみはほかにも見るものを見つけたし」

たぶんチャーリーの言うとおりなのだろう。最近は周囲にばかり目がいっている。でも今は、彼の瞳から目をそらせない。

「ぼくはきみに夢中なんだよ、ジェーン」

「わたしだって……」と言いかけたところで邪魔がはいった。

「お母さん、お父さん、向こうでおばあちゃんたちと食べてくるね。お母さんたちも早くおいでって、おばあちゃんが言っているよ。たかり屋どもがあっというまに豚の尻尾まで食い尽くすからって」

「わかった」ジェーンとチャーリーは声を揃えて答えた。

「ニックもわたしが見ている対象のひとつよ。でしょ？」

「それは当然さ」チャーリーはジェーンの頭のてっぺんにキスをした。「ぼくはニックを見ているきみを見るのが大好きだ」

「この大自然と遺跡かもしれない発掘現場が、あなたのなかにひそんでいるハリソン・フォードを引き出すわ。映画スターの神秘性をあなたに求めているわけじゃないけど」

チャーリーは咳払いをして、わずかに姿勢を正すと、〝遺跡〟のほうを見やり、見物人がひとりもいないことを確認した。おいしそうな食べ物のにおいにだれもが抗しがたく、母屋に近いほうへ引き返してしまったのだろう。チャーリーはジェーンの手を取って、ログキャビンの外のテープで封鎖されたところまで連れ出した。

「なにが見える、ジェーン？」

「あきらかなもののほかに？」

「まず、あきらかなものから。往々にしてそれが最も重要なんだ」

「なんだかオーみたい」ジェーンは物柔らかな探偵の声音を真似た。「そこに見えるものを見てください。そうです、そこに見えるものを……ええと、まず、地面に掘られた穴。縦一・五メートル、横一・五メートル。深さは一・五から一・八メートルぐらい」

チャーリーはジェーンと手をつないだまま、穴の反対側にある掘っ立て小屋まで歩いた。屋根に結ばれた防水シートが垂れて、その木造の小さな建物から一メートルほど地面を覆っている。小屋の側壁の横にピクニック・テーブルが二卓置かれ、その上に小さな骨と石がいくつか、金属の破片も数個、並べてある。

「これが発掘されたもの？　なんとなく……」

「大騒ぎされているわりには、ぱっとしない？」

「というより、小さい。骨が思ったより小さいわ」

「ああ。ほかにいくつか箱のなかにはいっているのもあるけど、大差ないよ。ただ、これを見てくれ。ニックは二、三分かかった。きみには五分あげよう。骨の地図がなくても、これならわかるはずだ」

「骨の地図？」

「骨が見つかると、発見者はその場所から取り除くまえに、地面のどの位置にどういうふうにあったかを示す正確な図を作成しなくてはならない。われわれの解明の手がかりとして。その死を取り巻く事象を突き止めるための。つまり、それが動物だとして、骨になるまえにどういう終わり方をしたのかってことを」

「チャーリー、これは人間の骨じゃないでしょう。見てよ、その小さい肢。肢よね。四本ある」

「うん」

ジェーンはピクニック・テーブルの上の石に指で触れ、錆びた金属の破片のひとつを手に取った。「この金属は相当古いわね。ここまで黒い錆を似せて作るのは難しい。新しい鉄細工《アイアンワーク》を古く見せるときにはかならず錆びさせるんだけど、どうしても赤すぎる色になってしまうの。見てよ、この黒さ」ジェーンはその錆をこすった。「ここに小さい穴がひとつある。おお」

「探偵の相棒を呼んでいるのかい？　それとも、なにかわかった？」

「ファジーとルーラには、これがなんだか思い出せるんじゃないかしら」

「で、それは？」

「飼い犬よ。犬の鑑札。骨は犬の骨。ちがう？」

「猫さ。鑑札は十年か十五年まえのものだろう。特定するのは難しいが、名前が読める」

「リトル・オットー」ジェーンは読みあげた。「可哀相に」

向こうでパーティを愉しんでいる人たちにこのことを言ってはいけないと、チャーリーは釘を刺した。ファジーを困らせたくないし、掘り起こされたもののなかには昼間の光の下で見てみたいものもあるからと。

「ジェーキルはもちろん知っている。骨をちらっと見てから、昔死んだこの家のペットの骨を見るために、車を三十マイル走らせてここまで来てくれないかと電話してきた人間がいるとは信じがたいと言っていた。発見された骨に犯罪性は皆無だと、警察にも彼から報告した。ただ、化石がいくつかと、石斧――ジェーキルはそう言っている――もある。おそらくファジーは農作業中、それにぶちあたったんだろう」

「そのことが重要なの？」

チャーリーは首を横に振った。「わからない。いずれにせよ、ジェーキルはそこにこだわっている。白骨は猫のオットーの骨だとしても、こういうことを警察に通報した人間がいる以上、土地をもとどおりの農地に戻すには長々しい報告書が必要になるのさ」

「だれの仕業？」

「だれが猫を殺したのかってことかい？」

「そうじゃなくて、つまり、だれが通報したの？　なんの理由もなくファジーに大迷惑をかけるということはわかるでしょうに、もしも自分が警察に……」ジェーンは途中で口をつぐんだ。料理が並んだテーブルに着き、ネリーが脇に現われたので。

「四つか。だめだね、五つなくちゃ」ほとんど吐き捨てるようにネリーは言った。

ジェーンはネリーを見た。母がなんの話をしているのかを知るのは娘の役目だ。ネリーの発する言語は原始的というか喉から発せられる一種の音というか、聞く者に奇妙で危険な多くの飛躍を求める一語表現が多く、そうなると、ジェーンがだいぶまえに〝ネリーの地雷原《マインドフィールド》〟と名付けた世界に踏みこまなければならなくなる。それは、実際の地雷原《マインフィールド》が人の手足におよぼすであろう危険と同等のものを人の精神におよぼす。

ネリーの地雷原に対するジェーンの防衛手段は沈黙だった。辛抱強く待っていると、ネリーのつぎなる言語学的謎かけが発せられ、いわば、それを足がかりとして橋を渡り、つかのまの疎通が可能な島まで行けることもある。

「オレンジはバナナ、サクランボはパイナップル、ラズベリーはホイップクリーム、グリーンはマシュマロとナッツ。足りない」どうやらネリーの異様な――ネリーの基準においてさえ異様な――憤慨の原因はテーブルに並んだ〈ジェロー〉の種類らしかった。「ブルーは……ブルーの〈ジェロー〉の上に載っけるのはなんだっけ？」

「〈クール・ホイップ〉（カップ入りのホイップクリームもどき）だよ、ネル」四種類をひとすくいずつ盛りつけた皿を手にしたティムが言った。「カンカキー以外のどこでこんな豪勢な〈ジェロー〉が食卓に並ぶ？」

「赤にオレンジも悪くないけど」ネリーは鼻を鳴らした。「もっと見栄えのいい並べ方があるんだから、そうするべきだったね、ルーラは」

現われたときに負けず劣らず、すばやく、かつ音もなく、ネリーは姿を消した。おそらくは、自己中心的な〈ジェロー〉の選択と配置をほかの人々にもがみがみと指南するために。

「赤の味付けはなんだっけ？」ティムは舌を出して、〈ジェロー〉の各色をすでに腹に収めた証拠をジェーンに見せた。

「日曜日になると、ネリーはデザートに〈ジェロー〉を作ってくれたわ。ラズベリー色でもストロベリー色でもサクランボ色でも、食器棚にあるのをまぜこぜにして、なかにオレンジを入れて。いろんな味付けのをまぜると、もっといい味になると思ったのね。でも、わかるでしょ、赤い色が濃くなっただけ」

「まあ、当然だろうな」

「だから早く町を出なさいっていうの」とは言いながら、ジェーンは子どものころに弟と一緒に食べた、つるんと冷たい〈ジェロー〉がどんなにおいしかったかを思い出していた。

ファジーとルーラのバーベキュー・パーティは最大級のアウトドア・パーティになりつつ

あった。いくつかのグループに分かれて談笑していた人々が、新顔を仲間に入れ、男女を問わずその人を囲んでいっそう活気を増すさまは、さながらアメーバの消化活動を見るようだった。苦虫を噛みつぶしたような男たちの顔つきが、ビール樽に向かうごとに柔和になっていく。そのうち料理の山が小さくなり、空になったアルミフォイルのトレイが丸められるにつれ、群衆がばらけはじめた。ある夫婦を皮切りに、もうひと組、ふた組と、帰り支度を始め、やがて、すべての車が帰路についた。ファジーとルーラ、ジェーンとチャーリーとニックは、ハイウェイを遠ざかる車の隊列を見送った。

パーティに参加した〈EZウェイ・イン〉の常連たちは挨拶がわりの一瞥《いちべつ》をジェーンに送った。彼らは赤ん坊のころからジェーンを知っているので、会えば背丈や目方や髪のことをなにかしら言わないと気がすまない。ジェーン自身は大きな子もいるふつうのおとなの女だと思っていても、実家に帰ると十人二十人という人たちに取り囲まれ、このまえ会ったときより背が伸びたなどと言われる。少なくともこの二十五年は百六十センチのままなのだが、そんな余計なことを口にせずにおくだけの分別はあった。

パーティのあいだ、片目でファジーを、もう一方の目でバーベキューの竈《かまど》を見張っていたルーラの邪魔をしたくなかったので、彼女とはまだ一度もゆっくり言葉を交わしていなかった。ルーラについては昔からよく聞いていた。ただ、本人に会ったことはほんの数回しかない。〈EZウェイ・イン〉に日参しているファジーの話しぶりから、だれもが彼の妻をよく知っていると思いこんでいたから、実際に会ったときに、ファジーの話から想像されるようなタイプとはまるきりちがったことに驚きを覚えた。ルーラはぽっちゃり型の陽気で温かみのある愉しい女《ひと》では全然なかった。働き過ぎと思えるほどの働き者で、きつい感じがした。絶えずなにかを心配しているような用心深い表情はむしろネリーを彷彿とさせた。なにも知らなければ、ふたりは親戚だろうと思うかもしれない。

腕時計に目をやると、まだ九時十五分。一生を二回送ったかのような長い一日だった。なにしろ今朝は、自宅のガレージに押し寄せた大群衆をクレアとティムに間引いてもらっていたのだから。ジェーンは、〈ジェロー〉がいっぱいに載っていたアルミフォイルの大きなトレイ数枚とビーンズサラダのトレイ三枚を重ね、キッチンへ向かった。

「ご亭主に力を貸してもらえるの？」ルーラはエプロンで手を拭きながら、ジェーンの手からトレイを受け取ろうとした。「今回のことで」

「きっと力になれると思うわ」庭に目をやると、チャーリーとニックが庭じゅうに散らばっている使用済みの皿やカップを特大のゴミ袋に押しこんでいるところだった。ファジーは納屋のそばで何人かの男と話している。というより、そのなかのひとりから話を聞かされている。ジョー・デンプシーが両腕を振りまわし、夢見るような顔つきで、なにかすばらしいことを説明しているらしい。フーヴァーはべつの男とともにトウモロコシ畑のほうへ歩いていっている。第三のその男は足もとがやや怪しく、フーヴァーが付き添って歩きながら、酔いを醒まさせようとしているように見える。男を車に乗せようとしているのでないことはたしかだった。広い庭の明かりは夕暮れにはすでについていて、母屋をはじめとする建物の近くはその明かりに照らされているが、そのほかの地面は真夏の夜の闇に呑みこまれていた。フーヴァーともうひとりの男はトウモロコシ畑に達したあと、視界から消えた。

「ルーラ、ファジーと外に出ている人たちはだれなの？　デンプシーとフーヴァーはなにをしている人？」

ルーラは眇《すがめ》で納屋のほうを見やった。「四十ドルのスーツを着こんだ連中のこと？」

四十ドルのスーツはもはや四十年以上存在していないとルーラに告げる勇気はなかった。

「ここでなにか商売を始めようとしてるのよ。少しまえにうちへやってきて、調査させてくれと言って、あれこれ質問したり土地の値段をつけたりしだしたの。流れ者よ、あたしに言わせれば」

どんな動機があれば、ひと旗揚げようとする人がカンカキーへ流れこむのか、想像がつかない。流れてくる以上は、ひと旗揚げようとしているわけじゃないの？

「例の順位と、トークショーの司会者が造らせたポーチのせいで、町が有名になってからずっとこうなのよ」

「あのガゼボ？」とジェーン。

「ええ。市長もテレビに出て、しばらくは町がもてはやされたけど、今じゃだいぶ下火になっちゃったわ」

ルーラが大鍋の最後のひとつを拭くのを手伝った。北米で最も住みにくい町として知られたことが商売人を引き寄せたとはかぎらないとここで指摘しても、あまり意味がなさそうだった。

ジェーンはルーラにおやすみなさいと言った。ルーラはキッチンに残るだろうと思ったら、一緒に外に出てきた。「ファジーを引っぱってこなくちゃ。うちの人はあれこれ調べだすと時間が経つのを忘れてしまうから」

「ルーラ、この土地で白骨と化石が発掘されたことを通報したのはだれなの？　あなたかファジーが電話したの？」

ルーラは目を細めた。そうすると黒い目がほとんど消え入りそうだった。「だれが電話したのか知りたいのはこっちよ。他人のことに首を突っこむのが好きな連中の仕業だって噂だけど」

ルーラの話し方には、それ以上質問する気を起こさせないようなきつさがあった。ジェーンとチャーリーは、この土地を元どおりにするための報告書の作成を手伝ってほしいと言われて来たわけだが、自分たちに求められていることはほんとうにそれだけなのだと感じずにはいられない。今夜はルーラの〈ジェロー〉のトレイが大人気だった。でも、パーティの発案者はたぶんファジーだ。彼はきっと、自分たち夫婦の社会生活を停滞させまいとするパートナーなのだろう。

「電気が必要なら、室内で使ってもかまわないわよ。発電機の音がうるさいなんて気にしなくていいから。ファジーはあまり眠れなくて夜に歩きまわったりするけれど」

もうじきファジーもよく眠れるようになると言って、ルーラを安心させたかった。あなたたちは昔飼っていたペットの墓を掘り返してしまっただけなのだからと。ファジーは今までどおりトマトの栽培を続けられるし、売りたければ土も売れるわよ、と。しかし、慰めになりそうなニュースを伝えようと振り返ったときには、ルーラはもういなかった。かえってよかったのかもしれない。そのニュースは、なにも問題がないことをチャーリーが確認してから、伝えたほうがいいかもしれない。肩越しに見ると、早くもキッチンの明かりは消えていて、家のなかで光っているのは居間に置かれたテレビが発する緑がかった光だけだった。

フーヴァーともうひとりの男はどこかへ行ったままだし、デンプシーとファジーの姿も見あたらない。納屋のほうに向かってファジーの名を呼ぶルーラの声が聞こえた気がして、そちらの方向を見ても人影はなかった。

わけもなく悪寒がつま先まで走るのを感じ、足早にテントへ行くと、ちょうどチャーリーとニックが出てくるところだった。ジェーンは暖かい夏の夜にぶるぶる震えながら、ログキャビンでボードゲームでもやらないかと提案した。

「ぼくとお父さんはテントで寝るよ」ニックが言った。「お母さんもそうすれば？」

ジェーンは夫の茶色い目を覗きこんだ。つい数時間まえに明々白々な誘惑信号を送ってきた目を。チャーリーの目からは今も信号が送られていたが、降参の白旗が彼の瞳で振られているのがはっきりとわかる。そんなチャーリーを責められなかった。

ニックのような息子――多くを要求せず、たいていの場合、理性と忍耐を示し、目玉をぎょろつかせるのは最小限にとどめて両親に接しようとする息子――が本気でなにかに関心を示した場合、拒絶するのは難しい。ジェーンもチャーリーも、もう少しすればニックはハイスクールにあがるから、賑やかな新しい友達ができて興味の範囲も広がるだろう、週末にはスポーツ行事や科学展に出かけるようになるだろう思っている。それから、運転免許を取得し、ガールフレンドができ、あちこちの大学を見学し、願書を提出し、合格通知を受け取る。四年間の大学生活を送ったあとは大学院に進学し、ヨーロッパ各地を歩き、仕事の口を見つける。オフィスは大陸の反対側にあるかもしれない。結婚して妻をもち、家族をつくる。実家へはごくたまに休暇で顔を出す程度になり、いずれは両親を介護施設に入所させる。そんなふうにニックの人生は進んでいくだろう。

もちろんチャーリーはニックとテントで寝なければならない。ニックの申し出にノーと言うなんて正気の沙汰じゃない。けれども、自分はこの冒険を承諾するべきではないとわかっていた。ジェーンの場合、テントのなかで寝るのに求められる忍耐力も、夜間に戸外で聞こえる音に対する忍耐力も、年齢に反比例して低下しているからだ。大学時代にはバックパックのストラップを締めたり寝袋を広げたりするのがそれなりに魅力的に思えた。でも、年齢を重ねた骨は、安定したマットレスと、まともな枕と、読書灯が欲しいと言っている。ログキャビンでもそれらは手にはいらないかもしれないが、ファジーのトマト畑の隣に張ったポップアップ・テントよりははるかに骨の希望に近いはずだ。

チャーリーがそっと肩を撫でると、ジェーンの心は揺れた。ここにニックがいなければ、もう一度アウトドアの大冒険に挑んでみるかもしれなかった。都会の灯をほぼ隠している満天の星と月を見ていると、人生最後のテント生活に引きこまれそうだ。この土地でのチャーリーは水を得た魚のようで、かつて知っていただれかをジェーンに思い出させた。その人のことを考えるだけで足がふわふわと地面から何センチか浮かんだものだった。そうよ、そう、これがチャーリーなのよ。

が、ニックは今ここにいて、父親がペットボトルの水と懐中電灯をいくつかログキャビンから取ってくるのを待っている。

「きみはここでいいんだね？」チャーリーが尋ねた。

「ええ、もちろん」ジェーンは答えた。「なにも起こるはずないもの。もしかしたらオットーの幽霊が猫の好きなイヌハッカの草でも探しにくるかもしれないけど、撃退できるから大丈夫。どうぞ、ふたりでテントで寝てちょうだい、ボーイスカウトの団員さんたち。窓の明かりをずっとつけておいてあげるわよ」

ジェーンはほんとうに窓辺の明かりをつけておくつもりだった。ベッド脇にあるがたのきたランプのプラグを差しこんで、本を読みながらタイミングよく眠りに落ちるという計画をすでに立てていた。そうすれば夜どおし明かりがあって、万が一ニックが怖くなってログキャビンのなかにはいりたくなったとしても安心ではないか。窓辺の明かりはニックのため。寝支度を整えながら何度も自分に言い聞かせた。ニックのためよ。窓辺の明かりはニックのため。だが、上掛けの下にもぐりこもうとしたそのとき、窓の外の母屋のほうに目をやると、勝手口からファジーが出てくるのが見えた。

「おい、おまえたち」ファジーは叫び、答えを待たずに続けた。「夜は発電機を切ることにしてるんだ！　トコジラミに嚙まれるなよ（〝ぐっすり休め〟の意の決まり文句）」

　キャビンの明かりが落ちた。外はインクを流したように、いや、もっと真っ暗に、かつてない暗さになった。雲が月を隠していた。星は見えているが、ワイオミングの空ほどにも、モンタナの夜ほどにも魅惑的ではない。ああ、文化的に貧しい環境にあるカンカキーはたしかに北米で最も住みにくい町かもしれない。でも、シカゴに充分近い都市だ。シカゴには周辺の多くの都市にとって充分な文化活動があるばかりか、南に寄り添う小さな町の夜空を明るくするほどの光もあふれている。

　ファジーが電源を落としたことによる突然の静寂にジェーンは衝撃を受けた。それまでは発電機の唸りを気に留めてもいなかったが、いったん止まってしまうと、今度は静けさが耳に響いた。それは波のように打ち寄せ、隙間という隙間を埋め、抱き枕のように、羽根布団のようにまとわりついた。なにかが走るような物音とときおり思い出したように始まる蚊の羽音がなければ、心を落ち着かせる静寂だったかもしれないけれど。そういえば、ファジーはなにに嚙まれるなと言ったんだった？

　ジェーンは目をぎゅっとつぶった。そうしていればログキャビンのなかの暗さを忘れられるだろう思ったのに、目をつぶっていると、玄関口の小さな光やトイレの終夜灯がついているのかどうかわからなくなってしまう。だめだめ、トイレのことなんか考えるのはよそう。

どうせトイレは裏口を出たところにしかないんだもの。外はここよりもっと暗いし。外に出なければならないときは起こしてくれとチャーリーは言っていたが、負けず嫌いなジェーンはそれだけはしたくなかった。この場所が今までに自分が落ちた一番暗い兎の穴だと認めるのは悔しいし、夜のあいだにもう一度トイレに行くのも悔しい。たとえ行く必要があったとしても。トイレのことは考えるな、と自分に言い聞かせた。

そのかわり、このキャンプ生活の魅力を思い起こすことにした。豚の丸焼きやチャーリーが話していた化石のことを。ファジーはわたしたち一家を招待してくれ、このログキャビンを使わせてくれている。自分の土地で発掘されたものがなにかを突き止めるために協力してもらいたいとファジーが頼んできたのはつい今朝のことだ。でも、今夜、山盛りの料理をふるまい、野菜畑に案内して茄子や胡瓜やピーマンを見せてくれた彼はどことなくそわそわしていた。古くからある野菜の品種の話や南瓜の苗の接ぎ木の話をしていたかと思うと、不意に、野菜畑の向こうにあるトウモロコシ畑に視線をやり、なにかを探すように見つめていた。まるで、訪問者がやってくるのを待っているかのように。『フィールド・オブ・ドリームス』の見すぎなんじゃない？　あの映画に出てくる野球選手の幽霊たちがトウモロコシの長い茎の陰から現われるの？　実際、ファジーに冗談めかしてそう言って、だれを探しているのかとも訊いた。

するとファジーは「だれ？」と訊き返し、ジェーンを見た。その目はひどく頼りなげだった。「だれだ……おまえは？」と問わずにおくのは大変だったろう。

ファジーはケビン・コスナーではない。彼のささやかな農園はだれかの夢が詰まった畑でもない。現時点ではさほど重大ではない期待が寄せられているだけの小さな農園にすぎない。

ファジーの体調はどうなのか、あの失神発作についてその後なにかわかったのかと，パーティの最中にジェーンが尋ねると、ドンは首を横に振って答えた。「歳のせいさ、ハニー。わたしや母さんとおんなじようにファジーも老いただけさ」

が、そのとき、ふたりとも食卓のほうに目をやり、ともに認めたのだった。ネリーは、丸焼きにされた豚の肉や、大量のマヨネーズがかかったサラダや、過剰なほど色とりどりの〈ジェロー〉を頬張っている、食卓のまわりの他のすべての人々と同じ速度で年月を経たとしても、自分だけは老いることはないと思っているだろうと。ネリーはオギャアと生まれたときから気難しい六十一歳プラスマイナス一歳で、そのままここまで来ているのかもしれない。今や七十の扉を強く押しつつあるというのに、六十歳より上には全然見えない。その贅肉のない体と、長年外気に触れてきたとはいえ皺《しわ》のない顔と、ガラガラヘビの内なるエネルギーを秘めた敏捷《びんしょう》さがそうさせている。

段重ねの特大のチョコレートケーキが切り分けられているときに、ドンがあらためてジョー・デンプシーにジェーンを紹介した。ドンの説明によれば、ジョー・デンプシーはカンカキーのやり手のひとりだった。ジェーンの第一印象では歳は六十代なかば、相手の手をしっかりつかんで上下に振る握手の仕方から、やはり、営業畑でかなりの場数を踏んでいるにちがいないと思われた。起業家と称しているが、果たしてカンカキーでどんな事業を起こそうとしているのか首を傾げざるをえなかった。

「わたしはこの町を過去の町ではなく、未来の町として見ています」しきりにうなずきながらデンプシーは言った。「すばらしい土地に、すばらしい人々が暮らす、可能性に満ちた町として」囁き声でそう言いながら、体を乗り出した。「見分ける目があれば、それがわかるのです」

その説自体は、ティムによるカンカキーの評価とさして変わりなかった。ティムはまた、カンカキーはいわれのない非難を、不当な仕打ちを受けたとも感じている。この美しく可愛らしい川の町が復活できない理由はないはずだとも。

ティムが計画している世界最大のガレージ・セールのことを考えているうちに、うとうとしてきた。こんな夢を見た。ガレージがゴムボールで埋まっている。そう思ってなかへはいり、ひとつを手に取ると、それはゴムボールではなく石だった。丸くて、浜で波に洗われたようにつるつるしている。石を手から落とすと、舗道に落ちた石のような音がした。そこで目が覚めた。あるいは、なにかの音が目を覚まさせ、夢のなかの手に開けと命じたのだろうか。

闇は異様に音を強く感じさせる。興味深い現象だ。なにかがこすれる音が窓の外に聞こえた気がした。と、車が道路に出ていった。遠くに聞こえるのは雷鳴？　嵐が近づいているの？　どれぐらい眠っていたのだろう。テントのチャーリーとニックを大声で呼んでもかまわないだろうか？　でも、ふたりを起こせるかどうか自信がなかった。それに、どんな確信がある？　ふたりから六メートル離れた暗闇にひとりでいるせいで怖くなってしまっただけじゃないの？　チャーリーがここに置いていくと言っていたランタンを小型の懐中電灯で探してみようか。だけど、それで懐中電灯の電池を使いきってしまったら？――でも、明日はガレージ・セールへの協力を頼んでまわるティムの手伝いで町まで行く予定だから、電池を五十個買ってこられる――きっと買ってこよう。

「痛っ！」生活に必要な最低限の家具しかないログキャビンにしては、あれやこれやいろんなものが闇から現われてはぶつかってくる。つま先歩きで窓辺へ近づくと、雲のうしろから月が顔を出しているのが見えた。裏の芝地が月明かりに照らされ、ちらちらと光っていた。芝草の緑が水のような銀色に変わっている。その草と野菜畑の向こうのトウモロコシ畑が衛兵のように見えた。列を成して立つトウモロコシの緑の葉と太い茎が、少なくとも二エーカーはある土地に十字交差の模様を作り出していた。

芝地とトウモロコシ畑が接するところで、なにかがこちらに向かって手を振っているのが見えた。男が両腕を振りながら、こっちへ歩いてきているのだろうか？　微風がログキャビンをがたがたと揺らした。風の流れによって、男の腕の振り方が荒々しくなるのがわかった。袖が風にはためいている。ジェーンは長い息を吐き出した。それまでずっと息を止めていたという自覚はなかったのだが。

「案山子《かかし》」自分の見たものの名称を口にすると、今まで思いきり顎に力を入れていたために、力が抜けたとたん顔全体に痛みを覚えた。ゆがんだ顔の造作を矯正しようと口を開いて、また閉じ、もう一度声に出して言った。「ただの案山子じゃない」

ふつうなら、今ごろはもう、いたるところで緊張が解けているはずだった。きつく締められていたところがゆるみ、アドレナリンが放出され、疲れきって眠りに落ちているはずだった。なにかがこすれる音、きしむ音、なにかを引っかくような音がいくらログキャビンの暗い隅にもぐりこもうとしていても。そして、そのまま熟睡しているにちがいなかった。案山子が十字の棒から飛び降りて、トウモロコシ畑のなかに消えるのを見ていなければ。

4

まずはアクセサリーから攻めるべきか、それとも裁縫箱に突進するべきか。ジェーン・ウィールといえども、教会の会議室の真んなかで決断に迫られた新米ピッカーのように、ときに迷うこともないではなかった。アクセサリーは、慈善家を気取ってバザーのお膳立てを買って出たディーラーたちに漁られてしまう？　ならば、裁縫箱から攻めるべきだ。絡み合ったファスナーの下に、ヴィンテージのボタンの詰まった缶が押しこまれているのを見つけられるかもしれない。でも、どうする？　もしも、アクセサリー箱の底にベークライトの揺れるブローチ《ダングルピン》がはいっていたら？　その暗い箱のなかで、わたしの名前を囁きながら待っていたら？

しかし、ファジー・ニールソンの真っ暗なログキャビンの窓辺に張りついたジェーンは、自分が今、探偵として断固たる決断をしたことを悟った。アニメのような案山子を見たところからいっときも目を離さずに、踵《かかと》のないキャンヴァス地のズック靴をつま先で探りあてて履いた。アニメのような、と思ったのは、案山子の様子が『ファンタジア』で観たシーンと似ていたからだ。あのディズニー映画を観たのは何十年もまえだが、本来は命のないものが命を宿すというストーリーじゃなかったっけ？　たしかミッキー・マウスの箒《ほうき》？　そう、箒、またはモップ——案山子の手足になっている十字交差の棒も似たようなものじゃない。よし！

　ジェーンは懐中電灯を見つけようとテーブルの上を手探りした。ああいう大衆文化の潮溜まりから流れてくるものの断片を思い出すたびに、〝よし！〟と言う癖はやめなければ。〝よし！〟を発するべきは、手がかりや糸口を見つけたり新たな発見をしたりしたときであって、子ども向けアニメにしては怖すぎる方法で〝魔法使いの弟子〟になったミッキー・マウスが踊っている姿を思い浮かべたときではない。

　懐中電灯にズック靴、そして、くだすべき決断。チャーリーを起こす？　たくさんの映画を観て、たくさんの本を読んできたジェーン・ウィールは、ヒロインがひとりで屋根裏部屋へ行くか地下室へ下りるかすると、かならずトラブルに巻きこまれると知っていた。ヒロインはボーイフレンドや夫を煩わせたくない。だから、ルームメイトにも行き先を告げず、ひとりでその場所へ向かって、愚かにも危険にはまりこむのだ。

　出来の悪いミステリ映画の主人公の愚かしい女性徒をここで演じるつもりはない。ジェーンには確固たるお手本があった。少女探偵ナンシー・ドルーならどうする？　懐中電灯をつけた。ただし、光をあてるのはテントの入り口から少し離れたところにした。

「チャーリー」と小声で呼んだ。探偵物に登場する可憐な女にはなりたくないが、探偵物に登場するヒステリックな主婦にもなりたくない。こんなことでニックの目を覚まさせる必要もない……〝こんなこと〟がどんなことであっても。亡霊を……見たのだとしても？

「チャーリー」もう一度小声で呼びかけた。懐中電灯の光をテントのなかに向け、どちらの寝袋に夫がいるかを見分けられるまで、ゆっくりと寝袋の上を照らした。つぶった片目にかぶさっているニックの髪を光がとらえると、すばやくもうひとつの寝袋に光を移した。ボーイスカウト時代の〝つねに備えよ〟が身についているせいか眠りの浅いチャーリーは、顔に光があたった瞬間、跳ね起きるだろう。ジェーンは彼についてこさせるための体勢を取った。片足を先にテントの外に出し、〝位置について、ヨーイ、ドン〟の体勢を。

それから、眠り皺の寄ったチャーリーの顔があるはずの枕に光をあてたが、そこに見えたのは枕だけだった。懐中電灯を上下させて確かめ、ニックの目を覚まさせてしまう危険を冒して息子の体を上から下まで照らしてから、入り口の向かい側に光を向けて、ぐるりと一周させた。チャーリーがいない。

テントの外に出ると、ちょっとのあいだ懐中電灯を消した。月はほぼ満月。目が慣れると、その月光で、周囲の全景とまではいかなくても芝地の部分は見ることができた。自分のいる位置を確かめ、トウモロコシ畑が始まるところへ視線をやった。なにかが……見える。なにかがそこに立っているように。さっきあんなにはっきりと見えた光景は、十字の棒から案山子が飛び降りて走りだすのを見たのは錯覚だったのだろうか。継ぎ接ぎだらけのぼろぼろのシャツを夜風がとらえて畑のなかに吹き飛ばし、見張りの十字棒を残しただけだったのだろうか。

「チャーリー？」ジェーンは声をひそめて呼んだ。

チャーリーが寝袋で寝ている息子をテントに置いて出ていくとすれば、行き先は妻が眠っているキャビンしかないが、彼には会っていない。じゃあ、屋外トイレ？　そうにちがいない。いささか意外な気もするけれど。戸外で用を足すのは男だけが味わえる愉しみで、そこが男と女の本質的な唯一のちがいなのでは？　はじめてチャーリーの正式な発掘調査のお供をしたニックが、サウスダコタから帰ってくるなり、ハドロサウルスの化石の話を二十分かけてしたあと、戸外で立ち小便をした感動を事細かに三十分間語ったことを思い出す。

ジェーンはトウモロコシ畑のほうへゆっくりと歩いた。その途中に屋外トイレがあるから、すぐに会えるだろう。畑に近づくにつれて、お辞儀をしたような格好で揺れているトウモロコシの茎が見えてきた。ウォルト・ディズニーが農園育ちなのかどうかをＧｏｏｇｌｅ検索で調べなくては。畑が命を宿すというアニメはさして想像力を働かせなくても思い浮かぶ。樹木がしっかりと張った根を持ち上げるとか、その根を膝のように折り曲げ、フィドルの奏でるスクエアダンスの曲の懐かしい音色に合わせて、どすどすと踊りだすとか。ミッキーとグーフィーが熊手や鍬《くわ》をつかんでくるくるまわりながらトウモロコシ畑にはいってきて、十字棒から飛び降りた案山子たちがスクエアのふたつのコーナーをつくるかもしれない。あのまるまると太った満月が、収穫の月に近づきつつあるお月さまが、〝ドシド！〟、〝アルマンド・レフト！〟と掛け声をかけ、パートナー同士、背中合わせにひとまわりさせたり、左まわりにひとまわりさせたりもするかもしれない。子どものころ、そんなアニメを見たことがなかった？　でなければ、わたしがここでそういうのをつくってしまおうかしら。

「チャーリー？」木でできた小さいトイレのそばまで来ると、ジェーンはまた小声で呼びかけた。

「はあ？」トイレのなかで懐中電灯が光り、低い小さな声が返された。「はいってます《オクパド》」

ジェーンは微笑んだ。チャーリーったら南米の旅行でスペイン語を仕入れてきたのね。

「わたしよ、チャーリー。トウモロコシ畑を確かめにいきたいの。じつは今、見ちゃったのよ……」そこで言いよどんだ。「妙なものを」これなら彼の興味をかき立てるはずだ。

　例の案山子の棒に近づいてみると、まだその場に立っていたが、ドロシーとトトと一緒に今にも歌って踊りだしそうなレイ・ボルジャー（『オズの魔法使い』の案山子役の男優）のような服はもう着せられていなかった。というより、もっと近くに寄ると、それは棒でもなければ、なんらかの目的をもって作られたものでもないことがわかった。ただ、柄の長い鋤を地面に突っこんであるだけだ。藁《わら》を詰めたジーンズとネルシャツの衣装はとても似合いそうにない。それでも、その鋤を見た生き物は警戒してトウモロコシ畑に近づかないかもしれない。

　今は月が高くのぼり、充分な明るさがあった。その不思議な情景にスポットライトをあてるためにさらに距離を詰めた。盛られた土の山の高さだけで一メール近くあったから、土のなかに立てた鋤のてっぺんまで加えると二メートルぐらいありそうだ。手足をだらりと広げ、背中を鋤にあずけているのは、豚の丸焼きのバーベキュー・パーティで見かけた男だった。だれかれなしに握手をしては、バーベキューの料理を口のなかにかっこみ、毎分一マイルのスピードで喋っていた男。不動産会社の緑のブレザーを着ている。今、自分が膝に皿を一枚も載せずにひとりで座っている場所に気づいて驚いたのか、口は開いたままだ。皿のかわりに動物の骨が、あまり巧みとはいえない配置でその膝に置かれている。頭蓋骨が男の胸を、破けたブレザーとシャツのぎざぎざの穴をまっすぐに見ているように見える。出血量から推測するしかないが、おそらくは心臓も貫通したのだろう。

「ジェーン？」チャーリーの小さい声がした。

「チャーリー」ジェーンが答えるのと同時に、彼が背後から現われた。

「ニックは？」振り向いて、まずそう訊いた。息子も夫と一緒にやってきたのではないかと怯えながら。こんな光景をニックに見せたくない。チャーリーはジェーンの肩に手を置いた。首を横に振ってから、小首を傾げるようにしてテントのほうを示した。

チャーリーの目は死んだ男に据えられていた。振り向いたままのジェーンは、今は彼の肩越しに、屋外トイレとテントとログキャビンと母屋がある方向を見ていた。

「オットー？」死んだ男の膝に載せられたものに向かってチャーリーは言った。

「ファジー？」忍び足で勝手口から母屋にはいろうとしている男を見つめながら、ジェーンは言った。

5

マンソン刑事が車から降り立ったのは、空がかろうじて白みはじめたころだった。マンソンの顔に刻まれたシーツの皺の地図はまだ消えておらず、まなざしはうつろだった。彼と会えてほんとうに嬉しい。いや、実際、喜びのあまり目眩《めまい》がしそうだ。彼は古い友人であり、仲間である。ふたりは味方同士。ともに〝事件に取り組む〟ことになると知って、彼もきっと嬉しいだろう。

「ミセス・ウィール」マンソンは会釈した。喜びを隠しているのだ。また会えてよかったと思ったにちがいないのに。なにしろジェーンは、〈カンカキー〝K3〟不動産〉の関係者が心臓を撃ち抜かれた現場から三十メートルと離れていないところに、文字どおり出張《でば》っていたのだから。その男の着ているブレザーが信頼に足るものだと仮定して。

ジェーンは寝ぼけているニックに付き添って母屋の裏口からキッチンにはいり、そのまままっすぐ食堂を抜け、胡桃《くるみ》材の大きな半円のテーブルをまわりこんで正面側の居間にはいると、えび茶色のキャメルバック・ソファ（背もたれの曲線がラクダの瘤に似たソファ）に寝かせた。アフガン編みの膝掛けが六枚、部屋の隅に置かれた足置きクッションの上に重ねてあったので、そのうちの二枚を息子の体に掛けた。ここでも母としての願いはひとつ、これからファジーの農園を覆うであろう不快な空気のなかでもニックには眠りつづけてほしいということだった。ニックとチャーリーの監督のもとでおこなわれる予定だった発掘作業は中断させられるかもしれず、殺人事件の捜査によって、ふたりのキャンプ生活も後味の悪い不快なものになってしまうだろう。殺人事件そのものが不快な出来事なのはいうまでもない。

ジェーンはニックの寝顔を見つめた。三歳の幼児のようにすべすべだ。指をぱちんと鳴らして子どもを守る魔法があるのなら。人生のつらい部分を見なくてすむようにずっと夢を見させてやれるなら……。それが不可能であることも、かならずしも望ましい方法ではないこともわかっているが、そう願わずにはいられなかった。そう、ティムがよく言っている。「自分で選ばなくちゃだめだよ、ジェイニー。きみが望むのは幸せな人生なの？　それとも、おもしろい人生？」

「両方」と、ジェーンはいつも答えていた。子ども時代に大決断を迫られると——チョコレートかヴァニラか？　林檎かブルーベリーか？　赤か濃い赤か？——どっちもちょっとずつ欲しいとかならず言ったものだ。欲張るんじゃないと、ネリーにいつも叱られた。チャーリーとの二度めか三度めのデートで、ディナーのデザートにキーライム・パイを選ぶかティラミスを選ぶか悩んでいると、チャーリーは、それは欲張りじゃなくて願望の表われだろうと言ってくれた。

ニックの寝顔を見おろしながら、息子が目覚めたときの困惑を予測した。テントの寝袋のなかに丸まって寝ているはずが、鉤針で編んだ膝掛けに体をきつくくるまれた、囚人みたいな自分の姿に気がついたら戸惑うに決まっている。どうしたらその事態を防げる？　コーヒーテーブルの上にメモでも残す？

そんなことを考えて、息子の顔に見入っていると、小さな奇跡が起きた。眠りのなかにあるニックがにっこり笑って、「なんだっていいよ」と言ったのだ。はっきりと。ニックには、現実だろうと超現実だろうと、いろんな出来事や場面をいくらでも夢見ることができるのだろう。でも、どんな場面にいても、夢のなかで問いかけたときの答えは、ハッピーな「なんだっていいよ」なのだ。ジェーンはこのひとことから息子の無意識の世界を覗くことにした。するど、その賢そうな顔が知りたいことを全部教えてくれた。父親と母親の才能を公平に受け継いでいるかぎり、ニックはたぶん大丈夫。父親は彼に知性を授け、母親は……母親はなにを授けたのかしら？——妖精の名付け親の杖を思い浮かべ、眠っている息子の額に触れてみる——そう、〝おもしろがる才能〟を授けた。だから、きっと大丈夫。ニックが夢のなかで発した〝なんだっていいよ〟を、目を覚ましているこのおとなのために翻訳すると、彼の人生は幸せで、しかもおもしろくもなりうる、という意味なのかもしれない。どちらもちょっとずつ。なんだっていいのよ。

ふたたび外に出ると、母屋に通じる長い私道にパトカーが七台、整列しているのが見えた。納屋のそばの砂利が敷かれたところに救急車も停まっている。マンソンほか数名の私服の刑事が制服警官に向かって、現場保存の封鎖テープを張るように指示を出していた。ログキャビンとテントもそのテープで立ち入り禁止とされそうだった。だれかに許可を求めたり注意をうながしたりするまえに、とっさの判断でニックをテントから移動させておいてよかった。ほかのことはあとでもできる。

チャーリーは遺体からかなり離れたところにしゃがんで、被害者の膝に積まれた骨を見ていた。身を乗り出したり、顔の向きを変えたり、背を反らしたりしているようだ。そこで、チャーリーがカメラを持っていることに気づき、はっとした。上着のポケットに入れていたカメラにちがいない。骨の写真を撮っているのだ。これがどんな法律に違反するのかは知らないが、もしマンソンがチャーリーのほうを見やり、現場写真を撮っているのを見つけたら、気に入らないだろうとは思った。

すでに明かりが用意され、三人の警察官による畑の検証が始まっているのが見て取れた。手前の一列のうしろに広がるトウモロコシ畑には、もっと多くの捜査員がいるのかもしれない。

だれかが背後に近づく気配を感じ、それから砂利を踏む音が聞こえた。だが、つい数時間まえ、踊る案山子に見えたものから無理やり視線を離すより早く、耳もとで声がした。

「意外に早かったですな」カンカキー郡検死官の代理を務めるドクター・ジェーキルだった。

「はい？」ジェーンは思わず横に飛びのき、ジェーキルと向き合った。長い顔がますます長く見えたが、髪はきちんと梳かれ、アイロンのかかったシャツを着て、ネクタイも締めていた。

「意外に早く、またお会いすることになりましたね」とジェーキルは言い置いて、そのままトウモロコシ畑のほうへ歩いていった。チャーリーは、ジェーキルが通りかかるころには立ち上がり、カメラをポケットにしまっていたので、ジェーンは胸を撫でおろした。チャーリーの手にカメラがあれば、ジェーキルはおそらく手を差し出してフィルムの引き渡しを求めただろう。厳しい教師が授業を中断して生徒のまえに立ち、そのガムをよこしなさいと言うように。

殺人事件は活気をもたらす。これはほんとうだ。ジェーンは裏のポーチから少し先まで歩いてきていたが、振り返ると、裏口をはいったところに置かれた椅子とテーブルは警察用の臨時デスクとされ、タブレット端末をまえにした警察官ふたりが猛烈な勢いで指を動かしていた。だれもかれもが携帯電話で、あるいは携帯無線機で話していた。マンソンは質問や指示を口にしながら、制服警官のあいだをまわっていた。地面に打ちこまれた小さな杭のまわりに、黄色のテープがするすると張りめぐらされているところだった。あと数分もしないうちに最初の聴取を受け、そのあと五時間、同じことを何回も訊かれるということはわかっていた。ジェーンは深呼吸をひとつしてから、チャーリーに近づいた。他人《ひと》の質問に答えるまえに、彼に訊いておきたいことがあった。

「大丈夫かい？」チャーリーは振り向き、ジェーンがそばまで行くまえに両腕を広げた。彼の腕に抱かれると幸せを感じた。これからどんどん気温が上がるだろうが、夜明けの空気はまだ肌寒い。

「チャーリー、警察の聴取をべつべつに受けるまえに教えてほしいの。屋外トイレのなかでなにか聞こえなかった？」

「ミセス・ウィール？」マンソン刑事がこちらへ歩いてきた。チャーリーと握手を交わしてから、マンソンは、ミセス・ウィールがまたも厄介事の中心にいることについての感想を述べた。

「少なくとも今回は厄介事の定義については意見が一致しそうね」

ジェーンの探偵人生とマンソンの刑事人生が交差した他の幾度かのケースでは、それが殺人事件、もしくは、どう贔屓《ひいき》目に見ても自然死の幇助《ほうじょ》や教唆《きょうさ》であるということをマンソンに納得させなければならなかったが、このファジー・ニールソンのトウモロコシ畑のきわでは、そんな議論をしなくてよかった。緑のブレザーを着たロジャー・T……某――マンソンの手帳に書かれたファーストネームは逆さまからでも読めるが親指に隠れたラストネームは読めない――は、ジェーンが心配したような農園から脱走した生身の案山子ではなく、不動産仲介業者であり、しかも疑いの余地なき殺人の被害者であることはあきらかだ。

「では、さっそく定義してくださいよ、ミセス・ウィール」思い出せない事柄でも探しているのか、それとも、ジェーンがなんと言おうと意に介さないとでも言いたいのか、マンソンは手帳のページをぱらぱらとめくった。

「殺人よ」とジェーン。「銃には詳しくないけど、一応勉強したわ。被害者は銃で撃たれた。あの出血量から、弾丸《たま》は急所に命中したと考えられる。それに……」

そこで言葉を切った。自分はロジャー・Tの体が地面に落ちるところを見たのかもしれないところで言う？　知っていることを全部、刑事に話すのはもちろんかまわない。でも、そのまえにはっきりさせておきたいことがあった。なにがチャーリーを目覚めさせたのか。チャーリーを呼びにテントへ行ったときに彼がいなかったのはそのためなのか。ジェーンとチャーリーが死体を発見した直後、なぜファジーは裏口から急いで家にはいろうとしていたのか。

マンソンはジェーンの背後にいるだれかにうなずいてみせてから、まっすぐにジェーンの目を見た。

「これが殺人だという点では意見の一致を見ましたね、ミセス・ウィール。で、あなたは被害者を知っていたようですが？」

ジェーンは男の顔を思い出そうとした。その顔を見たのは一時間まえ？　それとも二時間まえ？　今はまわりが明るくなっている。マンソン率いる捜査班はいつからここにいるの？　トウモロコシ畑を検証し、遺体を確認し、捜査の陣営を張り、ファジーの農園をミツバチの巣箱のようにするのに何時間かかったのだろう？

人の死体を見て、鮮明に記憶に残るもの、まったく記憶に残らないものがあるとしたらなにか？　男の脚や腕の位置、男が着ていた不動産会社のブレザー、男の顔に浮かんでいた驚いたような表情は思い出せた。だが、死んだあの男を見て、ああ、あの人だと思い浮かぶ人物がいる？　いない。たしかにバーベキュー・パーティで見かけた気はするが、知り合いではない。ないはず。カンカキーの人間なら知っていて当然の人なのだろうか？　現時点での悲しい真実は、これまでたびたび死体に遭遇してその数を増やしながら、殺人の被害者に対して無意識に距離をおくようになったということだ。隣人のサンディが殺されているのを発見したあとは悪夢を経験した。恐怖のフラッシュバックに断続的に襲われた。それからまた、べつの殺人の被害者に遭遇した。今や職業のひとつに掲げている探偵としての関心もあるし、防衛本能の表れかもしれない。

「わたしはべつにあの人を――」ジェーンは言いかけた。

「ええ、ロジャー・T・グローヴランドを？」マンソンはまたしてもジェーンの肩越しに視線をやった。

どうして彼は目をそらすの？　そう思ってから、マンソンはジェーンから目をそらしているだけでなく、だれかを見ているのだと気づいた。

振り返ると、短く刈ったごま塩頭の小柄な男がそこに立っていた。顔は眠そうだが、さっぱりと洗われて、ピンク色の頬をしている。

「あなたは？」マンソンは身振りを添えてその男に尋ねた。

「いやいや、ちがいますよ」男は答えた。「ちがいますって。わたしはロジャー・グローヴランドじゃない。ヘンリー・ベネットです。ハンクと呼んでください」

男はマンソンに片手を差し出した。マンソンが不審そうに目を細め、握手に応じないと、ヘンリー・ベネットは片足を軸にして、くるっと体を回転させた。気がつくとジェーンは、マンソンが型どおりの挨拶もしたくないらしい男と握手していた。

「おい、ボスティック、部外者を入れたのはおまえか？　豚の丸焼きパーティとやらに集まった人間の足跡だけでも百五十組あるんだぞ。いいか、身元確認ができる不動産屋を呼べと言ったんだ。わかったな！」マンソンは、怯えきった若い制服警官の顔のまえで手帳を振った。ボスティック——その警官はジェーンの高校時代の友人の弟に似ていた。すばらしい、あの子よ。見覚えがある。サミー・ボスティックの末の弟よ。

「わたしがその不動産屋ですよ」ヘンリー・ベネットは腕に掛けた緑のブレザーを差し上げた。「〈カンカキー〝K3〟不動産〉から来ました。断じてロジャー・グローヴランドじゃありませんが」

「そうでしょうね、むろん」マンソンは非難するようにジェーンを見た。このささやかな裏庭農園で起きた犯罪の現場の真んなかにジェーン・ウィールが立ってさえいなければ、こういうややこしい展開にはならないとでも言いたげに。問題を複雑にしているのはこの女なのだと言わんばかりに。「わたしはただ、被害者の名前をミセス・ウィールに教えただけです。ロジャー・T・グローヴランドと」

マンソンはいったいなんの話をしているの？　ロジャー・グローヴランドなら、ジェーンも知っている。ロジャー・グローヴランドは、ジェーンの家族がカンカキーの西の新興住宅地に住んでいたころ、同じ通りに住んでいた。

ドンの御殿。ジェーンと弟は新居をそう呼んでいた。当時のドンは一家の暮らしに真っさらなものを欲しがり、家も一から自分で築いたものでなくては気がすまなかった。そこで、宅地開発が始まると現地の説明会に出向き、分譲地の地図を眺め、気に入った設計図を選んだ。早々と土地を購入し、家の頭金も支払って、鼻高々で家へ帰ってきたドンは、貧しい生まれながら独力で夢を叶えた息子、その年に一番頑張った労働者そのものだった。だから、住み慣れた界隈から引っ越すのをいやがる子どもたちに泣かれると、がっくりした。子どもたちにすれば、今まではコブ・パークまで歩いて行けて学校へも自転車で行けたのに、郊外の新興住宅地から学校へかようには農家の子と一緒に三十分もバスに乗らなければならなかった。

結局、ドンは譲らず、正式に不動産契約を交わした。一家はウェスタン・ヒルズ・ドライヴに引っ越し、寝室が三つ、裏庭の向こうにはトウモロコシ畑が広がっているランチハウスに住みはじめた。そう、ちょうどこのファジーのトウモロコシ畑みたいな畑だった。引っ越しの当日、ジェーンはどうせ新しい家のなにもかもが気に入らないと決めてかかっていた。

ところが、ブルーの〈シュウィン（ドイツ製の自転車）〉に乗ったロジャー・グローヴランドに、きみは何年生？　と尋ねられるという不意討ちを食らった。ロジャーとジェーンは五年生のときは仲良しだったが、中学生になってからの三年間は、思春期につきものの暗黙のルールのせいで尻切れトンボの会話しか交わせなくなった。高校はちがったが、たまにばったり出会うことはあった。おとなになってからのロジャーは、ネリーのチキン・ヌードルを食べに月に一度は〈EZウェイ・イン〉へ立ち寄り、大都市シカゴで仕事をしているジェイニーの情報を折々に更新していた。そういえば、ロジャーは地元の不動産会社に勤めていた。〈EZウェイ・イン〉で昼食をとりながら彼がドンに話したところによると、仕事は順調のようだった。

ヘンリー・ベネットは今はブレザーを着ていて、自分の名前が書かれた胸のネームバッジをつまみ、軽く上げてみせた。ブレザーを腕に掛けていたのはまずかったわね。ジェーンは心のなかで言った。おかげでボスティックはマンソンに八つ当たりされることになったのだから。その趣味の悪い緑のブレザーがなければ、ヘンリー・〝ハンク〟・ベネットは立ち入りを許されない部外者だ。ベネットは折り襟を持ち上げるようにしてブレザーを整えると、もう一度、ネームバッジを指でいじくった。自分が不動産仲介業者であることをはっきり示そうとするように。マンソンの期待していた不動産業者ではないにしても。いずれにせよ、今、ここで必要とされる情報の整理を手助けするのは彼の義務だった。

「残念ながら、わたしがどこの者だかおわかりでなかったようですね」ベネットはジェーンとマンソンの両方に向かって言った。できればマンソンの顔は見たくなさそうだったが。「朝の早い時間に人と会う約束があったので、警察から事務所に連絡があったとき、たまたまわたしが電話を受けたんです」ベネットは肩を怒らせた。

「あの人はロジャー・グローヴランドじゃなかったわ」とジェーン。

マンソンは苛立ちを顔に出した。「なんなんですか、ミセス・ウィール？」

「いや、そうですよ」ベネットが割りこんだ。「ロジャーは死にましたから」

マンソンの苛立ちはとろ火から中火にレベルアップした。

「つまり、ロジャーはですね、ええと、六週間、いや、七週間まえに亡くなったんです」とベネット。「心臓発作で。急死でした」

「嘘でしょ？」とジェーン。

「ほんとうです。可哀相なことをしましたが」ヘンリー・ベネットは首を横に振った。「数年まえ、女房と別れましてね。まあ、逃げられたんですけど。で、彼が死んだあと、姪っ子が町へ来て、いろいろと後始末をしました。ハウス・セールをして家財を売ったり——といっても、おおかたはアイリーンが持っていってしまいましたが。それから、姪っ子がうちで家を売りに出したんです。まだ売れていません。悪くない物件ですよ、もし家をお探しなら一度ごらんになっては？」

「ボスティック！」マンソンは叫び、横を向いた。そこでジェーンが見たのは、そんな動作が人間に可能とは思いもしなかった光景だった。ある人物に怯えた男が、その相手から身を遠ざけるのと、その相手のほうへ走りだすのを同時にやっている。気の毒なボスティック。被害者の身元確認についてボスティックを責めたてるマンソンの声が聞こえた。しかし、ボスティックのほうも、怯えながらも、ブレザーについていたネームバッジを疑ってかかる理由はなかったと答えた。ブレザーのサイズは被害者の体にぴったり合っていた。財布はなく、ほかに本人確認ができるものもなく、ボスティックにすれば珍しいケースとは思えなかった。もし、辻強盗に遭ったのなら、もちろん財布を盗られたでしょうし……。マンソンは声を荒立てずに、だが凄みを利かせてこう言った。辻強盗というやつはふつうトウモロコシ畑などで仕事をしないし、プラスチックのネームバッジだけで裏付けも取らず、被害者の氏名を上司に報告するのは怠慢ではないか。

マンソンはそこでヘンリー・ベネットのほうを向いた。

「あの人がグローヴランドでないなら、いったいだれなんですか？」

「さあ、さっぱりわかりませんね、マンソン刑事」とベネット。「見たこともない人です」

「だいたい、着る義務もないのに、なぜあんなちんけな緑のブレザーを着る気になるんだろうか。どう考えても……あ、いや、失礼」マンソンはベネットを見た。ベネットはブレザーに対する侮辱を自分に対する侮辱と受け取ったようだった。「早朝からの現場検証で状況が混乱していまして。お詫びしますよ、ミスター・ベネット。わざわざ足をお運びいただき感謝します。恐縮ですが、もう一度遺体を見てもらえませんか。被害者が〈カンカキー〝K3〟不動産〉の社員ではないということを、つまり、オフィスのハンガーに掛かっていたべつの社員のブレザーをまちがって着ていたのではないということの確認を取らなければならないので」

「ありえませんよ。うちではみんなブレザーを持ち帰っていますから。職場でそういうまちがいは起こりません」

ファジーの敷地で発掘された残りのものを確かめに例の穴のそばの掘っ立て小屋へ行っていたチャーリーが戻ってきて、ジェーンの肩に腕をまわし、そっと額を合わせた。

「亡くなったのがきみの友達のロジャーだったとは。ボスティックから名前を聞いて思い出したんだ。それで、ロジャー・グローヴランドならきみの知り合いだとマンソン刑事に知らせた」

「ロジャーじゃなかったのよ」ジェーンはチャーリーに教えた。

「ちがうんですよ」ベネットも言った。

チャーリーは狐につままれたような顔をした。それから、かすかに笑みを浮かべた。

「そうか、それはある意味では朗報なのかな、ハニー。ロジャーに関しては」

「いいえ」意思を伝えるための言葉の不足をつねづね感じているジェーンだが、今は穴の底に落ちていくような感覚を味わっていた。「やっぱりロジャーは死んでしまったのよ。でも、場所はここじゃなかった」ジェーンはトウモロコシ畑を指差した。「あそこで死んだんじゃないってこと」

マンソンはベネットをトウモロコシ畑へ連れていくようボスティックに命じ、手帳になにやらメモした。そして、ふたりのあとを追いながら、振り返ってジェーンに片手を上げてみせた。すぐに戻ってくるから、ふらふらどこかへ行くなという意味らしかった。

「殺された人はたしかにロジャーのブレザーを着ていたけど」ジェーンは小声で言った。

「ロジャーも心臓発作で何週間かまえに亡くなっていたの」

「じゃあ、ボスティックは被害者の身元確認を誤って大目玉を食らっているわけだ?」とチャーリー。

「被害者は〈カンカキー〝K3〟不動産〉の社員だと警察が考えたのでなければ、ヘンリー・ベネットはまだここへ呼ばれていなかったと思うわ。マンソンはただでさえ現場に残っている足跡が多くて気に入らないんだもの。これ以上証拠を踏みつける足跡を増やすために余計な人を呼びたくないでしょうよ」

チャーリーはうなずきながら聞いていたが、彼の関心がトウモロコシ畑のほうに移っていることにジェーンは気づいた。

「どうしたの？」

「オットーさ」

「やっぱりオットーの頭蓋骨だったの？」

「ああ。夜中にあの掘っ立て小屋に人がいるような物音が聞こえたんだ。人の足音のような音が。で、確かめようと思って起きた。きみがひとりでトイレへ行こうとしているのかなと思って。掘っ立て小屋のそばで懐中電灯かランタンのような、ちらちらする光も見えたから、行ってみた。でも、なにがなくなっているのか確かめることはできなかった」

「トイレへ行ったのはいつ？　掘っ立て小屋へ行ったあと？」

「いや、だから……」チャーリーは口ごもった。

「じゃ、そのまえ？」ジェーンは問い詰めた。「でも、あのタイミングだと……」

「きみが歩いていくのが目にはいったから追いかけたのさ。なにをしようとしているのかはわからなかったけど、ひょっとしたら寝ぼけて歩いているんじゃないかと心配で」

「いっそ、そのほうがよかったわ。掘っ立て小屋のピクニック・テーブルからなくなっていたものはほかにもあった？」

「あそこにはいろんなものが一緒くたにして置いてあったからな。猫の骨や古い鑑札、興味を惹かれる石もあったし、陶器のかけらもあった。瓶も二本。とにかく雑然として統一性がない。研究仲間の短期大学の教授を呼んで一覧をつくって調べるしかなさそうだ。警察が彼を現場へ入れてくれればだけど」と言ってから、チャーリーはつけ加えた。「あるいは、警察がぼくたちを解放してくれれば」

ジェーンはチャーリーの視線を追った。母屋まで続く長い私道は、私道の入り口の公道に停まった二台のパトカーによって遮られていた。お役御免となるまえにニックの様子を見に家のなかへはいったら、マンソンは無礼と解釈するだろうか？　どうしようか決めかねていると、やけに金属じみた鐘の音が聞こえた。ジェーンは急いでログキャビンへ戻ろうとした。てっきり携帯電話が鳴っているのだと思った。またニックが勝手に着信音を変えて、なんだかよくわからないメロディにしたのだろう、お母さんにいつも新鮮な驚きを与えたかったとかなんとか言うつもりなのだろうと。

でも、ちがった。その音は、ジェーンばかりか、ほかのだれの携帯電話の着信音でもなかった。それは、いわば携帯電話以前の警報装置、母屋の勝手口のすぐ外の柳の木に吊された青銅のトライアングルから発せられた音だった。なにかがはいった恐ろしく大きなバスケットを抱えて外に出てきたルーラが、そのトライアングルを金属棒で打ち鳴らしながら、早く出てきてお食べなさいと、全員に向かって大声で叫んでいる。ロジャー・グローヴランドではない男の死体がトウモロコシ畑に寝かされているという状況でなければ、何十人もの警察官がマンソンからルーラへ視線を往復させている光景はちょっとおもしろいと、若干の皮肉もまじえて思ってしまったかもしれない。ルーラは彼らの健康と職業意識に脅威を与える最も強力な餌でおびき寄せようとしているのだから。

「ほらほら、ドーナツよ、みんな！　できたてほかほかのドーナツ！」ルーラは歌うように言った。「こっちへ来て食べなさい！」

マンソンは、ドーナツ休憩を禁じて部下に叛乱でも起こされたら大変だと判断したようだが、自分にはその休憩を与えなかった。ジェーンは大きなトレイが置かれたところへ歩いていくと、まだ温かいドーナツの横に用意された粉砂糖のシェイカーを手に取った。ルーラの心遣いだ。ジェーンとしては糖分を余分にとるつもりはなかったが、容器を頭の上まで持ち上げて底を見てみた。〈ユニヴァーサル・ポッタリー〉社の〈UPICO〉というロゴが読める。それは〝エレノア・ブルー〟（エレノア・ルーズヴェルトが夫のフランクリン・ルーズヴェルト大統領の就任式に着たドレスの色にちなむ）のデカル（シールを貼り焼きする技法）を使ったシェイカーで、とりわけ稀少価値があるわけではないが、使い勝手のよさと、丸みを帯びた容器を片手で持ったときの重みがなんともいえずいい。それに、こうして使われているのを見ると心が温まるというか、安心する。おそらくは、ルーラの母親が七十五年まえに〈シアーズ〉のカタログで注文してからずっと使いこまれているのだろう。アンティーク・モールで埃をかぶっている物とも、どこかのレトロなキッチンに飾られているようなキッチュで鼻につく物ともちがって、ここではちゃんと本来の役割を果たしている。継承性？　わたしが憧れてやまないのはその部分？　家庭生活という魔法のかかった物をあれこれと手に入れれば、家族の歴史を受け継ぐことになるかもしれない。そうすれば守ることもできるかもしれない。でも、そもそもなにから守らなくてはいけないの？

「砂糖の独り占めはなしだよ、ベイビー。そのコレクティブルもどきの中身を使いたい人間もいるんだからね」聞き慣れた声がした。

「ティム？」振り向くと、ティム・ローリーが、ドーナツを三個載せた皿とコーヒーカップを片手に危なっかしく持っていた。「どうしてここに？」

ティムはジェーンからシェイカーを奪うと、朝食の上に盛大に粉砂糖を振りかけながら、笑みを浮かべた。「独自のルートがありまして」

ドーナツをぱくつく合間にティムがした説明によると、警察から〈カンカキー〝K3〟不動産〉に電話がはいったとき、ちょうどティムも居合わせたのだという。〈カンカキー〝K3〟不動産〉は例の〝ツィンガゼボ・ガレージ・セール〟のスポンサーの一社で、ティムは、不動産会社所有のカンカキーの詳細な市街図のコピーを取っていたのだという。

「日曜日の朝の六時に？」

「このプロジェクトを進めるための時間がなかなか取れないのさ。それに、今朝はたいしたセールがなかったし」と言って、ドーナツにまたかぶりついた。「ごぞんじのとおり、週末の朝のぼくの体内時計はつねに朝の四時にセットされているからね。セールの行列の先頭に並ぶために。もっとも、日曜の早朝も昔ほどの収穫はないけど。それで、ヘンリー・ベネットに、朝のできるだけ早い時間に、事務所が開いたらすぐにでも作業をさせてくれと頼んだら、今朝はたまたま夜明けのミーティングがあると言ってくれた」

ティムの話では、ベネットは警察から電話を受けてすっかり動揺し、現場へは自分の車で行くと言って電話を切ってから、今朝は会社まで妻に送ってもらったことにはたと気がついた。

「で、ぼくも、きみにはぼくが必要になるんじゃないかなあと思ったわけさ、ナンシー・ドルー」というわけで、ティムはベネットを自分の車に乗せてきたのだが、そのあと、母屋に身をひそめ、ルーラとファジーに対して、もし町に出てきてガゼボのガレージ・セールに参加する気になったら、なにを出品できそうかという交渉を始めていた。

「覚えているだろうけど、マンソンはぼくの熱狂的なファンじゃないから、なるべくなら……」

「敬遠策でいこうと」ジェーンが引き取った。今やふたりのあいだに粉砂糖がもうもうと舞っていた。

「まあ、そんなとこだな」とティム。「このシェイカー、値を付けるとしたらいくら?」

「二十ドル」

「きみはクソ優秀な探偵を目指したほうがいいね。ピッカー稼業を続けていたら今にきっと飢え死にする。そんな値段で買うやつはどこにもいない」

シュガー・シェイカー

Sugar Shaker

シェイカーはデザインも形もバリエーションに富んでいて、卓上に置いておくだけで可愛らしいアイテム。欧米にコレクターが多い。ソルト＆ペッパー・シェイカー（塩胡椒入れ）よりもシュガー・シェイカー（砂糖入れ）のほうが流通量が少ないため、稀少価値があがることが多い。

ジェーンは喉まで出かかった言葉を呑みこんだ。

「そうか、なるほど。きみが買うな。きみなら二十ドル出して買う」

「わたしの考え方はこうなの、ティム。つい最近、しゃれたキッチン用品店でステンレス鋼のシュガー・シェイカーを買ったのよ、二十ドルをちょっと超える値段で。そんな顔しないでよ、ほんとに買ったんだから」どこであれキッチン用品売り場にジェーンがひとりでふらりとはいって、小売りの商品を買うなどということをティムが信じないのはわかっていた。ディスカウント百貨店の〈ターゲット〉で一度ならず過呼吸に陥ったところもティムに目撃されている。

「ルーラのこの可愛いセラミック容器には個性と物語があって、たまらなくキュートなわけよ。どうしてキッチン用品店で売っているシェイカーと同じ値段を支払わずにいられる？　もっと高くたっていいくらいだわ」

「まず第一に、色がブルーだってこと。平凡だよ。もしデカルの柄が同じでも色が赤だったら十ドルの値は付けられるかもしれない。それでも高いけどね。いくらなんでも二十ドルはないだろう、ハニー。こっちは商売なんだから。小売りの商品と同じ値段なんて。それも高級品と。ブルーならほかでも見つかるし、もっと安い。だから、さっさと素通りしてほかのを探す」ティムは口いっぱいに揚げドーナツを頬張っていた。「第二に、なぜシュガー・シェイカーを買いにいったんだ？　きみの料理といえば缶詰をときどき開けるのがせいぜいで、お菓子なんか焼いたこともないくせに」

「わたしだって料理はします」ジェーンは大皿に残ったドーナツの最後のふたつをニックのために取った。「ニック用に買ったのよ。あの子、パンケーキを作って、そこらじゅう粉砂糖だらけにするの。だから、シェイカーを買ったの。おかげでキッチンがだいぶきれいになったみたい」

「それはそれは、ハニー。朗報だ」ティムは声をあげて笑った。彼は両手についた粉をはたくと、ルーラが用意した鉤編みのナプキンホルダーから、黄色と緑の模様のペーパーナプキンを取って顔を拭いた。それから、ジェーンに手を振ってポーチから離れた。「チャーリーの顔を見てくるよ。ひょっとしたらマンソンに会ってしまうかもしれないけど。ガゼボのガレージ・セール勧誘の戸別訪問ができるように、少しでも早くここから出る努力をしよう。いいね？」

「エレノア」

「だれだって？」ティムは訊き返した。

「その色、〝エレノア・ブルー〟っていうの。たしかに平凡な色よ。でも――」ティムがすでに声の聞こえないところに行ってしまったので、そっとつけ加えた。「そのブルーが一番素敵なのよね」

ドーナツの皿を置いたとき、ニックはソファでまだ寝ぼけ眼《まなこ》だった。ルーラがアフガン編みの膝掛けを増やしてくれていた。体の下に押しこんであるので、まるで色鮮やかなアクリルの繭《まゆ》にくるまれた芋虫のようだ。

「もうなにか聞いている？」ジェーンは息子に尋ねた。

ニックは首を横に振り、目をしばたたき、伸びをした。「でも、パトカーがあんなにたくさん私道に停まっているんだから、なにかあったんだってことはわかるよ。お父さんは大丈夫？」

ジェーンはうなずきながら、息子をじっと見つめた。その大きな茶色の目に浮かんだ心配そうな表情には見覚えがありすぎる。どこでその目を見たのだっけ？　そうだ、鏡。いいだろう、でも、この子にはわたしにはない部分もいっぱいある。冷静で、要領がよくて、上品だ。そう言うと本人は嫌がるけれど。ニックは物事に取り組むチャーリーの姿勢と、科学的な推察力を受け継いでいる。それにチャーリーの髪の色も。ジェーンはニックの目にかかった髪を払った。いかにも母親らしいこんな仕種《しぐさ》ができるのは、ニックがまだ眠気と闘っている最中だからだ。ちゃんと目を覚まして頭が冴えてきたら、息子は自信をみなぎらせ、手の届かないところへ行ってしまう。

「お母さん、なにか見つけたの……また、死体とか？」ニックはさっと体を起こしてソファに腰掛けようとしたが、時代がかった四角いモチーフの膝掛けに拘束されているのでうまくいかなかった。

「うしろにお父さんもいたから」ジェーンは答えた。「一緒に見つけたことになるけど」

ニックはうなずいた。奇妙な表情がその顔に浮かんだ。息子の大学の進学資金のうち、いくらをセラピーに使うことになるのだろう。ジェーンはとっさに概算し、どのような遣い方が最も経済的かと考えた。積立金の利息ぶんを貯めて、おとなになってから精神科にかかる費用にあてたほうが効率がいい？　それとも、積立金を切り崩して今すぐ毎週のセラピーを受けさせ、わたしたちがこの子に与えてしまった不安神経症に対処するべき？

「ということは、今回はふたりとも当事者なんだね？」ニックはドーナツにかぶりつき、粉砂糖を景気よく飛び散らせた。

ジェーンはこっくりとうなずいた。そのとおりだと思いながら。

ニックが膝掛けから脱皮しているあいだに牛乳を持ってくることにした。ニックにそう言ってから、マンソンにあれこれ訊かれるかもしれないと警告した。なにか物音が聞こえなかったか、寝たのは何時か、というようなお定まりの聴取をされるだろうと。ニックはうるさそうに手で払いのける仕種をした。「『ロー&オーダー』のシリーズを見ているから、捜査の手順はわかっているよ」

ジェーンは自分が見られていると感じることがよくあった。被害妄想とまではいかない。だれかにストーキングされているとか、ヒッチコックのドラマのように絶えず行動を監視されているとかいうのではなくて、実生活が世界じゅうに放送されていたことに気づく『トゥルーマン・ショー』の主人公の気持ちにかぎりなく近い。

ひょっとしたら〝リアリティ番組〟を生み出しているのはこの自分なのだろうか。いずれにせよ、ニックの進学資金の一部を拝借して、わたしのセラピー代にあてるようなことになったら目もあてられない。

警察捜査の手順など、ニックには知ってほしくない。

「ジェイニー、なんだか興奮しちまうなあ、ええ？」ニックに事情を説明したあと、キッチンへ行くと、ファジーがテーブルについていた。ファジーは、コーヒーの半分ぐらいを受け皿にそそいで冷まそうとしていた。一瞬、目が潤んだ。近ごろでは、だれもかれもがマグカップでコーヒーを飲むので、受け皿付きのカップが実際に使われているところを見かけることもめったになくなったが、子どものころ、父がカップのコーヒーを揃いの受け皿にそそいでいるのを見た記憶がある。冷ますためにそうするのだとドンは言って、受け皿にそそいだコーヒーをまたカップに戻してから飲んでいた。なぜこのシーンがこんなにも懐かしく、こんなにも胸が詰まるのだろう。専門家ならこの状態を説明できる？　心のなかにある不安や心配を癒やし効果のあるノスタルジーへ向かわせた結果だと、セラピストは言う？　ニックは大学へ行く必要はないかもしれないし、あの子はあれでなかなか目端が利くから、どのみち奨学金をもらえるはず。それに、セラピストに払う相談料を今、必要としているのはわたしなのだ。

「ファジー、警察とは話したの？」ジェーンは訊いた。

「いいや。だれも話になんかこないし、ジョニーを撃ったのがどこのどいつなのかも教えちゃくれんよ」ファジーは受け皿を注意深く持ち上げ、コーヒーをカップに戻した。

「卵を食べる、ジェーン？　スクランブルエッグを作ったんだけど」ルーラが訊いた。ガスコンロのまえに立ったまま、フライ返しを高く上げて。

「ジョニーって？　あの人のことを知っているの？」

「ガキのころから知っているさ。ジョン・サリヴァンだよ。隣の農園の息子だ。あいつはたしか大学へ行ったんだったなあ、ルーラ？　シカゴの新聞社に勤めてるのさ」

「新聞記者なの？」ジェーンは訊いた。「新聞社に勤めながら〈カンカキー〝K3〟不動産〉でも働いているってこと？」

「まさか。働いてないわよ」

ジェーンはルーラが「働いていなかった」とは言わずに、ティッシュで目頭を押さえていることに気がついた。

「だったらなぜ不動産会社のブレザーを着ていたのかしら。それも、ロジャー・グローヴランドのネームバッジがついた」

「さあな」とファジー。「ひょっとしたらニュースに出てくるような潜入取材でもやっていたんじゃないのかい？　不衛生な厨房やらなんやらの暴露記事を書くために従業員としてレストランにもぐりこむ連中みたいに」

「馬鹿なこと言わないで、ファズ」ルーラがたしなめた。

「いったい、ここでなにをしていたのかしら？」それはファジーとルーラへの質問というよりは自問だった。マンソンがニールソン夫妻に対する事情聴取をまだすませていないとなると、ジェーンが先にあれこれ訊いているのを知ったら烈火のごとく怒るだろう。

「たしか、バーベキュー・パーティでも見かけたぞ。実家へ来たついでにうちにも顔を出したんだろうと思ったんだ」ファジーは卵のおかわりを求めて自分の皿をルーラに手渡した。

ファジーはそれから、数分かけて入念にトーストパンにバターを塗った。バターのひと塊をナイフに載せると、まず、パンの隅から隅へ慎重に塗り進めて縁取りをした。つぎに、画家が油絵を描くように、その四角いパンのキャンヴァスに新たなバターを塗りこめ、盛り上げ、どこかの酪農場の展示室にでもありそうなディスプレイを完成させた。バターでこしらえた立体地形図を。コンロのまえのルーラはちらっとこちらを見て、笑いだした。

「食べ物で遊ぶのはやめなさい、ファズ」と言って、きれいにバターが塗られた一枚を流しのそばの皿から取り、ファジーのパンと取り替えた。「コレステロールがまた限界値を超えたらどうするのよ」

ファジーはそのトーストパンをしばらくじっと見つめていた。ルーラに向かって首を横に振ると、ルーラはまっすぐに彼を見つめ返した。ファジーはパンを裏返してから、またもとに戻し、にっこりして、ひとくちかじった。ルーラはその様子を鷹のような鋭い目で見つめていた。ジェーンは、ルーラがバターを取り上げるかもしれないと思った。ファジーがそのパンも改造しだすのではないかとひどく心配しているようだから。ファジーはまた首を横に振り、ジョン・サリヴァンの話に戻った。ジョン・サリヴァンは仕事人間でかなりのやり手だったそうで、ゆうべも、カンカキーに新しい空港が欲しいとまだ考えているか、そうでないならこの町をどうしたいかと、だれかれかまわず訊いてまわっていたという。

「彼自身は空港誘致に賛成だったの？」ジェーンは訊いた。

「なぜあいつがそう思うんだ？　あいつはシカゴの近くに住んで、週末だけ親父の農園の仕事を手伝っていたが、空港の件には関心がなかったはずだぞ。うん、なかったはずだ。なかったよな、ルーラ？」

「自分以外の人がなにに関心があるかなんて、わかるわけないじゃないの。人がなにかをする。でも、それがべつの目的のためだってことはあるわよ。ジョニーが畑仕事を手伝ってたのは、父親に、兄さんじゃなく自分に土地を遺してもらいたかったんでしょうよ。土地が手にはいったら、すぐに売るつもりだったのよ。べつに珍しい話じゃないわ。土を空に投げたら、土埃で目が曇って自分がほんとうに欲しいものの形が見分けられなくなるって話よ。でも、あたしたちは、ここで野菜と少しばかりの花を育てて、収穫したものを調理して、食べて、余ったぶんが売れればそれでいい」ルーラはエプロンで手を拭いた。「ああ、たまには土も売りたいと思うかもしれないわね。臨時収入があれば、曾孫に大きなベビーベッドを買ってやれるもの。そうすりゃ、その子にはあたしたちからの贈り物だってわかるわ。この農園がどういうことになるか、よく見てなさい。あたしたちはただ、自分の欲しいものがわかってて、自分たちのしたいことをしてるだけで、だれにも迷惑をかけちゃいない。ただそれだけなのに――」

ルーラが今にも泣きだしそうなのがジェーンにはわかった。だが、ルーラは皿を下げて余った料理にラップをすることでなんとか泣くのをこらえ、トーストパンの最後の一枚を夫のほうに滑らせた。

「はいどうぞ。あたしがなにも食べさせてくれないなんて言わないでちょうだいよ」ルーラは二槽式のシンクの使っていないほうに温かい石鹸水を溜めた。

ルーラがこんなに長く話すのを聞くのははじめてだった。母のネリーに似て、ルーラも言葉ではなく行動で意思を示す人だから。二十代のころ、職場の同僚が始めた女たちの討論会に参加していたジェーンに、「女ばっかりでいったいなにを話すの？」とネリーが訊いた。なんでも話すとジェーンは答えた。自分の気持ちや、希望や、夢を話すのだと。自分の話に耳を傾けてくれる人がいるのはすばらしいことなのだと。ネリーはふんと鼻を鳴らしたきり、むっつりと黙りこんだ。その沈黙に我慢できなくなって、母さんはどう思うのか言ってくれと迫ると、ネリーは笑い飛ばした。「どうも思いやしないよ。ただ、言っとくけど、女がそんなところへ行くのは他人《ひと》の話を聞きたいからじゃない。自分の話を聞きたいだけなのさ」

ネリーはさらに、クロゼットのなかを片づけたり、キッチンのカウンターをきちんと拭いたり、鍋一杯のスープを作ったりすれば、希望を語るのと同じくらいいい気分になるはずだと言った。ちゃんとテーブルで食事をする人間には、まわりはちょっかいを出さないとも。

ネリーにしろルーラにしろ、料理のレシピや食料品のリストより長い会話をする、あるいは我が子の服装や家事や子育てについて熱弁をふるうのは儀式のようなものだった。自分が語るのを聞きたいから話すのでは断じてない。ふたりともそんなことは微塵も望まない女だから。

ジョン・サリヴァンの週末の農園がよいについてルーラが言ったことが引っ掛かる。ジョン・サリヴァンは土地を相続して売り飛ばすために父親のご機嫌を取っていたのだろうか？　サリヴァンが空港のことを訊いてまわっていたのは、高く売れそうな土地の法定推定相続人としての興味からだったのだろうか？　ファジーとルーラの話から、ジョン・サリヴァンはカンカキーでは新聞記者ないし週末だけ農業に従事する紳士を演じていたのかもしれないとも思えた。が、現時点での一番の疑問は、なぜゆうべは、不動産仲介業者のロジャー・グローヴランドの衣装をつけ、グローヴランドを演じていたのかということだ。彼を死なせたのはその役柄だ。その役のせいで彼は最後に死人を演じることになった。

ふたたび外に出ると、ティムとチャーリーがマンソンと真剣な議論をしているところだった。ティムの口角がひくひくと引きつっているのはわかったが、おもしろがっているのか怒っているのかは判然としない。チャーリーの表情は疑いようがない。怒っている。右手を使って左の指を数えている。これは彼独特の仕種だ。はじめてその怒りの仕種に気づいたとき、ジェーンはチャーリーが癇癪《かんしゃく》を起こすまいとして十まで数えているのだと思った。チャーリーはちがうと言った。口論となるのは避けられない会話のなかで、自分が相手に言いたいことを指を使って確認しているのだと。三人のほうへ近づきながら、チャーリーが親指からまた数えなおそうとしているのがわかった。言いたいことがそれほどたくさんあるということらしい。

「とにかく、あそこにある骨には触れないでいただきたい。あなたがたの管轄外です」とチャーリー。

「じゃあ、だれの管轄なんですか、教授？」とマンソン。

「この発掘現場はイリノイ州の人骨保護法のもとにあります。もし、ぼくの記憶が正しければ、その法律のもとでは、現場周辺にあるいかなるものにも手を触れずに現状維持されなければなりません。つまり、こちらの調査が終了して……」

「手を触れずに、とはどういう意味です？」マンソンは携帯電話を手にしていた。

「人骨である可能性が排除できない骨が、墓地の登録をされていない場所で発掘された場合は、何人《なんぴと》もその現場を乱すことを法律が禁じており——」チャーリーの攻撃が始まった。

「いいですか、わたしが見るかぎり——」

「それに、ぼくの記憶が正しければ、その州法の「乱す」という文言は、掘り返す、取り除く、陳列する、汚す、損なう、破壊する、いたずらする、辱めるという意味をふくんでいます。発掘されたどの骨についても、未登録の墓についても、ということです」

マンソンはいったん口をつぐみ、チャーリーが列挙したひとつひとつを頭のなかで復唱した。

「思うに、あなたにはあなたの仕事があり、わたしにはわたしの仕事があるわけで、べつにあなたが仕事を続けるのを禁じるつもりはありません。ただ、しばらく待ってくれと言っているんです。部下は引き続き現場検証をおこなわなければならないということもつけ加えておきましょう」チャーリーが言葉を挟もうとすると、マンソンは片手を上げて制した。「こ こで殺人事件が起こったんですよ。そして、わたしは捜査する義務を負っています」マンソンはひと呼吸おいた。「あなたの義務は大昔に死んだ生物の骨を保護することでしょう、教授。でも、わたしはゆうべ起こったことを調べなくてはなりませんからね」

「古い骨は新しい死体に勝てないってことさ、チャーリー」ティムはふたりのあいだに視線を行き来させた。「自分がこんなことを言うとは思ってもみなかったなあ、マンソン刑事、だけど、ぼくもあなたの意見に賛成ですよよ」

ジェーンと三人との距離はほんの一メートルだが、ジェーンがいることに気づいているのはティムだけだった。ティムは、今のぼくの意見にはきみも同意するだろう？　と言いたげな視線をよこした。その目はこうも言っていた。どうだ、ホモ嫌いの頭のいかれた下衆野郎を追っぱらいたいときでも、こんなにお行儀よくできるんだよ。

「ミスター・ローリー」マンソンは低い唸り声で応じた。「どうしてあなたがここにいるんですか？」

「警察がトウモロコシ畑と裏庭を検証しているあいだは、チャーリーは発掘現場の調査を続けられないの？」ジェーンはチャーリーをなだめるのとマンソンの質問をはぐらかすのを同時にやろうとした。「仕事の場所をそこだけに限ったとしても？」

「こっちの現場はもうしっちゃかめっちゃかなんですよ。ゆうべは百人からの人間がここへやってきて敷地内を歩きまわって、プラスチックのフォークやらナプキンやらを落としていっているんですからね。有効な証拠がひとつ見つかればめっけものでしょう。むろん——」彼はつけ加えた。「あの骨は興味深いですが」

チャーリーはジェーンを見た。ふたりは十五年間、夫婦をやっている。人の視線の平均値があるとして、夫婦が毎日、実質的に目と目を合わせる回数は、控えめに見積もって十回といったところだろう。意味ありげな目つき——〝あなたがこれまで知ったことも感じたことも思ったことも全部忘れて、わたしの目だけを見つめて〟——などというものは、日常生活ではほとんどないに等しい。ということは、チャーリーとジェーンがまっすぐに視線を合わせた回数はこの十五年で五万四千七百五十回。そのなかで、今のこの視線はジェーンがその意味を正しく読み取らなければならない一回だった。

チャーリーの視線はジェーンの口を恐ろしい力で閉じさせた。

だれもなにも言わなかった。

「人を銃で撃ち殺したあとで、死体の膝に骨の山を載せる人間の心理はわかりませんがね」とマンソン。

さすがのティムも、ここで突然『デム・ボーンズ』（米国南部の伝承童謡の〝骸骨の歌〟）を合唱するのはまずいだろうと思ったようだ。

「ミセス・ウィール、さしつかえなければ、そこのポーチで話を聞かせてください」マンソンはジェーンの片肘をつかんで、母屋のほうへ戻らせようとした。チャーリーに入れ知恵ができないように。だが、ジェーンは素直には応じなかった。

「家のなかに息子がいるのよ、マンソン刑事。当然、動揺しているわ。そのことで夫とちょっと話をしたいのでポーチで待っていてくださらない？　すぐに行きます」

ニックが落ち着いた様子でドーナツをぱくつきながら漫画を見ていることは、マンソンに知らせる必要はない。マンソンが歩きだし、母屋に近づくのを見届けてから、ジェーンはチャーリーとティムを振り返った。

「オットーのことよね」

「だれだって？」ティムが訊いた。

「昔、ここで飼われていた猫さ。その猫の骨の一部が現場から消えているんだ」チャーリーが声を落として早口に言った。「発砲があったことについても被害者の死亡時刻についても、ぼくにはなんの確証もないけれども、被害者の膝の上に骨の山を載せた人間は、あとから思いついてそうしたんだという気がする。で、ポケットに骨を入れて、あるいは素手で骨を持って、あの場所まで持っていった。なぜだろう……そして、たぶん、骨を膝の上に落とした。それとも死体の体裁をよくしようとして置いたのか……うぅん……不気味だな」

「たしかに」とティム。「トウモロコシ畑で人が撃ち殺されただけなら、まあ、不気味というほどじゃないけど」

「お黙り、ティム」とジェーン。「チャーリーが言いたいのは、あの骨がカルト集団の宗教儀礼かなにかに見えるってこと」

「それだけじゃないよ、ジェイニー。ゆうべのことを思い出してくれ。ぼくは夜中に目を覚ましてテントから出て発掘現場へ確かめにいった。なにかの音が聞こえて、人がいるんじゃないかと思ったからだ。警察はきっとぼくの足跡を見つけるだろう。テントからあの掘っ立て小屋の脇のピクニック・テーブルまで、それと、きみを追いかけた道にも、ぼくの足跡が残っているはずだ。こう考えていくと……現場のそばに散らばっている骨があれば見つけられるんじゃないかと思うのさ。あのテーブルの上にあった骨をすくい取った人間がなにかしら痕跡を残しているかもしれないし」

「だけど、わたしは銃声を聞いた気がするのよ。そのときは雷が落ちたのかと思ったんだけど。うとうとしていて、その音ではっと目が覚めて、そのあとは眠れなくなってしまった」ジェーンは囁き声になった。「しかたなく起きて、テントへ行ったら、あなたの姿がなかったから、トウモロコシ畑のほうへ歩きだしたの。あなたが屋外トイレにはいっているときにちょっと話したでしょ。覚えていない？」

「え？　ぼくはなんて言ったんだ？」とチャーリー。

「ミセス・ウィール？」若い制服警官の声がした。「そろそろ来ていただけませんか？」

「はいってます《オクパド》」

「そんなことをぼくが言うと思うのかい？」

「だって言ったんだもの。南米の発掘調査に行ったときの習慣から口をついて出たのかと思ったわ」

チャーリーはかぶりを振った。

「どういうこと？」ジェーンは訊いた。

「ぼくは屋外トイレになんかはいらなかった」

ジェーンはマンソンの聴取を受けるために母屋へ向かう途中で携帯電話を取り出した。それからじっくり考えた。今、必要なのはナンシー・ドルーの親友？　ジョージとベスに来てもらう？　市民社会と警察とをつなぐことができて、しかも、信頼のおける人が現実にいるのに？　自問自答のすえ、ジェーンはブルース・オーの自宅に電話した。オーの番号を短縮ダイヤルで登録しておいてほしいとニックに頼むのを忘れていたことが悔やまれる。短縮ダイヤルの登録ぐらい、ちょっと調べれば自分でもできるだろうが、その時間もエネルギーも、急速に目減りしつつある脳細胞も、もっとべつの任務に使ったほうがいいのではないかと思うのだ。とはいえ、ポーチへ向かう途中で立ち往生しながら、やはり七桁より一桁のほうがはるかに思い出しやすいと悟った。

この時間だとオーがまだ早朝の散歩中なのはもちろんわかっている。目を覚ました世間に必要とされるまえに散歩することが彼の日課なのだから。妻のクレアもとっくに起きて週末のセールへ出かけているにちがいない。ジェーンはいつもの調子で論旨の通った伝言をオーの留守番電話に残した。

「もしもし、今、今カンカキーにいます。といっても、だいぶ離れていて、ええと、三マイルぐらいかしら。ファジーの農園よ。ゆうべ、案山子が倒れるところを見てしまったの。ところが、わたしの昔の知り合いとまちがわれたその人、じつはそうじゃなかったってことがわかって……死んではいるんだけど、ええ、その友達も。でも、そこで死んでいた人とはちがって……もういやになるわ！　殺人事件なの。例によって。電話ください」そして、時間切れの信号音のあとに気がついて、こうつけ足した。「ジェーン・ウィールです」

この伝言を残したのがだれだか相手にわからないと困る、とでもいうように。

6

マンソンはテレビの刑事物を見ることがあるのだろうか。ぜひ知りたいものだとジェーンは思った。あの制服警官たちも刑事ドラマを見たりするのだろうか。

銃だけでなく携帯電話と証拠採集キットと懐中電灯で武装した彼らは、相変わらずファジーの農園を走りまわっている。もうすっかり陽がのぼって明るいのに、懐中電灯は相変わらず茂みの奥を覗くのに使われ、トマト畑や胡瓜の蔓棚での証拠集めにも欠かせない道具となっている。どう見ても非現実的だ。あの制服も、リハーサルを重ねた台詞のような会話も同じく。暴力的なドラマは現実の暴力に対する視聴者の感覚を麻痺させるというのが評論家の口癖だが、ジェーンはむしろ、現実に起こる暴力が何事もない日常生活を非現実的なものにしてしまっていることのほうが不安だった。たいていの人は、今テレビで見せられているものが唯一リアルな現実で、自分たちが朝から晩までやっていることは全部、注目を浴びるチャンスが来たときのためのリハーサルだと思っているのではないだろうか。台本も編集も制作もそのためにある。テレビや映画が世界に向けてやっているのはそういうことなのではないか？　それとも、こんなふうに考えてしまうのは、かつて広告制作という仕事をしていた負の遺産なのだろうか。

マンソンはジェーンの昨夜の行動をはっきりさせるために、少なくとも三通りの質問をした。ジェーンは事実を話した。夜中に目が覚めた。眠れなくなった。ログキャビンの窓の外を見た。雷が落ちるような音が聞こえた気がする。音は遠かった。トウモロコシ畑で案山子とおぼしきものが倒れるのを見た。それを確かめるために外に出た。

「ひとりで？」

「チャーリーとニックはテントで寝ていて、ログキャビンにいたのはわたしひとりだったんですもの」

「ご主人を起こしに行かなかったんですか？　一緒に行ってくれと頼まなかったんですか？」

カトリック教育を受けて育ったジェーンは、もちろん〝十戒〟の掟は知っているし、自分が犯した罪について、些細な罪から重大な罪にいたるまでわかっているつもりだった。嘘をついても懺悔すれば罪が赦され、魂は傷つくことなく、やすやすと天国の門にたどり着けるということは少女時代から学んでいる。カトリックの教義を叩きこまれて、良心と罪の意識をいつもセットで感じるという精神構造になっているので、マンソンに質問されれば、正直に答えなければならないと感じた。

「行ったわよ。チャーリーを起こしに、テントへ」

制服警官がやってきて、なにやらマンソンに耳打ちした。マンソンはうなずいて立ち上がった。

「この続きはあとにしましょう、ミセス・ウィール」

警察が封鎖テープだけで対処できないことのひとつは、外部の人間の視線の遮断である。立ち入り禁止のテープを張られていれば、おそらくは藁をかぶせられた遺体があるであろう現場のそばを歩きたいとはだれも思わない。だが、そこはテントや幕で部外者に見えないようにしてあるわけではない。ジェーンの視線の先にあったのは、警察官に伴われて案山子エリア――と、犯行現場を呼ぶことにした――へ向かう男女の姿だった。どちらも銀髪で、どちらも背が高く、痩せている。兄妹のようにも見える。が、そうではない。おそらくジョン・サリヴァンの両親だ。

ミスター・サリヴァンはジーンズに格子縞のシャツという服装で、シカゴ・カブスの野球帽を片手に持っていた。もう一方の手で口の両端をしきりにぬぐっている。並んで歩く妻のほうはしゃんとしていた。母親のその姿勢のよさがジェーンの目を惹いた。

警察官が覆いの一部をめくると、ミセス・サリヴァンは地面に寝かされた遺体の顔を見おろした。そのときだけ肩がほんの少し下がったが、また元の位置に戻った。彼女はさっと向きを変えて私道のほうへ歩きはじめた。ジョン・サリヴァンの父親はもうしばらく現場に残った。帽子を振るような仕種で警察官になにか言い、警察官は首を横に振った。父親が息子の亡骸のほうに帽子を差し出した瞬間、ジェーンにはそれがジョン・サリヴァンの帽子だとわかった。被害者の名前がジョン・サリヴァンだということをようやくファジーから聞き出した捜査班が、サリヴァン家のドアを叩き、サリヴァン夫妻を車に乗せて直接ここまで連れてきたのだろう。死体安置所の冷たいコンクリートの床と蛍光灯の明かりの下で待ちたくなかったから。警察の話を聞いたミスター・サリヴァンは、たぶん裏口のフックに掛かっていた息子の帽子を取り、警察の車の後部座席でその帽子をずっと抱きしめていたのだろう。まえに座った制服警官たちに、「絶対にうちの息子じゃない。ジョニーのわけがない。ちゃんとここに帽子があるんだ」と叫びたかったにちがいない。

そうした人間ドラマが繰り広げられているあいだは、トウモロコシ畑や芝地で検証を続けている警察官たちの作業ペースが落ちた。サリヴァン夫妻が畑へ向かいだしてから私道へ戻るまでのあいだ、すべてがペースダウンした。ひとりの警察官がグラスを持ってくると、ミセス・サリヴァンはかぶりを振った。だれかが用意した折りたたみ椅子が自分のうしろにあることにも気づいていないようだった。ミスター・サリヴァンは私道に停められたパトカーに片手を置いたが、よりかからなかった。彼は自分の体重を自分で支えて立っていた。

夫妻がマンソンの質問に答える様子を見ながら、ジェーンはマンソンが訊きそうなことを想像してみた――息子さんはどんな用事でこちらへ来ていたのかご存じですか？　取材でしょうか？　仕事に関してなにか問題があるというようなことは聞いていませんか？　人間関係でトラブルを抱えているとか？　つきあっていた女性は？　仕事以外ではなにをしていましたか？　ギャンブルはどうです？　息子さんがここでなにをしていたのか話してくれそうな友人はいませんか？

ジェーンの頭にも質問が浮かんだ。なぜ、殺人事件が起こるとかならず被害者の事情、つまり死んでいる人の事情を説明しなければならないのか？　なぜ、警察の聴取はかならず糾弾めいた質問から始まるのか？　なぜ、平日は新聞社で働き、週末は農業にいそしんでいたジョン・サリヴァンがここで殺されたのか？

以前、被害者というのは悪いときに悪いところに居合わせた人間だ、という警察官の言葉をたまたま聞いてしまったことがある。殺された人はみんな悪いときに悪い場所に居合わせたの？　そう訊きたい気持ちを抑えなければならなかった。問題なのは、決まり文句にはある種の真実がふくまれているということだ。そして、人はすぐに真実を皮肉る。ほかにやりようがないから。

ジョン・サリヴァンの両親は、ゆっくりと首を横に振ったり縦に振ったりして答えていた。連発される質問は英語には聞こえなかったにちがいない。このあとふたりはどんな一日を過ごすことになるのだろう。まず、息子の遺体をいつ引き取れるかという話が警察からあり、そのあと、息子が週末に泊まる実家の部屋が徹底的に捜索され、司法解剖で息子をもう一度殺されるのだということを知らされる。親戚や友人からの電話。それからやっと葬儀の手配。テレビでは教えてくれない被害者家族の一日だ。ニックをはじめ刑事ドラマの視聴者は事件の山場に起こることについてはよく知っているかもしれないが、あの谷間の時間、混乱も対立も一時停止したような時間、殺人という異常事態に対処しているのにやけに静かなあの時間を、テレビドラマは見せてくれない。心構えをさせてくれるものはなにもないのだ。暴力で人生をめちゃくちゃにされることになる人のための啓発ビデオなどあるはずもない。あの谷間の時間を知っているジェーンは、彼らの胸に流れる哀しみと痛みを感じることができた。だからこそ、サリヴァン夫妻のために祈りを捧げ、穏やかな笑みを投げ、沈黙を送りたかった。

とはいえ、訊きたいことはあった。

なぜジョン・サリヴァンはトウモロコシ畑にいたのか？　もちろん、それが知りたい。でも一番知りたいのは、なぜ彼は、ロジャー・グローヴランドのネームバッジがついた不動産会社のブレザーを着ていたのかということだ。

ジェーンは周囲を見まわし、だれがどこにいるかを確かめた。ティムとチャーリーはまだ掘っ立て小屋のまえにいる。ニックは今はルーラとともに母屋の裏のポーチに出てきている。ルーラは捜査員のための追加の食べ物をトレイに用意したらしい。まるで納屋の棟上げ式でもやっているような歓待ぶりだ。いったい一日にどれだけの料理をひとりでこしらえることができるのだろう？

警察が質問していない人を探して、独自の調査を開始しようと思った。ほかの人間の仕事を眺めて時間を無駄にしてはいけないと、オーからつねづね言われている。

「ミセス・ウィール、なにかを知っている人はかならずいます。だれにも訊かれなかったという理由だけで、秘密を握ったままの人がかならずいるのです。その人を見つけなさい。そうすれば、ほかのだれも知らない答えが返ってきます」

前庭の花壇の雑草を抜いている人がいた。敷地内の土や草には手を触れないでくれと、ファジーに注意した警察官はいなかったのだろうか。裏庭で、野菜畑で、掘っ立て小屋で、発掘現場で、トウモロコシ畑で、土という土がしらみつぶしに調べられているというのに、前庭の芝生の端のほうに建つ母屋のまえのその場所には警察官がひとりもいなかった。花壇には多年生の植物が植えられていた。ファジーはそこに両手と両膝をついて雑草を引き抜いては、茶色の紙袋に入れていた。

「ファジー?」ジェーンは声をかけた。

ファジーは頭をさらに土に近づけ、カキドオシとの格闘を続けた。この草は彼が抜くのと同じ速さで庭じゅうを侵食しているのかもしれない。

「ファジー、警察に注意されなかった? 現場検証が終わるまでは土を掘り返しちゃ――」

「おれの土にあれをしろ、これをするなと、命令するやつがあとひとりでもいたら、男だろうと女だろうと子どもだろうと、許さんぞ」ファジーはくるっと振り向き、移植ごてをかざした。目が怒りでぎらついている。自分の所有地についてあれこれ指示されることに彼が本気で怒っているのはわかったが、怖いとは思わなかった。怖さよりも居心地の悪さを感じた。以前から知っている人の、知ってはいけないべつの一面を見てしまった気がしたのだ。

ファジーとのあいだには世代を超えた友情があった。両親と同年代のこの年長の友人は、気軽に手を振ったり罪のない冗談を言い合ったりできる人、ときには助言を求めることもできる人だった。ただ、こうして感情をむき出しにするファジーには戸惑いこそすれ、恐怖はこれっぽっちも覚えない。もう八十に近い老人だ。いくら彼に力があったとしても身は守れる。あるいは彼をかわして逃げられる。自制をなくしたファジーのふるまいに感じたのは、どこか奇妙だということだった。もし、ルーラがやってきて、彼女の口から出るのが料理のレシピでも、ニックの世話や食事に関する助言でもなく、カタログ通販〈ヴィクトリア・シークレット〉のランジェリー選びの話だったら、今と同じ違和感を覚えるだろう。ファジーやルーラやドンやネリーの世代にはその世代特有のなにかがある。一世代離れたジェーンは、今ファジーが見せている怒りの奇妙な親密さに違和感を覚えた。

ファジーはジェーンに向けて移植ごてを振ってみせ、それからまた土のほうへ向きなおった。

「ファジー、怒らないで……」

ジェーンは途中で言葉を呑みこんだ。ファジーは雑草を抜いて茶色の紙袋に入れているのではない。その袋からなにかを取り出して植えているのだ。チューリップの球根？　でも、今は花の球根を植えるのに適した季節ではないし、彼が掌に隠すようにして植えているものはもっと小さい。

「なにを植えているの？」

振り向いたファジーの顔は仮面をかぶったように見えた。自分のうしろにジェーンがいることに今、気づいて喜んでいるというふうだ。「おお、ジェイニーじゃないか、どこから来たんだ？」

ジェーンはファジーの隣に膝をついた。

「ファジー、ここでなにをしているの？」

ファジーは盛大な笑みを浮かべた。涙ぐんだ緑の目がジェーンの顔をさまよってから、目に据えられた。不適切だが愉快な質問だとでもいうように首を横に振ると、彼は、曲げた片膝を苦労して伸ばしながら、ゆっくりと体を押し上げて立った。茶色の紙袋を片手に、もう一方の手に移植ごてを握り締めていた。

「ルーラがサンドウィッチを作ってるはずだ。食べにいこう」ファジーは舌舐めずりをした。

ジェーンはうなずき、立ち上がろうとして土に片手をついた。ファジーの数歩うしろから母屋へ向かいながら、ファジーが掘っていた浅い穴から取り出したものを確認した。

親指で土を払うと、そのひとつに刻まれた年表示が読める。

一九三九。もうひとつは、たぶん一九四〇。

一九三九年と一九四〇年になにか特別な意味があるのだろうか？　たぶんそういうことではないだろう。それよりも、もっと大きな疑問に対する答えを見つけることのほうが大事だ。そもそも、なぜファジー・ニールソンは一セント銅貨を花壇に埋めようとしていたのか？

7

夫と息子が発掘現場の穴の横の掘っ立て小屋にいるのが見えた。ふたりともテーブルに覆いかぶさるような格好をしている。ニックがなにかを持ち上げて、チャーリーの反応を待った。ふたりに近づきながら、チャーリーが土を掘り返していたのではないかと心配になった。それはまちがいなくマンソンの定めた現場検証ルールに反する行為だ。が、そばへ近寄ると、箱のなかにしまわれていた物の一部を整理しているだけだとわかった。

「ファジーは溜めこみ屋のモリネズミだってことが判明したな」チャーリーが言った。「分野を問わないコレクターだ」

彼は小さな頭蓋骨をニックの顔のまえで持ち上げ、ジェーンに向かって言った。

「ファジーは地中から掘り出した物をひとつ残らずしまいこんでいる」

ジェーンはポケットのなかの一セント銅貨に指で触れた。ファジーが箱詰めにして用心深くしまいこんでいるがらくたとはどんなものだろう。

「栗鼠《りす》じゃない、お父さん？」ニックはその小さな骨を受け取り、手のなかで裏返した。

「当たり」

ジェーンもテーブルに身を乗り出して、チャーリーとニックが調べている木箱の中身を覗きこんだ。割れた植木鉢、瓶、大きな石、骨、セラミック・タイルのかけら。ファジーがたいした〝穴掘り屋〟なのがわかった。瓶のコレクターが穴掘り屋を自称しているのを聞いたことがある。ファジーは自分の掘り出した物を陳列していたわけではないから、ジェーンの知っているコレクターたちと同列には扱えないが、集めた物の量においては、充分その名に値する。

「彼が溜めこんだこの大量の物にどんな意味があるの？」

「そのへんはきみの専門分野だろう」とチャーリー。「人が大事に取っている物を見れば、その人のことがわかるというのがきみの持論だろ」

ジェーンはセラミック・タイルのかけらを手に取った。浮き彫りでなにかが記されている。製造年だろうか？

「ファジーのことは今はもうよくわからないわ。昔と変わらない優しいファジーが、つぎの瞬間にはぎらぎらした目の暴君になってしまうの。人がなにを考えているかなんて、わからない。でも、ルーラの考えていることだけはわかるわ。彼女はみんなの体重を十キロ増やそうと企んでいるのよ。見るたびに料理を作っているもの。もしかしたら愉しんでいるのかしら、なんて不謹慎な言葉さえ浮かんできそう」

「特殊な状況に置かれた場合の対処の仕方は人それぞれなんだよ。そうは思わないかい？自分の畑で人が殺されたんだぞ。ルーラは料理を作ることで恐怖を遠ざけようとしているのかもしれない」チャーリーは戸棚のひとつの掛け金をいじくりながら言った。

「このなかにある戸棚の中身は調べてもいいとマンソンが言った。ゆうべはここに鍵が掛かっていて、扉を開けられなかったんだ」チャーリーは手を止め、にっこりした。「ここはまるでファジーの博物館さ。彼の趣味で集めた小さい骨董店と言ってもいい」

「チャーリー、つまり、ゆうべはここへ来て、わたしの姿を見かけ、それからトウモロコシ畑まで追いかけたということね？」

チャーリーはうなずいた。

「屋外トイレにははいらなかったのね？」

「ぼくたちは外でおしっこするんだよ、お母さん」とニック。「発掘調査の現場じゃ、いつもそうするって言ったじゃない」

ジェーンはうなずき、息子の言葉を吟味した。身近な男がみなアウトドア・ライフのマナーに便乗しているように思えてきた。男はどうしてみんなマーキングしたがるの？　いわゆる男っぽい男、具体的には、野外の職業――森林警備隊、土木作業員、漁師、農園主――を選んだ男たちは例外なく、立ち小便の無制限の機会を欲しているように思われる。

ティムも掘っ立て小屋にやってきた。彼はまず〈ナイス&クリーン〉の抗菌ティッシュで両手を拭いた。

「なんと、マンソンが、きみをちょっとのあいだここから連れ出す許可をくれた」ティムはニックの肩越しに栗鼠の小さな頭蓋骨を覗きこんだ。ニックは細い刷毛らしきもので慎重に骨を掃除している。

「ここじゃ、フットボールのパスもしちゃいけないんだろ?」ティムはやれやれというように首を振り、保護者ぶった低い声をつくって言った。「これは我が名付け子にとってはあんまり健康的な趣味とは思えない」

「化石の標本についてニックに教えてもらいなさいよ、ティミー」ジェーンはチャーリーの手を引いて掘っ立て小屋の外に出ると、コンクリートで固められた平らな場所に立った。そこがいわば小屋のフロントポーチで、ファジーが最近発掘したお宝を陳列したピクニック・テーブルが置かれていた。ジェーンの一家がこの農園へ来る理由となった化石もその陳列物のなかにある。昨夜もふたりでこれと同じ物を見た。いや、ゆうべオットーの骨があったところは今は空いている。

ジェーンはログキャビンからトウモロコシ畑までの小径を指差した。屋外トイレはその中間の、ちょっと脇にはいったところにある。チャーリーは、ジェーンがトウモロコシ畑へ歩いていくのをここから見ていて、芝地を横切り、跡を追った。となると、屋外トイレはすでに彼の後方だ。あの場所でジェーンと言葉を交わした何者かは、ジェーンとチャーリーがジョン・サリヴァンの死体を発見しているあいだに道路まで走っていくことができた。

「あなたがあの屋外トイレじゃなく、ここにいたなら、わたしと話した相手はだれなのかしら?」

その答えはもうわかっている。今の質問を声に出して言わなければよかった。ジェーンは自分がだんだんと心地よくなりつつあるのを感じた。女探偵ジェーン・ウィールの役がしっくりと身に馴染みはじめている。気がつくと、チャーリーに手を握られていた。昨夜、彼に見つめられたときと同じように、これもいい感じだ。人生の第一章の扉が音をたてて閉められて、残りの人生のことを考えてはつまらないことで不安になったり悩んだりしていたけれど、かすかに開きかけている第二章の扉がありきたりではなく、もっとリアルに感じられるようになってきた。もしもチャーリーが、ネルシャツにチノパンが定番で、保護本能むき出しの、野外で立ち小便をするような強い夫に変身したとしても、こちらは、相変わらずがらくたを引っかきまわすのが好きな女、しかも探偵だ。突然沸き起こったこの幸福感をどう解釈すればいいの?

「犯人だな」チャーリーはあっさりと言った。握った手に力をこめるわけでも、その手を引っぱってこの場から連れ去るわけでもなく、落ち着いた様子のままで。道路のほうを指差すあいだも、手を放さなかった。「道路に車を停めていても、つまり、わざわざ私道に停めるようなことをしなければ、ヘッドライトの光はファジーの家には届かない。犯人は道路に車を停め、トウモロコシ畑でサリヴァンと会い、彼を撃ち、それから道路まで走って逃げることができた」

「あなたがこの小屋のそばでわたしを見かけたときに、屋外トイレへ逃げこんだのね、あるいはログキャビンからわたしが出てくる音が聞こえたときに」

ふたりともしばらく黙って突っ立っていた。よく無事でいられたと思わずにはいられなかった。人をひとり銃で撃ち殺した男がほんの一メートル先にいたのだ。テントで寝ていたニックとの距離もせいぜいその二倍だろう。

「もし、犯人がわたしたちを……」最後まで言う必要はなかった。背筋がぞくっとしたのは、自分とチャーリーが簡単に殺された可能性もあったという事実のせいなのか、それとも、ニックがテントから走り出て自分たちを見つけた可能性もあったという、もっと恐ろしい想像のせいなのかはわからなかったが。

「屋外トイレに人がいたということをマンソンに伝えてくるわ」

「それがいい。例の骨についてのぼくの考察よりは興味をもつだろう」

チャーリーは、ジョン・サリヴァンの遺体のまわりの地面にいくつか落ちていたオットーのうんと小さい骨に注目しているという。それらはジョンの膝の上に置かれた骨の一部ではなくて、ジョンが倒れたときに彼のポケットからこぼれ落ちたように見えるのだと。彼はプラスチック容器に入れたかけらのような小さい骨をポケットから取り出した。

「これをマンソンに渡そうと思う。拾ったのは警察が到着するまえだ。ここからトウモロコシ畑の死体があったところまで細い踏み分け道があった。ログキャビンのまえの小径にも道路とのあいだにある芝地にも骨はひとつも落ちていなかった」

「もしかしたら、マンソンの部下が……」

「ぼくが探していたのは自分の専門領域の骨だよ。こういうちっこい骨のかけらを見つけるのは警察よりも得意さ。ただ、警察が調べているあの小径のまわりでこういう骨のかけらが見つかっていないのは、骨を運んだ人間がそこを通っていないからだ。何者かがここでオットーの骨をすくい取ってトウモロコシ畑へ向かったのはたしかだけど」チャーリーは続けた。「重要なのは、オットーの頭蓋骨はさほど大きくなくても、銃を持ちながら骨を全部抱えて運び、それをいったんおろしてサリヴァンを撃ち、それから彼の膝に骨を置くのは不可能だということだ。きみがサリヴァンの倒れるところを見ていて、すぐにトウモロコシ畑へ向かったんだから。そんな手間のかかることをしている時間はなかっただろう」

「骨は正確に置かれていたの？」

「正確というほどじゃなかった。それに、まじまじと観察したわけじゃないし……」ふたりとも死体の観察などしたくなかったのだから当然だ。「でも、肋骨や脚の骨との関係で頭蓋骨の位置はわかった……わかるように置かれていたということかな」

「猫の骨を運んだのは犯人じゃないかもしれないわね。もしかしたら、ここへ来て、骨をすくい取り、トウモロコシ畑へ行ったのはジョン・サリヴァンだったのかもしれない。トウモロコシ畑を抜けて実家へ帰ろうとしていたのかも」

チャーリーはうなずいた。「ぼくもそう思うんだ。サリヴァンはオットーの骨を、あるいはほかのなにかを持ち去るためにここへ来て、ぼくがテントから出てくる気配に気づいて立ち去った。もし、彼がこうして――」チャーリーは両腕で自分の胸を抱いてみせた。「――骨を抱えた状態で撃たれ、その場に倒れたんだとしても、膝の上にこぼれた骨の位置からオットーの骨だとおおかたの見分けはつく」

「死んだ猫の骨を欲しがる理由は？」と声に出して訊いてから、ジェーンは内なるオーの声に耳を傾けた。もっと踏みこんだ質問をするべきだとオーが囁いている。今の質問から新たに生まれる疑問があるはずだと。〝オー刑事〟はそれを、頭のなかにめぐる思いを修正する作業だと言っていた。「あの骨を欲しがった人を殺したい理由はなんなのかしら？」

ティムは車を飛ばした。そのことをティムに指摘すれば、もっとスピードを上げることは経験上わかっていた。ファジーの農園はカンカキーの真西およそ三マイルのところに位置している。州道十七号線で町の中心に近づいても、ティムはほとんどスピードを落とさず、ウインカーを出してマスタングを勢いよく〈EZウェイ・イン〉の駐車場に入れた。

「ああ」ジェーンは助手席で上体をかがめ、顔を両手で覆った。「寝不足だから力が出ないわ」

「ネリーが『カンカキー・デイリー・ジャーナル』の記事を読み尽くしたあとも、死体を目撃した娘がその話をしなかったら、どういうことになると思う？」

「おもしろい。たしかに目撃したけど、自分がなにを見たのかもわかっていないのよね」

何回もマンソンの事情聴取を受けたあとで、警察の手法に対して尊敬の念が芽生えていた。同じことを繰り返し説明するあいだに、自分の見たもののうちなにが欠けているかがわかってくるのだ。欠けているものがわかってくると、それまで以上に一生懸命思い出そうとする。その部分を必死で瞼に浮かべようとするのだ。それがこの手法のミソにちがいない。目撃者は最後になにかしら新しいことを思い出す。努力の甲斐あって記憶の隙間や穴が埋まる瞬間だ。

今のところジェーンの記憶は魔法のような充塡材《じゅうてんざい》で穴埋めされてはいないが、時系列が少しずつ整理されてきた。夜中に目を覚まして窓辺に近づいた。でも、遠くの雷鳴と思った音を聞いたのはいつなのか。あれが銃声だった可能性はあるだろうか？　銃の発砲音はあんな音なのか？　ちがうと思う。マンソンはその音のことをあまり気にしていないようだったが。

何回も話すうちに鮮明になっていった記憶は、裏口から母屋にはいろうとしているファジーを見たということだ。最後にマンソンの聴取を受けたときには、途中で彼が呼ばれることも電話で邪魔されることもなかったので、記憶が曖昧な、文字どおりファジーな、その核心部分の手前まで近づくことができた。

「裏庭でほかの人の姿を見かけませんでしたか？　あるいは声が聞こえたとか？」

「屋外トイレのまえを通ったときに、だれかがトイレのなかからわたしに答えたので、てっきりチャーリーだと思ったの。でも――」

そこへまたサンドウィッチのトレイを手にしたルーラが現われ、話が遮られた。今回は耐熱発泡紙のカップに入れた野菜スープ付きだった。彼女は女ひとりでフルサービスのレストランを切り盛りしている。しかも、固定客がひとりいる。ファジーは家のなかでも庭でも、歩きながらいつも口を動かし、ナプキンに包まれたものを手に持っていた。

「ほかには？」とマンソン。

「チャーリーと一緒にサリヴァンを見つけたあとに母屋のほうを見たら、ファジーが裏口から家のなかへはいっていくところだったけど」

ジェーンは努めてさりげなく、自然な調子で言った。なぜこの情報にマンソンが興味を示さないでほしいと思うのかわからないが、とにかくそう思った。ファジーがなんのために裏庭をうろついていたのかを自分で突き止めるまでは、マンソンに深入りしてもらいたくなかった。それにしても、マンソンの聴取を受けてさえ、こんなに不安になるのだから、重量掘削具なみのネリーの質問攻めに遭う恐怖をどう言い表わせばよいのやら。

「なにがあったのかを正直にネリーに言えばいいのさ。それがすんだら戸別訪問《ドア・トウー・ドア》に取りかかろう」マスタングのドアを開けながらティムが言った。

「どうしてネリーへの情報提供をこんなに気にかけなくちゃならないのかしら。ネリーのことだから、もう全部知っているかもしれないのに。戸別訪問ってなんのこと？」

ティムは革の手帳を取り出して目を落とした。つぎに目を上げた彼の顔には、実業家にして鑑定家の〈T&Tセールズ〉のティム・ローリーの表情と、親友のティミーの困惑した表情が交錯していた。ティミーのほうは、百万回も念押ししたことをなぜけろっと忘れられるのか理解できないと言いたげだった。

「あのね、スウィーティー、町をあげての大ガレージ・セールによってこのカンカキーが地図に載ろうとしているんだよ。だけど、それを成功させるには、ギネスブックに載るぐらいのセールにするには、町じゅうの人たちの協力が必要で、協力しない人がいちゃだめなんだ。

態度を保留にしている人たちの家のリストがここにあるから、きみとぼくとで一軒一軒訪問して……」

「ファジーの農園でなにが起こってるのさ？」

空瓶のケースを抱えたネリーが店の裏から出てきていた。中身のはいった瓶のケースを運ぶのと、一度に三ケース載せられる台車を押すのを自分でやることは、ようやく諦めたらしい。それはわかっていても、いまだに空瓶のケースを抱きかかえて運び出している姿を見ると驚かされた。七十歳に近づいていると本人が認めてからもう数年経っている。たしかに今も近づいているにはちがいないが、バックミラーに映るほど間近だということを、そろそろ娘の口からはっきり言ってやったほうがいいのかもしれない。引退の話ももう一度ドンとネリーに切り出さなくてはいけないだろう。

「サイレンがひっきりなしに聞こえたと思ったら、カンカキーじゅうのパトカーがあっちのほうへ走っていったからね」ネリーは古いチェックのエプロンで両手を拭いた。新品同様のエプロンを見つけたので母に贈ったエプロンだ。キッチンの布物のコレクティブルとして〈EZウェイ・イン〉の壁に飾ってもらおうと思って。店がほっこりするわよ、などと言った覚えがある。

「町の西のほうにあるのはファジーの農園だけじゃないと思うけど、母さん」

ネリーは娘の目を見つめた。ちょっとのあいだ、母と娘はその場にじっと立っていた。まばたきを一度もせず、にらみ合ったままで。ネリーは肩をすくめ、顎をほんの少し上げた。

「そんなことはわかってるよ」

ドンがドアを開け、娘のほうに腕を伸ばした。「お帰り、ハニー。今朝、ルーラから電話があった。ゆうべは大変だったそうだな」

ネリーはヴィンテージのエプロンをはずすと、雑巾代わりにして戸口の手すりを拭いた。

「ああ、そうだった。ルーラから電話があったんだっけ。さあ、あんたたち、コーヒーでも飲むだろ?」


ジェーンは昨夜の出来事を両親に話した。細かい部分ははぶいた。ジョン・サリヴァンの膝に骨が置かれていたことも、屋外トイレから返された声のことも、死体を見つけたあとにファジーの姿を外で見たことも話さなかった。どのみちネリーは全部知っているだろうから。ルーラが電話してきただけではなかった。〈EZウェイ・イン〉のバーカウンターにはジョー・デンプシーとマイク・フーヴァーのふたりがいた。彼らは、ヘンリー・ベネットがファジーの農園から戻ったときに〈カンカキー〝K3〟不動産〉に来ていたそうだ。ヘンリー・ベネットをカンカキーまで送ったのはマンソンの部下のひとりだった。フーヴァーとデンプシーによれば、トウモロコシ畑の死体の話をするヘンリー・ベネットはぶるぶる震えていた。今や〈カンカキー〝K3〟不動産〉のオフィスは〈EZウェイ・イン〉に次ぐ町の最新ゴシップ発信地となっているらしい。でも、なぜデンプシーとフーヴァーのようなやり手のふたりが、この最も住みにくい沈滞した町にいるのだろう?

「おふたりが〈カンカキー〝K3〟不動産〉にいらしていたのは家探し？」ジェーンは訊いた。

「ええまあ」とフーヴァーが答えるのと、デンプシーが首を横に振って「いやいや」と答えるのは同時だった。

「台本は頭に入れといたほうがいいよ」ネリーはコーヒーカップをふたつ、どんと音をたてて置いてから、デンプシーの要望に応じてコーヒーを〝おいしくする〟ために注文した〈ジャック・ダニエル〉をショットグラスについだ。

「台本だなんて」デンプシーはフーヴァーをぎろりとにらみ、ネリーに対しては笑顔をつくろうとした。結果的に歯をむき出しにしたまま顔が固まった。「カンカキーは捨てたもんじゃありません。いいところはまだまだたくさんありますからね。この大いなるリトルタウンには。なんといっても中西部の中心《ハート》にあって、川はきれいで、立派な古い建物も残っていますし」

「立派な古い空っぽの建物がな」ドンは店の正面の窓の外に見える閉鎖されたコンロ工場に目をやった。それは、この町の心《ハート》をもっていたたくさんの古い建物のひとつだ。

「諦めることはないですよ」とフーヴァー。デンプシーはもう一度さっきの目つきで黙らせようとしたが、フーヴァーの目を自分のほうへ向けさせることができないと、諦めて話に加わった。

「マイクの言うとおりなんです、ドン。このアメリカらしいアメリカの町に活力を取り戻することを考えたほうがいいんじゃないでしょうか」

「生意気に」ネリーは口を開かずに言った。

ジェーンとティムは思わずネリーを見た。

「生意気に」今度はもっとはっきりと。

ドンはうなずいた。

「ネリーの言うとおりだよ。わたしもその考え方には賛成できんな。そう簡単に決められることじゃない」

「なんの話が始まっているのか全然わからないんだけど」とジェーン。

「ぼくは愉しんでいるけどね」ティムはおつまみサラミの〈スリム・ジム〉の袋を破ってひとくちかじった。

「それは無料《ただ》じゃないよ」ネリーは片手を差し出した。

「わたしの頭にあるのはそういうことじゃないんです、ドン。べつのプランがあるんですよ、わたしたちには。まだ発表はできないけれど」ジョン・デンプシーはショットグラスを上げておかわりを要求した。

「まあ、いいさ、なんでも」ドンは顔をそむけ、ネリーにうなずいてみせた。「だが、この件についてネリーと賭けをしているんだ」

ジェーンはかぶりを振った。母がつぶやき屋で謎かけ屋なのは昔からだが、たいていの場合は父がその謎解きの役に立ってくれた。ドンはネリーにむしろ賛成だと言いはじめている。

これは自分も深刻なトラブルに巻きこまれるかもしれないということだ。

〝生意気に〟を言い終わったネリーは、〈スリム・ジム〉のラックをくるくるまわしているティムにぶつぶつ言いだした。ティムは、バーカウンターがあるスペースと〈フォーマイカ〉のテーブルが八卓置かれた食堂を分けている陳列ラックと、そこに並んだトレイが欲しくてたまらないのだ。〈EZウェイ・イン〉へ来るたびに、ティムが〈ビア・ナッツ〉のプラスチック・トレイの太いレタリングの文字や、アンチョビ缶やクラッカーの袋が並べられたブリキの階段状の小ラックを指でなぞりはじめると、ネリーは、ティムが〝宣伝コレクテイブル〟と呼ぶ物とのあいだに自分の体を割りこませる。

「そこをおどき、ローリー。そこにあるのはあたしには必要な物なんだからね」

「ネリー、メーカーに言えば、もっと現代《いま》風の陳列棚を配達員が持ってきてくれるよ。なぜ新しいのにしないの？」

「これで用が足りてるからさ」ネリーはさっき丸めたエプロンをまだ手に持っていて、ビーフジャーキーを陳列するための金属ラックやクリップをひとつずつ拭いた。「壊れてもいない物を取り替えることはないだろ」

「だれが生意気《アーバート》なの？」ジェーンは訊いた。

「さあな、ハニー」ドンはかぶりを振った。「知り合いにハーバートという名前のやつでもいるのか、ネリー」

「だれよ、それ？」とネリー。

「ジェーンの知り合いのだれかじゃないのか」ドンは使い終わったグラスが下げられた洗い場のほうへ移動した。

「そうじゃなくて、母さんが〝生意気〟って言ったのはどういう意味かって訊いているの」

ジェーンは声を落とし、デンプシーとフーヴァーのほうを身振りで示した。

「空港のことさ」

ジェーンは黙って父を見つめた。待っていれば説明があるだろう。

「あの連中はどうせわたしらにはわからんと思って馬鹿にしているが、あいつらは土地を買い占めようとしているんだよ。カンカキーに空港ができれば値段が上がると見こんでな」

「ファジーの農園も買おうとしているの？」

今回の探偵業務は楽勝かも。もう事件の大筋が読めてしまった。今日じゅうにこの事件を解明して、ティムのカンカキー・ガレージ・セールの準備を手伝えそうだ。おそらくファジーの農園を第三滑走路にでもしようという計画があるのだろう。このふたりは滑走路予定地の買い占めを進めていたが、ジョン・サリヴァンがそれをすっぱ抜こうとした。そこで昨夜、ふたりがやってきてジョンを撃った。さっそくマンソンに電話して、〈ＥＺウェイ・イン〉のバースツールで仕入れた情報を教えてやらなくては。この殺人犯ふたりが逮捕されれば、ジェーン・ウィールの犯罪解決記録がまた更新されて……。

ジェーンは、コーヒーとウィスキーを飲みながらひそひそ話を交わすふたりに目をやった。悪魔の化身というほどの迫力はない。フーヴァーはパンのラックから取った〈ホステス〉のカップケーキの袋を開き、ひとつをデンプシーに差し出している。デンプシーはにこっと笑って首を横に振った。悪魔というよりは悪党、いや、小悪党。それも褒めすぎだとしたら、抜け目のない商売人。

フーヴァーがくしゃみをした。コーヒーカップの下からナプキンを抜き取り、顔を覆うのに間一髪で間に合ったけれど。デンプシーは父親じみた仕種でフーヴァーの肩に手を置くと、清潔なハンカチを若年の男に手渡した。なるほど、ふたりが着ているスーツは〈EZウェイ・イン〉の常連客の身なりよりは洗練されている。羽振りがいいのだろうが、なぜか、とてつもなくあくどい人間には見えない。それに、このふたりを容疑者から除外することはできないとはいえ、なんの証拠もつかんでいないのにマンソンに知らせるのは少々早すぎる。

ジェーンは携帯電話を探そうとバッグのなかに手を突っこむのを思いとどまった。

が、ブルース・オーに電話するのはまさに今ではないか？　〝オーに話す〟のは、死体を発見したときの〝やることリスト〟の不動のトップ項目だ。当然ながら、こういう事件が起こったときにいつも家族や地元警察に囲まれているわけではなく、死体との遭遇はほとんど個人的な体験だった。その点、昨夜はうしろからチャーリーがついてきていたので、新たな死体を発見してはその人物の複雑な人生に巻きこまれるのが、自分ひとりの特性ではないとニックにわかってもらえてよかった。それに加えて、探偵という新たな職業が一種のファミリー・ビジネスの様相を呈してきたのが励みにもなっている。少なくとも、今回の仕事に限っては家に持ちこむことができるのだから。

「オー」とオーが言った。

「おお」とジェーンも言った。しまった、と思ってももう遅い。オーのほうが電話の受け方を変えるべきではないかしら。「ええと……」

「はい。ミセス・ウィールですね」

ジェーンは午前中にマンソンに何度も話した内容をオーに伝えた。ファジーの農園をあとにしてから両親の居酒屋に着くまでの時間が、新たな記憶を呼び覚ますのに役立ったとは思えない。だが、マンソンとは大きく異なるオーの質問はジェーンの首を傾げさせ、少しちがう角度から犯行現場を眺めさせた。

「その案山子らしきものを見た瞬間のあなたの反応は、笑いですか？　それとも震えですか？」

「ほっとしたと言えば答えになるかしら。だから、どちらかと言えば、笑いに近いかもしれない」

オーは感想を述べなかった。

「変な質問」

「そうですか？」

「オーケー、降参。なぜそれが重要なの？　わたしの反応が？」ジェーンはティムを無視して訊いた。居酒屋のおつまみ用陳列棚のどれかをネリーから譲ってもらおうという交渉が実らなかったティムは、今は腕にはめたヴィンテージの高級時計〈パテック・フィリップ〉を指差しながら、店の入り口のほうに頭を振ってみせている。

「人間は悲しいのに笑ってしまうこともありますから。心ではわかっていても頭に従ってしまうこともあります。しかし、感情というものは、ほとんどの場合、思考や知識とは関係なく働きます。それがなにかを教えてくれることがあるのです」

「それで、今回はなにを教えてくれるの？」

「あなたは恐怖の感情を覚えておらず、安堵の感情を覚えているということです。それは、その安堵感を妨げるような恐ろしい光景は見なかった、銃声に似た音も聞かなかったという意味にもなると、わたしは思います。なぜなら、案山子らしき人物が倒れる光景と銃声が一緒に聞こえていれば、ほっとはしなかったでしょうから。むしろ恐怖を感じたはずです」

オーの質問はジェーンの記憶のなかのシーンを再現させた。そのシーンについては、ついさっきマンソンに話したばかりで、ほかにだれかを見なかったか、月に照らされたその場面にべつの人影がよぎらなかったか、案山子を見ているときになにかおかしなことがなかったか、と何回も訊かれたが、新たに思い出せることはなにもなかったのだ。

「なぜほっとしたのか思い出したわ。なぜそこで自分が微笑んだのか」

「はい」とオー。

「案山子がこっちを向いて、わたしに手を振ったのよ。倒れるまえに。つまり、わたしに手を振ったように見えたということ。最初は、べつの方を向いて踊っている人を見ているような感じだったんだけど、それが急に振り向いて、こっちを見て、それで、ああ、案山子なんだと思ったの。だから微笑んだんだわ。というより……」

「はい？」

「ああ、どうして今まで思い出せなかったのかしら。夜中にチャーリーのところへ行くときにはハミングしていたのに。今朝もその歌がずっと頭のなかに流れていたのに」

ジェーンは今はじめて、あのシーンをもう一度見ているような感覚を味わった。窓の外を見ていた。窓の外のなにかを、だれかを見ていたのだ。その人物は横を向いていた。窓の外べつのだれかと演技をしている人を見ているような感覚だった。ただし、案山子の共演者は舞台の袖に、トウモロコシ畑に、引っこみかけていた。自分が見ているのが風にそよぐ古い服だと気づいたとき、いや、気づいたと思ったそのとき、案山子がこちらに顔を向けた。そして、手を振ったように見えたのだ。

「ミセス・ウィール？」

「自分が見ていたもの――ジョン・サリヴァン――がこっちを向いて、手を振っているんだと思ったの。ログキャビンは真っ暗だから、窓辺にいるわたしのことが見えるわけないんだけど」

「あなたと同じ方向にべつのものがあった、あるいはべつの人がいた、ということは？」

「その方向にはあらゆるものがあるから。トウモロコシ畑からログキャビンまでの小径の途中に屋外トイレ、ログキャビンの隣にはテント。その横を少し行ったところは掘っ立て小屋と発掘現場だし、今並べたもののうしろには母屋がある」

「チャーリーが発掘現場の掘っ立て小屋へ向かったのは、何者かがそこにいると思ったからなんですね？」

「いつこっちへ来てもらえるの？　チャーリーとふたりがかりで全シーンを再現してみせるわ。それに……」

「ミセス・ウィール、どうしてわたしがカンカキーへ行くのでしょうか？」

「わたしひとりでもこの事件に対処できると考えてくれるのは光栄だけど、オー刑事」現在の自分たちの関係においてはブルース・オーを〝オー刑事〟と呼ぶのは不適切ではないかと思いながら、ジェーンは言った。「わたしにはまだそこまでの……」

「事件とは？」

「ジョン・サリヴァン殺害事件」

「目下、警察が捜査中ですよね？」

「でも……」

「テレビドラマや小説ではいつも探偵が捜査に関わって警察のできないことをやりますね、ミセス・ウィール。タクシーの運転手やウェイトレスや弁護士が……だれもが探偵になって犯罪を解決に導きます。それはそれでかまいません。なぜなら――失礼、クレアが話しかけてくるので――ああ、わかったよ――アンティーク・ディーラーと拾い屋《ピッカー》も、とクレアが言っています。なぜなら、彼らは事件を解決しますから。しかし、そういった素人探偵には共通点があります」

「現実的じゃないってこと？」

「彼らには依頼人がいるということです。事件を解決してくれとだれかが頼む、さもなければ、彼ら自身が無実を証明しなければならないという状況にある。あなたはだれかに助力を求められたのでしょうか？」

「チャーリーはファジーから骨を確かめてくれと頼まれたけど」

「つまり、ひとつの事案は請け負っているということですね。だれかに助力を求められた場合には、そこからどういう有効な答えが導き出せるかを確かめてください」

そうすると答えて電話を切った。

今のはなんだったんだろう……。

オーはまず、実際にはなにを見たのか、そこでなにが起こっていたのかを考えさせようとした。つぎにそれを全部取り上げた。事件に首を突っこむなと言った。この感情はなに？　不満？　今さら自分が目撃したものから逃げることなどできない。ジェーンは曇りを晴らそうとするように頭を振った。ふと目をやると、両親がデンプシーとフーヴァーのふたりと口論を始めていた。ティムは手帳を覗きながら、携帯電話のようにもカメラのようにもコースターのようにも見える物のボタンを押している。ジェーンは自分の原始的な携帯電話を見おろした。少なくとも九カ月は時代遅れだと思いながら、オーの番号をリダイヤルしかけた。

待て。その必要はないのでは？　オーはなんと言っていた？　ひとつの事案を請け負っている。そのとおりだ。人骨でも保護するべき動物の骨でもないあの骨の山の発掘がなぜ通報されたのかを、なぜファジーの農園が口論の原因になるのかを、チャーリーとふたりで突き止めることができれば、なぜジョン・サリヴァンがあの場所で殺されたのかもきっとわかる。それらの情報を集めてもなお、この大きな疑問の答えにたどり着けなければ、わたしが答えを導き出せばいい。深呼吸を一回。携帯電話をバッグのなかに落とした。例の名刺――〝ピッカー兼私立探偵／ＰＰＩ〟――を印刷しようという決心はもうついていた。名付け親はテイムだ。依頼人がいようといまいと、かならずこの事件を解決してみせる。

もう一度デンプシーとフーヴァーを見た。やはりあのふたりは〈ＥＺウェイ・イン〉では浮いている。だからといって彼らを殺人の容疑者と決めつけるのはどうか。

「どうしてジョン・サリヴァンがファジーの農園へ行ったのかをごぞんじ？」ジェーンはコーヒーが煮詰まっているガラスのポットを手に取り、デンプシーとフーヴァーの緑色のマググラスになみなみとコーヒーをつぎ足してから、訊いてみた。「彼は生意気な人たちに興味があったのかしら？」

「かもしれませんね。詮索好きな男だったから」とデンプシー。「わたしは半年まえからこの町に……今回の仕事で……来ていますが、あの若い男は会うたびに見当ちがいな質問をしてきましたからね」

ネリーが咳払いをした。それから首を縦に振ると、両腕を左右に突き出し、飛行機の轟音のような唸り声をたてた。ジェーンは思わず笑ってしまった。お見事。ネリーはカウンターのうしろへまわると相当におもしろい。

「ネリー」デンプシーはマググラスのほうに身を乗り出した。「この町にいる理由を話せば――ちなみにそれは、くそったれな空港とはまったく関係ないですがね――わたしが空港建設推進者《エアポート・ガイ》だという話を言いふらすのはやめてくれますか？　そんなことをされたら、もうだれもわたしと話してくれなくなってしまう。事実はちがうのに」

今度はフーヴァーがビジネス・パートナーに視線を投げる番だった。

「そのことはさっき……」

「いいか、マイク。あのトウモロコシ畑で死人が出たんだ。彼を空港建設推進者だと思ったクレイジーな農園主のだれかが始末をつけたんだろうよ。町じゅうの人間にサリヴァンの仲間だと思われたいのか？」

マイク・フーヴァーは首を横に振り、掌の手首に近い部分で両目をぬぐうと、トマトジュースはあるかとドンに訊いた。

ジェーンはデンプシーが発した〝サリヴァンの仲間〟という言葉を頭のなかにファイルした。質問を続けるにあたって望ましい方向を約束してくれる言葉だったから。といっても、当面はジョー・デンプシーの話を傾聴するだけで充分だ。

デンプシーは上着のポケットに手を入れて淡い緑の名刺を三枚取り出し、一枚をジェーンに、ネリーとドンにも一枚ずつ手渡した。ドンは腕を目いっぱい伸ばして名刺を見てから、ティムを呼んで文字を読ませた。

ホームタウンUSA
ジョー・デンプシー
1－555－1DEAJAVU《3325288》
remember? @ pcu.com

「納得してもらえましたか？」

デンプシーはショットグラスを差し出してウィスキーのおかわりを催促した。

ドンもネリーもジェーンもティムも名刺に見入っていた。受け取った名刺が四人の手を行きつ戻りつした。ネリーは名刺を何回か裏返してからカウンターにぽいと投げた。

「それがなにを意味してるのさ？」

「既存の大テーマパークで最も広く愛されている場所は？」とデンプシー。

「家族連れはどこに集合しますか？　健全なお愉しみと聞いたらどこを思い浮かべます？」

トマトジュースをひと飲みしてアスピリンを流しこみながら、フーヴァーが質問した。

ドンもネリーもジェーンもティムもふたりの男をじっと見つめた。

「ディズニーランドですよ！」デンプシーはほとんど叫んでいた。「ディズニーランドという名前は聞いたことがありますよね？」

　四人ともうなずいた。

「ディズニーランドと聞いて思い浮かべるものは？」

「ミッキー・マウス」とドン。

「くるくるまわるティーカップ」とジェーン。

「マッターホルン（カリフォルニア州アナハイムのディズニーランドだけにあるマッターホルン・ボブスレー）」とティム。

「グーフィー《ばか》」とネリー。これは愛されているキャラクターを挙げたのではなく、ここまでの会話の流れのなかでの発言だ。

「ちがう！」デンプシーは叫んだ。「メイン・ストリートですよ。メイン・ストリートを思い出しましょうよ。白漆喰の建物群と白い柵！　輝く太陽と青い空。ゴミひとつ落ちていないアメリカのスモールタウン。子どもたちと手をつなぐパパとママ。女の子の髪はピッグテール、男の子の頭には野球帽」

「あいつ、テーブルに飛び乗って歌いだすんじゃないのか？　『恋するミュージック・マン』で町興しを吹きこむ詐欺師みたいに〝トラブル解決なんたらかんたら〟って……」ティムはジェーンに囁いた。

「フーイ《ばーか》」とネリー。「この町にディズニーランドができるって話をしてるのかい？　イリノイのカンカキーに？　頭がいかれてる」

「ここに化学肥料が詰まってるんだな。大豆じゃなくて」ドンは自分の頭を指で叩きながら、ふたりの男にうなずいてみせた。

「ちょっと待って」とジェーン。「あなたたちはだれのためにその仕事をしているの？」

デンプシーとフーヴァーは顔を見合わせた。デンプシーはおまえが説明しろというように

フーヴァーに向かって顎をしゃくった。フーヴァーは両の眉を吊り上げて説明を始めた。

「わたしたちはこの事業に投資してくれた人たちを代表する立場です。スモールタウンに根づいたテーマパークを展開しようというのがわたしたちの構想です。もちろん乗り物《ライド》などもありますが、もっと地元の祭り《カウンティ・フェア》に近い雰囲気にしたいんです。そこへ行けば、いつも祭りをやっているという。なにしろカンカキーは人口の多い大都市の隣にある町ですし、交通の便も——」

デンプシーがフーヴァーを遮り、両腕を振りまわして喋りだした。「いわば、映画の『ステート・フェア』と『恋するミュージック・マン』を足して2で割ったような……」

「ああ、やっぱりトラブルだ……」ティムはつぶやいた。

「このエンターテインメントはかならず人を集めます」デンプシーは力説した。彼は目に見えぬオーケストラを指揮しているようだった。「コンサートホールも造りますよ。社交ダンスのホールもね。昔ながらの娯楽が毎週そこで繰り広げられるわけです。カンカキー川のほとりは、昔の避暑ホテルを手本にしたファミリー向けのリゾートにして、桟橋で釣りができるようにしてもいい。一九〇〇年代前半から二十世紀を通して、十年単位で定着したスモールタウンを再現するんですよ。思い出してくださいよ、〝アーツ&クラフツ〟が盛んだった

ころのバンガローや、五〇年代のランチハウスを。古き良きディスプレイやエンターテインメントを」

「それに、動物と接する体験農場もあります。常設の展示室にはキルトや刺繡などの作品を飾ろうと思っています」とフーヴァー。「来館者が古き良きスモールタウンの子ども時代を思い出すようなものばかりをね」

「だけど、たいていの人が思い出すのは良くないことばかりよ」ジェーンはネリーを見た。ネリーは氷柱《つらら》のような目をジェーンに据えている。「そうじゃない？　わたしと同年代の人は、ということだけど。ダウンタウンがさびれて、工場が移転して、古い家がどんどん取り壊されて醜悪な四角いビルばかりになって。それに、わたしたちの子ども時代っていつのこと？　あのころは、週末にやることもなくて、退屈していたじゃないの。だからティーンエイジャーがお酒やドラッグに……」

「そんなにひどかったのか？」とドン。

「わたしはちがうけど、父さん」と、急いで言い足した。「でも、一般的にはそうだったわ」

ティムは首を横に振った。「ぼくもちがうよ、ドン。ジェイニーがどうしてそんなふうに思うのかわからない」

「言っておきますが」とデンプシー。「それは新聞や雑誌が刷りこんだ〝最も住みにくい町〟とかいうイメージのせいじゃないですか？　あんなものを読んで頭に来ませんでしたか？　それでレターマンがやってきてカンカキーにあのガゼボを贈った。そもそもそこから始まっているんですよ、この話は」

　だれも質問をしてくれないので、デンプシーは続けた。

「あのガゼボがきっかけだったんです。夏の夜になるとあそこでバンドのコンサートが開かれ、子どもたちが蛍を追いかけて走りまわり、つかまえるとピーナッツバターの空き瓶に入れて……」

「もういいよ」とティム。「前置きはそのへんにして本題にはいろう。スモールタウン・アメリカというテーマパークの拠点としてカンカキーを使える。あなたたちはそう考えているわけだ。ついでに言うなら、実際にそういう時代がアメリカに存在したとされているころでさえ、今打ち出されたコンセプトのような形とはちがっていたとしても。要するに、そうした郷愁を誘うコンセプトの本質であるエリート意識や人種差別や同質性に箔をつけて、ひと儲けできそうな事業を興そうと考えているんだろ？　さびれた町は、どんな藁でも差し出されれば必死ですがってくるだろうから」

　デンプシーとフーヴァーはうなずいた。

「ディズニーランドのメイン・ストリートにミズーリ州ブランソンのステート・フェアを掛け合わせたいんだろう？」

　ふたりの男はまたうなずいた。

「この〝川の町《リバー・シティ》〟で（『恋するミュージック・マン』の舞台は架空の町〝リバー・シティ〟）？」とジェーン。

「もう買収が始まっているのかな？　土地とか？」

「いくつかの空き工場や倉庫と交渉は始めていますよ。まあ、町全体を使うことになるでしょうから、移動手段も確保しなければなりません。バスとか路面電車とか馬車とか、アトラクションからアトラクションへ移動するための足をね。想像できますか？〈ローパー・コンロ〉の工場がコンサートホールになるなんて」


ガレージ・セール開催を勧める戸別訪問のために〈EZウェイ・イン〉をあとにしてから、ジェーンもティムも押し黙っていた。通り向かいの元〈ローパー・コンロ〉工場の利用計画にドンは俄然興味を示した。デンプシーとフーヴァーはあの工場をコンサートホールにして、ビッグバンドの演奏会や、ポルカ・ナイトや、スクエアダンスのコンクールを開くという。全国的な社交ダンスのコンクールの会場に名乗りをあげるのは言うにおよばず。父の顔がぱっと明るくなり、ふたりの口から発せられる具体的な娯楽の種類が増えるごとに輝きを増していった。ネリーはうしろで黙っていた。ネリーがひとことも憎まれ口を叩かないので、なにも言うことがないのだとわかった。ネリーの沈黙はその構想が気に入ったということだろうか。

「ティム？」

「カンカキーを救うためのアイディアがぼくにも見つからないっていうことじゃないよ……ただ、町を挙げてのガレージ・セールというのは、さっきの話と比べるとかなり……見劣りがするというか。野心が足りないというか」

「ちょっと！　目を覚ましなさいよ！　マインドコントロールされちゃったの？　住民はどうなるの？　カンカキーの住民は。ジーンズとTシャツと〈ジョン・ディアー〉のキャップが定番の人たちが、突然あんたのような服装をすると思う？　あんたはブルーカラーなの？　あんたが突然ランチハウスに住みはじめて、自分は五〇年代の人間だなんて言いだしたら、みんな目が点になるでしょ？　あのふたりのアイディアは、町を空っぽにして、真空にして、消毒してから、新しい舞台装置として生まれ変わらせようってことじゃない。今この町で暮らしている人たち、この町で商売をしている人たち、この町の学校に子どもをかよわせ、この町で働き、この町の教会へかよっている人たちがみんな……舞台で演技する人になりたがると思う？」

「人間がやっているのは所詮そうことじゃないのかな？　少なくとも一部の人間はそれをやっている——ゲイの男が花屋をやっているのはまったくそういうことだからね。きみにも話したことがあると思うけど、最近うちの店に来る客はみんな、ぼくが薄気味悪いイメージチェンジをするのを望んでいる……」

ジェーンはティムを見つめた。どんよりとした膜が彼の顔を覆っている。わたしは自分の気持ちを大事にして広告の仕事を辞めたけれど。

ビジネスマンもどきの格好をしたアニメの変人みたいなふたり組の企てに、老いた親が蓄えを投資するのを阻止しなければならない。ティムがカンカキー・ガレージ・セールの夢を捨て、へんてこなアスコットタイを締めてこの町のノエル・カワード（英国の劇作家・俳優。ゲイでアスコットタイの生みの親）を演じるのを阻止しなければならない。じゃあ、そのためになにをする？

そうよ、やっぱり〝デム・ボーンズ、デム・ボーンズ〟よ。ジョン・サリヴァン殺害事件における骨の謎を解明しなくては。

カンカキーがヴァージニアのコロニアル・ウィリアムズバーグのように観光地化されるまえに。

8

「ぼくはきみの人生をおもしろくしているだろ？」これ見よがしに車のドアを開けながら、ティムが言った。ティムらしくもないマナーに、ジェーンは瞬間的に怪しいと思った。

「そうね。たしかにわたしの人生をおもしろくしてくれているわ。あんたも、最近会ったほかの人たちもみんな。で、これからなにをするの？」

ふたりはバンガロー風のこぢんまりした煉瓦造りの住居群のなかほどにある一軒のまえに立った。黄色のエプロンドレスにボンネットをかぶった鵞鳥《がちょう》の家族の石像が前庭に置かれていた。鳥の餌箱や水浴び用の水盤もある。オークの木には風を受けてまわる色鮮やかなウィンド・キャッチャーが三つ引っ掛けられ、玄関ポーチにはウィンド・チャイムがひとつぶら下がっている。

「ここはミセス・オリヴィア・シェーファーのお宅。オリヴィアの引退まえの仕事は学校の先生。疑問に思っていることに答えてもらうまでは、彼女も彼女の隣人もガレージ・セールに参加する気はないと言っている」とティム。「しかも、彼女は世界一忙しい女性で自宅にはいつもいないか、ぼくからの電話には出ないことにしているか、そのどっちかだ」

「つまり、これは飛びこみ？　事前連絡なしの訪問？　そんなのできない」

「十五歳のときは、恥ずかしがり屋のきみが可愛く見えたよ、五分間ぐらいは。さあ、行くよ」

ティムは玄関ステップを駆け上がって呼び鈴を鳴らすと、にこにこ顔でジェーンを振り返った。それからドアに向きなおり、ミセス・シェーファーのためのとびきりの笑顔を用意した。

ジェーンにはミセス・シェーファーの容姿を思い浮かべる間もなかったが、洗練された雰囲気の若い女性が現われるとは思っていなかった。

スザンヌ・ブラムはミセス・シェーファーの姪だと自己紹介し、叔母が介護付きのマンションへ引っ越すので家のなかの荷物を片づけているのだと言った。自分自身はその催しにぜひ参加したいと思っているが、ガレージ・セールの開催期間の週末は自分も叔母もこの家にいられないのだと。

「叔母から話は聞いているわ。叔母はご近所でその催しに乗り気じゃない人たちのまとめ役のような立場になっているの。そのことが自慢で、自分が賛成すれば、みんなも賛成すると言っているけれど。ただ、わたしもその期間ここにはいないから……」

「ハイスクールの生徒のボランティアもいるよ。今回のセールに取り組んでいるのは完全な社会奉仕団体だから。セールの期間中、売り物を並べた台のうしろに立つことはできないとか、そういうのは遠慮したいという人には、行儀のいい生徒たちが補佐なり代理なりをしてくれる。ぼくが担当する子をここへ連れてきて、きみと叔母さんに会わせることもできるし」

スザンヌ・ブラムはティムともジェーンとも握手を交わし、ご近所には今の話を回覧で伝えて、このブロック全体を参加させると請け合った。

車に戻ると、ティムはさっそく手帳を取り出し、この一ブロックの世帯住所を書き取った。

「今のおうちにあった緑の笠のランプを見たでしょ？　あれをガレージ・セールに出してくれたらいいわねえ。簡単だったじゃない、ティミー。つぎはどこ？」

「いったん店へ戻る。やることができた」

ジェーンは笑みを浮かべ、ティムと声を揃えて言った。

「ハイスクールのボランティア団体に参加登録しておかないと」


ファジーの農園まで送ってもらうまえに、ログキャビンで必要な物を買うために〈ジュエル・オスコ〉に駆けこんだ。食事はたぶんルーラが用意してくれるだろうとは思ったが。食べ物のほかに買ったのは新聞数紙と、電池が使える照明器具に合わせた種類のちがう電池。もし、今夜、発電機を切られてしまったら夜の明かりがなくなってしまうから。マンソンは今夜はべつのところに泊まることを勧めたが、強制はしなかった。ジェーンとチャーリーはすでに話し合って、今夜は三人でログキャビンに泊まろうということになった。ログキャビンのドアには安全錠が掛かるし、警察もまだ現場に常駐している。

ジェーンたちがいても捜査の邪魔にはならないとマンソンに言われたときは、ちょっと嬉しかった。マンソンは、万一またなにかが起こったら捜査班の力になってもらいたいと思っているのではないかしら。一瞬、そんな妄想をした。が、すぐに彼が制服警官のひとりにこう言うのが聞こえた。「少なくとも彼女がここにいれば、ほかの場所で死体が見つかることはないだろうからな」

身も蓋もない。

予想どおりだった。チャーリーによれば、ルーラがやってきて、夕食を母屋で用意して待っていると言ったそうだ。〈ジェロー〉の各種取り合わせがまたずらっと並べられそうな母屋でのごちそうはあまり気が進まなかったが、これまでよりは正常な環境でルーラとファジーと話す機会がもてるのはありがたかった。ファジーの農園へ着いてからというもの、途中で会話を遮られたりまわりに人がいたりで、まともな質問ひとつできていない。

最初の夜は、カンカキーの住民の半分が集まったのではないかと思うほどの大ピクニック&豚の丸焼きパーティ、今朝は今朝で犯行現場の検証が目のまえで繰り広げられていた。ファジーが自分の土地を掘り返して見つけたものについて、本人から話を聞きたかった。ここまでの経緯も。オットーの骨のことを考えれば考えるほど、州の調査が必要だと考えて通報したのはだれなのかという疑問が湧いてくる。動物の骨は……猫でも犬でも栗鼠でもアライグマでも、年がら年じゅうどこかで掘り出されているというのに。いったいだれが、愛玩動物の頭蓋骨が見つかったぐらいで州の調査を依頼したのか？

「なかなかいい質問だ、ジェイニー」ルーラがまえに置いたポットローストのおかわりを自分で取りながら、ファジーが言った。

チャーリーは両手を膝に置いて椅子の背にもたれかかった。チャーリーの視線がファジーにそそがれていることにジェーンは気づいていた。ファジーはひとくちぶんを切り分けるのではなく、肉も野菜も全部いっぺんに切ろうとしている。チャーリーはファジーが切り分けたものをひとくち口に運ぶのを待ってから、的確な質問をした。

「以前にもなにか見つけたことはあったんですか、ファジー？　骨やほかのものを？」

ファジーは口のなかのものをゆっくりと咀嚼《そしゃく》すると、考え深げな顔をして首を横に振った。

だが、彼が返した答えはその仕種とは逆だった。

「まえにも見つけたさ。細かいものをたくさん……瓶だのなんだの」ファジーはルーラを見た。「ほかになにが出てきたっけな？　ほかにはどんなものがあった？」

「石よ。きれいな石を見つけたのよ」ルーラが答えた。ルーラはグレイビーソースを補充するためにガスレンジのほうへ行くところだったが、アロエの淡い緑の植木鉢が置かれた窓台のまえで足を止めた。

「ほらあれ」ルーラは植物を指差した。

「〈マッコイ〉でしょう？」ジェーンはにっこり笑って答えた。

ルーラは植木鉢からなにかをつまんで持ち上げてみせた。

「この石がなんだって？　〈マッコイ〉？」

「いえ」とジェーン。「その植木鉢のことを言ったの、〈マッコイ・ポッタリー〉」

「ああ、このがらくた。こういう古臭い物なら地下室にいっぱいあるわよ。だからティム・ローリーに言ったの、彼が町でやろうとしている例の大きなお祭りで売ってもかまわないって」

体がぞくっとした。この家の地下室に眠っている物を想像して興奮したからか、ティムがカンカキーじゅうの屋根裏や地下室を完全制覇しているらしいことに恐怖を覚えたからかはわからないが。親友は自分たちのホームタウン、カンカキーの最大の利益を念頭に行動していると信じたい。でも、ひょっとしたらティムは、カンカキーの最大の利益と自分の経営する〈T&Tセールズ〉の最大の利益が両立すると思っているのかもしれない。

「わたしがらくたを見てあげましょうか、ルーラ。わたしもティムと一緒にそのプロジェクトに取り組んでいるから」

「ちょっとそれを見せてもらえますか？」チャーリーは、ルーラが植木鉢からつまみ取ってエプロンで拭いた石に手を伸ばした。

受け取った石を差し上げてしげしげと見た。淡い黄色の石の中心から小さく尖った結晶がいくつも扇形に広がっている。

「きれい。これはなんというの？」

「ニック？」とチャーリー。ニックは夕食のあと、ログキャビンへ引きあげるまえにテレビを見たがったが、この家ではケーブルテレビが見られないとわかると、居間にある、ファジーとルーラの息子のビル・ニールソンのレコード・アルバムに興味を示した。古いステレオもまだ充分に使用できた。懐かしい声がスピーカーから流れてきたが、大きな音でかけているわけではないので、だれの声だか思い出せない。ニックが笑っている声も聞こえる。今度はジェーンがニックを呼んだ。

「ニック、お父さんが呼んでいるわよ」それでもまだニックはやってこない。笑い声が返ってくるばかりだ。ジェーンは立ち上がった。「聞こえないみたいね。呼んでくるわ」

ニックが腰パンに〈ジョーダン〉シューズ、前年の夏の大リーグのプレイオフ・Tシャツという格好をしていなければ、べつの時代へ運ばれてしまったのかと錯覚しそうだった。

ニックは床に座りこんで『ザ・ボタン・ダウン・マインド・オブ・ボブ・ニューハート』のライブ・アルバムを抱きかかえていた。ちょうどニューハートが〝お母さんは家にいる?〟と尋ねるのを聴いているところだった。

「このニューハートっていう人の歌、聴いたことある?」

ジェーンはこっくりとうなずき、微笑んだ。「そのレコードを聴くのはあとにして、ちょっと来て。お父さんが呼んでいるから」

チャーリー、ジェーン、ファジー、ルーラ。キッチンのテーブルに勢揃いした四人のおとなが見守るなかで、ニックはルーラが植木鉢から取り出した石の観察を始めた。

「これ、どこにあったの?」ニックは石を片手に載せ、裏返し、頭上の明かりにかざした。

「アロエの植木鉢」とルーラ。

「うちの薔薇園」とファジー。

ニックは首を横に振りながら、ふたりに笑みを返した。この子はすごくおとなだわ。ジェーンは心のなかで言った。寛大で優しい。でも、相手の答えに納得できないということはきちんと伝えられる。

「そうじゃなくて、一番最初はどこにあったの？」

「だったら、野菜畑の土を掘り返したときに、薔薇園の土とまじってしまったのかもしれんな」とファジー。

「ぼくの推測が正しければ」ニックは確認するようにチャーリーを見た。チャーリーがかすかにうなずくのがわかった。「この鉱石はイリノイでは見つからない。これはオースチナイトだと思うんだけど、どう、お父さん？　すごく珍しいんだよ。原産地はたしかメキシコじゃなかった？」

「そうだ」とチャーリー。「結晶構造が斜方晶系だし、色もオースチナイトの色をしている。白と明るい緑の標本もお父さんは見たことがあるけどな」

「イリノイにないのはたしかだよ」とニック。「レコードを最後まで聴いてもいい？」

ジェーンはその稀少な鉱物に手を伸ばした。手に載せて裏返し、光にかざしてみた。ニックがやってみせたとおりに。

「それがどうやってメキシコからここまで来たのかね？」ファジーの口ぶりはさも疑わしそうだった。

ルーラは首を横に振ると、椅子から立ち上がってテーブルの上の皿をシンクに運びはじめた。

砂利を踏むタイヤの音がして、全員がいっせいに隣の居間の窓のほうを見た。トラックが一台、母屋へ通じる私道にそろそろとはいってきた。また新たな警察官が来たのだろうとジェーンは思った。マンソンの部下が勤務の交替でやってきたのだろうと。

しかし、トラックのドアが閉められる音が二回続けて聞こえたかと思うと、裏口のドアがそっとノックされた。私道に張られていたバリケードがなくなったことは、ここへ戻ったときに気づいたが、見張りの制服警官がひとり立っていた。警察が今夜この家に近づくのを許す人間とはだれなのか。

ルーラは迷わず裏口を開けた。夕食のあとに来客があるのは毎晩のことで、前夜、敷地内で殺人事件があったからといって訪問を控える必要はないとでもいうように。ファジーも立ち上がり、パイをデザートにしてコーヒーをもう一杯飲みたいと言った。ファジーはカウンターの上で冷まされているパイをさっきからずっと見つめている。

ルーラはドアを開けて脇に寄り、サリヴァン夫妻をキッチンに招き入れた。だれも挨拶を口にしなかった。だれも夫妻を抱擁しなかった。サリヴァン夫妻はテーブルにつくと、自分たちのまえに置かれたコーヒーカップとデザート皿を受け入れた。ふだんの夜もこんなふうに立ち寄って、コーヒーとパイのひと切れをごちそうになっているのだろうと思わせる落ち着いた様子で。

「ほかにどこへ行けばいいのかわからなくてね」

ミスター・サリヴァンはチャーリーからジェーンへ、さらにファジーとルーラへと目を移した。ミセス・サリヴァンはうなずいた。ぶ厚いパイ皮のなかに秘伝のスパイスを利かせた林檎を挟みこんだルーラのアップルクラムパイのひと切れを、夫妻はそれぞれ奇妙なくらい正式なテーブルマナーで受け取り、静かに口を動かした。

9

「わたしたちには家族がいないんだ」ジャック・サリヴァンは言った。

「わたしたちふたりと、ジョニーだけなの」彼の妻が言った。

「わたしの故郷はペンシルヴェニアでね。親戚はみんな死んでしまった。エリザベスには西部のどこかに兄がひとりいるが、最近はクリスマスカードも来なくなった。二年ぐらいまえからか、エリザベス？」

　エリザベス・サリヴァンはうなずいた。

　ジェーンはスモールタウンの農家の生活を美化した映画や本やテレビドラマを思い浮かべた。おとなたちがみんな一緒に働いている大家族。納屋の棟上げ式。農園の柵造り。大きな木の下の賑やかなピクニック、昼食を頬張る人たち。タイヤのブランコで遊ぶ子どもたち。駆け足で納屋にはいって、また外へ出ていく子どもたち。

　息子を亡くしたエリザベス・サリヴァンのうつろな目のなかに、孤独な寂しい現代《いま》の農家の生活を見る思いだった。こうした人たちは小規模な農園を所有している。だが、その農園だけで暮らしを立てることは難しい。彼らの子どもたちも隣の農園の子どもたちも逃げ出した。肉体労働から、そして、不安定な生産高や天候や市場の動向に依存した職業から、少しでも遠いところに少しでもすばやく身を置こうとした。サリヴァン夫妻はもう数年働いて、できれば息子に引き継ぎたいと思っていた。これからふたりはどうするのだろう。あと数年でフロリダに小さな家を買うだけの蓄えができるだろうか……ちょっと待って。ルーラはたしか……？

「もうひとり息子さんがいらっしゃるんじゃや？　今朝ルーラから聞いたのは……」

「死んだよ」ジャック・サリヴァンが言った。「ヘリコプターの基本訓練中の事故で。二十年まえに。あのときフィリップは十九歳だった」

皿を拭いていたルーラの手が止まった。微動だにしないルーラを見るのは、ここへ来てからはじめてだ。

「そんな話、一度も……エリザベス、なぜ今まで言わなかったの？」とルーラ。

サリヴァン夫妻は目を見合わせた。

「最初はつらくて話すこともできなかったの。遺体が……」エリザベスは口をつぐみ、長々と息を吸いこんだ。「洋上訓練中の事故で遺体が見つからなかったのよ。季節は春だったわ。ジャックはまだ畑で種蒔きをしていたから。ジョニーはハイスクールを卒業したばかりで、大学の夏期講座を受けようとしていた。でも、その夏に家を出てからはほとんど寄りつかなくなって……つい最近まで。あの新聞の仕事を始めてから週末だけ帰ってくるようになったけれど、なんだかまるで……」エリザベスはまた口をつぐんだ。もう一度息を吸いこんだが、先を続けることはできなかった。

ジャック・サリヴァンが静かに言った。「まるでべつのチャンスをつかもうとしているみたいだったな」

全員がコーヒーを口に運んだ。ルーラはエリザベス・サリヴァンがなにを言っているのかわからないというような目で彼女を見つめていた。ルーラにはジョン・サリヴァンの死よりもフィリップ・サリヴァンの死のニュースのほうが衝撃だったらしい。レコード・プレーヤーから流れるボブ・ニューハートの遠い声だけが家のなかで聞こえる唯一の音だった。ニックは居間へ行ったきりキッチンには戻ってこなかった。サリヴァン夫妻がやってきたことにも気づいていないにちがいない。

「これを持ってきたの」エリザベス・サリヴァンは大きな茶色い紙袋をジェーンに手渡した。新聞がいっぱいはいっている。「もしかしたら、あなたの役に立つかと思って」

ジェーンはかぶりを振った。わかりきった質問を口にするのはやめた。

「あなたは探偵だとフランクリン・マンソンが部下に言っているのを聞いたのよ。それで、息子になにが起こったのかを突き止めてもらえないかと思って」

「でも、警察が……」

「わたしたちはあなたに調べてもらいたいの。ジョニーはなにか大きな記事を書こうとしていたのよ。マンソン刑事にも話したのに、新聞を見せてくれとも言わなかった」

「警察は今度のことは不動産がらみだと考えているんだ。ジョニーが着ていたブレザーのこた。


とばかり訊かれた。あのロジャー・グローヴランドのブレザーのことばかりを」

「おふたりは彼がなぜあのブレザーを着ていたかをごぞんじなんですか？」ジェーンは訊いた。

夫妻は首を横に振った。

「どうでもいいわよ、そんなこと」とエリザベス。「あの子は新聞記者だった。おそらくだれかに不都合な記事を書こうとしていたんでしょう。それをあなたに突き止めてもらいたいの。ジャックもわたしもそれを知りたいの」

「調査料は払うよ」とジャック・サリヴァン。

「ミスター・サリヴァン、ミセス・サリヴァン、お金の問題じゃなく、わたしにできることがあるとは思えないんです。警察がこうして……」

居間にいるニックがボブ・ニューハートのつっかえつっかえの歌に大声で笑いだした。

「息子さんがいらしたのね」とエリザベス。「あなたなら、どうすれば突き止められるかきっとわかるわ」

サリヴァン夫妻は腰を上げ、暇乞《いとまご》いをした。どうすれば夫妻の頼みを断れるか、ジェーンにはわからなかった。どうして自分が断りたいのかも。つい数時間まえ、依頼人が現われるまで待てと遠まわしに言うブルース・オーに腹を立て、この事件を解明すると意気ごんだばかりじゃなかった？　依頼人が現われた今になって、なぜためらうの？

ジェーンがこれまで手がけたのは、いわば自分の通り道に落ちてきた事件だった——事件、だなんて、頭のなかでうんと小さくつぶやくだけでも顔が真っ赤になってしまう。探偵を自称して以前の事件を振り返っているなんて何様のつもり？　しかし、このジョン・サリヴァン殺害の調査をするということは、探偵として正式に事件の調査を引き受けるということだ。ブルース・オーの調査会社のレターヘッドにはすでにジェーン・ウィールの名がはいっているし、ティムは、ナンシー・ドルーの相棒ふたりのうち有名じゃないほうのヘレン・コーニングを自称しているが、ジェーン自身は調査の過程で家族や友人の輪から一歩も踏み出したことはなかった。犯罪を解決しても、事件《ヤマ》を片づけても。ふと頭に浮かんだ言いまわしに顔をしかめた。

「どう思う、チャーリー？」キッチンの後片づけを手伝って、ニックをレコード棚から引き離し、明日も秘蔵のアルバムを聴かせてもらえるようにファジーとルーラに頼んでから、ログキャビンへの帰り道でチャーリーに訊いてみた。

「まだ二、三日ここにいられるわけだし、ぼくはそのあいだに発掘されたものに関する調査報告をまとめて、ファジーの土地に対する制限が解けるようにしたいんだ。無作為に集めたみたいに見える鉱物や骨がなにを意味するのか、今は見当もつかないが、ここが州の重要な遺跡じゃないことだけははっきりしている。ただ、それを示すには書類の提出と調査が必要だ。となれば、きみはサリヴァン夫妻を助けてあげればいいんじゃないのか？」チャーリーは妻の茶色のおかっぱ頭を優しく撫でた。「後込みするなんてきみらしくないな」

ジェーンはうなずき、明日の朝オーに電話をするとチャーリーに言ったが、これを引き受けたら最後、自分がプロの探偵であることを真剣に受け止めなくてはいけないのだと思うと、まだためらいがあった。ひどく無分別で非現実的なことに思える。もっとも、前職の広告業ではテレビ・コマーシャルを制作していたのだ。これは、わたしが脳の手術をしないでファッションモデルになるというほど無茶なことではない……。

オーケー。だったら、心をくるむこの抵抗の薄皮を全部剝がしたとして、そこになにが残る？　女探偵ジェーン・ウィールがこの事件を引き受けるということは、もちろん、頭ではもう了解している。抵抗の唯一の理由は、両親の昔からの友人であるファジーが、自分のなかでは第一かつ唯一の容疑者だからだった。昨夜、ファジーが母屋の裏口からこっそり家のなかにはいるところを目撃した。ジョン・サリヴァンがトウモロコシ畑で撃たれてから十分も経っていないときに。オーがこう質問する声が聞こえるようだ。あなたは彼が罪を犯したということよりも彼の無実を証明したいのではありませんか？

ニックが寝たことを確認するとすぐさま、昼間、ファジーが花壇に埋めていた一セント銅貨のことをチャーリーに話した。

「おかしいのはそれだけじゃないの。ファジーの態度がものすごく変だったのよ。それにあんな夜中に外に出ていたこともどう考えたらいいのかわからない。そのことはマンソンにも話したから、彼がファジーに訊いたと思うけど……」ジェーンは無意識にジーンズのポケットに手を入れて、花壇で回収した一セント銅貨を取り出した。サリヴァン夫妻の突然の訪問に驚かされたキッチンで、オースチナイトもポケットにしまっていたので、それも一緒に。

石の角に小さな緑の点がひとつあることに気づき、チャーリーにそう言おうとすると——地質学的事象にも関心を払っているということを示したかったし、緑色のオースチナイトもあると彼が言っていたことを思い出したから——チャーリーは、シッと制して首を傾け、なにかに耳を澄ました。

そっとドアを閉めるような音がジェーンにも聞こえた。たぶん夜勤の警察官のひとりだろうと思いながら、窓から母屋のほうを見ているチャーリーに近づいた。明かりを消したログキャビンの窓辺にふたり並んで立ち、母屋の裏口を見ていると、ファジー・ニールソンが人目を忍ぶようにゆっくりと家のなかから出てきた。

ファジーは最初、自分のコレクションが置いてある掘っ立て小屋のほうへ歩きだした。それから急に方向転換してログキャビンのほうへ向かってきた。まっすぐこっちへやってくるように見えたが、また向きを変え、屋外トイレとトウモロコシ畑へ通じる小径へ向かった。ずだ袋を提げている。一セント銅貨を取り出していたときの袋と同じ袋らしい。ファジーのルートを追うために、ジェーンとチャーリーはログキャビンの入り口と逆の側にある窓へ静かに近寄った。昨夜、その窓の外に見えた光景から、思いもよらぬ展開となったのだ。屋外トイレの一メートル手前まで近づくと、ファジーはずだ袋を地面におろした。ポケットのなかをまさぐっているように見える。

ジェーンはチャーリーを押し倒して床に伏せたい衝動に駆られた。ファジーは銃を取り出そうとしているんじゃないの？

「ああ」そこで、自分がなにを見ているのか悟り、顔をそむけた。

チャーリーはまだじっと見つめている。彼に腕を揺さぶられ、ジェーンは窓のほうに向きなおった。ファジーはずだ袋を持ち上げ、来た道を引き返して家のなかにはいった。トウモロコシ畑のきわで見張りについている警察官はファジーに気がつかなかったようだ。窓から見える範囲では、ほかに見張りがいるのかどうかわからない。いずれにしても、警察官はひとりも飛び出してこなかった。当然かもしれない。ファジーには暗い自宅の裏庭に出てきて用を足す権利があるだろう、おそらく。それは、ジェーンとチャーリーが見たとおりの光景、つまり、ファジーの夜の徘徊の延長だった。


月曜日の朝を迎えると、マンソンがファジーの夜間徘徊について確認を取りにきた。

「母屋の裏口にいるファジーを見かけたと言いましたよね。そのことを本人に尋ねたところ、首を振って、外に出た覚えはないという答えが返ってきました。ちょうど食事のトレイを持ってキッチンへ戻ってきたルーラは、それを聞いて笑いだしました。彼女が言うには、ファジーが毎晩外で用を足すのは、この家に赤ん坊が生まれてからずっと続いている習慣だそうです。子どものひとりの眠りがひどく浅くて、ファジーはそれをつい忘れてトイレの水を勢いよく流していたんですが、そのたびにルーラに怒られるのがいやで、そのうち夜は外で用を足すようになったとか。今はもう、大きな音で水を流してもだれも目を覚まさないのに、とルーラは言っていました。歳だから夜中に二回も三回も用足しに外へ出るのに、翌朝にはなにも覚えていないとも」

「それじゃ、チャーリーが掘っ立て小屋のそばで聞いたのはファジーがたてた音だったのかもしれないわね。チャーリーは様子を見に出ていったけど、そこに着いたときにはファジーは屋外トイレにはいっていた。で、ふだんと同じように母屋へ戻った。自分以外のだれが外に出ていたとしても気づかずに」

「かもしれません」とマンソン。「あなたのパートナーはこう言っています。もしそうなら、われわれが昨日考えたように、犯人はトウモロコシ畑を抜けて、そのまま道路へ戻ることができたかもしれないと。ジョン・サリヴァンはあなたのご主人が言うように、あの掘っ立て小屋のまえにあった骨を持って畑まで行き、そこで撃たれて、腕に抱えていた骨が膝の上に落ちた。さもなければ犯人が……あるいは犯人と行動をともにしていた何者かが、倒れたサリヴァンの膝の上に骨を置いた。あの骨がなんなのかを確かめようとしていたのかもしれないし、なにかのメッセージを送ろうとしていただけなのかもしれない……」

「だれですって？」

「おお」マンソンは低い着信音を発している携帯電話を手探りしながら言った。

ジェーンはマンソンが電話の相手と話している銃や銃弾の情報に耳を澄ましてはいないようなふりをして、彼が電話を切るとすぐにまた問いを投げた。

「パートナーってだれのこと？」

「オーですよ」とマンソン。「今言ったでしょう」

ブルース・オー探偵の名がまじないのように飛び出すこの名前ゲームをするたびに、兎の穴に落ちて不思議の国へ向かうアリスのような感覚にとらわれる。

「昨日の午後に彼から電話があって、あなたとともにこの事件に関わることになったから、情報が欲しいと言われたんですよ」とマンソン。「まあ、正直言って、以前はこういう形は気に入りませんでしたが、あの元刑事もわたしのことがだんだん好きになってきたようですからね」

ジェーンはうなずいた。事情はだいたい把握した。オーは早くも手応えを得たようだ。しかし、マンソンを好きになるのはかまわないけれど、なぜわたしを不安にさせるようなことを言ったのだろう。昨日の午後というのは、依頼人がいないのだから事件に首を突っこむなと警告したあと？　それともまえ？　探偵のパートナーはいつもこんな仕事の仕方をするものなの？

マンソンが問題の骨についてチャーリーの話を聞くために掘っ立て小屋へ行くのを待って、ジェーンは自分の携帯電話を取り出した。

「わたしが依頼人を待たなくてはいけないなら、あなただって依頼人を待たなくてはいけないはずでしょう？　いったいどうなっているの？　ちょっとむっとしているわ、マンソン刑事から話を聞いて……ああ、それから、わたしたちにはもう依頼人がいますから。ゆうべ夕食のあとにサリヴァン夫妻がやってきて、わたしに依頼しましたから。まだごぞんじじゃないでしょうけど。折り返し電話ください……ジェーン・ウィールです。だれがかけてきたかはもうわかっているわよね。あなたはなんでもお見通しなんですものね、なにかが起こるまえから」留守番電話がカチリと音をたてて録音が終わったことを知らせた。毎度のことながら、もう少し明快にメッセージを残したかったと後悔した。

午前中の残りの時間は、昨夜サリヴァン夫妻が持ってきた新聞を読むことに費やした。ジョン・サリヴァンは空港建設に関する連載記事を書いていて、とくにカンカキーへの誘致計画を集中的に取り上げていたようだ。記事のなかでは空港がカンカキー市民ひとりひとりにもたらす経済効果が強調されていた。彼は候補地として挙がっている地区の空き地や空き工場をまわり、一種の戸別訪問による住民へのインタビューを連続的におこなっていた。空港が神の恵みか不幸の始まりか、住民たちの生の感情を伝えようというわけだ。不動産会社三社——三社とも賛成派——に取材したある回では、〈カンカキー〝K3〟不動産〉のロジャー・グローヴランドとヘンリー・ベネットがインタビューを受けていた。補足の街頭インタビューという体裁で〝地元の起業家〟のジョー・デンプシーの意見も載っているのが興味深い。

「可能性にあふれたカンカキーのような町こそ、人々がホームと呼びたい場所ではないでしょうか。空港はきっと町の可能性を増やします。ほかの町の人々もやってきて、アメリカの心臓部《ハートランド》にあるこの安息の町がもたらす喜びと平和に包まれるでしょう」

中世の詩に出てきそうな古めかしい言葉を、自信をもってさりげなく口にする夫に恋することができるジェーンは、いかにも嘘臭い言葉のにおいを嗅ぎ分けることもできた。広告業界で学んだことも無駄ではなかったのかもしれない。〝可能性にあふれた〟などという言葉が、たまたま道で立ち止まった人間から発せられるはずがない。カンカキーの新参者のデンプシーがジョン・サリヴァンの街頭インタビューを受けるなんて、そんな奇妙な偶然があるだろうか。実際、この記事は奇妙な偶然だらけだという気がする。ジョン・サリヴァンがロジャー・グローヴランドのブレザーを着ていたことはヘンリー・ベネットによって確認されている。ところが、ベネットはそのサリヴァンから、こんな座談会めいたインタビューを受けていながら、現場検証ではブレザーを確認しただけで、被害者を知っているとはひとことも言わなかった。

マンソンはこのサリヴァンの記事をだれかに読ませていると言っていた。新聞社からeメールで警察に送られてきた全文を。だから、エリザベス・サリヴァンが警察に読ませたがった紙袋いっぱいの新聞の切り抜きを受け取らなかったのだ。警察も同じ資料に取り組んでいるのであれば、マンソンにこのことを知らせて意見を拝聴する理由はない。オーが来るのを待って彼の意見を聞こう。オーが、さっき留守番電話に残した恐ろしいメッセージにひるんで、ここへ来るのをやめていなければ。

ジェーンはこの事件のノートを取りはじめた。コマーシャル撮影には必須のノートを取る習慣は、ガレージ・セールやフリーマーケットでの仕事にも引き継がれていた。クライアントが求めている物のリストと、自分が欲しい物の最新リストをべつに作っているし、〝逃した物〟と題したページには、次回のチャンスを心待ちにしている物を書き留めてある。そのひとつ、タイプライターが組みこまれた机は、エヴァンストンの隣町、スコーキーのバンガロー式住宅の地下室で見つけ、結局買わずにその家をあとにしてしまった。セール主の老婦人たちは机と揃いのオークの回転椅子をふくめて五十ドルの値段を提示していた。いったいなにを考えていたんだろう。今となってはあの机は〝逃した物〟リストから永久に消えそうにない。あんな珍品は二度と見つけられないだろう。〈ウエラー〉の花瓶はある教会のバザーで二回もそのまえを通りながら目に留まらなかった。三回めにはっと気がついて手を伸ばしたときには、長身の男の長い腕がうしろから伸びた。男はジェーンの顔のまえで花瓶を持ち上げ、意地の悪いクスクス笑いをした。〝逃した物〟たちから得た教訓――迅速な思考と決断力がセールで勝ち抜く決め手である。どうやって家まで運ぶかを考えるのは、小切手を切り、自分の名前が記された〝売約済み〟のステッカーを確認してからでいい。

この事件でセールの〝逃した物〟にあたるのはなにか？　今までそんな問いかけはできなかったし、そんな質問が頭に浮かんだこともなかったが。この事件における気になる珍品、手が届かないところにあるパズルのピース、あるいは、ほかのピースによってカモフラージュされているピースはなにか？　一セント銅貨とオースチナイト。そのふたつが〝逃した物〟――つまり、その答え――ではないだろうか。物だけでなく、気になる人間の名前もノートに書きこんだ。彼らのどこが気になるのかはまだはっきりと言えなくても。

リストにはデンプシーとフーヴァーの名もリストに残っている。かりにあのふたりとジョン・サリヴァンとのあいだに利害関係がないとしても、デンプシーがどこからか不意に現われてインタビューを受けたのでないかぎり、ふたりの名前がリストから消えることはないだろう。カンカキーをテーマパークに変えるという胡散臭い計画がある以上は。ドンが〈ローパー・コンロ・ライド〉だか〈カンカキー川筏《いかだ》回転〉だかの投資者になるまえに真相を突き止めなければならない。ヘンリー・ベネットにも依然として疑問が残るが、その答えも近いうちに見つけてみせる。そして、かつての友人ロジャー・グローヴランド。どうして彼のブレザーがこの事件に関わっているのか？

ジェーンはベッドにノートを投げて外に出た。ニックとチャーリーはまだ掘っ立て小屋にいた。積まれた箱が見える。一番上の箱のなかにはいっている物をチャーリーがひとつずつ取り出しているところで、壊れやすい物をさわるような彼の慎重な手つきに思わず笑みが浮かんだ。あの石や骨はチャーリーにとってほんとうに興味をそそる美しいものなのだろう。わたしにとってディプレッション・ガラスのジュースグラス、たとえば、〈ヘイシー〉や〈ヘーゼル・アトラス〉のセットがそうであるように。信じられない。ひょっとして、わたしたちは、最近、自覚しはじめた以上に似たもの夫婦なのかも。ふたりともコレクターであり、保護者であり、そのうえ問題の解決者でもあるのだから。

この敷地のなかで今のところあまり注意を払っていない場所のひとつは納屋だが、その理由は位置関係にあった。納屋は、ログキャビンから見て母屋とは逆の端から少し離れたところにあり、発掘現場と掘っ立て小屋に通じる小径とはだいぶ離れていた。ログキャビンからトウモロコシ畑までの視界のなかにもはいらない。警察はもちろん納屋の捜索をしていたが、不審物はなにも見つからず、埃をかぶった回転式耕運機と小型トラクターに何者かが触れた形跡もなかった。納屋の隅に重ねられた古い耕具の上方に張った蜘蛛《くも》の巣も無傷だったという。納屋の大きな戸がほんの少し開いていたので、ジェーンはこの際、ちょっと覗いてみることにした。

　警察が言っていた古い耕具とは、ファジーが廃棄したのなら見せてほしいとティムが言いそうなヴィンテージの鍬や鋤だった。なかは仕切りがいくつかあるが、木箱が壁際に積まれているだけだ。仕切りのなかに敷かれた藁はもつれて固まっている。これでは、なかにはいった人間がいたとしてもわかりにくいのではないか。壁沿いに進んで仕切りのなかにはいり、土の地面のままの床を覆った藁に足を載せてしまえば、埃に足跡は残さずにすむかもしれない。壁際に積まれた木箱をよく見るために、そのとおりにやってみた。一番下の箱に〝第二次世界大戦《WWII》ロナルド・ニールソン所有物〟というラベルが貼られていた。母屋で写真を見たので、ファジーが兵役に就いていたことは知っている。ルーラとの結婚式の写真には陸軍の制服を着た若いファジーが写っていた。クルーカットにした剛毛は昔からだが、あのころ黒かった髪は今は真っ白になっている。

　見知らぬ人の地下室で段ボール箱を開けることに慣れているジェーンは、干し草の塊を引き抜いて作業にかかろうとしてから、ふと手を止めた。ファジーが戦争から持ち帰った物を見るなら、ファジーとルーラの許可をもらわなければならない。でも、箱に収められている物でなければいいのではないかしら……？　木箱の山とうしろの壁とのあいだに、郵便袋ほどの大きさの古い革袋がひとつ置かれている。あの袋のなかを覗くぐらいはかまわないのでは？　隙間から革袋を引き出した。たぶんまた耕具だろうと思って。袋の外からだと鍬や草刈り鎌かなにかのような感触だった。

おかしい。まわりにある物すべてに戦争の印がついているのに、納屋から十五メートルのところでは人がひとり撃ち殺されているというのに、袋のなかからその銃を引っぱり出したジェーンは、完全な不意討ちを食らって恐怖におののいた。

10

　マンソンが部下を怒鳴りつける声は半径数マイルにある全農園に聞こえたにちがいない。納屋を捜索した五名は全員、前日に自分たちが納屋を調べたときには銃のはいった袋などなかったと断言した。

　ジェーンはその五人の捜査員の惨めな顔を見ながら、彼らは嘘をついてはいないと確信した。マンソンが部下を叱責し終わるのを待って腕を取り、納屋のなかに引き戻した。

「袋があったのはこのうしろよ。ここから袋を引っぱり出したの。で、銃が地面に落ちたあとで、この一番下の箱のまわりの藁《わら》に気がついたの。見て」

　その部分に藁が集まって小さな畝《うね》のようになっていた。箱が引き出されたときに藁が動き、銃のはいった袋を壁との隙間に置いたあとで、箱はまた元の位置に押し戻されたのだ。

「この畝がつくられたのは最近だと思うわ。鼠は納屋のなかを始終走りまわっているし、猫だって最低二匹はうろついている。こうして形が崩れずに残っているのは、これがつくられたのがごく最近だからよ。そうでなければ、こんなにきれいに残ってはいないはず。あなたの部下が昨日、見逃したんじゃないのよ。そのときはまだこれができていなかったの」

マンソンはジェーンが見つけた銃をすでにダウンタウンの本署へ送っていた。

「あれは二十二口径のライフル銃だ。サリヴァンは二十二口径で撃たれたようだな」

ファジーが納屋にはいってきた音にジェーンもマンソンも気がついていなかった。

「銃がいるのかい？」ファジーが訊いた。

ジェーンはファジーに向かって本能的に首を横に振った。なにも喋らないほうがいいという警告のつもりで。しかし、ファジーはマンソンを見ていた。

「なにかを撃ちたいのか？」

マンソンはゆっくりと首を横に振った。

「いや、ファジー。われわれはここで発見された二十二口径のライフル銃の話をしていたんですよ。どうして、あれがこの箱の山のうしろに押しこまれていたのかが疑問でね」

「あれは箱のなかにあったんじゃないよ。あの袋はおれがべつにそこへ押しこんだんだ。まだ置き場所を決めてなかったのさ。銃は全部ここへ置いてるんだが」ファジーは自分のうしろの、なにも置かれていない壁を指差した。

ジェーンとマンソンが沈黙していると、ファジーは声をあげて笑った。

「見えないんだろう、ええ？　トリックだよ。イングランドの農園でこの技を会得したのさ。戦争中に。敵が攻めてきたらどうやって身を守るかをイングランド人に教えてやってるときに。納屋に武器を隠す方法をおれとレスターというイングランド人とで考えついたんだ」

ファジーはうしろの壁を手でさわりながら微笑んだ。掛け金がはずされるカチッという音が聞こえた。と、ファジーは窓ほどもあろうかという大きな板を持ち上げてみせた。

「ほら、見てごらん。もともとここは窓だったんだ。そこをこの板でふさいで隠し棚にしたわけだ。イングランドの農民たちは、いざというときのために、これと同じライフル銃の隠し場所をこしらえた。銃には例のサイレンサーってやつを取りつけてね。もしドイツ兵が攻めてきたら音なしで狙い撃ちできるように」

今ファジーが話していることの全部が全部、事実かどうかはわからないが、窓サイズの木の板のうしろを武器の隠し場所にするという考え方は正しいと、ジェーンは思った。しらみつぶしに壁を調べないかぎり、だれもそんな隠し棚には気づかないだろう。板の上方に取りつけられた蝶番《ちょうつがい》には板と同じ色が塗ってある。もっと重要なのは、その棚にも土と埃が積もって、銃器との見分けがつかなくなっているということだ。置かれているライフル銃は五挺。いずれも缶ジュース・サイズのアタッチメントが装着されている。

「英軍式にそのサイレンサーをつけた。なぜかって？　ルーラもそう訊いたからこう言ってやった。静かな銃なら、おまえに怒られずにすむからな、音さえしなければ栗鼠やらフクロネズミやらを撃ってもかまわんだろう。ちがうかい？」

ファジーは一挺を棚から取ってマンソンとジェーンのほうへ歩いてきた。ふたりに銃口を向けながら。マンソンが隣で身を硬くし、手を上着の内側に入れてホルスターに触れるのがわかった。

「ファジー、それを床に置いてくれない？　ちょっと見てもいい？」

「なぜ置くんだ？」ファジーは銃を宙で振ってみせた。「もっとそばで見せてやるさ」

つぎの数秒はスローモーションのようだった。

ファジーがジェーンとマンソンにあと一メートルというところまで近づいたとき、だれかが納屋の戸口でファジーを呼んだ。その人物の立っているところは陰になっていた。扉が視界を遮ってもいた。きっぱりとした、だが、けっして威嚇的ではない男の声。

「ミスター・ニールソン？　ミスター・ニールソン？」

ファジーが声の主のほうを振り向くのと同時に、マンソンがファジーの手にあるライフル銃をつかみ、ぐいと引いた。ファジーは足をすくわれた。倒れたのは藁の山のなかだが、老体にはやはり強い衝撃だった。ブルース・オーがこっちへ向かってきた――突然の登場と、動揺した相手を落ち着かせる声にかけてはさすがに名人級だ。オーはひざまずき、立ち上がろうともがくファジーの肩を優しく持ち上げるようにして、藁の上に座らせた。

「ミスター・ニールソン、ちょっとここに座ったままでいてください。怪我をしていないかどうか確かめましょう。どこも骨が折れていないということを」

「申し訳ありませんでした、ファジー」とマンソン。「でも、そんな銃でびっくりさせるからですよ」

「よく言った」とファジー。「今度そいつを手にしたら、おまえの鼻を吹っ飛ばしてやる」

マンソンが電話を何件かかけているあいだに、ジェーンとブルース・オーは挨拶を交わした。

こういう言葉をオーから聞きたかった。

ミセス・ウィール、マンソン刑事に電話したことを許してください。先にあなたにお話しして、この事件に関するわたしの戦略を説明するべきでした。わたしがまちがっていました。むろん、わたしたちはこの事件を解明するべきです。いつもながら、わたしたちが関わることになるというあなたの読みは正しかった。事件の全体像を見せてくれて、今回もまた光のあたる場所へ導いてくださって感謝します。

だが実際にはオーは「ミセス・ウィール」と言っただけだった。

「オー刑事」ジェーンもそう返しただけだ。

にらみ合いはあまり得意ではないが、涙ぐましい努力をし続けていると、チャーリーが納屋へはいってきた。うしろからニックもついてきている。

「ここには死体はないよね？　それとも、あるの？」ニックは戸口のあたりで先へ進むのをためらった。

「あるわけないでしょ」とジェーン。「ファジーがわたしたちに銃を見せてくれようとして、転んでしまったの。でも、大丈夫よ」

眉を吊り上げるチャーリーに肩をすくめてみせた。今はそれだけ言うのが精いっぱいだ。なにしろ、なにが起こったのか自分でもわかっていないのだから。ファジー・ニールソンが人を傷つけるような人間でないことは心の底から信じている。心情的にも論理的にも本能的にもそのことはこれっぽっちも疑っていない。ただ、ライフル銃を抱えたファジーがこっちへ向かって歩いてきたときには、体じゅうの恐怖のセンサーが反応し、戦うか逃げるか、ふたつにひとつだと訴えた。やはり銃の存在は、それを持っている人間を見えなくしてしまうほど大きいのだろうか。

ルーラもやってきた。ファジーが藁の上にへたりこんでいるのを見ると、彼女は今朝こしらえていたペストリーが山盛りになったトレイを手から落とした。ファジーに駆け寄って彼の横に膝をつき、優しく低い声で耳もとに囁きかけた。ジェーンがはじめて見るルーラの一面だ。家族の面倒を見るという分野において、ルーラはネリーと同タイプ——タフだけれども愛がない——の女性だと思っていたが、ルーラにはもっと繊細な感覚が備わっているらしい。マンソンがルーラに話しかけ、今しがたの出来事を説明した。ルーラは怒りに燃えた目をして立ち上がった。

「なんの悪意もない老人を倒したってこと？　自分のほうへ向かってきたというだけで？　今言ったのはそういうことでしょ？　この人はあんたのほうへ歩いていっただけなんでしょ？　ちっとも変わってないわね、うちの子と一緒に小学校へかよってたころから。あんたはいつも相手の鼻を殴るのが先だった。殴ったあとからなにか訊くのよ」ここまで一気にまくしたて、やっと息継ぎをした。「もう我慢できないわ、フランクリン・マンソン。ファジーを家のなかに入れたら、このことを言いつけてやる」ルーラはブルース・オーの手を借りてファジーを立たせた。ファジーは今や怯えた子どものようにすっかりおとなしくなっている。

「あんたの母さんに電話してやるから」

マンソンは目をこすった。母屋へ向かうルーラのうしろ姿を見送りながら、しきりに頭を振った。「やっぱり町を出るべきだったな」とつぶやき、オーとジェーンを見て、肩をすくめた。「大学を卒業したときに、べつの二州からも就職の誘いが来ていたんですよ、なんと。でも、断ったんです。カンカキーの人たちが好きだからと言って」

マンソンは納屋にある銃を全部梱包して本署へ送れと部下のふたりに指示した。

「ジョン・サリヴァンは二十二口径のライフル銃で撃たれたというのがわれわれの判断です。なにかの音を聞いたというミセス・ウィールの証言がありますが、それが銃声とはかぎらない。で、今、ここで見ているのは、文字どおり銃器、それも使用可能な減音装置《サプレッサー》とおぼしきものが装着された銃の隠し棚です」

「サプレッサー？」ジェーンはオーに質問した。

「消音装置《サイレンサー》というものは本来、存在しません。発砲音を減ずることはできても完全に消すことはできませんから」とオー。

マンソンが部下のひとりになにかを命じている。ルーラに頼んでこいと言っているようだ。

〝靴〟という言葉が耳に飛びこんできた。

「なにをするつもり？　なにがファジーに起こっているの？」

「敷地内にこれだけの数の銃器があるという事実は無視できません。人がひとり銃で殺されたんですから。あなたとご主人以外で現場付近にいたのはファジーです。そう言ったのはあなたじゃないですか。警察としては彼の服と靴を調べなくてはなりません」

「靴？　ファジーは農園主よ。園芸家よ。彼の靴にはこの敷地内のいたるところの土がついているでしょうよ。トウモロコシ畑の土だって。ファジーの靴や服についた土を分析して、いったいなにを証明できると……」声が先細りになった。

母屋とログキャビンのあいだには、そこを通るたびに昔を思い出して微笑まずにはいられない物がある。物干し綱だ。土台がコンクリートの金属ポールが二本立っていて、三本の太い物干し綱がぴんと張られている。そのうちの一本の綱に、よれよれの布袋が木製の洗濯挟みで留められて干されていたことがあった。その洗濯挟みの感触を確かめたくて、キャビンから母屋へ向かう途中で誘惑に負けてしまった。そのとき、かなり使いこんだピンクとブルーの袋にもさわった。この難局から抜け出すために、ジェーンは自分が持っているいくつかの木製の洗濯挟みを思い浮かべながら、おさらいしてみた。細い手彫りの木の洗濯挟みがひとつ、丸っこくて形が揃ったものがいくつか。もっと細くて先が尖ったものも、まっすぐで頭が四角く、針金で本体がつながれたものもあった。洗濯挟みの形がつぎつぎと頭に浮かんできたが、あの物干し場を通るときにジェーンを微笑ませたのは洗濯挟みだけではない。

物干し綱にずらりと掛けられていた服もそうだった。ブルージーンズやオーヴァーオールや白いTシャツやソックスや男物のパジャマが、三本の綱に入れ替わり立ち替わり干されている光景は、ルーラが洗濯好きで、そのことを誇りに思っているということの表れだ。ルーラは毎日、洗濯している。マンソンがファジーの服の提出を求めても、彼の手にはいるのはきれいに洗濯された、そよ風のにおいがする服、陽射しを浴びすぎてほんのちょっとごわついた服だけだろう。〝新たな犯罪ではないが現場検証プロトコルにおける新たな問題〟といえそうな混乱——がなり声で部下に命令を発するマンソン、だれが言葉をかけても手を貸そうとしても払いのけ、ファジーを母屋へ連れていくルーラ、ルーラとは逆の側を並んで歩きながら、掘っ立て小屋の箱で見つけた葉化石についてファジーに尋ねるニック——のあとに残されたジェーンは、チャーリーとオーに向きなおった。三人が納屋の外にこしらえた空間は静かなオアシスとなった。戸口のそばには六人の警察官が配されて新たな現場検証班の到着を待ち受けていたけれど。

「サリヴァン夫妻のことをどうして知ったの？」ジェーンは尋ねた。

オーは首を横に振った。

「息子が殺された真相を突き止めてくれと、夫妻から頼まれたの。あの人たちは……」なぜ言葉にするのがこんなに難しいのだろう？「わたしを雇ったのよ」

「依頼人の登場ですね」とオー。

「どうしてわかったの？」

「今、自分で言いましたよ、ミセス・ウィール。わたしがここへ来たのは家内に押し切られたからです。クレアが記録破りのガレージ・セールを開くミスター・ローリーを手伝いたいと言い張るので。ガレージ・セールはもう卒業したはずだが、とわたしが言っても、方針を改めたと言って聞かないんです。ミスター・ローリーがやろうとしているセールには……ええと、なんだったかな？……ああ、そうです、可能性が感じられるとか」

「マンソンに電話したんでしょ。彼から聞いたわよ」

「はい、しましたよ」とオー。「クレアがここへ来ると決めたあとで、あなたの携帯電話にかけました。でも、出なかったので、〈EZウェイ・イン〉に電話して、母上に伝言しました。したと思っています」

「留守電にメッセージを残したんですか？　それともネリーと話をしたんですか？」チャーリーが訊いた。チャーリーはこの会話に関しては部外者だが、ふたりのそばにいて、ライラックの茂みのまわりの根覆いを小枝でつついていた。ライラックは納屋までの小径を縁取る花だ。ジェーンはこのシーンを頭のなかにファイルした。夫婦で招待されたお宅で、ジェーンが花瓶をひっくり返して底のマークを確かめようとすると、チャーリーは恐ろしい目でにらむ。今度そういうことがあったら、自分こそ土があると掘り返さずにはいられないくせに、と思い出させてやろう。

「母上と電話で話しました」とオー。「その伝言が届くかどうかは確信がもてませんでしたが。あなたはただでさえ問題をいっぱい抱えているのだと、電話を切られてしまいましたから」

「それでマンソンに電話したのね」ジェーンはこの事情を知った瞬間、オーを許していた。彼はネリーに電話するという嵐のなかに自分からはいっていった。これはわたしを驚かしたことの償いに相当する勇気ある行為だ。

「おもしろいものを見つけたぞ」とチャーリー。「ここに光るものがある」

チャーリーは薔薇石英のかけらをふたりに見せた。樹皮とキノコの堆肥がついているが研磨されている。

「ここでは見つかるはずのないものなのですか？」オーが質問した。

「なんであれ研磨された鉱物のかけらが土のなかから見つかるということはないと思いますよ。ところが、このファジーの農園の土はそうした驚きの宝庫なんです」

チャーリーは作業用のチノパンの左右のポケットに手を突っこむと、一メートルほど離れた木の切り株の上に収穫物をぱらぱらと落とした。

ジェーンは、サウスダコタへの休暇旅行で立ち寄ったロックショップ（地元で採集された石を売っている店）を思い出した。レジスターの横に、研磨された鉱物見本を山盛りにしたボウルが置かれ、きらきら光るそれらの石をベークライトの柄がついたシュガーシャベルで〝すくい買い〟できた。ジェーンはシュガー・シャベルを買いたいとレジ係の女性に言った。レジ係はジェーンを頭のいかれた客と認定した。

「これは売り物じゃないのよ、ハニー」彼女はシュガー・シャベルで石をすくう実演をしてから、また石のなかにもぐりこませた。「こうやってすくい上げられるものは買えるけど、すくい上げるものは買えないの」

わざとらしいほどゆっくりと、慎重に言葉を選んで言い終えると、ヴィンテージのシュガー・シャベルを手の届かないところに置いた。そうしないと、この客はそれで自分自身を傷つけるおそれがあるとでもいうように。

ジェーンは石のいくつかを指でつまんだ。

「これは珊瑚？」

チャーリーはうなずいた。

「こんな内陸で？」

チャーリーはもう一度うなずいた。

「珊瑚を運んでくるようなカンカキー川の支流が大昔にあったとか？」

チャーリーは首を横に振った。

「最初にあの猫の頭蓋骨を見たときは、熱意がありすぎる市民がつい犯した過ちだろうと思った。つまり、骨が発見されたという話を聞いただれかが、自分は現物を見ていないのに、昔の墓地か歴史的意義がある遺跡だと決めつけて専門家に連絡する、というパターンだろうと。実際の話、どうしてここにぼく以外に地元の大学の専門家が来ていないのか不思議だった。通報を受けて最初にここへ来た人間には、発掘されたのがペットの骨だということがすぐにわかったんだよ。で、もっと土を掘ってもかまわないという説明をファジーとルーラにせずに立ち去った。ぼくも、制限解除の知らせが州の担当者からすぐに届くだろうと思っていた。いずれにせよ、ここには何日か滞在する予定だったから、ニックとふたりで敷地内を歩いて調査を始めたら、いろいろと見つかった。鏃《やじり》やら陶器の破片やら化石やら骨やら。葉化石や昆虫化石もあった。南米の琥珀も、ただのガラス玉もね。きみが喜びそうなこんな物も見つけた」チャーリーはシャツのポケットから小さな物を取り出して、ジェーンに手渡した。「ボタンだということはぼくにもわかるが……」

「下着用の骨ボタンと靴用の革ボタンね。たぶん一八九〇年代の」

「こうした発見からどんな結論が導き出されますか？」オーが訊いた。

「これらが単に動物の骨から作ったボタンや鏃であれば、この発掘現場の価値を上げようとしている人間の仕業かもしれないと考えるでしょうね。ありもしない物をあるように見せるためにやっているんだと。専門家を馬鹿にしています。これらがこのあたりを住居としていた部族の物ではないとわかっても、先住民族の工芸品はしばらく迷惑をこうむるでしょう。イリノイのこの地域にもネイティヴ・アメリカンが住んでいたわけだから、彼らが昔作った物が発見されたのなら不思議ではないけれども、アリゾナの部族の作った物が発見されるのはおかしい。ただ、それがまがい物だということをだれかが証明しないかぎり、ファジーは自分の土地になにもできません。ここになにかを造ることも、土を売ることもできない。現状を変えることができないんです。それにしても、間抜けすぎる。海にいる珊瑚や世界じゅうの鉱物までを埋めるなんて。だれであれ、この土地の価値を上げようとしている人間はよほど頭が悪いか、よほどセンスがないかのどっちかだ」チャーリーはジェーンを見た。

「あるいは、ただ埋めたいだけなのかもしれないわ」

ファジーが花壇に一セント銅貨を埋めていたことはオーにももう話していた。ルーラが鉢植えから取り出してみせたオースチナイトのことも。

「ミスター・ニールソンは自分の土地にささやかな宝物を隠そうとしているように見えますが、どうでしょう？」オーは言った。

「もしかしたらそうかもしれない。でも、ファジーは自分の農園の土が売れると言って狂喜していたのよ。わたしは、自分の土地なのにやりたいことを制限されたことがファジーを混乱させたんだと思う。でなきゃ、あんなファジーらしくもないことをするはずがないもの。もしも、自分らしくないことをあえてしているんだとしたら、彼は名優よ。ファジーにそんな芝居心があったとは思えない」

「骨が見つかったことを通報したのはだれなんでしょうか？」

「それが疑問なの。ファジーでもルーラでもないことはたしかだけど。ファジーが見せてくれた書類には名前は記載されていなかったの？　苦情者とか通報者とか」

チャーリーは首を横に振った。

「ファジーに手持ちの書類を全部見せてくれと言ったら、土地の測量や水利権やら譲渡契約やらの書類を、五十年間使っているという古いベッドの下から引き出してきた。さらに五十年まえの彼の父親のベッドの下からも。だけど、この件に関する公的書類は一通もなかったんだ。通報者はだれなのか、この土地にどういう制限がされているのか。その二点を確かめられそうな知り合いに今朝、電話してみたが、まだ返事をもらっていない」

ジェーンはブルース・オーの忍耐力と、興味深い質問の源である並はずれた好奇心を評価していた。そこに皮肉の影がないのもさすがだ。それにひきかえ自分は我慢が利かず、単純すぎる質問ばかりを無邪気にしていて、そのくせ皮肉屋なので明白なことまで疑ってしまう。でも、ギヴ&テイクというか弁証法的というか陰と陽というか、オーと自分の補完する世界観があるからこそ、ジョン・サリヴァン殺害事件とファジーの農園の謎を解決するためにどんな道を進まなければならなくなったとしても、合理的な——問題の核心に直結する——方向を選べるのではないだろうか。女探偵ジェーン・ウィールはそう確信し、パートナーであり師でもあるオーを見つめ、この探偵コンビが踏み出すべき第一歩の指示が彼の口から発せられるのを待った。

「あなたの母上の話を聞きにいきましょう」この場面で一番聞きたくはない言葉だった。

11

ネリーは〈EZウェイ・イン〉の調理場で玉葱を刻んでいた。一年生の五歳か六歳のころ、ジェーンは両親の仕事が終わって一緒に家へ帰れるのを待ちながら、スープに使う野菜を力強く刻む母を見るのが好きだった。それは見ている人にも満足感を与える決然とした動きだった。スープ作りには三段階あり、最初の玉葱刻みに断固たる意思を感じた。ただし、母が指を切るのを目撃してからは、スープ作りを見るのをやめていた。

完璧に用途に応じた高価な包丁一式をずらりと揃えている現代の料理人とはちがって、ネリーが調理場に置いているのは二種類の包丁だけだ。大きいほうは広刃の刀ほど大きく、小さいほうはアイスピックと剃刀の中間ぐらい。なにを切るにもそのどちらかを選び、切り終わるたびに金属砥石《といし》でさっと刃を研いで、いつでもすぐに使えるようにした。

ネリーの片手の指の少なくとも一本にはかならず〈バンドエイド〉が巻いてあった。バーベキューの材料を刻みながら指まで切ってしまったり、鉄板で親指まで焼いてしまったりということはしょっちゅう。驚異的にすばやく、しかも効率よく作業するので、指を切っても焦がしても、たいていは気がつかないのだった。どうして血が出ているのか、あるいは火膨れができているのかとジェーンに訊かれてはじめて、ネリーは自分の指に目を落とし、大きな声で悪態をついた。それから、シンクの下に食器用の洗剤とアンモニア水の瓶と一緒に用意しているオキシドールの瓶を取り出して指を消毒し、〈バンドエイド〉を巻きつけた。

縦横に細かい切れ目のはいったキューブステーキのサンドウィッチに使う玉葱を切りながら指を切断しかけたときは、ドンに連れられて病院の救急科《ER》へ行き、数針縫ってもらうという事態となった。そうした悲惨な事故が何回か起こったあと、ドンは電動のスライスマシーンを買いこんだ。だが、ネリーがプラスチックの指ガードをせずにその機械を使っているのを見て、すぐに箱に戻してしまいこんだ。

〈EZウェイ・イン〉の通り向こうの〈ローパー・コンロ〉がガスレンジを大量生産していたころには、従業員がつぎからつぎに店へやってきていたが、今はもう大勢の工場従業員の食事をネリーが賄《まかな》うことはなくなった。それでも、ネリーは何週間おきかに大鍋にスープを作っていて、その日は店の外に〝スープの日／一杯一ドル／売り切れ御免〟という札が出されている。最後の一杯が終わるのに二時間かかったことはない。

「通報したのはあたしじゃないよ」ネリーが言った。まな板の上の玉葱を押さえている指とすれすれのところに包丁の刃がおりた。「ファジーとルーラが自分の農園でなにを掘り出そうと知ったことじゃない。見つけたものはふたりのものなんだから」

包丁がまな板におろされるたびにジェーンは顔をしかめた。調理災害のロードマップのような傷だらけの手を見つめるのをやめて、ネリーの顔に目を向けようとした。

「だれも母さんが通報したなんて言ってないわよ。でも、ファジーはここでその話をしたわけでしょ。骨が見つかったという話を。そして、それを聞いて通報した人がいると言っているだけ」

「ミスター・ニールソンは定期的にこちらへ来ているのでしょうか？　ほかの常連客で彼とよく話をする人はいますか？」オーが訊いた。

ネリーは玉葱を切る手を止め、片方の肩で鼻をかこうとした。玉葱のせいで目が充血しはじめている。ジェーンは玉葱がネリーにもたらすこの無防備な姿を愉しんだ。実際には玉葱が誘い出した涙であっても、母の感情がこうして外に出てしまうこともあるのだと思ってみるのは気持ちがいい。しかし、このひそかな愉しみは長続きしなかった。肩で鼻をかこうとする動作に伴って包丁が宙で振りまわされることになり、調理場にいる全員の身に危険がおよんだ。ジェーンとオーはカウンターから身を引いた。

「ファジーならほとんど毎日十一時ごろに店に来てる。話すといったって、だいたいは独り言だけど、声が大きくてね。本人には聞かせる気がなくても、みんなに聞こえるから、みんなで聞くことにしてるのさ。ファジーはまわりの人間を愉しませるのが好きなタイプの男だからね」

「ファジーが自分の土地を掘り起こしたという話をここでしたときのことを覚えている？」

「父さんに訊いておくれ。あたしは今、スープを作ってるんだから」

ドンは覚えていた。日にちは特定できないが、やはり午前中だったという。

「大量の骨が埋まっている上に耕運機を走らせてしまって、刃が危うく壊れるところだったという話は店にいた全員が聞いた。だれもまともに聞いちゃいなかったがな。あいつはなんでも誇張して話す癖があるから」

「〝店にいた全員〟を具体的に教えて」

「パンの配達に来たフランシス、ギル、たぶんデンプシーと相棒もいた。あのふたりは最近はほぼ毎日、ランチタイムにやってくる。ほんようは母さんに毎日スープを作ってもらいたいんだろうな。ティムもいたと思うが。たしか不動産会社の連中や〈フォード〉の営業マンと会合を開いた日の朝だった。そうだ、コーヒーを四ポットぶんも淹れたから。例の大セールのスポンサーとの会合だとか言っていた。まちがいないよ、あの朝だ。ファジーは観客が多いほど話を聞かせたがる。骨を発見してしまって、それがどこのだれの骨なのかわからない恐ろしさを芝居っ気たっぷりにみんなに聞かせていた。自分が目覚めさせた死者の亡霊につきまとわれてるんだと、そりゃもう熱演していたさ」

その会合の出席者を教えてもらうために、ジェーンはさっそくティムに電話した。二度めのコールでティムが出た。

「今どこにいるって？　今からそっちへ行くよ」とティム。

「その必要はないわ。わたしがそっちへ行く。今どこにいるの？」

「最高に最高な地下室、絶対にきみが気に入りそうな。クレアと来ている。ここにはいる許可を得たのは、ひとえにクレアの飾らない魅力とマナーのおかげだっていうのがおもしろいだろ」

ティムはふざけているにちがいない。クレアがちょっぴり冷ややかで、ちょっぴりお高くとまっていてお上品ぶっているということは、ティムも知っているはずだ。いかにも育ちがよさそうなクレアの美貌と、他を圧する存在感と、とてつもないアンティークの在庫に、ちょっぴり嫉妬《しっと》しているから、こういう意見になるだけなのかもしれないけれど。

クレア・オーは、コレクティブルな食器や調理器具とヴィンテージのネクタイの目利きだが、彼女が情熱をそそいでいるのは洗練された極上のアンティークだった。ベークライトのブレスレットから〈カルティエ〉の正真正銘のヴィンテージ時計まで扱っているクレアがそばにいると、ぼさぼさ髪にしわくちゃの服の自分につい引け目を感じてしまう。エレガントな服にぴったりの靴とバッグという出で立ちのクレアをまえにすると、こちらはぼさぼさ髪にしわくちゃの服がトレードマークなのでちっとも気にならない、と開き直ることができないのだ。クレアはシルクのストールをさりげなく肩に垂らしていることもある。いつでも『ヴォーグ』の見開きページのモデルになれそうだ。同じような装身具でジェーンが決めようとすると、バンダナを首に結んでガールスカウトの広報誌の表紙モデルのようになるのが関の山なのだが。

ティムは大ガレージ・セールに向けた飛びこみの戸別訪問をジェーンにも手伝わせたがっているが、正直なところあまり気が進まなかった。いっそ戸別訪問はティムとクレアのコンビにまかせてしまおうか……。地下室や屋根裏に眠っている物を分類する手が必要になったときこそ、ジェーン・ウィールの出番だろう。自宅の地下室で埃をかぶっている昔のがらくた《ジャンク》を欲しがる人間なんかいないと言い張っている、カンカキー・ガレージ・セールにあまり乗り気でない人たちに、どんな物にも価値があると説得するのがわたしの役目だ。

だが、ティムによると、彼とクレアは今現在、どこかの地下室にいる。ティムとクレアが地下室で一緒に仕事をしているというのがどうも気に入らなかった。ティムとクレアは冴えた頭脳で一瞬の迷いもなく、てきぱきと段ボール箱に封をしているにちがいない。一時中断のあったジェーンのガレージ・セールを計画したときのように。効率性はたしかに大事だと思う。なのになぜ、手際よくラベルを貼り、値段を付け、価値ある物を選ぶことができるクレアにこんなに戸惑いを覚えるのか？　たぶんクレア・オーはジェーン・ウィールの半分の時間でそういう仕事ができるから……それだ……クレアは半分の時間でその仕事ができてしまう。

ジェーンの場合は、夢でも見ているようなゆっくりとした足取りで家いっぱいの物のなかを進み、捨てたくないとだれかが思って箱に詰めた物をひとつひとつ箱から出し、埃を払い、そこに記された文字を読み、感嘆し、想像をめぐらす。こういう状態に陥ったジェーンをティムは〝亀になった〟と言っていた。自分は兎だそうだ。ジェーン自身はこの〝亀流〟を徹底主義と称していた。

にしても、いったいどうして地下室にクレアを入れたんだろう？　わたしはティムのパートタイムの、いや、ほとんどフルタイムのパートナーじゃなかった？　今度の大セールにおける物はわたしの担当のはずだけど……。最初に持ち主を魅了して、しぶしぶながらもガレージ・セールに参加する決断をさせ、当日使用する現金箱を作ってもらい、一ドル札を何枚、二十五セント玉をいくつ、五セント玉をいくつ用意しておけばいいかを教えるのは、ティムの仕事かもしれない。でも、薄紙にくるんだり屋根裏に押しこんだりして子どものころの思い出をしまっているカンカキーの善良な人たちと向き合って、ひとつひとつの物に感嘆の声をあげ、その持ち主から物語を聞き出すのは、わたしの役目のはずだ。その大切な物をもう一度包みなおし、額に入れ、家族のだれかの手に移すことを、さもなければ最後の手段として売りに出すことを持ち主に納得させるのも、このわたしの役目のはずだ。

たとえば、ある家へふたりで出かけ、ジェーンが家族とともに思い出の品を見ている気配に気づくと、ティムは最初がっかりする。なぜなら、そのとき聞こえているのは、おばあちゃんの大事にしていた磁器をまえにして家族がさめざめと泣いている声だから。セールのために手放してはくれないだろうと思うわけだ。

しかし、その逆のケースのほうが多い。ジェーンは持ち主の話に耳を傾け、彼らを励まし、その物にまつわる物語を思い出させ、かつて〈スポード〉の優美な磁器〝ブルーイタリアン〟が置かれていた休日のテーブルについて、詩人のような言葉で称賛する。すると、過去の思い出にひたったカタルシスからか、持ち主の顔には柔和な笑みが広がり、手放すことを承知する。地下室にあるのは古いがらくたばかりだとぶつぶつ言っていた人が、そのがらくたが、いつのまにか自分の大切な記憶をよみがえらせていることに気づく。そうなれば、がらくたはもはや、ただのがらくたとは思えない。がらくたを通してこの世界に呼び戻された記憶や思い出を想像しながら目を輝かせているジェーンを見た持ち主は、いいだろう、この家にはそうした品々を飾る場所もないことだし、思い出は心のなかにしまっておけるから、それはセールに出そう――適正な価格で――と言ってくれる。そこへ、値札用の紙と〈シャーピー〉のフェルトペンを片手にひとつかみほど持ったティムが登場し、適正な価格を決めて契約を交わす。

「あのね、わたしは今、オーと〈EZウェイ・イン〉にいるの。今からそっちへ行ってもいいわよ。名簿は用意してくれるんでしょ。その地下室を見ることもできるわ。だって、クレアはカンカキーで価値があるのはどんな物かをよく知らないじゃない。だから……あ、ちょっと待って」だれかがジェーンの肩を叩いた。

ドンかネリーかオーだろうと思って振り返ると、携帯電話を耳にあてたティム・ローリーが立っていた。

「やあ」ティムはなおも電話機に向かって喋っている。

「あら」ジェーンも自分の電話機に向かって言った。

「ネル、グラスとピッチャーのうち何点かはすばらしいけれど、トレイはおっしゃるとおり、仕上げがよくなかったわ」クレアが言った。彼女はジェーンの視界にははいっていないが、母を見おろすようにして話している姿が目に浮かんだ。ネリーは今は煮立っている特大のスープ鍋をかきまわしている。

「この店の地下室にいたの？　彼女の魅力で〈EZウェイ・イン〉の地下室にはいる許可を

もらったってこと？　ここの地下室に？」

「誓って言うけど、ぼくは頼んでもいないからね。彼女がぼくのセールの〝抵抗派〟の名簿を見て、ネリーの名前を見つけた。〈EZウェイ・イン〉と自宅の両方にってことだ。クレアはとにかくネリーに会いたいと言うし、ぼくたちがここへ来るのをきみがいやがるとは思わなかったし……」

調理場でクレアに答えているネリーの声が聞こえたが、言葉は聞き取れない。クレアがけらけらと笑う声がした。

「携帯電話を耳から離せよ、ハニー」とティム。「今、名前を書き出す」

ティムはバーカウンターのスツールに腰掛け、オーに手を振った。オーはまだドンと話していた。ティムは図案文字《モノグラム》入りの3×5インチのカードがはいった革製のケースを取り出した。いったいどんな人が、カタログから取り寄せたみたいな凝った革製のポケット・ブリーフケースを使うのだろうとつねづね思っていたが、なるほどティムなら持っていても不思議ではない。

「どうしてこういうことになるの？　わたしが昔からここの地下室にある物を狙っているのは知っているわよね。この店の地下室にある物の半分は酒場にしかないヴィンテージなんだから。しかも、箱から一度も出されていない物よ」

「どう言えばいいのかな。やっぱりクレアの……うーん……魅力がものを言ったってことじゃないか？」

「魅力なんかネリーには通用しないわ。第一……」

「ジェーン」クレアが調理場のドアからバースペースにはいってきた。ピーチ色のシルクのスーツ、バックストラップにボーンの踵の靴、幾何学模様のパステルカラーのスカーフ。まるで〈クイーン・メリー〉号から降り立ったかのようだ。「あなたの気持ちはわかるわ。お願い、怒らないで……」

「べつに怒ってなんか……」

「彼女のことなら安心して。率直に言って、このほうが彼女にとっても安心だと思うの」

なんとまあ。魅力にものを言わせて地下室にもぐりこんだクレアは、精神鑑定を受けることもネリーに同意させたのかしら？

「マイルズ巡査部長はあなたの犬と一緒にいられるならいつでも大歓迎だと言っているのよ。わたしは犬との接し方をよく知らないから……」クレアは声をひそめ、調理場のほうに頭を傾けてみせた。「人との接し方ならわかるんだけど」

ジェーンはすばやく情報を整理した。ある事件がきっかけでジェーンが引き取ったジャーマン・シェパードの雌犬、リタの世話を、クレアとブルース・オーに頼んでいたことをすっかり忘れていた。リタをはじめて見たときから気に入って、人命救助の基本訓練までリタにしてくれたのは、マイルズ巡査部長（ブルース・オーの刑事時代の部下）だった。あのときはほんとうに助かった。クレアの言うとおり、マイルズのほうがドッグシッターとしては信頼がおける。だからといって、ネリーを攻略するのはクレアのほうが上手だということにはならないけれど。

「地下室にはいる許可をどうやってネリーからもらったの？」

「名刺を渡して自己紹介をしたら、わたしが興味をもちそうな古い物が地下室にあると言ってくださったの」とクレア。「そもそも、なぜティムは〝抵抗派〟名簿にネリーを載せたのかしら。あんなに友好的な人なのに」

クレアは夫と言葉を交わしにいった。クレアがオーと話しているあいだにドンも彼女の魅力にやられそうだった。まったく、このぶんだと今日じゅうに、パン配達人のフランシスのトラックにもギルの車のトランクにもクレアの魔の手が伸びるかもしれない。

ティムはまだ名前を書き出していた。完璧な名簿を渡すために、カンカキー・ガレージ・セールのスポンサー会議に出席した人たちの電話番号と住所も調べてくれているのは嬉しかった。〈EZウェイ・イン〉にクレアを連れてきたことの埋め合わせをしようとしているのだろう。一番上に肉太のゴチック体で〈T&Tセールズ〉と印刷された、ちょうどいい重みの枡目のカードに書き移す作業も愉しそうだ。なぜだかティムはジェーンの要求に応じてこの作業を黙々と進めるだけで、女探偵ジェーン・ウィールをからかう憎まれ口を叩こうとはしなかった。ひょっとしたら、わたしが自分じゃなくオーと組んでいるので妬《や》いているの？自分かオーかどっちかを選べということ？

「ティム、なんとか時間をやりくりしてセールの手伝いもしようと思っているわ。ただ、ファジーのことが……」

「いいさ、まったく問題ない。いつでもいいよ。セール期間はクレアが体を空けると言ってくれているから」

「ネリー、お疲れさま」ジェーンは調理場の戸口に立った。

ネリーは、ますます頭がいかれたのかというような顔でジェーンを見た。

「ねえ、母さん、どうして……」ジェーンはスープ皿とスプーンと塩味クラッカーの袋を取り出そうとしているネリーにすり寄って、スープ鍋を覗きこんだ。

ネリーは歯の隙間からシッという音を発した。

「あの女《ひと》と会ったかい？　あのしゃれた服を着た女と」

「クレア・オーね」

「アンティーク・ディーラーだそうだよ」とネリー。「うちの地下室にある古いテーブルや椅子やグラスやがらくたで多少のお金が稼げるらしい」

「そんなことはわたしが何年もまえから言いつづけているじゃないの。それに対して母さんは、地下室にはろくな物がないから、はいっちゃだめだと言いつづけてきたでしょ。地下室には鼠しかいないんだって」声をひそめて言ったつもりだったが、だんだんと大きくなった。

「シッ」とネリー。「彼女はプロだから許可したのさ」

「わたしだってそうよ」とジェーン。

「どこが？　あの服装をよくごらん」とネリー。「あたしは彼女を取るね」

「彼女とは仕事のスタイルがちがうの。でも、わたしだってプロですからね。地下室へはいって調べる権利はわたしに……」

「どうして？」

「え？」

「どうしてほかの人間よりあんたに権利があるのさ？」

「わたしは母さんの娘よ」声が甲高くなるのがわかった。ネリーは今度はシッと制することはせず、声のトーンをぎりぎりまで落とし、やけに落ち着いた口ぶりで言った。

「ジェーン・ウィール、あんたがあの汚い地下室にはいるのを許したら、どんなことになるかはわかってる。あたしを地下室に引っぱっていって、スプーンやらおたまやらナプキンホルダーやら、なんでもかんでも持っていっていいかと訊くんだろ。古いコンロの部品や、父さんが捨てなかった大昔の洗い場のタンクまでも。で、そういうがらくたを全部この店のなかへ移動する。あたしはそれを掃除して磨かなくちゃならない。でも、結局ひとつも売れない。あんたはヴィンテージだとか、この店の歴史の一部だとか、ごたくを並べる。あたしががらくたを裏のゴミ置き場に運び出すと、そこへ行ってまたがらくたを回収し、車に積んで、家のガレージにしまいこむ。ようくお聞き、ジェーン。ただでさえ、あんたはがらくたを溜めこんでる。自分の家族のほかに百家族いても間に合うほどの物をね。それでも他人の家へはいりこんで手に入れた物なら、ひょっとしたら、いつか手放せるかもしれない。だけど、あたしの家とあたしの仕事場の地下室にはいりこんだら最後、あんたのうちのドアは閉まらなくなるよ」

ネリーはステンレスの大きなおたまをつかんで、スープをかきまわすと、スープ皿によそって娘の手に押しこんだ。

「ほら、これで少し腹ごしらえをおし」

そう言ってエプロンで手を拭いた。

「自分のどこがまちがってるかわかってるのかい、ジェーン？　あんたはあたしが与える物の受け取り方を知らない。あんたにわかってるのは、あたしが持ってる物のねだり方だけさ」

12

　みんながスープを口に運んでいた。ブルースとクレアのオー夫妻も、ティムも、ドンも、バーカウンターにいる客も。デンプシーとフーヴァーも店にはいってきて、スープのにおいを嗅ぎつけ、今日は〝スープの日〟だったのかと騒ぎ立てた。ふたりはしきりに肘を突き合ったり目配せし合ったりして、この絶品のスープを世界に提供する機会を見つけるべきだと言った。自分たちの力でカンカキーを観光地図に載せることができたら、かならずネリーのレストランを開けるようにするとかなんとか。

「そうなんですよ。それがわたしのやりたいことなんです。頑張って自分の夢を実現させたいんです」

　ジェーンはティムの名簿に目を走らせた。デンプシーとフーヴァーが〈EZウェイ・イン〉によく来ているとは聞いていたが、ティムの開いた会合にも顔を出していたとは。

「あのふたりはカンカキー・ガレージ・セールの委員会への参加を志願してきたんだ。自分たちは少しでもカンカキーの役に立てればそれでいいんだと言って」

「彼らはどこで暮らしているの？　モーテルに泊まっているわけ？」

「コブ・パークのそばに家具付きの家を借りているそうだよ。いい感じの古い一軒家らしい。そこを〈ホームタウンUSA〉の拠点にしているんじゃないかな。あ、これは秘密事項だっけ？」

「いや」とドン。「わたしも何人かに喋った。そのことは町のほとんどの人間の耳にはいってるさ。みんなわくわくしてる」

母ともめた直後に父と議論する気にはなれなかったので、『恋するミュージック・マン』のリバー・シティの住民を騙そうとしたハロルド・ヒル教授一味のカンカキー版に集中することにした。

「ヘンリー・ベネットも出席したのね。ローラ・ブラウン、マリサ・ブラウン、ケニー・ポレット……この人たちは〈カンカキー〝K3〟不動産〉の関係者？」ジェーンは名簿のチェックを続けた。

「ブラウン姉妹はちがう。ローラは新聞社のカメラマンで、郊外紙のネットワークを使って今度のセールを写真エッセイで紹介してくれることになっているんだ。町の一ブロックを選んで、準備段階から直前のセッティング、セールの開催期間、それにセールが終わったあとまで追うというドキュメンタリーさ。もしかしたら一ブロックだけじゃなく全ブロックを取り上げるかもしれない。まだそこまでは決まってないけど。ローラが写真を撮ってマリサが文章を書く。ふたりともこのイベントにものすごく興奮しているよ。彼女たちにとっても大仕事だから」

「ミスター・サリヴァンは今回のガレージ・セールを記事にしようとは思わなかったのでしょうか？」オーが質問した。

「ぼくのところへは一度も取材に来なかったな」とティム。「彼は空港にしか興味がなかったから」

「そういえばスザンヌ・ブラムとの約束はどうするの？　彼女の叔母さんの家があるブロックにハイスクールのボランティアを派遣することになっていたわよね？」

「うん、ビショップ・マクナマラ高校優等生協会が母体になっている奉仕プロジェクトからね。このあとマクナマラへ寄るつもりだ」ティムはスープ皿を調理場のネリーに返すために腰を上げた。

「ケニー・ポレットというのは？」

「不動産仲介業者。土地に関する不動産会社の鉄則を無視して無謀にもシカゴから引っ越してきた若い男」

名簿の名前に集中しようとしたが、うまくいかない。ジェーンは目を上げて調理場を見た。ティムとネリーとのお馴染みの議論が始まっていた。ふたりとも自分の役回りを愉しんでいるふうだ。相手が自分に期待していることを心得ていて、ギヴ&テイクの会話をすいすいと運びながら、満足して終着点に泳ぎ着こうとしている。どうしたらああいう技を身につけられるのだろう。もし、ネリーの言うことが正しいなら、つまり、わたしはただネリーが与える物を拒否しつづけ、ネリーの持っている物――それがなんであれ――をねだりつづけているだけなら、そのやめ方を見つけなくてはいけないのかもしれない。屈託なく母と議論できるティムが羨ましかった。あんなふうにネリーに敬意を払ってもらいたい。せめて真剣に受け止めてもらいたい。それが本心なのではないか？　それとも、ネリーは心の奥底ではちゃんと受け止めてくれているのだろうか。わたしはただ地下室にもぐりこみたいだけなのだろうか……。

オーは〈カンカキー〝Ｋ３〟不動産〉に隣接する駐車場の最後の空きスペースに駐車した。不動産会社の建物の煉瓦壁に掲げられた看板には大きな文字でこう書いてあった。

〈カンカキー〝Ｋ３〟不動産〉
あなたの我が家《ホーム》へご案内いたします！

駐車場がほぼ満杯なのはこの不動産会社が繁盛しているからか、あるいは商売が低調だからか。停められている車が全部〈カンカキー〝Ｋ３〟不動産〉の車であれば、営業マンは見こみ客を現地に案内しておらず、社内にいるということになる。全車が客の車であれば、カンカキーは今や住宅供給ブームの真っただなかなのだろう。

低調のほうだった。だだっ広い部屋にいたのは三人で、いずれも〈カンカキー〝K3〟不動産〉の人間であることを知らせるあの派手な緑のブレザーを着ていた。ヘンリー・ベネットは電話中で、メモ帳にペンを走らせていた。四十がらみの女性は、なにかの名簿のようなぶ厚いプリントアウトの束をめくって、ピンク色の蛍光ペンで注意深く線を引いている。〝K3〟チームの三番手は若い男だった。財布のなかを整理しようとしているのか、自分の椅子に深々と腰掛けて、財布の中身をひとつずつ机の上に出している。しわくちゃの領収書、チケットの半券、名刺、人の名前や数字が走り書きされた紙切れ。

ジェーンとオーが部屋にはいると、〈カンカキー〝K3〟不動産〉の三人はいかにも物欲しげに目を上げた。家を売りつけようとしているのか、シチュー鍋にぶちこもうとしているのかはわからなかったけれど。電話中のヘンリー・ベネットもジェーンとオーに目が釘付けになった。手を振ってから、ちょっとお待ちをという仕種をした。ほかのふたりより大きな机についている年配の自分がここの責任者だから、電話が終わるまで待っても損はないだろうとジェーンとオーに思わせたがっているらしい。女性従業員はまず唇を舐めてから、にっこり笑って立ち上がると、何時間も出していないような声で、言葉を詰まらせながら挨拶してきた。若い男は待ちきれないという様子で視線を上げたが、でしゃばろうとはしなかった。冷静に、冷静に、と自分に言い聞かせている心の声が聞こえそうだ。

彼らがあまりに必死なので、ジェーンは自分に買えるものがあれば買ってあげたいという衝動に駆り立てられた。とはいえ、カウンターの上にチューインガムなりペンなりが陳列されているなら買い溜めもできるが、売り物が家や土地やオフィスビルでは、いくら閑古鳥が鳴いていても、残念ながら、なにかを買って店の人たちを助けたい気持ちを抑制せざるをえない。お買い得品もたくさんあるのだろう。でも、大幅値下げをして売りに出されているダウンタウンのレストランも、シカゴのノースショアなら何百万ドルの値をつけても売れるのにカンカキーでは事実上投げ売りしているような川沿いの瀟洒《しょうしゃ》な古い邸宅も、手を出すのは危険だということは知っている。底値の不動産には小銭ではすまないあれやこれやの経費がかかるのだ。

ブルース・オーは例によって眉の片方を吊り上げてジェーンを見た。ここはあなたが取り仕切ってください、という合図らしい。オーの表現不足には慣れている。慣れているつもり。ジェーンは彼の顔によぎる表情の意味を解読しようと思った。本人からちがうと指摘を受けるまでは、自分の読みが正しいと考えてよさそうだ。

依然としてクールにふるまおうとしている若い営業マンからなにか有益な情報を得られないものか。広告業界で俳優やモデルと接した経験から、若い男が保身のために内心の欲求を見せまいとして遮蔽物を置いても透視する自信はあった。俳優やモデルの顔には、なんとしてもこのコマーシャルに起用されなければならない、この撮影の契約を取らなければならない、このナレーションのチャンスをものにしなければならない、と書いてあった。この若い不動産営業マンは、自分は今すぐに壁を四枚、窓を何枚か売らなければならないのだ、と顔じゅうに書いてある。要するに、ちょっとでいいから話を聞いてほしい、そこに腰掛けて物件のリストを見てほしい、ということだろう。

「ミスター・ポレット？」ジェーンは彼のネームバッジを読んで言った。

「はい、ご用向きをうかがいます」ポレットは椅子を二脚、自分の机のほうへ引いた。ヘンリー・ベネットが横目でちらっとこちらを見て、心配そうに電話を切ろうとしているのがわかった。

ジェーンは自己紹介し、ブルース・オーをポレットに紹介したが、ファジーの土地で最近起こったことには触れず、ロジャー・グローヴランドが友人だったという話から始めた。カンカキーへ来たときには、この会社に勤めている彼を訪問しようといつも思っていたのだと。

「彼のことはあまり知らないんです。ここで働きはじめたのは彼が亡くなる一カ月ほどまえからなので」

ポレットはジェーンとオーにコーヒーを勧めると、財布の中身をさっと集めて机の一番上の引き出しのなかに入れ、黄色の事務用箋を取り出した。「売却か購入を予定されている物件がこの地域におありなんでしょうか？　それでグローヴランドと連絡を取ろうとしていらしたわけですか？」ポレットは営業口調になった。

「両親がこの町に住んでいるの。〈EZウェイ・イン〉を経営しているのよ」ポレットがうなずいたので、ジェーンは続けた。質問のしすぎや、それを訊くのはまだ早すぎるというような場合には、オーが助け船を出してくれることを祈りながら。「空港建設についていろんな噂が町に飛び交っているでしょ。この際、土地の値段とか投資の可能性とか、きちんと知っておいたほうがいいんじゃないかと思ったの。お買い得な土地もあるだろうし、両親も夫とわたしに確かめてもらいたがっているし。もし、ほんとうにこの町に空港ができるなら……」

「無理《デッド》ですね」ポレットは首を横に振った。

「なんですって？」オーが訊き返した。

「ぼくとしてはむろん売りたいですよ。誤解しないでください。でも、空港がらみの話はまず無理です。そうとわかっているのに、とぼけて売るわけにはいきません。そもそも、空港ができれば価格が跳ね上がると思われているあたりは売りに出されていません。川沿いの邸宅がご希望なら物件はありますが、空港建設を見こんだ宅地開発の候補地はどこも――」

「なにかお探しでしょうか、ミセス・ウィール？　ヘンリー・ベネットです。ニールソン農園でお会いしましたよね？」

「ミセス・ウィールの同僚のブルース・オーです」オーはベネットに片手を差し出した。

「ニールソン農園？」ポレットは目を剝いた。「あんなところをお探しなんですか？　だったら、なおさら諦めてください。町の西の一帯は例の話が持ち上がった段階で決着がついてしまいましたからね。もともと宅地開発には断固反対なんですから。われわれが今、売却の話なんか持ちかけたら、その場で撃ち殺されてしまいますよ」

「ケニー。ケイとおまえとで〈ヴィラ・ユーロパ〉へ行ってきてくれ」とベネット。「ハイスクールのそばに建設されたコンドミニアムですよ」ベネットはジェーンとオーに説明してから、また部下に言った。「公開の準備がとどこおりなく進んでいるかどうか、各フロアプランのモデルルームに手抜かりがないか確認してこい」

ケイと呼ばれた女性従業員はびっくりした顔でベネットを見た。ここに座っているとなにを聞いても動悸がするとでも言いたげに、肩をすくめ、自分のハンドバッグを取った。

ポレットは抵抗するかと思いきや、捨て台詞を吐いて出ていった。

「あなたがニールソン夫妻の友人なら訊いておいていただけませんか。土地は絶対に売ってはだめだ、われわれとは話もするなと吹きこんだのはどこのどいつですか、とね」

「ケニーに代わってお詫びします」とベネット。「彼はあの土地で若い男が撃たれたことをまだ知らないんですよ。新聞にも載っていませんからね。話すのはまだ早いと判断して黙っていたんです。なんと無神経な不動産業者だと思われたでしょうが、そういう事情で……」

「ミスター・ベネット。あなたが遺体の身元確認をなさったのですね？」オーが訊いた。

「いやべつに、身元確認したということでは。わたしは自分が聞いていた人間とはちがうと警察に言っただけです。あの遺体はロジャー・グローヴランドではないし、ここで働いていたことがある人間でもないと」

「だけど、あの人に会ったことはあるでしょう？　あなたは被害者をごぞんじよね？」とジェーン。

ヘンリー・〝ハンク〟・ベネットはかぶりを振った。

「あの人は新聞記者で、両親が隣の農園に住んでいて、本人はカンカキーについての記事をたくさん書いていたのに？　あなたはそのジョン・サリヴァンの記事のなかに一度登場しているのに？　インタビューされたのを覚えていないの？」

ベネットは椅子に腰を落とした。彼の視線はジェーンとオーを素通りし、ふたりの背後の一点に据えられた。「あれが彼だとは気がつかなかった。すぐにちがうとわかったので……うちで働いていた人間じゃないことがわかったので、すぐ目をそむけましたから。警察に訊かれたのはブレザーのことだったから……まさか、あのときの記者だとは」ベネットはふたりに視線を戻してつぶやいた。「ほんとうですか？」両手が震えていた。

駐車場に車がはいってくる音がしたので、ジェーンは体の向きを変えた。と、うしろの壁に貼られたカンカキー郡の大きな地図が目にはいった。地図のまえにテーブルがある。テーブルの上にはコーヒーメイカーとクッキーの皿。しばらくまえから置かれていたようだ。

「コーヒーでも飲んだほうがいいんじゃないかしら、ミスター・ベネット？」ジェーンはテーブルへ向かった。

「ハンクと呼んでください。ああ、そうですね、そうします。サリヴァンと会ったのは一回だけですが、印象は悪くなかった……」ベネットはふたたび言いよどんだ。「おもしろいやつだと思いました。名前を聞いていなかったので、あの朝は頭に浮かびもしなかったんです。とにかく、あの場所からすぐに離れたので、記憶にも残らなかった。でも、言われてみれば、たしかにそうだ。ご両親は気の毒に」

「ご両親のこともごぞんじなのですか？」オーが訊いた。

「ええ。よくは知りませんが。ケニーとわたしとで町の西の一帯の所有者と何回か会っています。あのあたりの宅地開発を考えているシカゴの業者と、商店街をつくろうとしている業者も一緒にね。空港ができればという前提で話をさせてもらったんです……」言葉が途切れた。「絶対に土地は手放したくないという固定観念から抜けられない農園主でも、根気よく説得すれば広い所有地の一部なら売ってもいいという人が出てくるかもしれませんから。土地の全部を手放さなくても、開発業者にとっては充分に採算の取れる投資となるんだという話をしていたんです。たとえば、ニールソン夫妻とサリヴァン夫妻の場合、広い農地を所有していますが、高齢なので土地の大半を人に貸しています。そこで、その余剰地、つまり、われわれの構想が実現可能な広さの土地だけを売ってもらえれば、両夫妻ともこれまでどおり農業を続けられます。十ないし二十エーカーの土地と住居その他の既存の建造物はそのまま残りますから。現状では土地は金を生みません。でも、その案なら、否応なく土地を売らざるをえなくなるまえに売ることができて、しかも、暮らしの場所は今までどおり残るわけです」

「カンカキー・ガレージ・セールの件でティムが〈EZウェイ・イン〉で会合を開いたときにファジーがした話を聞いたでしょ？　自分の土地で骨を発掘したという」

ベネットはうなずいた。

「そのことを通報したのはあなたたちのだれかなの？」

「冗談じゃありませんよ。役所の煩雑な手続きに縛られたら、どんな面倒なことになるかわかりますか？」と言ってから、ベネットは居ずまいを正した。今、話している相手がこの件についてどういう立場にあるのか定かでないことに気づいたようだった。「いや、ですから、それが実際、歴史的に重要な発見だと思えば報告したと思いますよ。手続きに従うことにやぶさかじゃありませんから。ただ、ファジーはいつでもなにかを発掘していますからね。庭園の手入れをしていたら、珍しい鉱物だか価値ある石だかが出てきたなんて話はしょっちゅうなんです。みんな笑って聞き流していました。ファジーはいつもそうやってわれわれをからかっていたんです」

「たとえば、どういうふうに？」ジェーンは訊き返した。

「土地の売却話でケニーとわたしがはじめてファジーと会ったときのことです。彼がこのオフィスへ来て話し合うということになったんですが、金塊を持ってきましてね、土を掘っていて見つけたと言うんですよ。これで土地の値段がぐんと上がるはずだと。のけぞりましたよ。実際それが金塊に見えたものだから。ファジーも真剣そのものでしたし。ところが、わたしが質問を始めると、おまえらは間抜けだと言って大笑いをしたんです。世のなかには頭のいい人間がいるんだ、おまえらみたいな間抜けは大きな取り引きには向かない、自分の土地はもっとしっかりした展望をもった連中に売ることにしたと言われました」

「それで売却話がなくなったということですか？」オーは手帳に書きこみながら尋ねた。

「いや。ファジーがそういういたずらをして悪態をつくのはいつものことで、そのあとかならず詫びの電話がはいって、まだ土地を買いたいという気はあるかと訊いてきます。さっきケニーが言っていたのはこのことですよ。ファジーは頭のおかしい老人で、土地を売る気なんかないというのがケニーの意見でしてね、ああいう農園主につきあっても時間の無駄だ、いくら話し合っても契約など取れるわけがないというわけです」

ジェーンは、サリヴァン夫妻が所有地の一部を手放すことに同意する可能性はありそうなのかと質問した。

「息子が例の空港関連の記事を書きはじめて、週末になると帰ってきて畑仕事を手伝うようになるまでは充分にありましたよ。おそらくそういう決断をしなくてはならないだろうと言っていました」

ベネットは不意に喋るのをやめ、ジェーンとオーを見た。それから、ふと思いついたように壁の時計に視線を移し、立ち上がると、キャンセルできない会合の予定があるのだと言った。机の電話の受話器を取り、内線ボタンを押し、代わりの社員を呼び出した。奥のオフィスに通じるドアが開いて、書類挟みを持った若い女が現われた。ベネットは彼女に自分の机につくよう指示した。

「電話を受けておいてくれ、レティー。顧客からの質問内容によっては、わたしの携帯の番号を伝えてもかまわない。一時間ほどでケニーとケイが戻る」ベネットはジェーンとオーに向きなおった。「すみません、遅刻しそうなんです。まさかこういうことになろうとは……」

頭に浮かんだことをどういう言葉にすればいいかとジェーンが考えているあいだに、ベネットは建物の外に出ていってしまった。ジョン・サリヴァンの死はなにを示唆しているのか……彼の両親が土地を売る可能性があり、その土地は、ベネットが売買契約をしたがっていた土地だ。これだけでは、ベネットであれだれであれ不動産業仲介業者に嫌疑をかけることはできない。デンプシーとフーヴァーが有罪だと確信しかけてからまだ二十四時間も経っていないのだし……カンカキーをテーマパークにするというあのふたりの計画をジョン・サリヴァンが暴露しようとしたので、口封じのために殺したのだと思ったのだが。

ジェーンとオーも腰を上げて引きあげようとした。が、壁に貼られた巨大地図のまえでふたりの足が止まった。オーは指を一本立て、カンカキー郡の地図を宙でなぞるように動かした。オーの指が緑の線で表わされたサリヴァン農園と、青い線で表わされたニールソン農園の広い敷地をたどっている。緑と青の両方を合わせた土地は、カンカキー市街の西側のきわと接していた。その境界にあるのが元〈ローパー・コンロ〉の大工場で、工場の南に位置する豆粒のような建物が〈EZウェイ・イン〉だ。地図ではひとつひとつの建物に小さな赤い旗印がついている。

「ミスター・ベネットはいつから〈カンカキー〝K3〟不動産〉のオーナーなんですか？」

ジェーンは彼の机のまえに座った女性に訊いた。オーも店を出ようとして足を止めた。

「はい、どうぞよろしく」レティーはふたりから顔をそむけて、べつのデスクの電話を受けているところだった。

駐車場に停めた車に乗りこむと、オーは自分の手帳に目を凝らした。それから手帳を閉じてポケットにしまった。

「トウモロコシ畑でジョン・サリヴァンを見たときには彼だと気がつかなかったというミスター・ベネットの言葉を信じましたか、ミセス・ウィール？」

「ええ、たぶん。たしかに彼があの場所にいたのは一瞬で、被害者が自分の不動産会社の人間じゃないということを確かめただけだったわ。すごく混乱しているようだったし。わたしが信じられないのは、今このときに会合の予定を入れていたということよ。それは、ジョン・サリヴァンの死が〈カンカキー〝K3〟不動産〉の契約に有利に働く可能性があると気づいたからでしょ？」

「ミスター・ベネットはわたしたちがそれを知っているということにも気がついたでしょうね。それというのは、ジョン・サリヴァンの死がヘンリー・ベネットに利益をもたらしたこととと、もうひとつ……」

ジェーンの携帯電話が鳴りだした。『ウィリアム・テル序曲』でも『ハッピー・バースデー』でも『私を野球に連れてって』でも、よくわからない変な歌でも、奇妙なパターン音でもなく、ごくふつうのベル音、つまり電話の呼び出し音だった。母親の着信音の設定を勝手に変えて、電話が鳴ったときに慌てさせるというゲームに息子が飽きたということかもしれない。あるいは、このふつうのベル音が一番紛らわしくて慌てるだろうと思ったのだろうか？　あるいは……だれでもわかるこの音に戻したのは息子の成長の証なのか？

しかし、電話に出ると、息子がちっとも成長していないらしいとわかった。ひどく怒っているようなニックの声が聞こえた。ヒステリックといってもいい。泣いているの？　息子の言葉に耳を傾けながら、ジェーンはニールソン農園へ戻ってくれとオーに言った。スピードを目いっぱい上げて、できるだけ早く、と。ニックの携帯電話に何度かけなおしても通じなかった。ニックが電源を切ったのか、電池が切れたのか、さもなければ、現在進行中のことが起こっている場所へ走って戻る途中で携帯電話を落としてしまったのか。どこからかけてきたんだろう。ログキャビン？　テント？　母屋？　そのどこかに駆けこんで電話してきたにちがいない。最後に息子が叫んだ声は大きな雑音のように聞こえた。「急いで！」

そのまえにニックは、だれかがチャーリーを撃とうとしていると言ったのだ。

13

もし、そうだとしても、だれかがほんとうにチャーリーを撃とうとしているのだとしても、彼はきっと、納屋の脇に置かれた小型トラクターに背中をあずけて冷静に状況判断をしているはずだ。

オーの運転する車が母屋に通じる私道にかろうじてはいったときにはジェーンはもうシートベルトをはずし、助手席のドアロックもはずしていた。車が完全に停まるまで待ってくれというオーの言葉を無視してドアを開け、外に飛び出した。チャーリーが危害を加えられていないこと、落ち着いて対応していることをこの目で確かめなければならない。体のバランスを崩さないようにして、まだ動いている車から飛び出しながら異様な興奮を覚えた。実際には車の速度はかなり落ちていて、ちょっと足がもつれただけなのに、猛スピードで動いている乗り物から飛び出す自分の映像まで瞼に浮かんでしまった。『チャーリーズ・エンジェル』のオーディションに誘われることはないだろうが、いつかカンカキーで製作される探偵映画のためにこのシーンは記憶しておこう。

「火事はどこだい、ハニー？」チャーリーが訊いた。

いくらカンカキー製作の映画とはいえ、いかんせん、この台詞のセンスは古すぎる。監督とプロデューサーと主役を務めるつもりだけど、脚本は書きなおさなければだめかしら？

「ニックはどこ？　今電話してきて、だれかがあなたを……撃とうとしているって言ったのよ」車から飛び降りたあとキャメロン・ディアスになりきって走ってきたので、少々息切れがした。

「勘違いだったんだ」とチャーリー。「ぼくがファジーとルーラと話しているのを聞いて勘違いしたのさ。仮定の話を早とちり《ジャンプ・ザ・ガン》してしまったようだ」

　十五年もチャーリーと夫婦をやってきた。結婚生活に幾度か疑問を抱いたし、そのたびに答えを出してきた。怒りっぽくて過敏なのは自分のほうだというのはわかっているし、夫が言ったちょっとしたことに過剰反応し、善意の言葉を曲解し、自己防衛に走り、結果的に自信喪失に陥るということも自覚している。たいていの場合、罪のないチャーリーには、妻がなにをそんなに怒っているのかさっぱりわからないのだ。それなのに、そのことにまた突っかかっていくのがこれまでの自分だった。ジェーンは、夫の気分や仕種が伝える言葉を読むことができた新婚時代を思い出してみた。チャーリーが表面的な冷静さを保ち、気怠そうな雰囲気を漂わせているときには、なにかメッセージを発している。

　あのころはドラマのように巧妙な仕掛けは夫婦のどちらにも必要なかった。ふたりだけに通じる言葉も、パーティから抜け出したいと相手に伝えるための妙な身振りも。ジェーンが髪を手で梳きながら引っぱっていれば、眠気を抑えようとしているのだとチャーリーにはわかったし、ジェーンが下唇を噛んでいるのは、相手の言うことに一生懸命耳を傾けているからだとチャーリーに伝わった。チャーリーが穏やかな声で少し首を振りながら話すときには、その会話はこれで終わらせたいと思っていることがジェーンにはわかった。チャーリーが〝ハニー〟と呼びかけながら、身動きひとつしないときには注意を要するということもわかっていた。それは、ひどく悪いことが起こっているという意味だから。

「その仮定の話というのを聞かせていただけますか？」オーが尋ねた。

「何者かがあのトウモロコシ畑伝いの径を歩いていったとします。ログキャビンから始まる小径が終わるところ、つまり、サリヴァンが発見されたところから、まっすぐ南の方向へ」

チャーリーは指差すのではなく、小首を傾げて南のほうを示した。指差すのを見ただれかに自分の話していることが知られるのを恐れているかのように。「さらに歩きつづけたとして、その径が終わるところになにがあると思います？」

ジェーンは南のほうを見た。いくつかの建物がかろうじて見分けられる。一番近い農園は当然ながらサリヴァン家の所有だ。ジェーンがそう言うとチャーリーはうなずいた。

「ああ。ある人間が有罪の証拠または違法の可能性があるものを見つけたとする。だが、それがあの夜に起こったことと関係があるのかどうか発見者にはわからない、という場合、どういう……」

「チャーリー、仮定の話とか〝ある人間〟とかは、ここではやめましょうよ」とジェーン。

「いいかい、もうすぐマンソンがぼくを呼びにくる。マンソンはファジーを頭から疑っているんだよ。サリヴァンが撃たれたとき、ファジーは家の外に出ていて、最近はすっかり昔と様子が変わっていると言っていたからね。ニックは、ぼくがなにを見たかをルーラに話しているのを聞いてしまった。くそ……マンソンがこっちに手を振っている」

チャーリーは手を振り返して、うなずいた。「ニックはその話を聞きまちがえて、ちょっとパニックに陥ったんだろう。テントの外でだれかが殺されていると思ってしまったのかもしれない。ぼくだってそういう想像を……」

「教授？」マンソンから声がかかった。彼はもう一度手を振った。

「話の続きはあとでする」とチャーリー。「ニックなら大丈夫だ。ニックにもすべてを説明する時間はなかったが——自分がすべてを理解しているということじゃないよ——とにかく、目を離さないようにしてくれ、いいね？」

ジェーンはうなずき、現場検証を最初からやりなおしているらしい警察の捜査本部のほうへ夫がゆっくりと歩いていくのを見送った。

「銃があれだけ発見されましたからね」ジェーンが質問するまえにオーが答えた。

「捜査が始まると、捜査員は新たな発見による驚きだけを求めるようになるんです。納屋での銃の発見はマンソンを振り出しに戻しましたが」

「ニックはどこにいるのかしら？　チャーリーはニックから目を離すなと言ったけど、どこにいるのか教えてくれなかったわ」

あなたは母屋のなかを捜してください、わたしはログキャビンと掘っ立て小屋のほうを捜してみます。オーは言葉ではなく身振りでそう伝えた。

ルーラはこれから焼こうとしているものの点検をしているようで、オーヴンの扉に右手を置き、左手をエプロンでこすっていた。ニックを見かけなかったかとジェーンが訊きかけると、秘密の作業でも邪魔されたかのようにあとずさりしてジェーンを見た。ルーラにとって料理はある種の儀式なのだろう。でも、今のジェーンには台所の神さまたちに敬意を表する余裕はなかった。

「ニックは？　ニックを見かけなかった？　電話をかけてきたんだけど」

「覚えといてね、ジェーン。あんたたちにここへ来て手伝ってくれと頼んだのはあたしじゃないんだから。あの骨のことでファジーが大騒ぎして、あんたの父親と母親があんたに電話してこうなったの。あたしはファジーを止めたのよ。自分のしたことや知ってることを、だれかれかまわず喋るのはよしなさいって」ルーラはそこで深く息を吸った。「あの人ときたら、なんにもわかっちゃいない」

なにがルーラをこれほど苛立たせているのだろう。なぜこんな警告じみた言葉を吐くのだろう。理由を知りたいが、そのまえにニックを見つけなければならない。ルーラの横を通って食堂を抜け、居間へ行った。この部屋で、ニックの体を鉤編みの大きな膝掛けでくるんだのは……いつだった？　つい昨日のことだ。それじゃ、ジョン・サリヴァンがトウモロコシ畑から手を振ってよこしたのは、一昨日の夜？

「ルーラ、ニックがどこにいるのか教えて」

「ファジーが畑の散歩に出ていったあとマンソンの部下が呼びにきたので、ニックは自分がファジーを捜してくると言って出てったわ」ルーラはトウモロコシ畑を指差し、サリヴァンの死体が見つかった方に向かって腕を振った。チャーリーが歩いた径のほうだ。「トウモロコシ径。あたしらはそう呼んでるの」

ジェーンは裏口から外に飛び出し、トウモロコシ畑へ向かった。裏庭が終わるところの立ち入り禁止テープが張られたところにはまだ制服警官が立っているが、ジェーンは方向転換して犯罪の現場から遠ざかり、サリヴァン家の広い農園のほうへ向かった。チャーリーがなにを見たにせよ、それはここを歩いているときに見たのだ。

そして、ニックがどんな話を聞いたにせよ、あんな電話を母親にかけてよこすほどニックを動揺させたのがなんだったにせよ、発端はこの径にある。それに、ニックがファジーを捜しにいったというのもこの径だ。銃声に関するなにかがここにある。もしかしたらチャーリーは銃声を聞いてしまって、だからニックは……ジェーンは考えるのをやめようとした。正直なところ、最近は頭に浮かんだ考えをこねくりまわすことしかしていなかった。そんな暇があったら周囲を見まわし、ふたりがこの径を歩きながらなにを発見したのか、この径がふたりをどこへ連れていったのかを事実に基づいて推測しなくては。

進行方向の左手はトウモロコシ畑。右手は刈りたての芝地と、ファジーが育てている種類のちがう野菜の畑だが、そちらは手入れが怠りがちで荒れはじめていた。藪《やぶ》がむさくるしく侵食しているし、錆びたトラクターが一台置きっぱなしにされ、エンジン部品やタイヤが転がっている。ファジーの農園がここまでなのは一目瞭然だった。少なくとも彼自身が管理している土地がここまでなのは。その先の土地はまったくほったらかしで、農耕具の廃棄場のような様相を呈している。農園でもなければ菜園でもなく、雑草が伸び放題の土地がそこにあるだけだ。

左手のトウモロコシ畑をよく見ると、整然とした枡目の迷路のようなトウモロコシの列と列のあいだが広げられたために配列の調和が損なわれているところがあることに気づいた。トラックかトラクターがはいるための通路だろうか。それとも、チャーリーが見つけたものへ通じる道？

柵柱が一本立っていた。てっぺんに小さな四角い板が釘で打ちつけてあり、板にはペンキで赤丸が描かれている。その赤丸のなかに、もっと太い線で赤丸がもうひとつ。農業のシンボルを表わす記号かしら？　ここにはトウモロコシの交配種が植わっているとか？　どれがどういう種類なのかわからないけれど、なぜ見分けがつくかもしれないと思うのかもわからなかった。育った家のまわりが農地だったというだけで、飼料用トウモロコシと極上の二色《バイカラー》スイートコーンの区別もつかないというのに。バターと塩が添えられた皿の上に、両端から赤いベークライトのコーンホルダーが飛び出した二色のスイートコーンが載せられていればべつだけれど。

ジェーンは左に曲がり、その広い通路を歩きだした。六メートルほど先まで行くと、また赤丸つきの柵柱が見え、右手にまた幅広の通路が現われたので右へ曲がった。遠くのほうになにかが見えた。はっと息を呑んだ。その方向がチャーリーを動揺させたものがあったのと同じ方向かどうかはわからない。いずれにせよ、キルト布が見えたのだ。何十枚も。白地に赤の多彩な模様のキルトが物干し綱に掛けられている。入れ子のように何重にも丸を重ねたのもあれば、四角を重ねたのもある。キルトが描く幾何学模様。トウモロコシの茎に囲まれた畑のなかに、こんな目が覚めるように美しいキルト布が思いがけず干されているなんて、どういうこと？　だれもこんなすばらしいキルトを隠そうとしなかったの？　イリノイの田舎のブラック工場の労働協定とか？　お針子の囮《おとり》捜査でも始まっているとか？

　ファジーとルーラはとんでもない《キラー》キルト製作グループを運営しているんじゃないでしょうね？

　どういうわけか、ファジーの農園へ着いてから遭遇したどんな光景よりも、そこにあるキルトが非現実的に思われた。ニックの姿はまだ見えない。もっと近づいて、この空間にほかになにがあるのかを確かめることにした。ニックがいそうなところがあるかどうかを。脇のほうに、通信販売で取り寄せた組み立て部品でこしらえたようなプレハブ小屋がいくつかあるが、そこでなにかの作業がおこなわれている様子はない。トウモロコシの緑を背景にずらっと並んだ赤と白のキルトに近づくにつれ、最初にそれらが目にはいったときにはわからなかったことに気がついた。そこに掛けられているキルトは全部規格はずれ、というより、小さかった。幼児用のクリブキルトだろうか？　それよりもっと小さい。人形用のドールキルト？

二メートル手前まで近づいて、ようやくありのままにそれらを認めることができた。そもそもキルトではなかった。赤い丸や四角を描いた紙だったのだ。干し草の俵に立てかけて並べられた雨ざらしの古い板に洗濯挟みで留められた紙で、なかには破れている紙もあり、隅が微風にはためいていた。穴だらけの紙もあった。

はじめて見る光景だ。トウモロコシ畑の真んなかで、幾何学的図形を描いたモダンアートが並んでいるのを目にするとは。案山子の新種ということか？　板のうしろを覗き、干し草の俵の側へまわってみると、裏側にはキルトと見まがうようなカラフルな図形もなにもなく、トウモロコシ畑が背後に続いているだけだった

人の声が、それから、なにかが飛び出すような、ヒュン、ポンという音が聞こえた。なんだか子どものころによく聞かされたホラ話の実演のようになってきた。音を無理やり消そうとしているようなその発射音はまだ続いている。と、列の一番端の干し草の俵が動くのが見えた。まるでパンチを食らったか、なにかが命中したかのように。あるいは……。

「ちょ、ちょ、ちょっと！……撃つのをやめて！」

ジェーンは声を張りあげながら、地面に突っぷし、匍匐《ほふく》前進で俵のうしろへまわりこもうとした。赤いTシャツを着ているので余計に動く標的になっているような気がする。

「撃つのをやめてってば！」

最後の俵のうしろまで行ってから、もう一度叫んだ。少なくとも、ふたりの射手が狙っているのは俵の列の逆の端に立てかけられた標的だ。それはいい情報といっていいだろう。悪

い情報は、ライフル銃の構え方をニックに指南しているのがファジーだということ、そして、ジェーンの知るかぎり、息子は生まれてから一度も銃をさわったことがないということだ。ニックが引き金を引けば、標的の近辺のどの俵でも動かしてしまう。ここも充分に射程内だ。

　地べたに這いつくばって声と息を振り絞りながら、ジェーンはどうにか声を届けようとした。これがもし、防音ガラスのうしろに閉じこめられていて、ニックがトラックのまえに飛び出すのを見ているという状況だったらどうする？　そこで、イリノイの素朴な田舎の風景を揺るがす叫声がジェーンの喉から発せられた。

「ニック！　撃つのをやめなさい！　お母さんよ！」

　ニックの動きがぴたりと止まり、ライフル銃が手から落ちた。自分の声がフロイトの悪夢から息子の精神を解き放ったことがわかった。ウィーン学派が束にならなければ悪夢の修復は不可能だろう。ニックは天を仰いでから、自分の足もとに視線を落とした。

「ここよ」ジェーンはさっきと同じ超弩《ど》級の声を出して立ち上がり、両腕を振りまわした。その動きが、トウモロコシ畑に置かれた単なる標的ではないことがふたりに伝わるようにと祈りながら。「撃たないで！」

　ようやくファジーにも声が聞こえたようだ。彼はゆっくりと俵の列の端のほうを向いた。その手にはまだライフル銃がある。今、意思を伝えようとしている相手は、かつてニックぐらいの歳だったころのわたしが知っているファジーでありますように。ここ数日に遭遇した見知らぬ老人ではありませんように。そう祈るしかない。

「そんなところでいったいなにをやっているんだい、ジェイニー？　息子を死ぬほど怖がらせたかったのか？」

ニックは少しふらついているようで、へなへなと座りこんだ。ファジーはそこを動くなとニックに言って、プレハブ小屋のひとつへ消えた。コカコーラの缶をふたつ持って出てくると、息切れがまだ治まらないジェーンとニックに手渡した。母と息子はまだ互いの目を正視できなかった。

これはいい展開だと、ジェーンは何度も自分に言い聞かせた。ニックが今は目の届くところにいる。息子がいなくなったとチャーリーに言わなくてすむ。息子を見つけた場所が急ごしらえの射撃場で、息子の手には銃があり、老人に銃の撃ち方を教わっているところだったということは、もちろん報告しなければならない。その老人は気分が急に変化する人で、サプレッサー――サイレンサーではなく――を装着した銃をまだいっぱい持っていて、たしかにライフル銃の発砲音は完全に消えるのではなく、こもって聞こえるのだということも。ああ、神さま。

息子を抱きしめて、どれだけ心配したかを伝えたかったが、今それを口にするのはまずいとわかっていた。今、自分に求められているのはもっと分別のある、この状況におけるふさわしい親らしさだ。でも、だけど……どんなに心配したことか。ジェーンはニックを抱く腕に力をこめ、息子の体を引き寄せた。

「ほんとうに心配したんだから。電話を受けて飛んできたら、どこにも姿が……」

「お父さんが銃声を聞いたって言ったんだよ。だから、だれかがお父さんを撃とうしているという意味だと思って、電話したんだ。そうしたら……」

「お母さんはあなたがファジーを捜しにいったとルーラに聞いて……」

「あの掘っ立て小屋のそばでファジーを見つけたんだ。銃を撃ったことはあるかってファジーが訊くから……」

「ジェイニー、この子はBBガンも持っていないそうじゃないか。ほんとうなのかい？」ファジーが訊いた。

ジェーンは興奮のあまりニックを抱きしめ、ニックが抱擁を返してくると感謝の念でいっぱいになり、銃について言おうと思っていたことをすっかり忘れてしまった。銃はだめだということしか思い出せない。銃を所有するのも、買うのも、売るのも、交換するのもだめ。称賛するのもだめ。射撃はもちろん、狩猟に使うのも、銃を掃除するのも、オイルを塗るのも、飾るのも、弾丸をこめるのも、抜き取るのも、すべてだめ。

「ええ、ほんとうよ」とファジーに答えた。

「なぜだ？」とファジー。

「BBガンを持っている人はたくさんいるけど、BBガンがその人たちに必要だとは思わないから。必要のない物は無駄な物だろうと思うから」

「一度でもためしに撃ってみることも？」とファジー。

ジェーンはうなずいた。

「どうして銃にそんなに反対なの？」ニックが訊いた。

正常な状況に戻りつつあった。ニックはジェーンから腕を放し、コカコーラをひとくち飲んだ。自分の歯ががちがち鳴っていたのが止まっていることにジェーンは気づいた。

「どうしてと訊かれてもわからないわよ、ニック。あまりに多くの悪い人間が銃を持っている。ただそれだけよ」

「ファジーは悪い人間じゃないよ」とニック。

「とにかく、ここであなたが銃を撃つのはいやなの。それに、マンソン刑事はこのことを知らないんでしょう、ファジー？　あなたはほかにも銃を持っているんでしょう？」マンソンは今朝、納屋で銃を五挺発見したときでさえ心臓発作を起こしそうだった。ここにあるプレハブ小屋を開けたら噴火してしまうかもしれない。

「ここはなんなの、ファジー？」

「クラブだよ。昔はよくここへ来て、子どもらと一緒に射撃の練習をしたもんだ。子どもらが友達を連れてきて、その子たちに教えてやることもあった。サリヴァンも息子たちを連れてよくやってきた。ここは、うちとサリヴァンの農園とのほぼ境界線だからな。このトウモロコシの六列向こうはサリヴァンの土地だ。子どもらがみんな大きくなってカンカキーから出ていったので、サリヴァンに手伝ってもらって、いったんは射撃練習場を片づけた。だが、数年まえに、もう一度ここを射撃練習場にしてはどうかと考えたのさ。多少の稼ぎにはなるんじゃないかとね。何人かの知り合いにその話を広めてもらって多少の資金も貯まったから、そのプレハブ小屋をこしらえた……客は母屋で料金を支払ってから、ここへ来て射撃練習をするというわけだ」

「その小屋のなかにも銃が置いてあるのね？」ジェーンは訊いた。「子どもたちはどこで銃を受け取るの？」

「ここにあるのは自動販売機だけさ。銃は置いていない。いや、この二挺は置いてあるがな。でも、残りはみんな納屋で保管してる。もう警察に持っていかれちまったが。子どもが来るときはかならず親が付き添ってくるし、十二歳以下には使わせない」とファジー。「それがルーラの決めたルールだ」

「どんな人たちが来るの？　バーベキュー・パーティに来ていた人たちがそうなの？　あの人たちはみんなクラブの会員なの？」

「会員であり客でもある。例外も何人かいたが。昔からの友達や町の新参も。デンプシーとフーヴァーのふたりは、ある日、射撃好きな不動産屋を何人か連れて、やってきたんだよ。連中の射撃の腕は推して知るべしだが、あのフーヴァーという男だけはなかなかの腕前だった。陸軍にいたそうだ」

「じゃあ、納屋にあった銃は全部、最近も弾丸をこめて使われていたのね？　この二挺も？」

「ああ。といっても、たいていの客は自分の銃を持ってくる。夏は書き入れ時なのさ。秋になると狩猟の準備をするためにやってくる。父親が息子に銃の撃ち方を教えるんだ。来るのは男だけじゃない。女房や娘を連れてくるやつもいる」ファジーはこっくりとうなずいた。

「これがいい稼ぎになるんだよ、ジェイニー。道端でトマトを売るよりよっぽど儲かる」

ファジーは遠くを見るまなざしになり、言葉を選んでゆっくりと語った。

「おれも農業をやるには歳を取りすぎた。うちの土地のほとんどは他人に貸して収穫の一部を分けてもらってるような状態でね。子どもに多少のものは遺したいから、土地を完全に手放すわけにはいかんだろ。町の反対側に住むラットランドは、トウモロコシ畑を迷路にした。十月には南瓜を売って、お化け屋敷をこしらえて、干し草を敷いた荷馬車《ヘイライド》を遊園地のワゴンばりに走らせてる。女房は〈ジュエル・オスコ〉で買ってきたアップルジュースを古い甕《かめ》に移して、フレッシュジュースとして売ってる。十一月になるとシカゴの人間がトラックでやってきて、クリスマスツリー屋を開く。ラットランドはそこで女房にクッキーの卸売りをさせる。縁の欠けた皿にクッキーを盛って包ませて、お手製に見せるという工夫もしてる。そうやって金を稼いでるのさ。ふざけた話だよ。おれはここのクラブの会員から会費を受け取ることにした。この場所の土を整備するのが仕事だ。来てくれた客がどろんこにならずに標的を交換できるようにね。一回ごとに少しだが料金ももらってる」

「でも、ファジー、銃を扱うのはとっても危険なことよ。だれかが怪我をしたらどうするの？　事故が起こったら？」

「そんなことはこれまで一度も起こってないさ。ラットランドのヘイライドから落っこちた女の子が腕の骨を三カ所折ったことはあるが。やつは目の玉が飛び出るような治療費を支払わされた。このあたりじゃ、みんなが監視の目を光らせてるから、一軒だけが特別にいい思いをするということはない。みんな安全パイを選んでるのさ」

「銃を撃つには免許が必要なんじゃないの？　それをちゃんとチェックしているの？」

「ほう、してないからといって訴える人間がどこにいる？　万一、怪我人が出たら、その干し草の俵を林のなかに投げこんで鹿に食わせりゃいい。標的はみんな燃やして、かわりにトラクターでも数台置く。で、わしの土地に不法侵入して射撃練習に使う連中を訴えてやる」

「ここに来る人たちが免許を持たずに銃を撃っていて、そのきっかけをつくっているのがあなたなら……」と言いかけたが、その先を続けるのをやめた。この人はだれ？　ファジー・ニールソンじゃない。わたしの全然知らない人だ。

「どの銃にもサイレンサーを装着した。イングランドで教わったとおりに。だから銃声が周囲に迷惑をかけることはない。家のなかにいると音はちっとも聞こえないとルーラも言ってる」

「ルーラは本心からこのことに賛成しているの？」

「大賛成だよ。去年の夏には若いご婦人だけのトーナメントを催して成功させたぐらいだ」とファジー。

「ここで競技会をやっているの？」ニックが腰を上げた。コカコーラの缶をどこに捨てようかとまわりを見まわしている。「リサイクル箱はここにはないの？」

「あるさ、むろん」ファジーはニックから空き缶を受け取った。「でも、これは取っておこう。缶を撃ったときの音が好きな客もいるからな」

「サリヴァンはこのことを知っているの？　あなたがこの射撃練習場を再開したことを」

「じつは秘密にしているんだ」ファジーは声をひそめた。

囁き声になると、彼の目がふたたび奇妙な光を帯びた。そのとき、人の声が聞こえ、トウモロコシ畑の列を透かして服がちらちらと動くのが見えた。何人かがこちらへ歩いてくる。

「もう秘密にはできないと思うわよ、ファジー」ジェーンは小さな声で言った。

「なんてこった。そこのプレハブ小屋を開けて、銃を置いていないか調べろ。マシンガン、キャノン砲、手榴弾、発射筒、なにが隠されているかわからんぞ」マンソンは、自分とチャーリーのあとから来た制服警官二名に命じた。

「ねえ、お父さん、ぼくも銃の撃ち方を習ってもいい？」

「今日はだめだ」チャーリーはジェーンの体に腕をまわした。

「ファジー、最悪ですね、あなたを逮捕します」マンソンは言った。

ファジーはマンソンの言葉が聞こえないかのように、まっすぐ前方を見つめていた。

「まさかジョン・サリヴァンを撃ったのがファジーだと思っているんじゃないでしょうね？」ジェーンもその疑念を抱いていないわけではなかった。だが、今は、ファジーが今夜どこで寝ることになるかということのほうが問題だ。それに、本人の様子からしては今ここで自分の主張を述べられるとは思えない。

「逮捕理由は銃器の不法所持ですよ。イリノイ州の銃器所持許可法に違反しています。彼があの兵器庫に保管していた銃のすべてがその罪に相当しますからね。装塡されていた銃弾は言うにおよばず。そのうえ、許可なくライフルの射撃練習場まで運営していたとは。これも同法に違反します。おかげで大忙しだ。ジョン・サリヴァンを撃った銃に関する検査を最初からやりなおさなければならないので」

「でも、かりに納屋にあったファジーの銃が使われたんだとしても、だれがそれを使ったかということまではわからないでしょう？　クラブの会員は大勢いるのよ。ここへ来て、ファジーの銃を撃っている人たちは」

「あなたはわたしがファジー・ニールソンを現行犯逮捕する最大の理由を知りたいんですか？　それは、彼を逮捕しないと、今この素手で彼の首を絞めてしまいそうだからですよ」

ジェーンはファジーを見た。ファジーの目はトウモロコシ畑に据えられたままだ。自分の今後についての口論が耳にはいっているようには見えなかった。

「わたしたちにできることは？　彼が釈放されたら、わたしたちが保護することはできるの？」

「〝保護〟の話から始めましょう。〝釈放〟のまえに。彼はまずわたしの保護のもとに置かれます。そのあとどういう展開になるかは今の時点ではわかりません。よろしいですね？」マンソンは若い制服警官とボスティックを呼んだ。どうやらボスティックはマンソンの今朝の長い説教に耐えたらしい。

チャーリーはニックを安心させようとした。きっとファジーの力になれるし、今ファジーが直面している問題と、ニックがこの射撃練習場にいたこととは関係ないのだと。

「こういうことがどれだけ大きなトラブルをもたらすか、ファジーにはわかっていなかったようだね」

「彼はただ生活の手段として考えていただけなのよ。農園を手放したくなかったの。子どもたちのために」

「家族経営の農園を維持する苦労がどうのというたわごとをこれ以上聞かされたら、わたしは噴火しますよ」マンソンはジェーンを真正面から見据え、静かな声で早口に言った。肩越しにうしろをちらりと見て、部下には自分の声が聞こえていないことを確かめてから続けた。

「このあたりの農園主は郡の半分以上の土地を所有していながら、それを失おうとしていると声高に言いつづけています。うちの両親は父が退職したあと、家を売らなければなりませんでした。母が病気になってローンの支払いができなくなったからです。〈ローパー・コンロ〉の閉鎖で職を失った弟は、家族と住んでいた家を維持できる仕事を見つけられず、離婚しました。なぜだかわかりますか？　金ですよ、金。金がないからですよ。苦労している人間はいっぱいいます。だからって、彼らは地下室で射撃練習場を始めたりしていません。もし、ビールを一ケース持参したティーンエイジャーの集団が夜にここへやってきたら、どんなことが起こると思いますか？」

「おれの土地をどうするか、だれにも命令はさせん。だれがなんと言おうと、ここは売らんぞ」とファジー。

それはたしかにファジーの声だったが、彼の目の奥にいる男は無許可離隊した兵士だった。

ファジーはなおも、ここは自分の土地だと言いつのった。ボスティックに腕を取られると、少し口調がやわらいだ。

「ここはおれの土地だよ。いくら警察でもおれがやりたくないことをやらせることはできんだろう。ここはおれの土地なんだ。ここをどうしろこうしろと命令することはだれにもできんはずだ」警察官に付き添われてトウモロコシ径のほうへ戻るあいだも口を閉じなかった。

「ルーラと話さなくちゃ。今のファジーはまともじゃないから」

「あなたはいつごろからファジーとは知り合いなんですか?」母屋へ向かいながらマンソンが尋ねた。

「ファジーは〈EZウェイ・イン〉の昔からの常連なの。彼を知らなかったときがあるのかどうか思い出せないわ」

「今までのファジー・ニールソンはまともだったわけですね?」

マンソンの問いにジェーンは答えなかった。ファジーの精神面をどう考えるかということについては、マンソンともほかのだれとも議論したくない。それよりも、はじめてファジーと会ったのはいつだったかを思い出そうとしていた。常連客は物心ついたときには毎日、両親の営む居酒屋のテーブルのどこかにいたので、いつが〝はじめて〟なのかがわからない。両親か従兄弟か祖父母のように、店にはいつも彼らの姿があって、ジュークボックスから流れていた曲や、好きだった担任教師や、読んだ本や、親友の記憶とまじり合っている。〈EZウェイ・イン〉とそこに集っていた人々の記憶は、ピッカーならではの本能でたどることができた。ネリーが昔ランチに使っていた〈バッファロー・チャイナ〉（レストラン用食器）をランチョンマットのかわりにして、ジェーンのお気に入りのテーブル・セッティングをすることメッジ・セールで見かけると飛びついて、それを使ったテーブル・セッティングをすることがある。〈バッファロー・チャイナ〉に似合う色鮮やかなテーブルクロスと、真正のディプレッション・ガラスの食器というミスマッチな組み合わせに、昔を知る人々は微笑み、家族的な空間にいるという安心感に包まれる。当時店にあった鍋もフライパンも、無骨なグラス類も、宣伝のはいった掛け時計も、メーカーの営業マンが店と常連客用に配ったベークライトの卓上万年カレンダーも、全部記憶している。

ファジーは毎日やってきて、ジェーンににっこり笑いかけた。ジュークボックスの曲をかけるための二十五セント玉を手に握らせ、いつでも話し相手になってくれた。好きな野菜はなにか、好きな花はなにか、と訊いて、その野菜や花を自分が育てているとわかると、つぎに来るときに持ってきてくれた。きれいな石が好きだとジェーンが言えば――チャーリーと出会って収集癖の方向転換をする以前の長い子ども時代には石も好きだったのだ――好みそうな石を見つけて持ってきた。休暇でルーラと旅行へ行くと、かならず石のお土産を買ってきてくれた。ファジーからもらった石をジェーンは寝室の窓台に飾っていた。たとえば、サウスダコタの薔薇石英。瑪瑙《めのう》は……アリゾナ？　ウィスコンシンの川で採掘された化石もあった。ファジーはいつもお土産を忘れなかった。ファジーはなんと言っていたっけ？　そうだ、自分も石や貝殻が好きで、味も素っ気もないアメリカの古い五セント玉や十セント玉よりも、美しい外国のコインが好きなのだと言っていた。

「なにかを買うのは行った場所を思い出すためなんだ。そのために神さまはポケットをつくったんだぞ」それがファジーの口癖だった。

母屋へ戻ると、ルーラが落ち着かなげに歩きまわっていた。息子にも娘にも電話をしたくないと言う。息子も娘も今は配偶者と子どもとともにカリフォルニアに――ビルはオークランドに、メアリ・リーはサンディエゴに――住んでいる。

「ふたりとも仕事があるし、子どももいるのよ。来てくれなんて頼めやしないわよ。なんて言えばいいのかわからないし」ルーラはマンソンを見た。「なんて言えばいいの、フランクリン？　あんたはうちのビルと同じバスケットボール部だったでしょ。あの子と仲良しだったじゃない。あの子にどう言えばいいのか教えてよ」

「ルーラ、ぼくだってファジーもほかのだれもひどい目に遭わせたいわけじゃないんだよ。だけど、これだけははっきりしている。ジョン・サリヴァンが殺されたのは事実なんだ。なにが起こったのかを解明しなきゃならないんだ」マンソンはドンとネリーに電話してほしいとジェーンに頼んだ。「ドンとネリーならルーラがまずなにをするべきか一緒に考えて力になってくれるかもしれません。弁護士に電話するとか、そういう種類のことを。わたしはこれ以上は彼女に関われないので」マンソンは低い声になった。「今はべつの帽子をかぶらなきゃならないんです」――ため息――「かぶりつづけなければならないんですよ」

ジェーンはルーラをニックとチャーリーにあずけた。ボスティックがファジーに説明している――今夜、警察に泊まらなければならなくなった場合に備えて必要な物があれば用意してください。

ファジーはまたも遠くを見るような目をして、うなずいた。

「ルーラ？　シナモンロールはまだあるかい？　今夜の夕食にするから包んでくれないか？」そこで昔と変わらぬ笑みを浮かべた。「朝食のぶんもあったほうがいいかな？」

「ミセス・ウィール、お父上は弁護士をごぞんじですか？」とオー。「ミセス・ニールソンには弁護士の知り合いはいないようなので」

両親の自宅に電話をかけると、ドンが出た。ネリーがうしろで質問している声も聞こえるが、ドンは受話器を渡さなかった。娘がネリーの取り調べを受けなくてすむように——当面は——配慮してくれたのだ。ネリーはここへ来て、一部始終を自分の目に収めたほうがいいとジェーンは思った。ドンはあの射撃練習場のことを知っていたのだろうか。それを自分が知らないことに電話を切ってから気がついた。でも、すぐにわかる。両親はすでにこの農園へ向かっているから。

母屋の外に出ると、オーも出てきて、ふたり並んで歩きはじめた。

「ミセス・ウィール、あなたに説明しなくてはならないことがあります」

例の単純な感嘆詞以上にオーに返す言葉はないものかと考えたが、思いつかない。たぶん、くたくたに疲れているからだ。

「ミスター・サリヴァンの件で最初に電話をもらったときに、この事件についてあなたの気をそぐようなことを言いましたが、わたしがまちがっていました」

自分の口がぽかんと開くのがわかった。で、口を閉じた。

「カンカキーで起こった事件なので、必要以上の感情移入が生じるのではないかと心配だったのです。それで、たとえば家庭内暴力の結果だったということにでもなれば、つまり、マンソン刑事でも処理できるような事件だったら、あなたが……」オーは息を継いで次の言葉を探した。「この仕事に熱意を失うのではないかと」

「わたしの熱意がそんなに大事なこと?」

「熱意は調査に不可欠ですよ。同情心と同様に。同情すると真実が見えなくなるとよく言われますが、同情することは真実を見つける原動力にもなりえます」

「わたしの知っているファジーは人を殺すような人じゃなかった。だけど、あの夜、裏庭で見た彼なら……わたしの知らないファジーが現に存在しているの。その人なら……」

「ミセス・ニールソンには顧問弁護士はいないようですが、かかりつけ医はいるのでしょうか。訊いてみてください」

ドンとネリーは到着するやいなや、ふた手に分かれた。ドンはルーラのところへ行って弁護士の名刺を手渡し、弁護士にはもう電話したと言った。弁護士が警察署でファジーを待っていてくれるし、できるだけ早く家に帰れるように取り計らってくれると。ネリーは脇目も振らずにファジーに近づき、彼の目を覗きこんだ。「今度はなにをしでかしたのさ?」

「たいしたことはやっちゃいないよ、ネリー」ファジーは答えた。

「ほんとのことをみんなに話しなさいよ。そうすれば大丈夫だからね。わかった?」

ファジーはうなずき、ボスティックがそろそろ行かなくてはならないと伝えると、素直に立ち上がった。抵抗はいっさいせずに。

ジェーンはファジーを玄関まで見送った。別れ際、玄関でポケットに手を突っこみ、前庭の花壇で拾ってポケットに入れたままだった一セント銅貨を数枚を取り出した。

「どうしてこれを埋めたの、ファジー？」

ファジーはにっこり笑って、ジェーンの頭に手を置いた。

「ジェイニーが見つけてくれて、おれのことを思い出してくれるようにさ。そのために神さまがポケットをつくったんだぞ」

14

　ネリーがルーラとともに母屋の二階へ上がると、ジェーンは食堂でお茶を飲んでいるドンとチャーリーとオーを残してキッチンへ行った。ニックはガスレンジの使い方を心得ているし、料理好きだし、朝食のメニューやサンドウィッチのレパートリーにかけてはジェーンのはるか上をいく息子だが、洗い物や掃除は苦手で、その分野の達人である、ネリーの域には遠くおよばない。それでも、今夜は皿を洗ってくれていた。チャーリーのお供で発掘現場へ行くときだけ地質学マニアの素質がひそかに頭をもたげるとはいえ、ふだんは運動に情熱を燃やすごくふつうの中学生の息子が、石鹸水に両腕の肘まで浸けて、ブラウニーを焼いたフライパンを金属たわしでこすっている。

「ぼくのせいだね。お父さんの話を立ち聞きして、慌てて電話なんかするんじゃなかった。話を最後まで聞くべきだったんだ。そのあと、ファジーを追いかけたんだ。ぼくがあそこで銃を持っているのをお母さんが見つけなければ、ファジーは逮捕されなかったよね」

「ニック、今度のことはだれにも止められなかったのよ。ファジーが経営する射撃練習場が現にあって、彼はそこに銃を置いていたんだもの。それは……」

「銃を置いていちゃいけないとお母さんが考えるからといって、だれにとっても銃がよくないってことにはならないよ。自分がなにを持つかは自分で決めるべきだっていつも言っているじゃない。お母さんはずっと昔に銃は悪だと決めたわけだよね。ファジーが自分とはちがう意見なのを認めないで、警察を呼んで逮捕させようとしたんだよね」

ジェーンは深く息を吸った。十二年あるいは十三年、自分の子を見つめ、養い、自分の選んだ鋳型にはめてきたつもりなのに、ある日その子を見ると、なにかがわからなくなっている。これまで見たことのない表情や、軽蔑するような仕種が返されることがある。今ニックの目に光ったのは挑戦だろうか。

「銃が好きだったことは生まれてから一度もないわ。それはほんとう。銃のある環境で育たなかったから。ドンは狩りをしなかったし、マイケル叔父さんやわたしを射撃練習場に連れていくこともなかった。お母さんは射撃練習場を併設しているキャンプ場へ行ったことも一度もないの。ああいう場所はわたしにとってまったく未知の領域なのよ、ニック。だけど、そのことと、今ファジーに起こっていることとはべつよ。マンソンがファジーを逮捕したのは、ジョン・サリヴァンが撃たれたときに彼が家の外に出ていたから。お母さんが見たの」ジェーンはつけ加えた。「それに、今のファジーは本来のファジーじゃなくなっている」

「ファジーはいつだって外に出ているよ」とニック。「歳だから夜眠れないんだよ。それに、ファジーは月の光の下で庭仕事をするのが好きなんだ。夜に植えた花は太陽だけじゃなく月の光で育つことを覚えるから、ぐんぐん伸びるんだって、ファジーが言っていた」

ジェーンは息子を見た。ニックはやっと母親の目を見て笑顔をつくった。

「もちろん、そんなことないよ。ホラ話さ。ファジーは作り話が上手だよね。ねえ、お母さん。もしも、ファジーがあの人を撃ったとして、侵入者を見つけたと思って撃っちゃったんだとして、そのことを隠すと思う？　なんでもみんなに喋っているファジーが。もしも、そんなすごいことをやったんだとしたら、喋りたくてしょうがなくなると思わない？」


ネリーはルーラに代わってスーツケースにファジーの着替えを詰め終えていた。ファジーが警察でお腹をすかせたら困るとルーラが言うので、持たせる食べ物も包んだ。ドンとオー刑事とチャーリーとジェーンはファジーが数時間で帰ってこられると確信していたので、ふたりにそう言った。いつでもファジーを引き取れるように自分たちが警察で待機していようと。だが、ネリーはルーラを自宅に連れていき、そこで警察からの電話を待つと言い張った。

「ルーラをここに置いてったら、ひと晩じゅう料理を作って家のなかを歩きまわってるよ。少しは眠らせなくちゃ。それに、うちのほうが警察に近い」ネリーはジェーンに言った。

「警察へは父さんひとりを行かせて万事ぬかりなくやってもらえばいいさ」

「いいわ、そうする。ファジーに人殺しなんかできるはずがないのよ」とジェーン。

「そんな与太話、生まれてこのかた聞いたこともないよ」とネリー。

「ほんとよ」

「ほんとじゃないよ。あんたの言ったことが与太話だと言ってんの。ファジーだって魔が差せば人を殺さないともかぎらない」

「なによそれ……」

「あたりまえじゃないか。人間は一日のうち半分はだれかを殺したいと思ってるんだよ。くそっ、あたしなんか店に銃が置いてあったら、毎日だれかを撃《シュート》ち殺してる」ネリーは大きめの囁き程度にまで声をひそめた。「あたしがルーラをここから連れ出したらすぐに、薬戸棚を確認しておくれ。ファジーに飲ませる薬だと言うので荷物のなかに入れたけど、べつの薬もあったから。ルーラと約束したあたしはこれ以上言えない。だけど、あんたは調べたほうがいいと思うよ」

ジェーンは、数えきれない矛盾で構成された体重五十キロの小柄な母親をまじまじと見つめた。一方で自分には毎日だれかを殺す可能性があると言いながら、もう一方で、友達との約束を実直に守ろうとし、しかも、約束を破っても破ったことにはならないような抜け道を確保している。

「サリヴァン夫婦が訪ねてきても、なにも言うんじゃないよ。あの夫婦は変わり者だから」

ネリーに〝変わり者〟呼ばわりされたサリヴァン夫妻はまったく〝変わり者〟ではないということにならないか？　むしろ分別をわきまえた常識人ということになるのでは？

ドンとネリーがルーラを伴って帰宅した直後、電話が鳴った。ドンが依頼した弁護士のアラン・ビショップだった。もう警察に着いているが、ファジーとの意思疎通に苦労しているそうだ。力になるために来ているのに、味方だということがファジーに伝わらないという。

ジェーンはチャーリーとオーに今すぐ警察へ行くよう頼んだ。

「実家へ寄って、ドンかネリーのどっちかとルーラを連れて警察へ行ってちょうだい。ファジーは頭が混乱すると粗暴になることがあるのよ。マンソンの心証が余計に……わかるでしょ。わたしはここに残る」

薬戸棚を調べなければならないということはまだ言いたくなかった。律儀に秘密を守ろうとしているのは母と同じではないか……。そうだとしても、重大な事実がそこに隠されているなら、警告を発するまえに確認を取ったほうがいい。ファジーが抗精神病薬を服用していることがわかったらどうしよう。サリヴァンを撃ったという疑いがいっそう強まるのではないだろうか。心神喪失を理由にファジーは釈放されるかもしれないけれど、ファジーが犯人でなければ真犯人への目がそらされてしまう。

「きみとニックのふたりだけをここに残していくのはいやだな」とチャーリー。

「キッチンの窓から五人の警察官の姿が見えているのよ。トウモロコシ畑とトウモロコシ径にはもっといるわ。マンソンが大量の警察官を呼びこんだから。この農園で銃がもう一挺も見つかれば、その銃を届けにきた人間がマンソンに撃たれそう。わたしたちなら大丈夫」

掘っ立て小屋へ行って、ファジーの発掘コレクションの木箱の整理を続けてもいいかとニックが訊いた。シールを貼って棚に載せた物の目録を作る許可はマンソンから得ているようだ。ジェーンはニックについて掘っ立て小屋まで行き、警察官が常時見張りにつくという確約をボスティックから取った。ニックの作業が終わって十メートル離れた母屋へ戻るときにも警察官が付き添ってくれることになった。

「一分たりとも、われわれの目の届かないところでひとりにはしません」とボスティック。

「わたしよりあなたのほうがいい親ね」

ジェーンは若い女性警察官に付き添われて母屋へ引き返した。二階のバスルームへ向かうためにキッチンを通り抜けながら、ルーラの食品貯蔵棚の充実ぶりに目を瞠《みは》った。これまでに見たどんな食品貯蔵棚よりも使いやすそうに整頓されている。整然と並べられたトマト、サヤインゲン、ピクルス、ジャム、フルーツバター、チャツネ。いずれもルーラお手製の瓶詰めだ。ほとんど本物と見まがいそうなレトロな民芸調のギンガムチェックのマスキングテープで作られたラベル。そこに〈シャーピー〉のマーカーを使ったルーラの上手な字で〈アーリー・ワンダー・ビーンズ〉と書いてある。ずいぶんと高価で場違いなラベルだ。ジェーンと同世代かもう少し若い世代なら、農園主の妻に憧れて秋の週末にカントリー雑貨を買いこみ、ディナー・テーブルにわざとミスマッチの皿や銀食器を並べそうだが、ルーラのキッチンには彼女の個性が生かされている。ヴィンテージのリネンのナプキンも、スモック刺繡のエプロンも、鉤編みの鍋つかみも、〈ルレイ〉のディナーウェアもあたりまえのようにそこにある。

ルーラはアンティーク雑貨の信憑性など一笑に付すだろう。農夫は縁の欠けた食器も古い鋳鉄の鍋も使わない。そのほうがクールでリアルに見えるなどとは考えないから。手持ちの食器と調理器具を使うのだ。それが自分の家にあるものだから。それでなんの不都合もないし、ほかの物に取り替える理由がないから。では、いつ取り替えるのか？　もっと実用的で頑丈で新しい物があれば、そっちに取り替えるだろう。農家の人たちは古めかしい雰囲気のある本物をラメッジ・セールで探したりしない。ルーラのキッチンにある物をあえて名付けるなら〝レトロ〟ではなく〝ユーズド〟だ。そういう物を使っている彼女が、自分以外の人間が使いこんだ物をどうして欲しがる？

一方で、ルーラが自分のキッチンにある物を簡単には処分していないのがわかった。食器棚には、六十年まえの皿も、もっと古い皿も、それが使用に耐えうるかぎり定位置を占めている。

秋の草花をあしらった陶食器の〝ホール・オータム・リーフ〟シリーズが、ガラスのキャビネットに飾られているのではなく、すぐに使えるように重ねてあるのを見ると、ジェーンの顔に笑みが浮かんだ。オーヴンで使える円筒形のラミキン、カスタードカップ、アラジンのランプ形のティーポット。バザーに出せばティムが高値で売ってくれるとルーラに教えてあげるべきだろうか？　ルーラが売りたがるとは思えないけれど。これを売ってしまえば新しいのを買わなくてはならないのだから、べつに嬉しくもないだろう。

食堂には〝ミス・アメリカ〟シリーズの大きなケーキスタンドがあった。〝ミス・アメリカ〟のケーキスタンドは、ジェーンも一度アンティーク・モールで買いたい誘惑に駆られたことがある。たしか二百ドルの値が付いていたはずだが、ルーラはそれを毎日、朝食のペストリーを載せるのに使っている。そばへ寄って、そのケーキスタンドのへりをなぞってみた。

“ミス・アメリカ”シリーズのケーキスタンド

Miss America Glass cake stand

1905年オハイオ州で創業したホッキング社は、ガラスの老舗メーカー。ディプレッション・ガラスの“ミス・アメリカ”シリーズは1915年～1982年まで製造され、ダイヤモンド模様が特徴的。

欠けたところは一カ所もない。ほんの小さな疵さえも。ディプレッション・ガラスの逸品だ。この部屋へ上がりこんでガレージ・セールの出品をうながすのは厳禁だとティムに釘を刺しておかなければ。ガレージ・セールで日の目を見るまえに自分が全部買い取って、〈T&Tセールズ〉の商品にしたがるかもしれないが。

階段には家族写真が飾られていた。ファジーとルーラの子どもたち、ビルとメアリ・リーのことは覚えているが、ジェーンが何度か会ったときにはすでにふたりとも幼児の域をとっくに過ぎていて、完全に無視された。ジェーンより十歳上のビルにはもう孫がいるようだ。階段を昇りきったところには曾孫の写真を飾ってある。ハロウィーンの南瓜の衣装をつけた男の子が、ファジーの野菜畑の南瓜の真んなかに座り、ポーズを取っている。背景がトウモロコシ畑であることに気づくと、どきりとした。その秋には、ルーラの曾孫は南瓜畑をよちよち歩いていたのだろう。この撮影を横から眺めていた人も、カメラのレンズを覗いていた人も、農園の風景が永遠に変わることになるとは考えてもいなかっただろう。南瓜の蔓を取っぱらわれた野菜畑に、封鎖テープがめぐらされることになろうとは夢にも思わなかっただろう。

バスルームもルーラならではの整理整頓が行き届いていた。土曜日にチャーリーとニックとジェーンがここへ着くとすぐに、ルーラはシャワーを浴びることを勧め、滞在中はいつでも自由にバスルームを使ってかまわないと言ってくれた。その朝にもシャワー室のドアには三人ぶんのタオルが掛けられていたが、今は洗濯済みの清潔なバスタオルと洗面タオルが三人ぶん、きれいにたたまれて洗面台の端に置かれ、逆の側にも必要な物が所定の位置に揃えられている。木の柄のヘアブラシ、梳き櫛、大きめの容器にはいった汎用コールドクリーム、〈コーンハスカーズ〉のハンドローション、〈ワセリン〉のハンドクリーム。いずれも、安価でありながら毎晩使えば効果的なスキンケア用品ばかり。ルーラは〈ボトックス〉の皺取り注射も、唇をふっくらさせるナイアシン配合のリップクリームも知らないかもしれない。でも、スキンケアで一番大事な基本ルールを知っている。そう、一にも二にも三にも、保湿だということを。

薬戸棚を開けた瞬間、そこはファジーのテリトリーだと感じた。食物繊維のサプリメント〈メタムシル〉、鼻毛鋏《ばさみ》がいくつか、魚の目や胼胝の保護パッドが数サイズ、歯ブラシが数本。一番下の棚に処方薬の瓶が並んでいた。ファジーの薬とおぼしき二本の瓶に書かれている名前――どちらも知らない薬の名前だ――をすばやくメモしてから、中身が半分になった〈エフェクサー〉の瓶が一本あることに気がついた。変だ。抗鬱剤の〈エフェクサー〉だけが半分減っている。処方された日を確かめると半年まえだった。ルーラは半年まえから、これを飲みつづけているということだろうか？　釈然としない。ルーラのような立場にある人が薬の助けを必要とする状況に陥るのはありうることだろう。年老いて、子どもと孫が暮らしているのは遠くの土地で、理性を欠いたふるまいが目立つ夫はだんだん手に負えなくなってきている。加えて、この広い土地にまつわる問題もある。農地の賃貸、管理、もしかしたら土地を売ることになるかもしれない。でも、ルーラが医者にかよって抗鬱剤を飲みはじめなければならない理由はたしかにあるけれども、ネリーと似たタイプのルーラがみずから薬の助けを求めているというのは、やはり違和感がありすぎる。

大学時代の一時期、ひどく気分が落ちこんで大学専属の精神分析医のところへ何度かかよったことがあった。ネリーは娘が個人的な悩みを赤の他人に、それも医者に話そうとしたことにショックを受けて、こう言った。

「医者は記録を保管するんだよ」

「だけど、母さん、ほんとうに苦しかったんだもの」

「だからなにさ？　苦しめってだれがあんたに言った？」

そう言われて、ジェーンは実存主義的カウンセリングをネリーの代用にするのをやめた——人間の本質的な不安にだれよりも敏感な母は、不安神経症のカクテルを味わうかわりに、被害妄想と禁欲主義を一対二の割合で調合したカクテルを愉しんでいる人だった。

ジェーンは棚に並んだ薬を処方した医師の名前も書き留めると、ニールソン夫妻の寝室へはいった。皺ひとつない白とブルーのシェニール織のベッドカバーをめくらなくても、二十五セント玉を落とせば跳ね返るほどにシーツがぴんと張られていることがわかった。神経質というだけのことかもしれないが、世界じゅうにいるであろうネリーやルーラの仲間もこうしてまわりの人間を驚かせているのだろう。家事全般や料理に全精力をそそいでいるネリーやルーラのような女たちが家のなかで、また家庭に対してしていることは、じつは単なる掃除や炊事にとどまらない。

彼女たちは完璧にそれをこなすことにとほうもないプライドをもっている。ジェーンの世代やそのあとの世代の女たちは、いくら家事の達人の指南に耳を傾けようと、住宅雑誌を読もうと、テレビのインテリア番組を見ようと、もう一世代まえの女たちがごくふつうにやっていることに到達することすらできない。ネリーもルーラも、ただの一日もサボらずに十六時間働き、自分のための時間がないと愚痴ることもなく、非の打ち所のないベッドメイクをしてきた。彼女たちがいなくなったら、いったいだれにこれと同じことができるだろう？

ジェーンは寝室の正面側の窓辺に置かれた小さなオークの小さな机に近づいた。卓上カレンダーの上に中サイズの封筒がふたつ置いてあった。どちらも封がされていない。薬戸棚を調べたのは母の認可を受けての行動で、ファジーになにが起こっているのか心配だったからだが、夫婦の寝室にはいりこんだのはとっさの思いつきで、たまたま、封筒が机の上に置かれていなければ手に取ることはなかった。これは、引き出しを漁ったり書類棚を探したりして封筒を見つけたのではないという、自分に対する言い訳だ。どちらにしても、この二通は無視できなかった。一通の差出人はあの〈カンカキー〝K3〟不動産〉。もう一通の封筒の左上に書かれている差出人の名前は〈ホームタウンUSA／ジョーゼフ・デンプシー〉。

ジェーンは〈カンカキー〝K3〟不動産〉のほうから封を開くと、職業柄、身についた習性を発揮して、まず本文の下に目をやった。ヘンリー・ベネットの署名がある。本文を流し読みした印象では、不動産仲介業者による標準的な書簡だ。当該地に関して〝再考〟の余地ありと判断された場合には弊社がお役に立ちたい、と申し出ている。

デンプシーからの手紙はもっと興味をそそる内容だった。それは一種の資料というか、区画地のオプションのようにも見える。現時点での売買契約書や送り状ではなく、今後五年以内の、または所有者の死に伴う、土地の選択売買権を提示している。わかりにくい言葉で説明されているが、要するに、土地の所有者が少額の前払いを〈ホームタウンＵＳＡ〉から受け取るかわりに、〈ホームタウンＵＳＡ〉は独占購入の権利を得るという合意に達しているらしい。その権利は五年後に失効する。売り手側はなんの義務も負っていないと明記されているので、厳密な意味での拘束力はもたないようだ。これは適法なのだろうか？　こんなふうに売り手にまとまった金銭を渡して囲いこむような行為は。カンカキー郡の土地の相場には詳しくないが、提示されている額は低すぎるように思われた。にもかかわらず、ファジーとルーラは署名している。

キッチンのドアが開く音が聞こえると、ジェーンはティーンエイジャーのようなうしろめたい気分を味わった。いや、もっと悪い。子どもの部屋を探っている、ティーンエイジャーの母親のような気分だ。

「ニック？　お母さんは二階よ。今、階下《した》へ行くわ」

ニックにこの現場を押さえられ、ニールソン夫妻の寝室を嗅ぎまわっているなら息子の寝室も調べているにちがいない、と決めつけられたらどうしよう。それはちがう。絶対に。息子のプライヴァシーを尊重しているということは断言できる。ただし、読んでくださいといわんばかりに開いてあるものを読むことはある。それなら手を触れなくてすむから。もっとわかりやすく言うなら、ニックの友達からのメモや手紙が半分に折りたたまれていて、読むためにはそれを手に取って、開いて、皺を伸ばさなければならない場合は、読まない。でも、同じメモがベッドの上に広げられていて、母親が手に取ってどかしても法的になんの問題もない物品——ニックの上着とかサッカーの膝当てとか——の下からこちらを見上げている場合は、すでに見えているものを読むことを自分に許す。部屋の隅やベッドの下に押しこまれているものは、どんな無理な体勢を取ってでも読む。その新聞や葉書やノートに手を触れないようにして。ニックと同じく『ロー&オーダー』の視聴者だから、容疑者の自宅で証拠探しをするニューヨーク市警のレニー・ブリスコーにどこまでの捜査が許されるかはわかっているし、正しい手続きも知っている。

封筒を机に戻し、手をつける以前と変わらないように見せかけた。ネリーとルーラの家事能力は甲乙つけがたいと思うが、侵入者に対する監視眼はどうだろう。それもルーラはネリーに匹敵するほど鋭いだろうか。

ネリーはジェーンのクロゼットを覗いて、ハンガーに曲がって掛けなおされている服を見つけると、その日、どの服を学校へ着ていったかがわかった。台所のゴミ箱を見るだけで、ジェーンが学校から帰ってきてからなにを食べたかを当てられた。ソファのクッションの皺の寄り方で、テレビを見ながら宿題をしていたことを見抜いた。さわってはいけないとされていた机の上の郵便物の乱れから、娘が手紙を覗いたことを知るのはもちろん、どういう順番でそれらを読んだかということまで、ネリーにはお見通しだった。

ジェーンは眇《すがめ》で机を見おろしながら、一番上にあったのは〈カンカキー〝K3〟不動産〉からの手紙だったか、それとも〈ホームタウンUSA〉からの手紙だったかを思い出そうとした。〈ホームタウンUSA〉のほうを手に取って上に置きながら、文面をもう一度思い起こそうとした。

「その手紙はうちにも来たよ」

思いがけぬ声にジェーンは飛び上がり、悲鳴と抑えこまれた悲鳴の中間のような声が喉から漏れた。戸口にいるのがジャック・サリヴァンだとわかって、ぎょっとした。だが、息子を亡くしたばかりのこの老人が二階まで上がってきたのは、寝室にいるのがルーラだと思ったからだろうと自分に言い聞かせた。彼は恐怖を覚えたり、悲鳴で応じたりするべき相手ではない。それに、ファジーの農園には警察官が大勢いる。それにしても……ミスター・サリヴァンが勝手にこの家にはいってくるのを止めるべきだったのではないか。被害者の父親には犯罪が起こった現場を徘徊する自由が与えられるのだろうか。

「抜け径を使ったんだ」

ジェーンはうなずいた。ネリーは出がけに、ファジーのことはサリヴァンには言わないようにと念を押した。あのとき、母にわざわざ知らせる気も起こらなかったが、変わり者であろうとなかろうと、サリヴァン夫妻は息子を亡くしたばかりで、しかも、その息子、ジョンを殺した人間を突き止めるためにジェーンを探偵として雇った依頼主なのだ。そうではなくて、たまたま夫妻に会っただけだとしても、なにかしら力になりたいという義務感を抱くかもしれない。むろん、そのことも母に話す気はなかった。

「トウモロコシ径はうちとの境界まで通ってるんでね。ファジーの敷地にはいったら、大豆畑を抜けて花畑に沿ってまっすぐ進むと、薔薇園のなかにルーラのこしらえた細い径がある。庭からは見えないが、母屋に沿ってそのまま行けばポーチのステップに到着するというわけだ」

「コーヒーでも淹れましょうか？」だれにも見られずに家のなかまではいったというサリヴァンの説明を聞いているうちに、ジェーンは階下へ下りたくなった。どの部屋も明かりがついていて、警察官が見張っているこの家の一階へ。

「ふつうのコーヒーかい？　カフェイン抜きかな？」

「カフェイン抜きがよければそうしますけど？」時計を見ると、もう九時に近かった。今夜はだれも夕食を食べていないのではないだろうか。いつのまにかこんな時間になってしまった。「そのまえに、わたしはちょっと……」と言いかけて、ジェーンは不意に口をつぐんだ。〝息子〟という言葉が出るまえに。「そのほうがいいですか？」

「もう八十だからね。今さら、夜眠れないぐらいなんでもないさ。ふつうのをいただくよ」

ジェーンは声をあげて笑い、寝室の戸口に立っている彼に歩み寄った。少しほっとしたが、まだこの部屋に囚《とら》われているという感覚はある。だれかが戸口をふさいでいる部屋のなかにいると、ふだんは意識していない閉所恐怖症が表に出てくるので、昔から苦手だった。出口が開いていて、そこを通れるとわかってさえいれば、どんな人混みのなかに立っていても平気なのに。早く主導権を奪わなければならない。

左手をサリヴァンの左腕に置いて、そっとまわれ右をさせ、廊下に出た。まえをジッパーで留めるタイプの木綿の上着の袖を通して老人の華奢な腕の感触が伝わってくると、不安を抱いたことが恥ずかしく思えた。この老人がどうやってわたしに危害を加えられるというのか。

「銃を持ってきた」サリヴァンは上着の右ポケットからピストルを出した。

なるほど。こうやってやるのね。最近の銃規制はどうなっているの？　わたし以外の人はみんな銃を所持しているの？

「万が一にも犯人が畑にいて、抜け径を知っているということもあるからな」

サリヴァンはジェーンに質問する間を与えず、ピストルをしまった。ふたりは階段を下りてキッチンへ行った。ジェーンは窓から掘っ立て小屋を見やり、小屋の窓辺の明かりに照らされたニックの姿を確かめた。ニックは高めの木のカウンターのまえに座り、上体をかがめて箱のなかを覗きこんでいる。ファジーが発掘したさまざまな物を。ファジーの掘り出し物を。

ポーチのドアを開けて、外に顔を突き出した。必要なときに警察官がひとりもいないとは。しかし、ジェーンには鍵っ子だった昔にみずから考案したトリックがあった。聖パトリック小学校から歩いて帰り、だれもいない自宅に着くと、だれかがうしろからついてきているのではないかと、いつも不安に襲われた。だれかにコブ大通り八〇一番地までずっと跡をつけられていて、家のなかで帰りを待っているおとながいないのだと気づかれたら、その悪者が玄関のまえまで歩いてくるのをどうしたら止められる？　そういう事態を招かないように、悪党を騙すトリックを考えたのだ。

　鍵を使って玄関ドアを開けたあと、ドアを大きく開いたままにして、まず大きな声で「お母さん、ただいま！　お父さん、ただいま！」と叫ぶ。それから――この部分がミソだ――「うん、愉しかったわよ。お母さんたちは？」と、両親との架空の会話に答える。これを聞けば、どんな悪党もころっと騙されるという仕掛け。それから、玄関ドアを閉め、内側からロックして、安全錠を定位置に差しこむ。よし！　これで親がふたりとも家で待っている子どもに悪さをしようとはだれも思わないはずだった。もっとも幻の悪党は、架空の相手と大きな声で会話するようなクレイジーな子をわざわざ選んだりしないということが、長ずるにつれてジェーンにもわかってきた。つまり、これは双方に有利な結果をもたらすトリックだということが。

「そこにいるのはボスティックとマイルズ？」だれもいないポーチに向かってジェーンは言った。「今、ミスター・サリヴァンにコーヒーを淹れるから、あなたたちもいかが？」暗闇に向かってうなずく。「ああそう、オーケー。それじゃ、いつでも声をかけてね」

　子どものころの恐怖の体験がトラウマとして残る人もいるようだが、ジェーンの場合、不安や恐怖に関しては、いわば〝使われなければ失われる〟派だった。幾多の苦しみを通り抜けておとなになっても、つらい子ども時代を理解することができなければ、独力で理解するのは諦めて心理カウンセラーのソファに身を投げ出してみればいい。揺れが激しく時間の長い遊園地の乗り物のような分析を用意してくれるから。ようやくこのごろわかりかけているのは、ネリーのような特異な人間と子どものころにつきあったことは――自分の家族にも同じ経験をさせているのかもしれないが――おとなになってからの社交生活のための理想的な下準備だったのではないかということだ。つまるところ、甘ったるい幸せな子ども時代がなんの準備をさせてくれるだろう。そんなもので冷たい残酷な世界に耐えられる？　無理だ。ネリーとドンが五〇年代のほのぼのとしたホームドラマ『ビーバーちゃん』のジューンとウォードのような母親と父親でなかったことを責めるのはそろそろやめて、ふたりに感謝するべきなのかもしれない。

ジェーンはジャック・サリヴァンの干しブドウのような顔を見た。キッチンのテーブルに腰をおろし、ポケットに銃のはいった上着のジッパーを下げている彼を見ながら、社交嫌いのネリーに無言の感謝を捧げた。ネリーはわたしがだれよりも優秀な私立探偵となる下準備をさせてくれたのだ。最悪の予想をすることを、疑ってかかることを。先制パンチを繰り出す術を、タフになれということを、だれを見ても変わり者だと思えということを。ありがとう、母さん。

「ミスター・サリヴァン」ルーラの年代物のコーヒー濾《こ》し器にコーヒーを量り入れながら、これも価値の高いヴィンテージの器具だと気づいた。この古めかしい電動式のコーヒーポットで淹れたコーヒーの味が相当にひどいことは予想できる。「二階でわたしが手にしていた手紙のことですけど、あなたも受け取ったとおっしゃったでしょう？　あれはどういう意味？」

「ジョー・デンプシーとマイキー・フーヴァーが送ってきた手紙だろ？　彼らはうちの農園を釣りができるランチハウスにしようとしているんだ」

コーヒーをスプーンで量る手が止まった。

「マイキー？」

「やつは死んだフィリップの知り合いなのさ。軍で一緒だった。今はジョー・デンプシーと組んで大儲けをしようとしているらしい」

「おたくの農園を釣りのできるランチハウスにして？」

「わたしがよしと言えばな」とサリヴァン。「コーヒーにはクッキーも付くのかい？」

「農園を買いたいというオファーがあったんですね？」

「ああ。彼らは町全体を観光地にしようとしている。うちの農園には釣りのできる池があるとデンプシーに教えてやったら、うちを買いたい理由はまさにそれなんだと言った。釣りのできる洒落たランチハウスを観光客用につくりたいんだと。子ども連れの家族がピクニックや釣りにやってくるように。わたしらは敷地内のべつのところで、客が釣った魚をきれいに洗って家へ持ち帰れるようにしてやってもいいし、バーベキュー場をつくってもいい。釣り餌を売ったり釣り竿を貸したりという商売をする手もある。とまあ、いろいろな案を出されてね」

〈ローパー・コンロ〉の工場跡地を専属のビッグバンドがいるダンスホールにするという話をデンプシーに聞かされたときのドンの顔にも、こんな夢見るような表情が浮かんでいた。デンプシーという男は食わせ者だ。こうした老人の目を観察しながら、彼らが若かったころの夢の名残の糸をつまみ、その糸を織ってファンタジーに仕立てようとしている。自分たちはファンタジーを提供できます、あなたたちはただ自分の土地を売るだけでいいのです、そうすれば、望みのものに変えてあげましょうと言っているのだ。

「エリザベスが、この先も今までどおり農園で暮らしたいとデンプシーに言うと、それも可能だと言うんだ。なんの問題もないと。農園を売ってもらえれば、逆に家をわたしらが望むだけの期間、貸すからと」

「あの書類にはもうサインしたんですか？　選択売買権を彼らに与えるつもり？」

ジェーンは食器棚を開いた。ルーラが今朝、そこからクッキーを出していたのを見たので。そこでびっくり仰天！　ルーラ・ニールソンは、〈ショーニー〉の一九四二年製作の〝スマイリー・ピッグ〟をふだん使いのクッキー入れにしていた。全身をゴールドとプラチナで覆われた〝スマイリー・ピッグ〟ではないものの――それなら八百ドル以上でもコレクターは欲しがる――緑のネッカチーフを首に巻いて、手描きでクローバーの葉が描かれた服を着たスマイリーだ。金の縁取りもちゃんとはいっているから、オークションに出せば四百ドル以上の値が付くかもしれない。その陶器に、ルーラのお手製のオートミール・レーズン・バーがいっぱい詰まっている。オークショニアはクレジットカードのコマーシャルばりの厳粛な

〈ショーニー〉1942年

“スマイリー・ピッグ”
クッキー入れ

1942 Smiley Pig cookie jar by SHAWNEE

1937年オハイオ州で創業したショーニー社は家庭用食器や花器、鉢など安価な陶器を製造する陶器会社。なかでも1940年代頃に製造された“スマイリー・ピッグ”のクッキー入れは様々な種類がありコレクターに人気。高さ30センチ弱の大きさで、豚の胸のあたりで上下に分かれ、中にクッキーを入れられるようになっている。

声で〝値段の付けようがありません〟と言うのではないだろうか。

「ジョニーは待てと言った。値段を上げさせようとして。だが、エリザベスはジョニーが農業をやりたがってるんだと思った。わたしにはそうではないことがわかってたが。あいつは農夫にはなれないよ」

息子がまだ生きているようなサリヴァンの言い方に、ジェーンの目頭は熱くなった。

「そうだろう、変わるには歳を取りすぎている。わたしらにとってはいつまでたっても次男坊だから、いまだに〝ジョニー〟と呼んでるが、あいつだってもう子どもじゃないと、エリザベスに言ったんだ。エリザベス自身が幼いのさ。まだ七十五だからな。わたしのように世間が見えていない。人はいつでも変われるし、周囲の状況も変わってくるなどと甘く考えてる。だが、そんなことはない。わたしはそう言った。なにも変わりはしないんだと」

ジェーンはコーヒーカップにクリームと砂糖を添えてサリヴァンのまえに置いた。ジャック・サリヴァンはクリームをたっぷりコーヒーに垂らしてから、砂糖を加えた。それから、オートミール・レーズン・バーを三個、〝スマイリー〟から取り出し、受け皿に置いた。

「だれがジョニーを殺したかわかったかい？」

ジェーンは老人がコーヒーにクッキーをひたしてから、ひとくちかじるのを見つめた。サリヴァンは目をなかば閉じて、もぐもぐと口を動かした。クッキーのおいしさに満足しきっているように見える。質問に答えなくてもいいだろうか。

「あんたがあの射撃練習場で銃を見つけたことは知ってると言うために、ここへ来たのさ。

あそこにあった銃のどれかがうちの息子を殺したんじゃないかと思ってね」

「警察はまだそういう判断をしていません」

「警察の判断とあんたの判断はどうちがうんだね？」

ジェーンは首を横に振った。「ジョンは、釣りのできるランチハウス計画のことを知っていたんですね？　あなたたちはそのことで彼と議論になったんですね？」

「ああ」

「彼は土地を売らないでくれと言ったんですね？」

サリヴァンはうなずいた。

「理由も言いましたか？」

「新聞を読んでいれば、いずれわかると。ほかのみんなもそうだと。ただ、自分に感謝することになるだろうとも言った。口で説明しないとは、へそ曲がりなやつだと思ったが、エリザベスは毎週末にジョニーが帰ってくるのが嬉しくて、あいつの言うとおりにしたがった。ジョニーは大学へ行って新聞記者になった、わたしらよりいろんなことを知っているんだからと」

ジェーンは立ち上がり、コーヒーのおかわりをつごうとしたが、サリヴァンはカップを片手で覆った。

「もう充分だよ、ごちそうさま。このクッキーが食べたかっただけなんだ。コーヒーの残りは外にいる警察官のために取っておいたほうがいい。彼らのカップを用意するのを忘れてるんじゃないかい?」ジャック・サリヴァンは腰を上げ、上着を羽織った。顎をちょっと上げて、老眼鏡越しの下目遣いでジェーンを見つめた。「そのポーチにいることになってる警察官たちのことだよ」

ジェーンはうなずいた。第一ラウンドはサリヴァンの勝ち。

「警察があの射撃練習場を見つけたことがどうしてわかったんですか、ミスター・サリヴァン？」

「古いジョークを知らないのかい？　なぜトウモロコシ畑で内緒話をしてはいけないのか？」サリヴァンは訊き返した。

ジェーンが首を横に振ると、サリヴァンは声をひそめて言った。

「壁に耳《イアーズ》あり畑に穂《イアーズ》ありだからさ」

15

翌朝、〈ピンクス〉で朝食をとりながら、ここまでの経緯をティムに話した。カンカキー川沿いの終夜営業のこのダイナーの料理は、脂っこさではほかのどこにも負けない。〈ピンクス〉にとって、終夜営業《オールナイト》は実効性のある営業方法だ。今は息子のピンク・ジュニアが店を継いでいるが、二十四時間営業のかわりに、この必勝戦略を編み出して〈ピンクス〉をカンカキーで成功させたのは、創業者のオールド・ピンクだった。夜に店を開けて食事を提供するこの店には、酒場が閉まったあとに行き場をなくした客たちが集まってくる。彼らは二日酔いの予防策として、ベッドへ倒れこむまえにフライドポテトが山盛りのフルコースの朝食を腹に収めたがっている。しかも、チップもたんまりはずんでくれる。

終夜営業の第二の客層はチップをけちるティーンエイジャーだ。深夜の外出禁止令を無視しているか、そういう束縛がないか、あるいはその両方のティーンエイジャーがパーティを開きたくても、小さな古い町にはそういう場所がない。〈ピンクス〉の閉店は午前十時。ポットに淹れたコーヒーを無駄にしたくなければ十一時になることもある。ピンク・ジュニアは、それから皿を洗って床を掃除し、家に帰る。そして野球ゲームをつけっぱなしにしながら、店に戻る時間まで眠る。それからまた起きて、厨房の鉄板の汚れをこすり落としてから開店の準備を始める。彼が完全に姿をくらます冬の二、三カ月間、〈ピンクス〉の窓には〝本日休店、開店未定〟という札が掛けられる。コマドリが春の到来を告げる四月初旬になると、ある日突然、ピンク・ジュニアはまた厨房に戻ってくる。

「で、ファジーは逮捕されたの？」ティムが訊いた。

ジェーンは首を横に振った。「正式にはまだされていない。ジョン・サリヴァンを殺すのに使われた銃とファジーが持っていた二十二口径が一致すれば起訴されるだろう、というのが弁護士の見解。ファジーは警察で質問攻めにされたらしいの。父さんとオーがファジーを連れて帰ってくると、わたしもすぐに訊いたわ。あの夜に外に出ていたことを覚えているか、屋外トイレでわたしと話したのを覚えているか、って」

ジェーンはトーストのおかわりを持ってきたピンクにうなずき返しながら、コーヒーのおかわりを求めた。ピンクは魔法瓶タイプのポットを持ってきてテーブルに置いた。

「ファジーは、屋外トイレは自然の摂理に反するから使ったことは一度もないと言うのよ。さすがに疲れた様子で集中力が全然ないし、まわりを見まわしてルーラがいないとわかると動揺して大変だった」ジェーンはひと呼吸挟んで、ストロベリージャムをトーストに塗った。

「マンソンがその場にいなくてよかった。そういうファジーを彼に見られなかったのがせめてもの幸いよ」

「ルーラはどこにいたんだ？」

「うちの実家。部屋のなかをうろうろ歩きまわってばかりで、さすがのネリーも座らせることも寝かせることもできなかったらしいわ。でも、ファジーは警察へはルーラを呼びたがらなかったのよ。警察は女の来るところじゃないと言って。で、家に帰ってきたら……おかしくなっちゃった。部屋から部屋へルーラを捜しまわって、いくらネリーと一緒にいるんだと言い聞かせても聞く耳をもたないの。電話でルーラと話をさせようとしてもまったくだめ。はじめて見るとような目で受話器をじっと見つめているだけで。結局、オーとわたしでファジーをなだめているあいだに、父さんが家へ戻ってルーラを連れてきたというわけ。ルーラは家のなかにはいるなり、冷蔵庫へ直行して、ちゃちゃっと料理をひと皿こしらえると、ファジーを座らせて、その料理とバターミルク（クリームからバターを抽出した残渣から作る飲み物）を入れたコップを彼のまえに置いたの。そのあとのファジーは子羊のようにおとなしくなったわ。ルーラが魔法の薬を料理にまぜたのかと思うくらい」

　ティムは〈ピンクス〉自家製のシナモンロールのふにゃふにゃのねじりを解きながら、ひとつずつたいらげた。「ルーラがまぜなければならないのは食べ物だけだよ。いや、つまり、彼女はすばらしい料理人だってこと。でも、基本的に、彼女はいつも馴染みのある食べ物でファジーの気持ちを落ち着かせようとしているよね。今ぼくたちがそうしているみたいに。高級フランス料理《オート・キュイジーヌ》を求めて〈ピンクス〉へ来る客はいないだろ」ティムは声を落とした。「ここの料理は最悪だけど、そのひどさはぼくたちの身に馴染んでいるわけで、言ってみれば手品《トリック》なのさ」

「ふたりともきっとまだここにいるだろうと思いました」ブルース・オーの声がした。ティムもジェーンも彼が店にはいってきたことに気づかなかった。彼の姿にも気配にも。ピンクがティーカップとティーバッグとお湯入りのポットを持ってきて、ジェーンとティムのあいだに置いた。

ふたりともこの店でオーが注文するのを見たことがなかった。

「正午にあなたのフラワーショップで会うことになっているとクレアから聞きました、ミスター・ローリー。ガレージ・セールのプランは順調に進んでいるようですね」オーは腰をおろし、ティーバッグの中身を包みから出した。

「ジェーンから今聞きましたけど、ゆうべはファジーと親友になったそうで」ティムが言った。

「ミスター・ニールソンにとっては最悪の夜でした」とオー。

「ティム、その〈ブラックベリー〉（二〇〇四年ごろから米国で急速に普及したカナダ製のスマートフォン）を使ってもいい？」

ジェーンは、朝一番にしようと思っていたのが、ファジー・ニールソンに処方されている薬の名前を調べることだったのを思い出した。ティムは自分が携帯している掌サイズの電子アシスタントで〝ググ〟ればいいと言った。ジェーンはその〝最新機器〟になかなか受け付けてもらえず、少なくとも四回は転生したような気分を味わった。それはまあよしとしよう。こうして、この奇跡の機器と格闘しているあいだにも、さらなる最新機器が開発され、市場に出まわり、消費者の手に渡り、欠点を指摘され、時代遅れの宣告を受けているのだろう。

「ミスター・ジョン・サリヴァンの新聞社へ行ってきました、彼の評判はどうだったのか、敵はいなかったかということを調べるつもりで」オーはジェーンが〈ブラックベリー〉に文字を打ちこみ終わるまで待った。「こういう例はあまりないと思いますが、新聞社には彼の仕事と関連のある部署がないのです。ミスター・ジョン・サリヴァンはたしかにシカゴの南の郊外紙の編集部で働いていましたが、そこで働いている人たちのほとんどがフリーランスの記者で、そもそもオフィスをもつという社風ではないようです。はっきり言えばオフィスがまったくないんです。担当編集者が彼と直接会ったのはたった三回でした。報酬は非常に低く、ミスター・サリヴァンは家賃の安い小さなアパートメントに住んでいました。大家の話では家賃の支払いが滞っていたそうです」

「大家がタフガイで、彼を痛い目に遭わせたがっていた可能性は？」とティム。

「ちょっとは痛い目に遭わせたかったかもしれないわね。家賃を払ってもらえなければ。だからって、殺す？　店子が家賃が払えなければ殺すなんて、どういう商売よ？」

「そうだな。競馬の呑み屋《ブックメーカー》や賭博場の胴元が借金で首がまわらなくなった客を殺《や》るというのは、たちの悪い噂かもしれない。ギャングに覚え書きを送っておこう。人を傷つけるのはよそう。それじゃ商売上手とはいえないって」

ジェーンは〈ブラックベリー〉に関心を戻した。

「あ、ミスター・ハイドだ」とティム。

派遣の検死官、ドクター・ジェーキルが、カウンターのまえでピンクの注意を惹こうとしていた。無理だということがジェーンにはわかった。ピンクは食べ物でも飲み物でも持ち帰り《テイクアウト》で注文したがる客をいっさい無視する。カンカキーの人間ならだれでも知っている。「出る《アウト》ために、はいる《イン》のかい？　矛盾してるだろ。コーヒーの持ち帰りがしたけりゃ〈スターファックス〉を探してくれ」というのが彼の持論だ。ピンク・ジュニア語録の引用を趣味としているティムによれば。ピンク・ジュニアを伝説化したいティムが引用の際に脚色しているにちがいないとジェーンは見ているが。

カンカキーには〈スターバックス〉は一軒もないと指摘されると、ピンクはにんまりしてうなずくのだった。問題はそこだ、腰を落ち着けて〈ピンクス〉の朝食を食べる時間もないほど忙しいやつはよそ者だと言いたげに。

「ドクター・ジェーキル」ジェーンが呼んだ。「こちらでご一緒しませんか？」

ドクター・ジェーキルは腕時計の文字盤を指で叩きながらテーブルへ近づいた。

「コーヒーの持ち帰りをしようと思いましてね。会議の予定があるので」

「どのみち、席につかないとコーヒーは買えませんよ」とティム。「席についてからピンクに頼めば、コーヒーを紙コップについで持ってきてくれますけど、この店には〝持ち帰り〟商法がないんです」

「わたしにはどうもこの町が理解できませんな」ジェーキルは唇をすぼめた。「この町の人は仕事についても文句を言わないし、商売についても文句を言わない。ところが、こちらが商売をさせようとすると、やり方がちがうと文句を言うんですから」

「この町にかぎったこととは思いませんが」とオー。「それは人間の矛盾性というものではないでしょうか。ブルース・オーです」

ジェーキルはオーと握手を交わした。「こちらへは例のホームタウンの投資家の集まりで？」

ジェーンはオーの顔をつくづく眺め、我が師の才能に感じ入った。オーの表情はごく微細な変化しか見せない。東洋人のステレオタイプの謎めいた表情はジェーンもよく知っているし、そういうのは好きではなかった。なんであれステレオタイプは苦手だ。だが、顔の表情がどんなときでも……読み取れないのが、このブルース・オーのすごいところだった。オーの顔は絵に描かれたようで、こちらが部屋のなかを動くと、その目が追いかけてくる。その色は部屋の明かりに応じて変化する。かすかに上がる眉は、なにを見ているかということを、伝えたい相手に伝えることができる。ジェーンは彼のその無表情な顔を読むのがだんだん上達してきたと自負しているが、それはやはり意味なく変化しているわけではないことに、今あらためて気がついた。むしろ、ありとあらゆる意味がそこにこめられているからこそ貴重なのだ。この顔と表情によって、オーは自分のなりたい人物になることができるのだ。

オーは今、ジェーキルに対してそれを実践していた。ジェーキルが、この初対面の男、高価なスーツを着て、やけに目立つヴィンテージのネクタイを締めたこの東洋人は投資家だろうと推測するように仕向けた。オーはさらに、その目に穏やかな好奇の表情を浮かべ、口もとをかすかにほころばせて笑みをつくって、ジェーキルの推測があたっていると暗に示した。

ひとことも発することなく、嘘をつくことなく、ここまでやってのけた。

相手の話を聞いている時間が自分の話す時間の倍の長さになったときには、新たな質問をしてはいけないとオーに言われたことがある。人間には沈黙を嫌う習性があるので会話の空白を埋めようとするのだと。

オーの説が正しいということをジェーキルがここでまた証明してくれた。

「これからデンプシーと会うわけではないんです。警察がサリヴァンの検死報告について確認したいことがあると言ってきましてね」

「あなたは投資者なのですか?」オーが訊いた。

またしてもオーのトリック。日本人と西洋人の両親をもつブルース・オーがオハイオ州で育ったことをジェーンは知っている。彼の言葉はときに堅苦しくなりがちだが、それは彼自身の性格が反映されているからで、彼の英語にはいささかの混乱もない。が、オーは、自分が外国人の血を引いているという背景を利用して相手から情報を引き出そうとするときには、言葉数を切り詰める。この単純な策の効果は抜群だ。オーは日本人がするように、今しも直立して最敬礼を始めるのではないかと思わせる喋り方をした。

「先方からの提案を考慮中なんですよ。最初にこの話を聞いたときには興味をもちましたが、何度か町を訪れるうちに、デンプシーは協力者をトラブルに巻きこもうとしているだけだという考えが強くなりましたから。あの構想はすばらしいと評価する人もいるでしょうが、なにか問題が起これば、計画をつぶすためにできることはなんでもやるでしょうな」

「検死の結果を教えていただくことはできます？」ジェーンはジェーキルに訊いた。

「いや」紙コップを持ったピンクがテーブルに近づくと、ジェーキルは立ち上がった。

「猫のオットーの骨のことは？」とジェーン。

「教えるってなにを？」ジェーキルは訊き返し、テーブルに一ドル札を置いた。「あなたのご主人と同じことしか言えませんね。まったくの時間の無駄でした。カンカキー郡の検死官の代理を務めるには、自分で車を駆ってこの町まで来なければならないんですよ。ただでさえ退屈な五十分のドライブなのに、道路が工事中なので二時間もいらいらさせられて。ファジー・ニールソンのペットの墓参りに招待してもらったようなものです」ジェーキルはそこで背筋をやや伸ばし、検死官らしい口調になった。「おとなの雄猫でした。自然死の可能性が高いですが、確認のための検査は別段していません。野菜畑の隣に家族の一員だった猫の墓があって、少なくとも十年まえから、あるいはもっとまえから土のなかに埋められていただけですから。なぜわたしを呼ぶ必要があったのかわかりません。お役所仕事の弊害そのものですな」

「あなたを呼んだのは？」

「警察の担当部署のだれかですよ。これが犯罪ではないことを確定しなければならなかったから。おおかたそんなところでしょう」ジェーキルは書類鞄のなかに手を入れた。「なぜです？　あの猫の骨がどうしてそんなに重要ですか？」

「だれがあの骨のことを通報して、遺跡の可能性があると言ったのか、チャーリーが不思議がっているというだけなんだけれど、イリノイ州の担当者とはこの週末に連絡がつかなくて、ファジーに言っても該当する書類が見つからなくて、結局だれがその……」

ジェーキルは書類鞄から手帳を取り出した。

「わたしに電話してきたのはランズフォードという警察官ですね。市民から通報があったと言っていました。市民の名前は……」ジェーキルは自分の記した文字を読もうと目を細めた。腕を伸ばして手帳を遠ざけてから、もう一度顔に近づけた。

「ロバー・グレーランド、ですかね？」

ロバー・グレーランド？　変わった名前。でも、なぜか聞き覚えがあるような……。「ロジャー・グローヴランドでは？　それ、ロジャー・グローヴランドじゃありません？」

「ああ、そうだそうだ。ロジャー・グローヴランドです。このメモによると、その人がニールソン家の敷地での発見について通報しています」

「日付は？　警察に電話したのは？」

「三週間まえですね」とジェーキル。「おっと、もう行かなくては。マンソン刑事がパトカーをよこしてくれることになっていまして。これの蓋は用意してもらえないんでしょうか？」ジェーキルは薄っぺらな紙コップを持ち上げてみせた。

ジェーンは立ち上がり、カウンターのうしろへまわって、紙コップの蓋を手に取った。ピンクは軽く首を横に振ったが、顔は笑っていた。彼はジェーンがカンカキーに戻ってきて根をおろし、ネリー・ジュニアになるのは時間の問題と考えており、それゆえ仲間とみなしている。ジェーンはジェーキルに蓋を手渡しながら、〈ピンクス〉のコーヒーはすぐに飲まないと紙コップを侵食するので、その蓋があっても邪魔なだけだと教えたい衝動を抑えた。同じ敷地で死人が出たことによって、ジェーキルが最初に検死を依頼された猫の骨にも新たな意味が生まれるかもしれないということをここで告げるつもりがない以上、ほかのなにも告げるべきではないだろう。そこでジェーンは、〈ブラックベリー〉で調べていたことをはっと思い出した。

「ドクター・ジェーキル？」

検死官は片手で蓋をしようと四苦八苦しながら目を上げた。

「〈アリセプト〉っていう薬についてなにかごぞんじですか？」

「あなたのご両親は心配いりませんよ、ミセス・ウィール。ドンは頭の回転が速いし、ネリーは、わたしの見立てでは、自分の都合に合わせて名前や日付を忘れるだけですからね。いや、あなたの母上は狐顔負けに知恵がまわる。認知力に関してはまったく問題ありません」ジェーキルの奮闘を見るに忍びなく、ジェーンは手を伸ばして紙コップに蓋をし、ナプキンでカップを包み、もう一度彼の手に持たせた。「じゃ、その薬は……」

「アルツハイマー型認知症の治療薬ですよ、ええ」

午前十時、ティムはミセス・シェーファーのバンガロー風住宅のまえに車を停めた。ジェーンはチャーリーに電話してファジーのことを相談し、あとでルーラと話そうということになった。オーは、オムレツにフライドポテト、メロン数切れ、トーストパンという〈ピンクス〉の特別メニューを持ち帰りにしてもらって、モーテルへ戻った。ピンクがひとことの文句も言わずにそれらを用意してパックに詰めるのを、ジェーンは見守った。だれかがオーに対して、ほかの人に対するのとはちがう態度を取る場面を目撃するのははじめてではなかった。オーは集団催眠の術も身につけているのだろうか。ファジーのことに気を取られながらも、そんな思いが頭をよぎった。

「いいかい、ハニー、これはファジーに関する厳しいニュースだけど、見方を変えれば、ファジーは刑務所へは送られずにすむということだよ。こういう場合はきっと……」

ティムは最後まで言うことができなかった。だれでも気づくことにティムも気づいたのだ。ティムが気づいたことにジェーンは気づき、ジェーンが気づいたことにティムもまた気づいた。ファジーがアルツハイマー型認知症であるなら、第一級殺人罪で起訴されることはないが、それは彼が刑務所へはいらなくていいということではないのだ。彼が送られるところには、マンソンやマンソンの部下のような警察官はいないかもしれないが、通常の刑務所よりもはるかに厳重に施錠された扉の向こうに置かれるのは時間の問題だ。ファジーには、なぜルーラが自分を畑から遠ざけて鍵の掛かるところへ入れたのかわからないだろう。ドアに安全錠が差しこまれる部屋でファジーの頭は混乱するだろう。ルーラにクッキーやパイを作ってもらっても安心することがなくなり、やがて食べるのを忘れるようになるだろう。そして、いつかルーラのことも全部忘れてしまうのだろう。

ティムが言えないそのことを自分から言ってもいいとジェーンは思った。窮地に陥ったときは、ふたりでいつもの泣き笑いの会話をすれば、きっと友情と絆が深まる。いつだってあんたを家族の一員にしてあげる、とジェーンが約束して、きみの服選びはチャーリーがそばにいてもぼくがしてやるよ、とティムが請け合う。でも、今はそんな会話を始める気にはとてもなれない。

ミセス・シェーファーの姪、スザンヌ・ブラムが玄関ドアを開け、ふたりを家のなかへ招き入れた。「車が停まったのが見えたけれど、なかなか出てこなかったでしょ？　わたしたち、外で会うことになっていたわけじゃないわよね？」

車を停めてから長々と腰を上げずにいたわけを説明したくなかったので、うなずいた。

「結局、ゆうべはこの家に泊まったの。いろんな物の整理を始めて、気がついたら止まらなくなってしまって。屋根裏にあった箱のひとつを開いたら、もうだめよ。古い物にはまる人たちの気持ちってきっとこんなふうなのね？『アンティーク・ロードショー』（お宝鑑定番組）ののファンとか、ハウス・セールで目をきらきらさせている人とか。ああいう人たちの家はさっとすごいことになっているんでしょうね。他人のがらくたでいっぱいで。わたしの場合は、二十四時間限定の病気であることを願うわ。ああいう物に執着するようになったら大変だもの、そうでしょ？」

三つの光景がスライド画面のように一枚ずつジェーンの脳裏をよぎった。一枚めは、さながら奇跡の建築物のごとく古いスーツケースが天井まで積み上げられている自宅の居間。一枚めは、家の主または女主のためのスペースが、地図や建築設計図や本やヴィンテージの布やお土産クッションで埋め尽くされている主寝室。そして三枚めは、一時中断したガレージ・セールの光景——手放すことに不承不承同意した物で埋まったガレージ。束ねられた物、台の上に置かれた物。ありとあらゆる物。ジェーンは答えられず、ただうなずいた。たしかに、ああいう物に執着するようになったら大変だ。

しかし、ティムがかわりに答えてくれた。

「そのとおりさ。でも、とにかく、ゆうべ、きみの心をとらえた物があったわけだね？　なににそんなに夢中になったのか教えてくれないかな。その症状が一時的なものか長患いになりそうかを診断してあげよう」

ティムが興奮しているのが声でわかった。このブロックの住民が地下室の掃除や屋根裏の不用品を処分するのをハイスクールのボランティアに手伝わせると、スザンヌに約束していて、今日はそのボランティアの名簿を届けるためにふたりでここへ来たのだ。地下室や屋根裏にある物を見て一覧表を作成するという予定ではなかった。

ジェーンはティムがスザンヌを査定するのを見逃さなかった。カルヴァン・クラインの細糸《ライトウェイト》で編んだカシミアのTシャツにデザイナー・ジーンズという装いのこの若い女性の心をとらえた物があるなら、ぜひとも自分たちの目でそれを確認しなければならないと思っているにちがいない。ジェーンはスザンヌのハイヒールにも注目した。マノロ・ブラニクか？　イアリングもしゃれている。ゴールドのノット・タイプで、真んなかにあしらわれているダイヤモンドは、ジェーンの怪しい鑑定眼では本物に見える。となると、お宝がここで見つかるかもしれないとティムは考えているはずだ。家の外見から、ミセス・シェーファーのおおよその年齢は想像がつくし、彼女がひとり暮らしなのも、半端なサイドチェアを高級アパートメントの飾りにしたいとか、未使用の陶食器セットが余分にあってもいいと考える娘がいないこともわかっている……ジェーンもティムに同意せざるをえなかった。この家は掘り出し物の宝庫かもしれない。

物を持たなすぎる人は痛ましいけれども、独り暮らしなのに物を持ちすぎるのも、ちがう意味で痛ましいということを、ジェーンはつねづね感じていた。彼らは家族を亡くした哀しみを、あるいは、自分の家族を見いだせなかった哀しみを抱えている。そのうえに、家にある物までが、自分に遺された家族の宝物が、哀しみを増やすのだ。彼らは家具の埃を払い、銀を磨き、クリスタルを傷つけないように注意し、皿をきれいに包み、形見を管理し、手紙や写真を保管している。それらの物は、家の主が手放す決意をしたら、どこに我が家を見つけることになるのだろう。

そういう人たちは、自宅でセールを催して物を処分したいなどとは思わない。赤の他人が土足で家のなかにはいってきて、こっちのジュースグラス、あっちの古い絵を手に取るなんて、耐えられないから。そのグラスが一九三二年に生まれた弟のお気に入りで、ミルクはそのグラスでしか飲まなかったのよ……そんなこと赤の他人にはどうでもよくて、大事なのはグラスの縁の小さな欠けの有無だけだ。家の主は、弟のヘンリーの歯が抜けて、興奮しすぎたヘンリーがグラスをひっくり返し、ミルクをこぼしてしまった日を覚えているかもしれない。もし、歯が抜けたのではなくてミルクをこぼしたのなら、お母さんにお尻をぶたれていただろう。

縁の欠けたグラスの背景にはそんな思い出があり、それがあるからこそ、今まで取っておく価値があった。けれど、その家で買い付けをするピッカーやディーラーにとって欠けは欠けでしかなく、欠けのあるグラスは価値のない〝疵物〟になってしまう。かくして、その小さなジュースグラスはだれにも求められず、買われず、台の上に置き去りにされ、箱のなかに投げこまれる物の仲間入りをし、セールが終われば、家の裏の路地に運び出され、そこが終着点となるだろう。だが、そこへ行き着く過程で、たくさんの買い付け人が興味を持ってグラスを手にし、指で縁をなぞり、嫌悪と失望の表情を浮かべて台に戻したのだ。そのなかのだれひとりとして——とことん実利的で感傷は皆無という買い付け人ではなくても——グラスにこめられている声を聞こうとしなかった。そして、〈ヘイシー〉と〈ヘーゼル・アトラス〉の区別はついても、彼女または彼の弟のヘンリーとどこかの間抜けの区別もつかないコレクターによって、ゴミ《トラッシュ》の宣告を受けるのだ。

スザンヌは屋根裏から運びおろされた箱のところまでティムを導いた。ジェーンはふたりのあとを追った。ドアが開かれたままになっている寝室のまえを通ると、壁にたくさん飾られているボタニカル・プリント（装飾的な植物画）が目にはいった。対のドレッサー・ランプもいい味わいを出している。〝アーツ&クラフツ〟時代の陶器とおぼしきランプ台……ああ、迂回してこの部屋にはいりたい……予備の寝室らしい。ボタンのはいった缶やベークライトの針箱が隠れている裁縫箱が見つかるのはたいてい予備の部屋だ……ジェーンは足を止めて息を吸いこんだ。だめだめ、ここはセール場ではない。もっと介護付きのマンションへ引っ越す老女の自宅へお邪魔しているだけだ。ヤード・セールで売れるかもしれない物がはいっている二、三個の段ボール箱を、その人の姪に見せてもらおうとしているだけ。そう、それだけ。意志を強くもってセールへの渇望を封じなければならない。更年期のホットフラッシュはこんな感じなのだろうか。

スザンヌはふたりをキッチンへ案内し、昨夜、屋根裏から箱を五個おろしたと言った。応全部見たが、ガレージ・セールで売れそうな物がはいっている箱を運んできたと。

「叔母さんが家族のアルバムを全部取っているとは思いもしなかったわ。それも、全部ラルが貼ってあるの……びっくりよ、わたしなんか写真を撮っても引き出しに投げこむだけだから……どうして取ってあったのかはわからないけれど……ほら、これなの」

スザンヌは結婚式の写真を一枚手に取った。希望に満ちた表情の花嫁と神経質そうな花婿。ふたりとも、〝つぎはなに?〟とでも問いたげに目を大きく見開いている。

「わたしの両親よ。見て、母がきれいでしょ」スザンヌはまだ感動のなかにあるようだ。

「こんな写真、一度も見たことがなかった」

ティムは称賛らしき言葉をつぶやいたが、内心がっかりしているのがジェーンにはわかった。ここで見つけたガレージ・セールの思い出の品はジェーン・ウィールの専門領域で、コクティブルでもヴァリュアブル（コレクティブルより価値が高い物）でもない。

「でも、あなたがたなら、こういう物に興味を惹かれるんじゃないかと思ったの。これにどれぐらいの値を付けるべきかもわかるだろうし、ハイスクールのボランティアに処分をまかせるのは気が進まなくて」

ジェーンがふたつめの箱を開けると、ティムの目が先ほどの写真の新郎に負けないくらい大きく見開かれた。銀製品。片目に眼帯でも付けさせれば、宝箱のまえに立った強欲な海賊そのものだ。ティムは立派な銀のトレイを取り出した。重みのある丸形のトレイ。持ち手のまわりに渦巻き模様の細工がほどこされている。ティムはしきりにうなずき、ぶつぶつ独り言をつぶやきはじめた。柑橘類を小分けにするときに使うフルーツボウルとシャーベット用の器とフィッシュ・フォークがひと揃い。すばらしく豪華なセットの半端物もまじっていた。ということは、この家にはまだまだお宝が埋もれているにちがいない。とティムもジェーンもそう思った。ピッチャーやボート形のグレイビーソース入れや盛りつけに使う調理器具もきっとある。どこに？

「屋根裏に段ボール箱が八個ぐらいあるの」とスザンヌ。

ティムは〈ブラックベリー〉をさっと取り出し、今週後半に次回訪問の予約を取り、次回はハイスクールのボランティアを数名連れてくるとスザンヌに約束した。力仕事とセールのセッティングは学生たちにやってもらうことにして、銀器その他の高価な物で、スザンヌもほかの家族も必要ない物があれば、こちらで買い手を見つけようと売りこんでいる。

「もし、少し時間があるなら、今、見せてもらってもいいんだけど……？」

「うわ」ジェーンは重厚な金の縁取りがほどこされた装飾的な箱形カバー付きの古いカードから目を上げた。ジェーンが取り出したそのカードは、マッチブックやらマドラーやらでいっぱいのポリ袋と一緒にキッチンの床に置かれた小さな箱のなかにはいっていた。

「これ、〈マジェスティック・イン・ナイトクラブ〉のプログラムだわ。このクラブの話は父さんから何度も聞いたことがある。カンカキーには三〇年代に、マンハッタンの伝説的ディスコ〈スタジオ54〉にも引けを取らないクラブがあったのよ」

「参考文献のその記述は更新したほうがいいな、ハニー。〈スタジオ54〉はこの二十年で、かつての面影をなくしている」

「わたしがなにを言いたいか、わかるでしょうが。見てよ、司会者《MC》、コメディアン、ダンサーふたり、シンガー……すごいプログラムよ。しかも、水曜から日曜までぶっ通しじゃないの。ものすごいステージだったんでしょうね……ライブミュージックにダンス、お客はみんなドレスアップして出かけたのよね」

「おいおい、その顔、デンプシーとフーヴァーが〈ローパー・コンロ〉の工場を専属のビッグバンドがいるダンスホールにするっていう話をしたときのドンとおんなじだ」

「〈ホームタウンUSA〉の人たちのこと？　うちの叔母も〈ホームタウンUSA〉が開いた地域集会に出席したわよ。〈ローパー・コンロ〉は巨大ビンゴ場になるっていう話だったけど」

デンプシーとフーヴァーはどんな過去の思い出も、やすやすと〝可能性のある現実〟に変えてしまうのかもしれない。ドンとネリーなら〈マジェスティック・イン・ナイトクラブ〉のような場所を懐かしがるにちがいないと考えた〈ホームタウンUSA〉は、手品を使っそ〈EZウェイ・イン〉の通り向かいの廃工場の灰からナイトクラブを出してみせようとしてている。この創作された郷愁《ノスタルジー》の内幕をドンに説明したい。デンプシーとフーヴァーが本気での計画を進めようとしているなら、そこには〈EZウェイ・イン〉のような現実につぶれかかっている酒場がはいりこむ余地などないということを。もし、彼らがほんとうにディズニーランドのようなメイン・ストリート方式を採用する気なら、町じゅうを掃除して磨きあげ、古い建物は取り壊し、町の半分の建物を建てなおし、彼らが望む最高のノスタルジーと〝本物らしさ〟を嘘臭くなく演出しなければならない。ノスタルジーの創作を成功させる鍵は清潔と衛生とライトアップだ。つまり安全と安心なのだ。しかし、現実はそうではない。

「ミセス・シェーファーはどこでその集会のことを聞いたのかな？　あの連中が表立って動きはじめたのはつい最近だと思っていたけど」

「ああ、それは、高齢者センターにだれかがやってきて、叔母がはいっているキルトの趣味の会の人たちに話しかけてきたのよ。チラシが配られて質問に答えたりしたんじゃないかしら。集会の案内ならそこにあるわよ」スザンヌは冷蔵庫を指差した。名刺が数枚と、配管工事の広告や糖尿病の警告のチラシがマグネットで扉に留められている。カンカキーのよりよい未来を考える集会が開かれることを知らせるチラシもあった。チラシの隅には名刺が一枚留められているが、〈ホームタウンUSA〉のデンプシーの名刺でもフーヴァーの名刺でもない。会社名は〈カンカキー〝K3〟不動産〉、そこに書かれている個人名はロジャー・グローヴランドだった。

ジェーンはそのチラシを冷蔵庫の扉から取ると、記載された内容をもう一度読んだ。〈マジェスティック・イン・ナイトクラブ〉のプログラムを思い出の箱のなかに戻してから、スザンヌ・ブラムに、次回は印刷物《エフェメラ》のコレクションをじっくり見せていただいてコレクティブルを発掘したいと言った。この箱に詰まったエフェメラにまつわる素敵な思い出話が聞けるかもしれないので、箱ごと持って叔母さんを訪ねたいとも。スザンヌはジェーンのこの申し出を喜んだ。ティムは目を剝いた。そういう時間ばかりかかって利益を生み出さない鑑定や会話からは卒業しろと、あとで注意されるだろう。

「ほかにもわたしたちに見てほしい物はある？」ジェーンはスザンヌに訊いた。

「こういう服はセールに出品する意味があるのかどうか教えてもらいたいの。これがヴィンテージに分類されるのかどうかわからないから。全部処分するか、さもなきゃどこかに寄付してほしいと叔母には言われたんだけど、あなたが見て多少の価値があると思うなら……」

ジェーンはスザンヌについて先ほどの予備寝室へ行った。

「その対のランプ、素敵ね。あのボタニカル・プリントも。あれはハイスクールの子たちに値を付けさせちゃだめよ」ジェーンはクロゼットの扉を開けた。ティムがうしろからついてきているのはわかっていた。ランプについては同意しても、植物画のほうは評価していないことも。植物が好きなくせに矛盾している。彼のフラワーショップにはボタニカル・プリントの立派なコレクションもあるというのに……そうか、気が進まないふりをしているのは、自分が買いたいからだ。まったくフェアでない値をスザンヌに提示することはないだろうが、値を低く付けすぎて失敗するのでは？

ジェーンはクロゼットのなかをすばやく見まわした。オリヴィア・シェーファーの服のセンスはなかなかだと思った。部屋着は明るい色の柄物が多く、仕立てがいい。エプロンのコレクションも充実している。どれもしっかりした布地で作られた、ジグザグの縁取り《リックラック》や刺繍がある四〇年代から五〇年代のエプロンだ。クロゼットの奥に掛かっている綿モスリンの衣装袋の中身は、注文仕立てのスーツ数着と洗練されたドレス二着。ドレスの一方はシークイン（スパンコール）をちりばめた黒、もう一方は光沢のあるダークブルー。

「このどちらかを着て〈マジェスティック・イン・ナイトクラブ〉へ出かけたのかもしれないわね。これはなに？」ジェーンはハンガーをいくつか片手でまとめて引き出した。

カンカキーの病院の名前がポケットに刺繍してある色ちがいのスモックが五着。

「オリヴィア叔母さんは長いこと病院に勤めていて、退職したあとも週に三日、ボランティアとして病院の売店を手伝っていたの。お花や郵便を患者さんに届けたりするのが仕事だったわ。自分ではプロのボランティアだと言っていたけど。所属によって色がちがったんじゃないかしら」

「完璧」ジェーンはつぶやき、スモックの一着をクロゼットから取り出した。「これはもう完璧な……」

「完璧な、なあに？」とスザンヌ。

ジェーンは微笑んだ。「病院の仕事着」

「邪魔して申し訳ないけど、約束があるんで店に戻らなくちゃならないんだ」とティム。

「ぼくの意見を言わせてもらうなら、このクロゼットにある物は全部、出品できるよ。値段を付けて並べておけば、すぐに売り切れるだろうね。寄付もできない物が、こんなに売れるのかと驚くと思うよ。うん、この病院のスモックは二十五セントで売れる」

「それならわたしが買い占めるわよ」ジェーンはスモックのひとつをまだ名残惜しげに指でいじくっていた。「これ、今、売っていただける？」

「いいわよ」とスザンヌ。「全部差し上げるわ」


「きみの老後は恐ろしいことになりそうだ」フラワーショップへ向かう車中でティムが言った。

ジェーンは後部座席にティムがいつも置いている電話帳の一方をめくっていた。ジェーンは、自宅があるエヴァンストンでは、効率よくガレージ・セールをまわるために新聞の告知欄を切り抜いた手製の地図を使っている。だが、ティムは指定日の定刻以前にセール場へ行こうとするディーラーなので、通常の電話帳とはべつの特別版を持っているのだ。そちらは不動産仲介業者専用の電話帳で、物件ごとにその住所と、住人の名前、電話番号が載っている。出物がありそうなセールの前夜にはその家に電話をかけ、告知欄で興味を惹かれた物について問い合わせをしたうえで、値付けにプロのディーラーの協力が必要ならと、売り主に申し出る。ほとんどの売り主は、電話番号まで調べてセールのまえに家にもぐりこもうとしているのだろうと腹を立てて、電話を切るが、セールの準備段階でくたびれ果ててしまい、値段を決めようにも、どれに一ドルの価値しかなく、どれに二ドルの価値があるのかわからない人たちは、ティムの申し出を喜んで受け入れる。そういう人たちがかならず何人かはいるのだ。ティムが自分の提供するサービスに対して請求するのは、商品を最初に見せてもらうことだけだった。

「なにを探しているの？　それに、なぜあの病院ボランティアが着るスモックなんか欲しがったんだよ？」

「この車を借りてもいい？」とジェーン。

ティムが自分のフラワーショップのまえに車を停めると、クレア・オーがすでに店のまえで待っていた。

「いいよ。ぼくはクレアと店のトラックに乗っていくから。でも、どこへ行くんだ？」

「ランチタイムを使ってカンカキーの出物の不動産物件を見てくるつもり」

16

「どうせろくなことにならないな」愛車のマスタングがけたたましい音をたてて発進するのを見送りながら、ティムは言った。

「ティム」クレアが言った。「心配だわ、ジェーンはわたしが出すぎた真似をしていると思っているのかしら。彼女の領域を侵そうとしていると」

「ぼくはジェーンがきみのご主人の専門領域に近づこうとしていることのほうがもっと心配さ」とティム。「ぼくに対する態度がだんだん刑事みたいになってきている。見ただろう？車をあんなに唸らせて出ていったのを」

「どこへ行こうとしているの？」

ティムは首を横に振った。「さあね。不動産物件を見にいこうとしているんじゃないことだけはたしかだけど」

ティムはフラワーショップにはいると、ぶ厚いノートの一冊をつかんだ。そのノートは、カンカキー・ガレージ・セールに出店する人々の名前と、出店はしないがボランティアとしての参加を表明している人々の名前で埋まっていた。屋台を出す人たちに連絡しなければならないし、バス会社にも電話して循環バスをもう一台手配してもらうよう頼まなければならない。ティムとクレアはこれからまた、参加を渋っている人たちを訪問することになっていた。ふたりして魅力を振りまき、前向きな気持ちにさせなければならない。ふたりがかりでも説得できない人はどうするか？　そうなったらジェーンにまかせよう。だれもジェーンには抵抗できないことがティムにはわかっていた。ジェーン自身はそれに気づいていないこともわかっていて、ティムとしては気づかせずにおきたかった。そういう才能を控えめすぎるほど自覚していないところがジェーンの魅力なのだから。それに、自分の才能に気づかずにいてくれれば、こっちがボスでいられる。

今回のガレージ・セールを企画した意図を、ジェーンがどう感じているかもわかっていた。ティムはカンカキーじゅうの家で眠っている物――これまでカンカキーの住民の地下室や食器棚から発掘できなかった物――を自分が最初に見つけ、値打ち物を片っ端から隠そうとしている。ジェーンはたぶんそう思っているはずだ。

しかし、今回のティム・ローリーの志はもっと高いところにあった。むろん、なんでもかんでも五〇年代の新聞にくるんで段ボール箱に詰め、封をして、腹這いでないと進めないような狭い場所にしまいこんでいる老人たちの一部から、クリスタルの食器や銀器の逸品を引き取りたいという気持ちもないではないが、それがゴールではなく、主要な目的でもなかった。今回は、町のためになることをやりたいのだ。どこかの格付け組織がワーストの冠をカンカキーにかぶせたいなら勝手にすればいい。それなら自分はその逆境《レモン》を逆手に取って、レモネードにして売ってやる。市長に電話して、あのふたつのガゼボを郡庁舎の芝生の正面から移さないよう念を押すつもりだ。もしかしたら、ブラウン姉妹がガゼボのまえで市民の写真撮影をするかもしれないから。そうしたら、レターマンがまた番組で取り上げるかもしれない。そうだ、この噂が番組スタッフの耳にはいれば、レターマンのステージ・マネージャーのビフを町に送りこんでコメディ・シーンのひとつでもつくるんじゃないか？

「クレア、出かけるまえにだれかが座っていることに気がついた。「オー？」

……」ティムは机のまえにだれかがeメールを一件送らなければならないので、ちょっと待って

ブルース・オーはティムのコンピューターから目を上げた。

「勝手に申し訳ありません」とオー。「クレアとこちらで待たせてもらっているあいだに〈ホームタウンUSA〉のことを調べたほうがいいのではないかと思いついたもので」

「それはいい考えですね。なにかわかりましたか？　あのふたりはどこかの町に余計なものを押しつけて廃れさせた前科があるんじゃないかな？」

ティムは〈ブラックベリー〉を取り出して愛らしい驚異の機器にキスしたい衝動を抑え、レターマンに送るeメールの下書きをまとめると、店の反対側へ行って、若い見習いがヴィンテージの緑の花器に生けているガーベラを、彼女の肩越しに覗きこんだ。それから、フラワー・クーラーを開け、蕾《つぼみ》をつけたアイリスと花弁が小ぶりの薔薇を数本選び、花器の横に置いた。「コントラストをつけるのを恐れるなよ、サラ。少し冒険をしてごらん」

オーの検索では〈ホームタウンUSA〉の情報はひとつも見つからなかった。似たような

名前をもつ政治団体がいくつかあるが、郷愁を誘う娯楽施設のあるテーマパーク計画も、その構想を掲げている会社も見当たらなかった。十年まえ、石油・ガスのリース契約に関して、J・ミルトン・デンプシーという人物に苦情が寄せられていたことはわかった。年齢が多少合わない気はするが、その人物は〈メイクハッピー〉という会社に関連して、二年まえのインディアナ州の新聞記事にも登場していた。その会社の代表はデンプシー・ジョーゼフソン。〈メイクハッピー〉社は詐欺容疑で取り調べを受けている。イベントやパーティの企画を提供する会社のようだ。

ジュディ・アイクージという女性が青年社長協会の会議企画を〈メイクハッピー〉社に依頼したが、当日、会場に到着したら、契約を結んだはずのサービスがなにひとつ提供されていなかった。会場の予約がされているだけで支払いがされていなかったのだ。ところが、ジュディ・アイクージは〈メイクハッピー〉に協会のクレジットカードを利用して支払いができるように便宜を与えていた。ジュディ・アイクージが車を飛ばして〈メイクハッピー〉社へ乗りこんだときにはもぬけの殻だった。続き部屋のオフィスに置かれていた贅沢な調度も、業務実績のファイルも、電話も、秘書も、奥の会議室にあったコーヒーメイカーさえも消えていた。その建物の管理人に話を聞くと、家具はすべて三日間レンタルしたもので、オフィス自体も二カ月まえに移ってきたばかりだったという。ジュディ・アイクージはレンタルされたオフィスで二日間、インチキ会社との会合をおこなっていたわけだ。〈メイクハッピー〉は五万ドルの荒稼ぎをして、会社の運営費とオフィスと家具の賃料も青年社長協会のクレジットカードから引きおろしていた。不運なジュディ・アイクージは解雇の憂き目に遭った。

　記事には「あの男を見つけたら猟犬のようにどこまで追いかけて殺してやりたい」というアイクージの言葉が引用されていた。取材に同席した弁護士からそういう過激な発言をしないようにと忠告されても、彼女はそれを載せてくれと記者に強く言ったらしい。「お願い、この言葉をきちんと載せて。わたしはデンプシー・〝ジョー〟・ジョーゼフソンをこの手で殺してやるわ」と。

「この人物がわれらがミスター・デンプシーだとすると、第三者による推薦《リファレンス》はとても期待できそうにありませんね」オーが言った。

　クレアは夫に笑みを投げかけた。クレアは、夫が語る〈メイクハッピー〉社の話に耳を傾けながら、ティムの極上のコレクションであるアーリー・アメリカンの〝アーツ＆クラノツ〟の陶器をためつすがめつしていた。シンプルですっきりしたラインといい、力強い形といい、まじりけのない色といい、粒揃いだ。しかも、どの作品にも正直で控えめな雰囲気がある。それは、ここにある陶器を価値ある物にしている特質であるとともに、クレアの夫を他の追随を許さないユニークな存在にしている資質でもあった。

「ミセス・ウィールはどこにいるのでしょうか？」とオー。

　ティムはかぶりを振った。

　ジェーンが今、どこでなにをしているのかはわからない。なにをするにせよ、マスタングのなかではしてくれるなと祈るしかなかった。

17

ジェーンが最初に電話したのは〈リバービュー不動産〉だった。会社の規模や社員の数を、電話帳の広告の大きさで判断するなら、その不動産会社は〈カンカキー〝K3〟不動産〉の少なくとも三倍は大きかった。ジェーンはどの家を見せてもらいたいかを説明し、今日のランチタイムの三十分しか時間がないので、なんとか便宜を図ってほしいと言ってみた。

「無茶なお願いなのはわかっているわ。車では、夫とふたりであのお宅のまえを何万回も通ったことがあるんだけど、夫は明日から一カ月間、出張で留守なの。だから、今日、わたしの決心がつけば……つまり、今から見せてもらうことができて、もし……」そこまで言って、声を尻すぼみにさせた。この町の不動産仲介業者が〈カンカキー〝K3〟不動産〉で会った人々と同じぐらい必死であるよう祈りながら。

「五分後に現地でお会いすることはできますよ」相手はテッド・バークと名乗った。「今、コンピューターでその物件の情報を確かめています。ああ、鍵箱がありますね。ちょっとお待ちを……ああ、このお宅には借り主がいます」

「どういう意味？」ジェーンはロジャー・グローヴランドの家のまえに車を停めていた。

「所有者との取り決めでは、内覧はできますが、借り主が在宅で、今は困ると断られた場合にはできません……あらかじめ通知が必要だということになっています」とバーク。「でも、おそらく、ご心配はいりませんよ。玄関ドアをノックして借り主が出てくれば、きっと協力してくれますから。不在なら問題ありません。とにかく、先方に電話をかけて確かめてみましょう。お客さまは直接現地へいらしてください」

「そうするわ」ジェーンは車から降りて芝生に足をおろした。

例の病院ボランティア用のスモックの一枚を頭からかぶり、Tシャツとジーンズの上に着ると、ボタンを留めた。玄関ポーチのステップを昇り、ドアをノックした。だれも出てこない。ノブに手を掛けてドアが開くかどうかためした。鍵が掛かっている。そこで付設のガレージのほうへまわりこみ、窓から家のなかを覗いた。

ガレージのなかの光景はジェーンの一時中断があったガレージ・セールを彷彿とさせたが、セールの中断というほど捨て鉢な空気は漂っていなかった。中身の詰まった段ボール箱には救世軍が運営する不用品販売店の集荷用ラベルが貼られ、折りたたみ式の洋服掛けには男物の服がまだ掛かっている。雑然とした台の上にはボウリングのボールがひとつと、本らしきものが突っこまれた袋がいくつかあった。

「もしもし？」

振り返ると、ネクタイを締めたスーツ姿の大柄な男が、営業スマイルを顔に貼りつけて立っていた。「テッド・バークです。ミセス・シェーファー、でよろしいですか？」不動産仲介業者はジェーンのスモックにつけられたネームバッジを読んで言った。

「よろしいわよ」ジェーンは片手を差し出した。

シェーファー宅での思わぬ半額セールで突然ひらめいたアイディアのひとつがこれだった。病院の正式なネームバッジまで付いたミセス・シェーファーのスモックを見た瞬間に、ジョン・サリヴァンが着ていた〈カンカキー〝K3〟不動産〉のブレザーを思い出したのだ。あのブレザーにはロジャー・グローヴランドのネームバッジが付いていた。ファジーの土地で骨が発掘されたことを通報した人物は、ロジャー・グローヴランドと名乗っていた。シェーファー宅の冷蔵庫の扉に留めてあったチラシと名刺をミセス・シェーファーに手渡したのも、ロジャー・グローヴランドを名乗る人物だ。

なぜジョン・サリヴァンは殺された夜にロジャー・グローヴランドのブレザーを着ていたのか。だれもが疑問に思った。マンソンも当初はそのふたりの男の接点を見つけることに全力をそそいでいた。でも、両者の唯一の接点がガレージ・セールの売り手と買い手という関係だったら？　トウモロコシ畑の遺体がロジャー・グローヴランドではないことを警察に教えたヘンリー・ベネットは、ロジャーの死後、身内が来てハウス・セールをおこなったと言っていた。家がまだ売りに出されているとも。

ハウス・セール、ネームバッジ。ネームバッジ、ハウス・セール。そして、ネームバッジが付けられたままのこの病院スモックを目にしたとき、制服をセールに出すなら、ネームバッジをはずして売るのがふつうだろうと思ったのだ。そうでなければ、これを買って身につけた人は病院に自由に出入りできてしまう。シカゴのあるハウス・セールで、職員のＩＤバッジが付いたリンカーン・パーク動物園のボランティアのシャツを見かけたことがあって、その夜はひと晩じゅう心配でたまらなかった。

「わたしが買えばよかった」たまりかねて真夜中にチャーリーに言うと、彼は目をぱっと開け、目を大きく見開いて天井を見つめているジェーンを見た。「あのシャツを買った人がそれを着て、動物園の関係者以外立ち入り禁止の場所にはいったらどうしよう？」

チャーリーは笑いだし、それはミステリ小説の読みすぎだと言ったが、ジェーンの不安は消えなかった。第一に、ミステリ小説など読まないから――嘘っぽくて読んでいられない。第二に、法律を遵守する市民である自分が、ＩＤバッジ付きの制服を見て最初に思ったことが、そのシャツを買えば動物園の通行証にできるということだったから。

リンカーン・パーク動物園の通行証を欲しいと思う人間は、なぜそう思うのか？　動物用の麻酔薬にも末端価格というのがあるのだろうか？　偽のＩＤバッジで公共施設の関係者以外立ち入り禁止の場所にもぐりこむことができるなら、麻薬組織のボスがシカゴじゅうのガレージ・セールに片っ端から子分を送りこむかもしれない。これは突拍子もない想像だろうか。

ジェーンはシカゴの自然史博物館のＩＤバッジをこれ見よがしに振りまわす町のちんぴらを思い描こうとした。「やりましたよ、ボス、これでグレート・プレーンズのジオラマからプレイリードッグの剝製《はくせい》を手に入れられますぜ！」

チャーリーの言うとおり、こんなことを夜眠れなくなるほど心配してもしかたがないのだろう。一方、オリヴィア・シェーファーのネームバッジ付きのスモックによって、ジェーンはいともたやすく病院ボランティアになりすますことができた。ロジャー・グローヴランドのブレザーは、ジョン・サリヴァンが暴こうとしていた陰謀に近づくための通行証だったのか？　それとも、その陰謀に彼も加担するための身分証だったのか？

「この家の持ち主は、ずいぶん急いで引っ越して荷物を置いていったみたいね。ここにある箱の中身が、家を借りている人の持ち物でないとしたら」

　バークは手にした資料に目を走らせた。「ここには借り主の名前の記載がありませんが、たしか別項に……ここだ。ああ、そうだったのか。ここはロジャーの家だったのか」バークは資料を読むのをやめて、家を見上げた。「どうして気がつかなかったんだろう。以前に来たこともあるのに。この家の持ち主は亡くなったんですよ。近くに住む家族も親戚もいませんでした。といっても、亡くなったのはこの家ではなく、病院だったはずですよ」

　バークは呼び鈴を押し、なかから人が出てくるのを待った。それから鍵箱の暗証番号を打ちこみ、玄関ドアの鍵を取り出した。「車のなかから借り主に電話したんですが、応答がありませんでした。でも、一応、呼び鈴は鳴らすことにしているんです。シャワーから出てきた人をびっくりさせるようなことはしたくないので……」

　バークが軽く押すだけで玄関ドアは勢いよく開いた。カーテンで閉め切られ、ブラインドも全部おろされた家のなかは暗かった。バークはすぐに明かりのスイッチを入れ、カーテンを引き開けてタッセルで括った。ジェーンは居間へ向かった。家を買おうとしている人間らしい声を発しながら。少しでも早く家のなかをまわってガレージまで行きたかった。なぜロジャー・グローヴランドのハウス・セールで売れ残った物がジョン・サリヴァンの死の鍵を握っていると思うのか、自分でもよくわからない。認知症のファジーが真夜中にトウモロコシ畑をうろついていて、たまたまジョン・サリヴァンを撃ってしまったと推測する心の準備がまだできていないだけなのかもしれない。もし、そうなら事件は解決ということになる。ただ、ファジーが夜中に歩きまわっていたとしても、その手にライフル銃があったとしても、ジョン・サリヴァンがあのへんてこなブレザーを着て、トウモロコシ畑にいたことには理由があったはずだ。それに、ニックが言っていたことも気にかかる。記憶が日々薄れていくなかでも、ファジーはなにか変わったことが起こると、なんとかして語ろうとする。ファジーは根っからの語り手だから。

「ミスター・バーク、こんなことを言うとちょっとおかしいんじゃないかと思われるかもしれないけれど、夫は温水暖房の細かいことを気にする人なのよ。地下室に下りてメモを取っていただけないかしら。あと、ガレージのサイズを測ってもかまわない？　事実と数字のデータが欲しいの。計器のシリアルナンバーとか。ああ、それと、電化製品のシリアルナンバーもわかるとありがたいんだけど。なにしろ、リコール製品のリストをチェックするのが愉しみという人だから」自分がなにを言っているのかわからない。しかし、そうした細かい作業にバークが専念してくれれば、少なくとも十分間はこちらに関心が向かないだろう。

「おまけに、夫はヴィンテージ・カーのコレクターでもあるのよね。ちょっとガレージのサイズを測ってくるわ」

ヴィンテージ・カーにはそれなりのスペースが必要なのかどうかも知らないが、キーホルダーと一緒に懐中電灯と拡大鏡と巻き尺を振ってみせた。ピッカーの七つ道具は私立探偵が不動産物件の買い手になりすますときにも便利だと思いながら。このことをティムに報告するのを忘れないようにしなくては。こういうナンシー・ドルー風の知恵がティムは大好きなのだ。

ジェーンはバークの返事を待たずに、車二台が収容可能なガレージへ出て、ドアを閉めた。ガレージ・セールが開かれたときに使われた台が壁につけて置かれているために、車を置けるスペースは一台ぶんしかなかった。天井の電球は切れているが、一方の壁の高窓から陽射しがはいっているので、セールの売れ残りを確かめることはできた。プラスチックのキッチン用品が多い。焦げついた鍋や、汚れがこびりついたワッフル焼き器もある。コードもぼろぼろ。台に並べるまえに商品を掃除するのはガレージ・セールのガイド本にも書かれている基本中の基本だが、ロジャーの親戚は読まなかったらしい。

ひとつの台には本を詰めこんだ箱がいくつか置かれていて、箱にはいりきらなかった本は台に直接重ねてあった。その一冊がハーシャー高校の卒業アルバムだ。中学は同じだったが、ロジャーはハーシャー、ジェーンはビショップ・マクナマラと、同じ年にべつべつの高校へ進んだ。

ロジャーのほかに思い出す顔があるかもしれないと思ってハーシャー高校の卒業アルバムをめくりかけたとき、洋服掛けに掛かっている服のなかの緑が目に飛びこんだ。洋服掛けはガレージドアと反対側の壁につけて置かれているが、服についた泥の跡から、このガレージを使っている人間が服との距離に注意を払っていないことがわかる。そこにある泥で汚れた服がロジャー・グローヴランドという男の人生の最も痛ましい遺品に思えた。袖口が少しほつれ、襟まわりに薄黒い筋がついた安価な白いワイシャツも何枚か掛かっている。マスキングテープでハンガーをまとめてあり、値段は締めて二十五セント。ジェーンの目を惹いた緑は〈カンガキー〝K３〟不動産〉のブレザーだった。ジョン・サリヴァンはやはりこの家のハウス・セールでささやかな買い物をしたということになるのだろうか？

ポケットに小さなインクの染みがある。ネームバッジが所定の位置に留められている。バッジに手を触れると、子どものころの友達がおとなの男になり、毎日ひとりで格闘して生きている姿が目に浮かんだ。鏡を覗きこんでブレザーのインクの染みを見つけ、バッジを少し下に留めて隠そうとしているところが。ロジャーはアイディアが豊富な子で、〝自転車の冒険〟ゲームを考えついたのも彼だった。そう、あれは、ふたりのどちらかが秘密の目的地を決めて、もうひとりを先導してピクニックに出かける、もしくは、そこでおやつを食べる、という遊びだったっけ。そんなことを思い出しながら、ジェーンは卒業アルバムを脇に抱えて、ブレザーのネームバッジを両手ではずし、染みがちゃんと隠れるように留めなおした。これぐらいでは彼の死を聞いたときに哀悼の意を充分に表わさなかった償いにはならないけれど、なんらかの意味はあるだろう。

と、なにかがきしるような大きな音がした。高窓から射していた光が動いて、壁につけて置かれた物の表面を移動しはじめたのだ。予期せぬ一瞬に自分がどこにいるのかわからなくなって小さな悲鳴をあげそうになる、あの感覚に襲われた。だが、つぎの瞬間、それが自然な出来事だと気づくのもいつものコースだった。自分にとってガレージとは、家に付設するセール会場、またはセールで仕入れすぎた物を保管するスペースを意味しても、たいていの人にとっては、車を安全に停めておくことができる囲いのある場所なのだ。

ガレージドアが開かれるきしり音はまだ続いている。ジェーンはなにが起こっているのかを悟り、壁に貼りついた。ガレージに車を入れるにしてはいくらなんでもスピードの出しすぎだし、不注意すぎる。洋服掛けに掛けられたロジャー・グローヴランドの服に車でこすられたような泥の跡がついていたのを思い出したが、遅きに失した。慌てて洋服掛けの下の枠をまたぎ、掛けられた服の下にもぐりこむと、反対側から力いっぱい押し出した。まえに押し出された洋服掛けが派手な音をたてて車のボンネットの上に倒れた。ブレーキの長い悲鳴のあと、ジェーンが条件反射的に楯にした卒業アルバムの十二、三センチ手前で車の鼻面が止まった。

「やばい。ジョーになんて言おう?」運転者は洋服掛けをボンネットから持ち上げ、ボンネットのへこみを撫でた。「うう、くそっ!」

〝ヘッドライトに照らされて立ちすくんだ鹿〟の表情はむろん知っているが、そんな場面での鹿の気持ちを正確に知っているわけではない。口を開いてもまともに喋れるかどうか自信がなく、この状況下でなんと言うべきなのかもわからないので、黙っていた。さしあたり頭に浮かんだ言葉はこうだ――天使でも守護聖人でもいいけど守ってくれてありがとう。それに、いや、あるいは、体と頭が驚くほど早く動いたのは本能の為せる業《わざ》だった。

予期せぬ光景をまのあたりにした人間には、ほとんどそれが見えないという錯覚の法則を証明するかのように、運転者にジェーンの姿はまるで見えていなかった。種類はちがうが、ここでもうひとつ証明された法則がある。なにかに対して非常に怒っていると、無生物に当たり散らすという男性運転者の法則だ。これに則《のっと》って簡易洋服掛けは壁に投げつけられ、その結果、ジェーンはふたたび洋服掛けの枠に囲まれる状態になったが、奇跡的にハンガーに掛かったままの服が姿を隠してくれた。ポリエステルやアクリルの服地の隙間から覗くと、運転手がはっきりと見えた。マイク・フーヴァーだ。

フーヴァーはガレージのサイドドアのそばに置かれた大きな段ボール箱へ近づくと、リモコンで車のトランクの蓋を開け、段ボール箱をトランクに収めた。箱をトランクの側面のへりに載せてから押し入れようとしているところを見ると、相当に重量があるのだろう。箱の垂れ蓋の裏に押しこまれていた紙が一枚ぱらりと床に落ちたが、本人は気づいていなかった。箱の横にでかでかとマーカーで書かれたBの文字が服のうしろからでも読める。フーヴァーはつぎに、ガレージの壁に寄せて置かれた金属棚の上のほうに手を伸ばし、積み重ねられた昔のボードゲームらしき物のなかから、平たい箱を引き抜くと、先ほどの段ボール箱の上に投げこんだ。そしてトランクを音をたてて閉めた。ポケットから携帯電話を取り出して番号を打ちこみ、相手が出るのを待った。

「ああ、おれだ。回収した。今から出るところだ。なんだよ、ジョー、今さら。いや、そうじゃなくて。なぜだよ？　心配ないって。あのいかれた爺さんが刑務所にはいってくれれば」

フーヴァーは車に乗りこみ、ガレージにはいってきたときと同じく恐ろしいスピードで車をバックさせた。またも耳障りな音とともにガレージドアが閉められた。ガレージに残されたジェーンはグローヴランドの服で姿を隠されたまま、壁にへばりついていた。

数分後、靴脱ぎ室《マッドルーム》（汚れた靴やコートを置く小部屋）のドアを開けてガレージに出てきたテッド・バーグに計測は終わったかと尋ねられたときには、金属棚のまえに立って、棚に積まれた箱と向き合っていた。ジェーンは大判のノートにペンを走らせてから、ノートを書類挟みに戻し、足もとに落ちている紙切れを舌打ちしながら拾った。その紙も書類挟みに押しこんで、書類挟みを小脇に抱えて家のなかへ戻った。

バークからメモを受け取ると、追って連絡するので携帯番号を教えてもらえるかしら、と言いながら、電話機の脇の卓上のメモ帳から用紙を一枚剝ぎ取った。バークは名刺を手渡した。ジェーンは手に残った紙と彼の名刺の両方を、ぱんぱんに膨らんだ書類挟みに滑りこませ、急ぎ足で家から出てティムの赤のマスタングに乗り、車を出した。ジェーンを見送るバークの頭にはいくつもの疑問が残っているようだった。なぜ彼女は寝室や食堂を見たがらないのか？　シャワーやジャグジーの調子は気にならないのか？
家のなかにはいるときに、あの書類挟みを持っていただろうか？

18

手が震えるほど空腹だとわかると、ジェーンは大きな声をあげて笑ってしまった。興奮するとお腹がすくのはいつものことだ。探偵という新たな職種でひと仕事終えたことが、このぞくぞくする興奮を呼びこんだらしい。恐怖と興奮は紙一重であることを認めざるをえなかった。恐怖におののいて昆虫のように壁にへばりつくことと、興奮でぞくぞくすることは……両立する。

ロジャー・グローヴランドの〈ホームタウンUSA〉のファイル、〈カンカキー〝K3〟不動産〉のメモ用紙、それに数枚の名刺。これだけの収穫をあげて家から出てきたのだから興奮のメーターはマックスだった。そのうえ、ハーシャー高校の卒業アルバムまで、厚紙の書類挟みのなかに無理やり押しこんできた。たいしたものじゃない？　卒業アルバムは事件には関係ないかもしれないが、ピッカーとしては誘惑に抵抗できず、ロジャーに敬意を表するという意味でも持ち帰りたかった。ガレージに置かれた台には五ドル札を一枚残してきた。かなり気前のいい買い物といっていいだろう。

ガレージにあった箱のひとつもほんとうは持ち帰りたかったが、さすがに無理だった。金属棚には箱が六個置かれていて、最初はボードゲームの箱が重ねてあると思ったのだが、そうではなくて、ラベル付きの石のコレクションだった。石集めを趣味にしたい子どもに親が買い与えるような入門キットで、〝地質学教授ジュニアとミスター・ストーンズのロックショップ／世界の石の標本〟と題され、厚紙の薄い箱の四角い仕切りのなかに糊付けされた石にはひとつずつ解説がついていた。ニックは毎年、誕生日にそれとよく似たホビーキットを大量に贈られていたので、ジェーンも懐かしさを覚えた。地質学者の息子には初心者向けの石のコレクションが最適なプレゼントだろうと、友人も家族も考えたわけだ。

そういえば自宅のガレージ・セールで――あれはいったいいつのこと？　二日まえ？　三日まえ？　二十年まえ？――クレア・オーは石を葉巻箱《シガーボックス》に並べて売っていたが、あれは五歳のときニックが持っていた石だった。もちろん、ニックは標本箱の裏当ての厚紙を取り去って石をまぜ、べつの容器に移し替えて持っていたのだが。それなら、いつも持ち歩けるし、自分が発見した石のような気分になれる……そう言って、土のなかに埋まっていた宝物と呼んでいたっけ。

ジェーンは馬鹿みたいににやついていた。間一髪で命拾いをしただけでなく、土のなかに埋まっていたファジー・ニールソンの宝物がどこから来たのかを突き止めたからだ。ファジーとルーラの家で見たあの石、オースチナイトが瞼によみがえる。あの石に小さな緑の斑点を見つけ、チャーリーに質問しようとしたのにタイミングが悪くてできなかったけれど、今はそれがなんなのかわかった。あの緑はオースチナイトの斑点でも、石に生えた少量の苔でも、べつの鉱物がまじった筋でもなく、緑のフェルトの繊維だったのだ。つまり、ロジャー・グローヴランドのガレージの金属棚に置かれていた箱の、厚紙の内張りに使われたフェルトの繊維が石にこびりついていたということだ。六歳のニックはいつも石を歯ブラシで磨いていた。なにをしているのかと訊くと、宝物をきれいにしているのだと答えた。ジェーンもよく手伝って、石にこびりついた緑のフェルトの繊維を古い歯ブラシで磨き落とし、その作業が終わるとニックを連れてドラッグストアへ新しい歯ブラシを買いにいった。

マイク・フーヴァーは石のコレクションでなにをしようとしているのか？　あのオースチナイトの鑑定には、チャーリーのような専門家がひとりいるだけでよかった。いや、今回はニックのような素人の石の蒐集家でもオースチナイトだとすぐにわかって、興味深い発掘のいかがわしさを指摘した。遠い外国産の石が埋められていたのは、いわば事故のようなものだったのかもしれない。あそこにあった箱の中身は石だけではなかった。ほとんどは恐竜の歯や骨の化石や鏃の標本だった。おそらく、そうやって土のなかにいろいろなものを埋めて、カンカキー郡の農地の価値を上げようとしたのだろう。

ぶんぶん音をたてて頭のなかをめぐる考えを聞きながら、〈ルートビア・スタンド〉へ向かった。〈ルートビア・スタンド〉は、〈EZウェイ・イン〉でネリーがこしらえる料理を除くと、カンカキーで唯一ジェーンがおいしいと認める料理を食べさせてくれる店で、〈ピンクス〉ほどの個性はないが、とにかく料理が舌に合う。凍らせたジョッキのルートビアと、バーベキューソースがはみ出るほどのバーガーを今すぐお腹に入れたい。

ジェーンは頭の回転速度に追いつけとばかりに、マスタングのスピードをもう少し上げた。無軌道な探偵の愉しみに貢献してくれるのがこの……華麗な赤のマスタングだ。ティムが飛ばすのは無理もないとやっと納得した。ふだんは慎重なティムが車の運転では人が変わったように奔放になるのが今は理解できる。実際、ジェーンも今、ティムと負けないくらいの高揚感を味わっていた。バックミラーで点滅している赤い光が、頭にひらめいたオーラではないと気づいたのは三ブロック過ぎてからだった。サイレンを鳴らして追いかけてきたパトカーから、「車を停めなさい」という拡声器を通した声が聞こえた。

ティムが車両登録証をどこにしまっているのか知らないので、携帯電話と自分の免許証を取り出そうとハンドバッグに手を突っこんで探していると、警察官が運転席側の窓のまえに立った。

「免許証と車両登録証を見せてください」車のなかを覗きこみながら、警察官は言った。

「ごめんなさい、反省しているわ」ジェーンはハンドバッグのなかを漁る手を一瞬止めて、警察官と目を合わせた。ニックよりせいぜい一歳上にしか見えない若者だ。「弁解はできないわね。でも、お腹がぺこぺこでルートビアのことしか考えられなくなっていたの……わかるでしょ」と言って目を上げた。今のが謝罪に聞こえますように、ものすごくお腹がすいているのだということが伝わりますようにと祈りながら。「もうちょっと先にあるドライブスルーのレストランの……」

「ミセス・シェーファー、たしかに全然弁解になっていません。ランチタイムなんですか？」

「そうなの」名前に関する彼の誤解を正さずに質問に答えたら、スピード違反の切符が増えるだろうか。「今、ランチタイムなの」

「うちの母もその病院で働いています。救急科《ER》の看護師なんです」

「あら、お名前は？」まだ乳離れができていないらしいこの息子との会話を引き延ばす理由が欲しくて、訊いてみた。マザコン息子が自分の息子でないことはもちろん、彼の母親が知り合いである可能性は万にひとつもないということも、この際問題ではなかった。

「フィリス・ブレナーですけど」

「まあ、あなたのお母さんのこと、知っているわ」とても嬉しそうに言えたのでよかった。「ハイスクールの上級生だったのよ。三年生のときにフランス語クラブの部長をしていたんじゃなかった？　彼女がこの病院で働いているなんてちっとも知らなかった」少なくとも最後に言ったことは嘘ではないと思い、笑みが浮かんだ。

「なるほど」警察官はため息をついた。「早くランチを食べにいったほうがよさそうですね」満足げな表情を浮かべている。「あなたと会ったとおふくろに言っておきますよ、ミセス——」

「お母さんはあなたが自慢でしょうね、きっと」ジェーンはスモックのネームバッジの名前をもう一度呼ばれまいとした。もっとお世辞をてんこ盛りにしたほうがいいだろうか。さっさと車を出さないと、くだらないことをべらべら喋ったとして警告切符を切られてしまうかもしれない。

〈ルートビア・スタンド〉に着くと、車のなかでサンドウィッチを頰張り、特大ジョッキでルートビアを飲みながら、ロジャー・グローヴランドが持っていた資料を読み返した。

古い書類やノートが詰まった箱から取り出してきたぶ厚い茶封筒がふたつ。封筒の一方には〝高齢者《シニア》〟と、もう一方には〝空港〟と書かれている。どちらも古いノートやペーパー・クリップやペンや〈カンカキー〝K3〟不動産〉のネーム入りのカレンダー手帳——五年まえの——がはいった箱の底から引き抜いたものだ。家のなかを丹念に見てまわったわけではないが、ハウス・セールへ行ったときの要領で最初に部屋をざっと見渡し、家の借り主が折りたたみ式のカードテーブルを机代わりにしてノートパソコンを置いていることに気がついた。グローヴランドの机は姪がセールで売り払い、それで、机の中身が段ボール箱に放りこまれ、封もされずにあのガレージに置かれていたのだろう。

ジェーンは病院のスモックについたパン屑を手で払った。ふた家族のハウス・セール。どちらも、その家にある物を処分するのは世帯主の姪の役割になった。でも、大きなちがいがひとつある。スザンヌ・ブラムは叔母の人生を愛おしみ、叔母の歴史を知ろうとしている。グローヴランドの姪にとっては早く片づけたい作業でしかなかった。

〝高齢者〟と記された封筒に押しこまれていたのは、新聞記事のコピー、カンカキーにある全高齢者組織の会員名簿、教会の所属員名簿、高齢者向けの食事宅配サービスを利用しているグループの名簿、そして、訪問看護を受けている高齢者の名簿だった。こんなに大量の個人情報をロジャー・グローヴランドはどうやって集めたのか？　だが、今はそこから先に考えを進めるのをやめた。これらの資料は今しがた故人のガレージ・セールの売れ残りから持ってきたばかりなのだから。

〝空港〟と記された封筒のほうにはいっていたのは、新聞記事のコピーとシカゴ地域の新たな空港建設候補地に関する各種の提案書だった。そのうちのいくつかはジェーンも読んだことのあるジョン・サリヴァンの署名入り記事で、ざっと見たかぎり、ジョン・サリヴァンの署名記事がつねに空港建設賛成の立場に寄っていたことを思い出させる内容だ。露骨ではないにしろ、彼が取材した人々はたいてい空港誘致に積極的で、資料のなかの事実や数字はいずれも空港建設計画の経済効果を示唆している。

その他の記事にも目を通し、インターネットの情報をプリントアウトしたものもまじっていることに気がついた。ホチキス留めされた十二ページにわたる記事の表紙のタイトルは〝歴史遺産プロジェクト〟。そこではイリノイ州の法律が詳細に解説されていて、そのひとつが、考古学・古生物学資源保護法だった。公有地の墳墓、人骨、難破船の残骸ほか古生物学的資源に関する法規だ。

もうひとつの墳墓保護法の概略も記されていたが、こちらはチャーリーが第何章何条と特定して口にするのを幾度も聞いたことがある。ごく最近ではマンソンに向かって言っていた。だれかが——おそらくはロジャー・グローヴランドが——〝私有地〟という語にアンダーラインを引き、〝……人骨、遺物、墳墓を乱すことは同法に違反し……〟という個所には黄色のマーカーで印をつけてあった。

フーヴァーが段ボール箱をトランクに積みこむときに落ちた紙切れを、バーグのまえでさりげなく拾って書類挟みに押しこんでおいたが、それは〝GRS〟というところが発行した手書きの領収証だとわかった。その領収証を書類挟みに戻し、〝人骨保護法〟に黄色のマーカーが塗られた『シカゴ・トリビューン』紙の記事のコピーを読むことにした。

競売物件の古い農園を買い取ったシカゴ郊外の宅地開発業者が、ランチハウスを改築し、新たに二軒の家も建てて利益をあげようという計画を立てていたところ、建築業者がもともとあった家の庭から骨を発掘した。それが百年まえのネイティヴ・アメリカンの人骨だということがわかると、工事のいっさいが差し止められ、開発業者は考古学調査を義務づけられたうえに、調査費用の全額を負担しなければならなくなった。

記事の途中を飛ばし読みすると、大量の〝発掘物〟はべつの場所に移動させられているが、その敷地の調査が終了し、遺物が分類・整理されるまでは、最初の発掘現場の工事は今も完全にストップさせられたままだとわかった。

「気の毒に、ひと儲けしようと思っていたら、地質学の専門家と弁護士にお金をつぎこむことになったわけね」記事の最後の一節を読みながら、ジェーンは思わず声に出して言った。その男はこう述べていた――経費とトラブルが増えるばかりで、ほんとうに頭が痛いです。自分の所有地なのに現実にはそうじゃないんですから。家も建てられず、生活もできず、売ることもできないんです。

業者のこの嘆きは実感としてわかった。ジェーンとチャーリーとニックが農園へやってきてからのファジーの闘いそのものだ。ファジーはただ、野菜畑の土を褒めてくれた人に土を売りたかっただけなのに、畑の土から〝発掘〟した物があったことを通報されてしまった。それは小動物の骨らしく、ジェーンの素人目にもさほど古いものには見えなかったが、その〝発掘物〟のために、そこは自分の土地だというファジーの主張は完全に無視されることになった。

骨の発見を警察と州に通報した人物は、ファジーの農園を買い取るのが目的だったのではないか。役所が発行した文書のように見せかけた、ニールソンとサリヴァンの農園を買うためのあの契約書類。〈ホームタウンUSA〉――デンプシーとフーヴァー――はファジーの土地を、土も骨もなにもかもひっくるめて自分たちのものにしようとしているように見える。〈EZウェイ・イン〉でデンプシーがドンとネリーにテーマパークの話をするのを聞いたときから、怪しいと思っていたのだ。あのふたり組がペテンを仕組み、記者のジョン・サリヴァンがそれを暴こうとしていたのかもしれないと考えれば、一応辻褄が合う。あのとき警察に通報しようかとさえ思ったが、思いとどまった。なぜだろう？　カップケーキをぱくつくフーヴァーを見て、このふたり組は殺人を犯すほど残忍な連中にはとても見えないと思ったからだ。

ジョン・サリヴァンは空港がらみの連載記事を書きながら町のなかを嗅ぎまわり、地権者の欲を刺激していた。町の人々が空港建設を見越して宅地開発業者に土地を売ってもいいという気持ちになれば、デンプシーとフーヴァーの出番はない――ただし、人骨保護法のせいで宅地開発業者が手を引くだろうという諦めが地権者に生まれれば、また話はべつだ。土地を売れば、地質学の専門家を自費で雇わなければならないという頭痛の種から解放されるし、遺物の〝移動費用〟も〈ホームタウンUSA〉が負担してくれる。願ったり叶ったりだと考える農園主もいるだろう。そして、〈ホームタウンUSA〉が土地を買い占めたあとで、それらの〝遺跡〟が重要でもなんでもないと判定されれば、ローラーコースターや釣り堀を造ることが可能になる。それとも……滑走路やエアターミナルが建設される可能性もあるのだろうか……？

だとしても、カンカキー近郊の農地の宅地開発を止める目的で猫のオットーの骨を埋めるというアイディアはあまりにお粗末すぎる。それぐらいはだれにでもわかる……。

深呼吸を一回。ジェーンは頭のなかで飛び跳ねている考えを鎮めようとした。ジョン・サリヴァンがオットーの骨のことを知っていたなら、それを記事にしてペテンを暴露するだけでよかった。しかし、サリヴァンは、殺された夜、自分でオットーの骨を運んでいたようにも思える。写真に撮りたかったのか？　証拠として確保しておきたかったのか？

彼は夜の早いうちから農園に来ていた。あのバーベキュー・パーティでも彼を見かけたような気もする。チャーリーは地質学の専門家として、みんなに紹介されていた。ファジーが発掘し、州が権利を有するものがなんであるかを解明するために来たのだとして。一方、ジョン・サリヴァンがあの夜やってきたのは、オットーの骨を盗むためだった。そう考えると、このタイミングの一致は興味深い。

ジェーンはすべての資料を封筒に戻し、ドライブスルー・ランチについてきたナプキンで両手を拭いたが、不幸なことに〈ルートビア・スタンド〉からナプキンを何枚もらっても足りそうになかった。清潔の見本のようなティムのマスタングのフロントシートじゅうに撒き散らしたバーベキューソースを拭きながら、これは無駄な努力だと悟った。資料を読むうちに興奮しまったらしい。だけど、きれいに拭き取らなければティムに殺されてしまう。

封筒を車の床に置き、散らばったゴミをかき集めるあいだ、独り言で自分を叱りつづけた。ティムの車のなかでバーベキューソースたっぷりのバーガーを食べるなんて、なんという愚かなことをしたのだろう。ティムの車でものを食べることは御法度、とくに〈ルートビア・スタンド〉のメニューは厳禁だとわかっているのに。ジェーンはナプキンとバーガーの包み紙をゴミ箱に捨てると、店へはいった。店のなかにはテーブルがあり、ジェーンがハイスクールの生徒だったころから勤めているウェイトレスがいて、香辛料が置かれたカウンターもある。そこからナプキンをごっそりと三十枚いただいて、ついでに掲示板をチェックした。子守のアルバイトを志願するティーンエイジの少女たちが自分の電話番号を掲示しているのは昔と変わらない。〝子猫あげます〟という住民の貼り紙も、地元企業の営業マンが名刺を貼っているのも昔と同じだ。同じ店のファストフードをランチにしているという事実を重視して保険の代理店を選ぶ人がいるかどうかは疑問だが。

おおっと。見覚えのある名刺がある。〈ホームタウンＵＳＡ〉。ジェーンは名刺が留めてあるピンをはずし、よく見える角度でもう一度見た。この名刺の一番下に書かれている名前はジョー・デンプシーではなくマイク・フーヴァーだが、同じ名刺だ。かなりちゃちな、地元のコピーショップでだれでも至急に作れそうなぺらぺらの名刺。

「そいつのこと知ってるの？」ウェイトレスのルシールが訊いてきた。

「会ったことがあるのよ」

「あたしが銃で撃ちたがってるって伝えてよ」ルシールはにやりと笑った。「その格好、あんまりいかさないね」

ジェーンは首を横に振り、病院ボランティアのオリヴィア・シェーファーの満面にして最高の笑みを浮かべてみせた。「わたしよりあなたのほうが彼のことをよく知っているみたいね」

「土曜の夜にその男とあの殺されたジョン・サリヴァンがやってきて、ぐでんぐでんに酔っぱらってさ。サンドウィッチを十皿ずつ運んだかしら。まったくはた迷惑なやつらよ。おかげでほかの客がみんな帰っちゃったわよ」ルシールは目を細くした。「だれもいなくなると、今度はずだ袋から石だかなんだかを出しはじめて、テーブルを泥だらけにして、そこらじゅう汚しまくったのよ」

「どうしてそんなことを？　なにをしていたの？　なにか聞いた？」ジェーンは訊いた。

「墓泥棒って聞いたことがあるかって、フーヴァーのやつが訊いてきたわ。でも、おれたちは墓から盗むんじゃなく、墓に埋めるんだって言うの。そうしたら、だらしなく酔っぱらったサリヴァンが、いやちがう、おれたちは墓商人だと言って、めそめそ泣きだしたの。死んだ猫がどうの、おれが家に連れて帰るから、おまえはなんでも好きなものを埋めろとかなんとか言いながら。だから、〝猫の骨なんかテーブルからどけなさいよ〟って言ってやったわ。当然でしょ？　ここは食べ物を客に提供する場所なんだからって。そうしたら、今度はフーヴァーがげらげら笑って、ここにある骨は猫の骨じゃなく、ガタのきたあたしの骨よりもっと価値の高い骨だって言うじゃないの。頭に来たから、出ていけって追い出してやったわ」

「それ、何時ごろの話？」

「うちも最近は店を開けるのが遅いのよ、週末はね。ボスがピンクと張り合っちゃって、あそこの常連の酔っぱらいをうちへ引っぱろうとしてるもんだから。ええと、夜中の三時か三時半ごろだったわね、たぶん」

「そんなに遅くまで仕事して、また昼間も働いているの？」ジェーンはルシールのスケジュールに肝をつぶし、つかのま事件から関心がそれた。ルシールはもう六十に近いはずだ。カンカキーの女たちはどうなっているの？　この町の水にはなにか薬でもはいっているのだろうか？

「だって、ほかにやることがないんだもの。仕事が休みだって母親の世話を焼かなくちゃならないわけだし。それなら、ここで働いたほうがいいでしょうよ。だけど、土曜の徹夜組の相手はもうごめんだわ。あの連中がふだんよりチップをはずまないかぎりは」

「フーヴァーはチップをはずんでくれなかったの？」

「あいつが置いてったのはこれよ」ルシールは骨のかけらをポケットから取り出した。「指てるつもりだったんだけど、捨てなくてよかった。今日のサンドウィッチのなかに入れてやろう。歯が折れるかもね」

ジェーンはその骨のかけらを受け取り、チャーリーが骨について言っていたことを思い出そうとした。これは、なかが空洞で鳥の骨のように見えるが、それはなにか大事なことを意味しているはずだ。そこで、たった今、ルシールが言ったことに気がついた。

「今日、フーヴァーが来るってどうしてわかるの？」

「もう来てるわよ。今、トイレにはいるのが見えたもの」

ジェーンはナプキンを追加でひっつかみ、フロアの角をまわってトイレに近づいた。男女共用のトイレのドアは閉まっている。ドアの反対側から返される言葉を予測しながらノックした。

「はいってます《オクパド》」

ティムのマスタングのフロントシートを拭くために、噴水式の水飲み器でナプキンの何枚かを湿らせながら、フーヴァーがトイレから出てくるのを待った。出てくると、すぐに携帯電話をかけはじめた。

「チーズのとオニオンのをひとつずつでいいかい？　ああ、わかった。あんたが優男《やさおとこ》なのを忘れてたよ。オニオンは嫌いだったね」フーヴァーは大きな声で笑った。

「ジョー、心配するなって。爺さんが逮捕されたんだろう？　あの爺さんにはなにもできやしないよ。ああ、こっちは大丈夫さ。今日のうちにハドロサウルスを埋められる。いかした鏃があるから、なんだよ、あの夜のことはおれの落ち度じゃないぜ。ああ、わかってるけど。大丈夫だって」

ジェーンは、フーヴァーが角をまわり、ルシールの復讐をものともせずに持ち帰りの注文をするまで、水飲み器のまえで待機していた。それからティムの車へ戻って、店の入り口が見える位置に駐車しなおした。湿らせた大量のナプキンをバーベキューソースの染みがついたシートに広げてから、グローヴランドのガレージから持ってきた資料を手に取った。さっきの領収書はどこにしまったっけ？　〝GRS〟と書かれたその紙を見つけて皺を伸ばすと、それが翌日到着の注文に対する領収書で、カンカキーのロジャー・グローヴランドの自宅へ商品が送られていること、その日付がロジャーの死から二週間後であることがわかった。

GRSの正式名称は〈ラピッドシティGRS〉。なんとなく聞き覚えのある名前だ。と、イニシャルの下の小さな文字を読んで、そのわけがわかった。GPSとは、チャーリーが懇意にしている地質学研究所の販売店のことだった。サウスダコタのラピッドシティにある〈ラピッドシティGRS〉は、アマチュアの古生物愛好家が経営し、博物館級の標本を揃え、古生物の採集ツアーや企画や教育的な発掘調査の監督などもおこなっている。故ロジャー・グローヴランドがそこから買った標本は骨と鏃と植物化石、そのなかにはハドロサウルスの骨の一部もふくまれていた。

フーヴァーは持ち帰りの袋を持って店から出てくると、マスタングから二、三列先に停められた車に乗りこんだ。ジェーンはフーヴァーを追って駐車場から車を出し、つねに一台はあいだに挟むようにして尾行した。目立たないように、目立たないようにと念じながら。赤のマスタングに尾行されれば、たいていの人は気づくだろう。なにしろ目立つ車だから。おまけに今は〈ルートビア・スタンド〉の特製バーベキューソースのにおいを発散しているので余計に目立つ。外の空気とまぜてごまかそうと、ジェーンは車の窓を全開にした。

助手席に目をやると、ナプキンがふわりと舞い上がりはじめていた。急いで片手で押さえたが、ナプキンの束はすでに飛んでいった。その一瞬、目を離した隙に信号が黄色に変わり、フーヴァーは強引に突っこんだが、ジェーンは交差点で足止めを食らった。気がつくとフーヴァーの車は車列のなかに消えていた。

ファジーの農園へ戻るあいだ、ジェーンはフーヴァーを見失った自分に悪態を吐きつづけた。フーヴァーが老農園主の土地に化石だか骨だか神のみぞ知るものを埋めるところを現行犯で取り押さえられたかもしれないのに。

悪態のすばらしい訓練場である〈EZウェイ・イン〉では、グラスをぴかぴかになるまで洗いながら、もしくはユーカー（トランプゲーム）で気合のはいった勝負をしながら、いろんな悪態を覚えた。酔っぱらった船乗りのような悪態のつき方も学んだ。そうした豊富な悪態の在庫を出し尽くしたころには、ファジーの農園にほぼ着いていた。ハイウェイの路肩と接している畑はファジーのトウモロコシ畑だ。フーヴァーのセダンが路肩に寄せて停められていた。ボンネットが無残にへこんでいる。もっと正確にいえば、へこんだボンネットが目に留まっただけだ。車にはだれも乗っていなかったから。

19

「なぜ〈ルートビア・スタンド〉へ行ったのさ？」ジェーンの頭のてっぺんからつま先までをしげしげと眺めながら、ネリーが訊いた。「ルーラは荷馬車一台ぶんのサンドウィッチを作って、怒鳴り声が届く範囲にいる全員に強制的に食べさせようとしてるんだよ」

〈ルートビア・スタンド〉へ行ったことがどうしてわかるのかと、ジェーンはもう少しで訊き返しそうになったが、言葉が口から飛び出す寸前で呑みこんだ。ネリーはこういう高度な取り調べの技術をどこで身につけたんだろう？　もっとも、スモックについたどぎついオレンジ色の染みと、そんな色の食べ物を作ることができる、この町で唯一の店とを結びつけるのに、ミス・マープルもナンシー・ドルーもジェームズ・ボンドも呼ぶ必要はないかもしれない。カンカキーの母親たちは〈ルートビア・スタンド〉が商売を始めた五十年まえから、ティーンエイジャーの服についたオレンジ色の染みを落とす努力をしてきたのだから。あのソースには企業秘密があるの？　永遠に消えない食物染料でも使っているとか。

せっかく手に入れたスモックに染みを付けてしまったのは残念だが、コレクションの残りがあるとわかっているのが慰めだった。それにしてもネリーは変わっている。娘がランチになにを食べたかは気にして議論に持ちこもうとするが、なぜ娘が赤の他人の仕事着を着ているかということに関しては拍子抜けするほど関心を示さない。

ジェーンはネリーズ・ワールドに迷いこまぬよう心した。ネリーがつくったびっくりハウスの鏡の迷路でチャーリーを探し出そうとして迷子になるのはごめんだった。チャーリーは、朝から何度もマンソンと弁護士のアラン・ビショップのあいだを行ったり来たりしているという。アラン・ビショップは進んでファジーの代理人になってくれたが、ファジーの最近の診療記録の情報をルーラから聞き出すのに早くも苦労しているそうだ。

どうして病院の食堂の従業員の格好をしているのかとチャーリーに訊かれたジェーンは、スモックを脱いで、午前中に経験したいくつもの冒険を話して聞かせた。佳境にはいりつつある今回の事件の調査で――〝事件の調査〟などというのはおこがましいかもしれないが――細胞が俄然活性化してきたので、省略なしで一部始終を語り、ロジャー・グローヴランドのガレージでのニアミス事故をチャーリーがどう思うかということまで気がまわらなかった。

チャーリーの表情が曇り、彼が口を開こうとしたとたん、自分が弁解しようとしているのがわかった。これまでは、チャーリーが保護者のような態度を取ろうとしているとか、妻のまちがいを正そうとしているとか感じると、例外なく反発していた。そんな自分が今も守勢にまわっているのがわかる。でも、チャーリーはまだなにも言っていないし、妻の支えになろうとしているのだ。この局面で起こりうる自分の反応を頭のなかで整理するうちに、まずは基本的なことを自問しなければならないと思いいたった。いつからわたしはこんな新しいジェーンになったの？

「ガレージではたしかに怖い思いをしたわ、チャーリー。自分がなにをするべきかはわかっていたの。うまく説明できないんだけど。試験を受けていると知らずに、その試験に合格しているような感じと言えばいいかしら」

チャーリーはうなずいて、ジェーンの背後を指差した。うしろを振り返ると、ファジーが母屋のまえの花壇から戻ってくるのが見えた。百日草とコスモスの束を手にして、もう一方の手には泥だらけの大きな骨をふたつ持っている。

「おい、おまえたち」ファジーはジェーンとチャーリーに呼びかけた。「こんなのもあったぞ」

チャーリーはマンソンがやってくるのを待つあいだに、ファジーが持ってきたのは大型犬の肢の骨だと言って、みんなを安心させた。ルーラ以外の全員が——ドンもネリーもファジーも——母屋のサイドポーチの椅子に腰を落ち着けた。窓の向こうのキッチンを見やると、ルーラが食器棚を見ているのがわかった。つぎはなにをこしらえようかと考えているにちがいない。ルーラは薬瓶を取り出すと、いくつかの錠剤を掌に落とし、じっと見つめてから、コップに水をついだ。と、その薬をシンクに捨てた。コップの水もその上から流して捨て、べつの戸棚のなかに手を伸ばして、ピッチャーを取り出しながら、ポーチのみんなに言った。

「今、レモネードを作るわね」

「やれやれ、ルーラはまた仕事を始めて、あたしを怒らせる気らしい」ネリーが立ち上がり、ポーチのステップの脇にしぶとく生えているタンポポを引き抜きにいった。

「これでわたしの気持ちも少しはわかるようになればいいがな」ドンがつぶやいた。

また骨が見つかったことを悲壮な声で知らせる電話がボスティックからあったあと、ジェーンはマンソンに電話をかけなおし、それは人間の骨ではないと断言していた。ただし、まだ敷地のどこかにいるかもしれないデンプシーとフーヴァーをつかまえれば、彼らの持参物のちょっとした展示会に立ち会って有意義な時間を過ごせるのではないかとも。

ティムとクレアも到着した。ちょうどファジーが頭の上で骨を振っているときに、ふたりの乗った車が母屋の前庭に近づいてきたので、その場面も目撃していた。

「ブルースはどこにいるの?」クレアはジェーンに訊いた。そういえば今朝からパートナーの姿を一度も見ておらず、声も一度も聞いていない。

「ニックを連れてサリヴァン家のほうへ行ったよ、抜け径を使って」チャーリーが教えた。

「あの抜け径を歩けば興味深いものが見つかるかもしれないと彼が言ったら、ニックもついていった。射撃練習場を彼に見せて、あのトウモロコシ径を通って戻ってくるつもりなんだ」

「サリヴァンはいかれてるんだよ、わかってるだろうけど」とネリー。「昔からそうだった」

ドンはいつもの視線をネリーに送った。修行の足りない夫なら、余計な口を挟むなと怒鳴りつけるところだが、四十年にわたってネリーの毒舌に鍛えられてきたドンは、かすかに頭を傾けてファジーのほうに視線を移した。こわばった笑みを顔に浮かべ、首をわずかに横に振りながら。

雄弁にして微妙な賢い反応だとジェーンは思った。トレイにピッチャーとグラスを載せて運んできたルーラは、様子が変なのを見て取った。

「あたしたちに気を遣わなくていいのよ、ドン。ファジーは病気なんだから。それがどういう意味だか、ここにいるみんながわかってるんだから。ねえ、ファジー？」

ファジーはまっすぐにまえを見つめていた。骨を見つけた興奮が治まって、今は無口になっている。ゆうべはファジーの病気のことを隠そうとしていたルーラだが、今日の午後はどこか様子がちがっている。なんとなく穏やかで、昨夜よりも優しいというわけではないが、とげとげしたところが消えた感じがする。ゆうべは絶えず息を詰め、肩に力を入れていたのが、今は止めていた息を吐き出したというふうだ。なにかを決心したような表情をしている。それとも無理してそう見せているのだろうか。

「車のなかがコニーアイランドのホットドッグ屋みたいなにおいになっている」ティムはジェーンに耳打ちした。彼はすでにマスタングの後部座席に自分のノートやバッグをほうりこんでいた。「〈ルートビア・スタンド〉がイタリアン・ソーセージになにをまぜているかっていう謎は解けたのか？」

オーとニックが細いトウモロコシ径を一列になって歩いてくるのが見えたが、ふたりの話し声はまだ聞こえなかった。まえを歩くニックに向かってオーが手振りでなにかを伝えている。そこはかなり幅が狭まっているらしい。ジェーンは手を振ってから、ふたりのうしろをジャック・サリヴァンが歩いていることに気がついた。手に釣り竿を持っている。〈ホームタウンUSA〉のふたり組がマス釣りの池を造る話でもしにいったのだろうか。

　マンソンが母屋の裏側からサイドポーチへまわってきて、ステップを上った。彼が連れてきたのはデンプシーとフーヴァーではなかった。マンソンはエリザベス・サリヴァンのためにドアを開けて待った。エリザベスもステップを上り、みんなにうなずきながら椅子に腰掛けた。デンプシーとフーヴァーはトウモロコシ畑からサリヴァン家の農園へ行き、今は前庭に鏃でも埋めているところかもしれない。

「あなたから電話をもらって、サリヴァン家へ行ったら、ミセス・サリヴァンがどうしても一緒に来たいと言うので」マンソンは不満そうだった。「ミセス・ウィール、実りある一日だったようですね？」

　ジェーンは曖昧にうなずいた。イエスともノーとも解釈できるように。ルシールと話し、フーヴァーの電話を立ち聞きするまでは、〈ホームタウンUSA〉のふたり組に対して証拠を突きつけるべきだと確信していた。彼らがペテン師であることをジョン・サリヴァンが暴こうとしていたなら、ふたりは彼に死んでもらいたかったかもしれないのだから。かりにジョン・サリヴァンがペテンの片棒を担ごうとしていたとしても、ふたりには彼が邪魔だったかもしれない。それに、謎の〝はいってます《オクパド》〟男の正体もわかった――マイク・フーヴァーだったということが。だが、デンプシーに電話したフーヴァーの口ぶりからは、銃を撃ったのがファジーだと推測された。マンソンにそのことを話せば、ファジーに対する疑いをますます強める。それで一件落着。そんな終わり方は納得できなかった。

フーヴァーが土曜の夜にサリヴァンとここへ来ていたのはまちがいない。おそらく、もっと説得力のある骨をどこかに埋める計画を練っていたのだろう。現在、発掘現場とされている場所は猫のオットーの墓であり、法的になんの問題もないということが、チャーリーから州の担当局に報告されるまえに。ああ、オーかチャーリーと話したい。いや、マスタングの一件で臍《へそ》を曲げてにらんでいるティムでもいい。「こうしてみなさんに集まっていただいた理由は……」などと、一同をまえにもったいぶった口調で切り出す準備はまだできていない。

ポーチから飛び出してオーのところまで走ろうかと考えていると、不意にファジーが立ち上がって、唸り声を漏らしはじめた。意味のあることを言ってはいない。でも、前方に目を凝らし、死者を悼んで泣いているのはわかった。それはひとりの人間としての嘆きの声だった。

「今から言っとくけど、ドン、あたしがああなったら、すぐに銃を取って撃ってちょうだい」ネリーが囁いた。ジェーンはびくりとした。ネリーは娘を見て、まだ囁き声とはいえ声のレベルを上げた。「本気で言ってるんだからね。あたしがあんなふうになったら、殺してね。そして忘れずに……」

「ああ、ネリー。火葬にするんだろ」ドンが割りこんだ。「わかってるとも。みんなわかってる。葬儀屋を手配しないで、わたしが焼いてやってもいいぞ」

ドンらしくもない辛辣な応酬だが、ほかの人々はみなファジーの嘆きの声に動揺して、ネリーとドンの会話は耳にはいっていないようだった。ルーラはどんな思いで長いあいだひとりでファジーのこういう声を聞いてきたのだろう？　ファジーの処方薬の瓶を調べたときに、最初に薬が処方されたのが一年まえだったことに気がついた。ルーラは一年間この大変な仕事をひとりでこなしてきたのだ。ジェーンは、ルーラがファジーのそばへ行き、腕を取って優しくさするのを見つめていた。ジェーンの視線に気づくと、ルーラはうなずいてみせ、それからまたファジーに全神経を集中させた。声は静かになったけれど、ファジーはまだ泣きつづけている。

そのとき、なにかが飛び出すようなヒュンという音がした。全員がそちらを向いた。聞き覚えのある音だ。

「あれよ。わたしがあの夜、聞いた音は。雷じゃないけど、ちょっと似ている音。車がバックファイアを起こしたような、トラクターが……」

ジェーンはトウモロコシ畑のほうを見やった。一瞬、なにがなんだかわからなくなった。なぜジャック・サリヴァンは片手に持った釣り竿を宙に掲げているの？

ポーチにいる全員が立ち上がり、トウモロコシ径の終わるところまで来た三人と向き合った。ニックのうしろにオーが、オーのうしろにジャック・サリヴァンが立っている。サリヴァンは今はふたりにライフル銃を向けていた。釣り竿ではなかったのだ。よく考えれば、この内陸部のイリノイの農地で釣り竿を持ち歩いているのはおかしい。あの径も、ふたり並んで歩けないほど細くはなかった。オーはニックとサリヴァンのあいだに自分の身を置こうとしているのだ。

恐慌をきたしながらも、ジェーンはマンソンが母屋の裏側に目を走らせているのを見逃さなかった。今は畑との境界には警察官が配されていないが、敷地内にはボスティックほか数名の捜査員がまだいるはずだった。

「おい」サリヴァンが叫んだ。「そこにいるんだろう、ファジー？　陽がまぶしくって、おまえらの顔がよく見えんのだよ。そこにいるのは、おまえだよな、ファジー？」

ファジーはもう泣きやみ、ポーチへ戻っていたが、ふと思いなおしたように振り向き、サリヴァンに叫び返した。「ああ、なんだ？」

「倅《せがれ》を殺したのはおまえだそうだが、ほんとうなのか？」

「ちがう」とファジー。彼はルーラを見て首を横に振った。ルーラも首を横に振り返した。

「ちがう。そんなことはしてない」さっきより強い調子で叫んだ。

「町の噂じゃ、警察はそうは思っていないようだぞ。おまえが呆けてるから」

「たしかにおれは昔のおれじゃなくなってる。だが、だれも撃ってなんかいない。そのふたりをこっちへよこしてくれ、ジャック。おまえも来い」ファジーは足を踏み出した。

「動くな」

オーは老人ふたりがこのやりとりをしているあいだ、ずっとニックに小さく声をかけつづけていた。彼の口が動くたびに、ニックがうなずくのが見えた。ふたりとも一歩も動いていないないように見えるが、少しずつまえへ進めとオーがニックに言っているのだとわかった。オー自身はサリヴァンに気取られないようにわずかに横に位置をずらしている。サリヴァンの顔とライフル銃の銃口の向きが見えるように。

クレアは息を止めていた。

チャーリーは、逆に呼吸が荒くなり、今にも窒息しそうだが、じりじりとポーチのきわに近寄っている。

「放せ、ルーラ。あいつと話してくる」ファジーは言った。

マンソンが行くなと止めたが、ファジーには聞こえていないようで、ポーチのステップを下り、ポーチにいる一団を背にして立った。

「おれはおまえの倅を殺してなどいないよ、ジャック」

サリヴァンはふらついているように見えたが、ライフル銃はしっかり持って、今はファジーに銃口を向けていた。

オーがなにかひとこと言ったにちがいない。ニックがすばやく、だが、駆け足にはならずに、トウモロコシ畑の一番手前の列のなかに姿を消した。オーがサリヴァンの視線から遮っているので、サリヴァンはニックの姿が消えても気づかなかった。ニックが飛び出した瞬間、オー自身は微動だにしなかった。

「おれが殺したのは」ファジーは言った。「おまえの倅が可愛がってた猫だよ」

「まいったな」とティム。「明日の新聞の見出しが早く見たいよ」

「お黙り、ローリー」ネリーが言った。「今はそういうおちゃらけは聞きたくない」

この間にチャーリーはあとずさりでポーチの脇のステップを下りていた。裏庭の木立に紛れ、サリヴァンの視界にはいらないようにしながら、トウモロコシ畑のほうへ向かっていく。あと数秒でニックと会えるだろう。サリヴァンの視界にさえはいらなければ、ふたりの身に危険はおよばない。サリヴァンの関心は今はファジーに集中していた。

「十年まえに告白するべきだった。オットーをトラクターで轢《ひ》いちまったことを」ファジーはふだんの語り口調を取り戻しつつあった。

「オットーのやつはもう歳で呆けていただろう？　全然動かないから、トラクターを日除けにして寝てるんだろうと思ってたんだ。そうじゃないとわかって、まずいことをしたと思った。だが、エリザベスは、オットーが毎晩足を引きずって家の外へ出ていくので、いつかどこかで死ぬんじゃないかと心配してた。おれはその話をルーラから聞いてたから、死んだ猫をうちの敷地に埋めて、猫の最期がどんなだったかをわざわざ知らせる必要はないと考えたのさ。悪かったよ、ジャック。ずっとそのことを忘れてたんだ。猫を埋めたこともほかのことも全部。で、あの日のバーベキュー・パーティで、ジョニーと話してるうちに……おれが見つけた骨の話になって、ジョニーがいろいろと訊いてきた。どうせたいしたものじゃないとすぐにわかるとおれは答えた。ドンとネリーの娘夫婦に協力してもらうことになったから、おもしろい話をあとで聞かせてやれるだろうと。こんなところが遺跡であるわけがないのはわかってた。自分が掘り出したのが猫の骨だってことも。ジョニーにそう言ったんだ。彼は笑って、なぜ猫だとはっきり言えるんだと訊いた。そこでおれは言っちまったんだよ、オットーの骨だってことを」

「それでジョニーは夜中にここへ戻ってきたのね」とジェーン。「昔、飼っていた猫を引き取るために」

トウモロコシ畑でガサッという音がした。それも全員が耳にした。なにか大きなものが落ちかけているような音だ。

「だれだ、そこにいるのは？」サリヴァンが言った。「出てこい。姿を見せろ。撃つぞ」

ジェーンは息を呑んだ。ニックとチャーリーはトウモロコシの迷路をぐるぐるまわって、ライフル銃を持ったサリヴァンが立っている横へ戻ってきてしまったのだろうか？

オーが穏やかな、だが全員が聞き取れる声で語りかけた。「ミスター・サリヴァン？　ポーチできちんと話しましょう。ミスター・ニールソンはあなたに謝罪をしたがっているようです」

ジェーンはサリヴァンから目を離さなかった。サリヴァンはますます混乱した顔つきになった。

「ミセス・サリヴァン」とジェーン。「ご主人を呼んでいただけない？　あなたがそこにいるとわかれば、銃を捨ててここへ来てくれるんじゃないかしら」

「もう一度言う、出てこい。姿を見せろ」サリヴァンはトウモロコシの果てしない列に向かって言った。

「もうなにもわからない」ミセス・サリヴァンが言った。「人がなにをするのかわたしにはもうわからないわ。ジョニーがここへ戻ってくるとは思いもしなかった。あの子は大学まで行ったのよ。畑仕事なんかやらなくてもよかったのよ。だけど、農園は自分が継ぐと言った。土地を売れば儲かるからって。このへんの土地はどこも高い値段で売れるはずだって」

「早く亭主を止めなさいよ。あんたの亭主が人に怪我をさせるまえに。さもなきゃ亭主が自分を撃ち殺すまえに」とネリー。

サリヴァンが空に向けて発砲した。

デンプシーとフーヴァーが数列うしろのトウモロコシのなかから現われた。

「神さま」ジェーンは言った。

州道を走ってくる数台の車の音が聞こえた。サイレンは鳴らしていないが、ものの数分でパトカーが到着し、警察官がファジーの家と庭を取り囲み、トウモロコシ径までやってくるだろう。全員がそう思った。もし、サリヴァンがライフル銃を捨てなければ、警察は彼を撃つだろう。

「おれの銃を押収したのはまずかったな。あれがあれば、おれがオールド・ジャックを撃ってやったのに」とファジー。

「行くな、ルーラ」ドンが言った。いったん家のなかへ戻ったルーラがまたポーチに戻っていることに気づいたのはドンだけだった。ほかのみんなより数段高い位置に立ったルーラをキッチンのドアの枠が額縁のように縁取っている。

「あたしがやってやるわよ、ファジー」

ルーラは自分の二十二口径を低く構えた。銃床の木の部分に流れるような筆記体で書かれた*Lula*の文字を見て、そのライフル銃がルーラのものだということを全員が知った刹那、銃が撃たれた。

ジャック・サリヴァンは地面に崩れ落ち、片脚をつかんで悪態をついた。彼の妻が歩み寄った。エリザベスが駆け寄ろうとはしなかったのがジェーンには意外だった。ブルース・オーはすぐさま自分のネクタイをはずし、サリヴァンの脚を縛った。あっ、それ、稀少なヴィンテージのネクタイなのに。サリヴァンのシャツの袖を使えばよかったのに……。クレアが小声で言うのが聞こえたが、無意識に口からこぼれたこの言葉を聞き取れたのは自分だけだとジェーンは確信した。

「狙いどおりか、ルーラ?」ファジーが訊いた。

ルーラはうなずいた。

それから、ライフル銃を抱えると、携帯電話を耳にあてているマンソンに近づいた。マンソンは救急車をまわすように命じ、たった今到着した応援部隊の責任者に報告をしているところだった。ルーラは彼にライフル銃を手渡した。

「はい、あんたにあずけとくわ、フランクリン。警察はこれも調べる必要があるんだろうから。そのかわりほかのは全部返してよね、今すぐ」

マンソンはうなずいた。

「でも、状況は変わりませんよ、ルーラ。ファジーが猫を殺したことを告白したからって、あの夜、外に出てジョニーを見かけ、納屋に置いてある銃の一挺を取り出さなかったってことには……」

「フランクリン、ほんとにあんたの母さんに電話するわよ。頭がよくなる薬を息子に飲ませたほうがいいんじゃないかって言ってやるわ」とルーラ。

ジェーンはマンソンに同情した。マンソンはルーラがなんの話をしているのか考えようともしていない。マンソンのそばへ行き、小声で教えた。

「警察が調べなくちゃいけないのはこの銃よ」マンソンはぽかんとしている。ルーラの息子のビルと一緒にテーブルについて、ルーラお手製のドーナツを頬張っているフランクリン少年の姿が目に浮かんだ。「これがジョン・サリヴァンを殺した銃だから」ジェーンの声は囁きに近かった。マンソンは故郷のカンカキーに戻って仕事を見つけたことを今度こそ後悔しそうだ。

「なぜすぐに言わなかったの、ルーラ？　あなたがジョン・サリヴァンを撃ったのは侵入者とまちがえたからだって……事故だったんだって」しかし、訊くまでもなく答えはわかっていた。ルーラはなにも認めることができない。認めれば、ファジーをひとり残さなければならないから。

チャーリーとニックがポーチにやってきた。ジェーンはふたりに飛びつき、ふたり一緒に抱きしめた。ニックの顔に浮かんだ表情には見覚えがある。目をきらきらと輝かせたこの表情……。まずい。ジェーンは心のなかで言った。あのスリル感をニックは味わっている。ぼくも探偵になると言いだすのではないだろうか。

「お母さん？　今こんなこと言うのは変だとわかってるけど、なんだかお腹がすいちゃった。なかにはいって、なにか食べても……」

ジェーンは思いきり息子を抱きしめ、空腹を先に感じさせてくれた神に感謝した。アドレナリンが体を駆けめぐるあの感じは、あのたまらないスリル感は、もう何年か先送りにできるかもしれない。まともな声を出せるかどうか自信がなかったので、ただうなずいて、キッチンのほうを手で示した。

マンソンはルーラの銃を持って無言で突っ立ったままだ。ジェーンはマンソンからファジーに視線を移した。直立不動でトウモロコシ畑をじっと見つめている。

「あたしがつかまえなければ、ひと晩じゅうでも、ああしてじっと立ってるわよ」とルーラ。「一年ぐらいまえからあんな状態が続いてるの。症状はそう進んでなかったのよ。だけど、何カ月かまえに急にひどくなって、運転をやめさせたの。買い物とか車を使う用事はあたしがすることにして、毎日、午前中に〈EZウェイ・イン〉までファジーを送っていったわ。それがファジーの日課になるように。でも、いっこういうふうに電源が切れてしまうかを知るのがだんだん難しくなってきて。あんなふうに泣いたのははじめてよ。もっと症状が進むし、そのペースも速くなるって医者には言われてる。あの骨を見つけて、そのことをみんなに喋ったのが、トラブルの始まりだった。猫の骨だってわかってるくせに馬鹿な人よ。でも、ファジーは話をするのが大好きだから……。そうしたら、うちに電話がかかってきて、州の役人が来るって言うじゃないの。この人……動揺しちゃって大変だったの。理解させることができなかった。正直言って、病気のせいなのかどうかはわからない。あたしだって理解できなかったんだから。で、チャーリーが来てくれれば、いろいろ説明するのを助けてもらえるんじゃないかって……この人なりにそう考えたのよ」

「ファジーが毎晩、外に出ていることは知っていたのね？」ジェーンは優しく訊いた。

「ええ、外に出てうろうろしてることは。いろんな物を埋めてることも。もしかしたら、そのままトウモロコシ畑のなかに消えてしまうんじゃないか、二度とこの人を見つけられないんじゃないかって思ってたわ。でも、食べることが好きな人だから、食べ物を用意すれば家のなかへ戻すことができたのよ」

マンソンはこれ以上ルーラに喋らせまいと口を開いたが、言葉が出てこないようだった。ジェーンがかわりに言った。「あのね、ルーラ……」だが、ルーラはやめようとしなかった。

「いつかこうなるとは思ってたけど、あんたたちがここにいるときに銃を使うつもりはなかった」ルーラはジェーンとチャーリーを見た。「あたしがちゃんとしていれば、こんなことにはならなかったのよ。だけど、あの夜、バーベキュー・パーティが終わって家に戻ったら、この人の具合がひどく悪くなって、時間はどんどんなくなっていくし……」

マンソンは手を伸ばして、ルーラの腕を取った。「ルーラ、あとは弁護士にまかせたほうが……」声がかすれた。彼は咳払いをして、ほんの少し声を大きくした。「弁護士に電話しようか？」

「いいの」とルーラ。

ニックがキッチンのドアから出てきて、ファジーのところへ歩いていくのを全員が見つめた。ニックは彼の腕をぽんと叩き、優しく両手でつかんだ。ファジーを導いてキッチンへ戻るあいだ、ずっと小声で話しかけていた。おいしいチョコレートチップのクッキーがあるとファジーに言っている息子の声が、ジェーンには聞き取れた。

「月が出て明るい夜だったから、外に出てる人間がいれば見分けることができた。でも、まさかファジー以外の人間が外にいるなんて思いもしなかった。あの場所はいつもファジーが用を足しに行くところなのよ。ジェーンが見てるとも思わなかった。薬はあるから、あの人を撃ってから、家に戻ってそれを飲むつもりだった。そうすれば、ふたりとも朝には死んでる」ルーラはチャーリーとジェーンを見た。「あんたたちの息子に申し訳ないことをしたわ。あの子が来ているときにこんな真似はしたくなかった。だけど、ほかに方法がなくて。あんたたちならきっと、ほかのだれよりしっかり処理してくれると思えたの。もう待てなかったのよ。今やるしかないと思ったの」ルーラは息を吸った。「ニックを怖がらせたかったわけじゃないの。隣の夫婦の息子がうちの敷地にいるなんて夢にも思わなかったのよ」ルーラはもう一度チャーリーとジェーンを見た。なにか言ってくれるのではないかと期待するように。

「ジョニーがいたなんてだれにわかる？」

「あんたの子どもたちはどうなんだ、ルーラ？　子どもたちに相談すれば力になってくれたはずだよ。ネリーとわたしだって力を貸せたかもしれない」

「ドクター・ポールソンっていうのは?」ジェーンは訊いた。薬戸棚にあった抗鬱剤を処方しているのはファジーの主治医ではなく、ポールソンという医師だった。「どんな医者にかかっているの、ルーラ?」

「図星よ、ジェーン」ルーラは笑みを浮かべ、ネリーに向かってうなずいてみせた。「あんたの娘は嗅ぎまわるのがうまいわね。よく鼻が利く」それから、ジェーンに向きなおった。「あたしは癌でね、もう打つ手がないの。もっと早くに見つかってれば、なんとかなったかもしれないけど。化学療法っていう手もあったんだけど。ここまで来たらどうにもならない。それだけじゃすまないわ。このままいけばファジーの面倒を見られなくなるのは目に見えてる。あたしには時間がないのよ」

オーがポーチに近づき、マンソンに耳打ちした。マンソンはうなずいた。

「ジャック・サリヴァンは深手は負っていないそうだよ」とマンソン。

「あたりまえよ」とルーラ。「彼を殺したかったわけじゃない」

デンプシーとフーヴァーもポーチへやってきたが、自分たちはここでなにを認めなければならないのかわからず、うしろのほうに引っこんでいた。フーヴァーが抱えているのは、ロジャー・グローヴランドのガレージから持っていった段ボール箱だった。

「それはなんですか?」マンソンが訊いた。

フーヴァーは口を開いたものの、返す言葉を見つけられなかった。

が、デンプシーはその質問を歓迎した。待ってましたとばかりに、わざとらしく片腕を上げると、例のミュージカルの偽教授ばりのバリトンを響かせて言った。

「見つけたんです《ユリーカ》よ！　またも骨を！　ファジー・ニールソン所有の土地で！」

フーヴァーは段ボール箱を足もとに落として、トウモロコシ畑のなかへ逃げこんだ。

20

それはまさにガレージ・セール・マジックの偉業だった。ローズウッド、ワイルドウッド、タナー、キャノン、イエーツ、ホーキンズ――カンカキーの町を東西に、または南北に伸びる通りという通りを、住民たちが埋めていた。家のなかから出てきて、大小の折りたたみテーブルのうしろに座り、自分たちの家に眠っていた物を売っている。ティータオル二枚、古いフライパンひとつだけの出品で、参加の意思を示すために出てきた住民もいれば、家をからっぽにする決意と、どんな人が自分の持ち物を買っていくのか、売り上げはどれだけあるのか見てやろうという好奇心から参加している住民もいた。

この機会を再出発のチャンスにしたいと考えている人も、家の外に出て隣人の顔を知るチャンスととらえている人もいた。循環バスが大活躍で、シカゴや周辺の地域から車で訪れ、カンカキーのはずれに駐車した人たちをスムーズに町の中心へ運んだ。そうした客には地図と買い物用の無料袋が渡された。軽食を売るカートが各ブロックを移動してセールを盛り上げた。セールの開催期間中は個人の乗用車は通りを走れず、駐車する場所も厳しく制限された。走っているのはバスだけという道を、人々がのんびり歩き、品物を見てまわり、気に入ると買い物をした。親たちの許可を得て自転車に乗った子どもたちの姿が町じゅうに見られた。

ジェーンとチャーリーとニックは一日まえにやってきて、ドンとネリーの自宅に車を停め、循環バスでカンカキーの町の隅々をまわった。チャーリーは、亡くなった両親の住んでいた実家へ退職後に移ったというイリノイ大学の元教授の家で、びっくりするような鉱物標本を見つけた。ニックは野球カードとサッカー用具を一生もちそうなぐらい買いこんだが、一番の掘り出し物はドイツ製の古いヴィンテージのエレクターセット（建設現場の鉄骨やクレーンを模した組み立て玩具）だった。その恐ろしく大きなおもちゃの組み立てに取りかかるのがニックもチャーリーも待ちきれないようだった。

まだなにも見つけていないジェーンは焦った。ずらりと並んだテーブルにも、本が詰まった箱にも、アクセサリーがあふれそうな化粧バッグにも、興味のあるふりをすることすらほとんどできないのだ。〈パイレックス〉の容器やボタンがいっぱいのガラスの広口瓶が自分を呼ぶ声が聞こえることもなく、この二日間、なにひとつ買っていなかった。

そのかわり期待に目を輝かせた人々を観察した。見た瞬間に欲しいと思う物を見つけたいとだれもが思っているようだ。ブルース・オーでさえ、〈ルイ・ヴィトン〉のトートバッグを腕に掛け、家具を買うためにもう一度訪れたい家の住所を書いた紙を握ったクレアの少しうしろを歩きながら、〝ツイン・ガゼボの我が家《ホーム》〟とでかでかと記された買い物袋を手に提げていた。ジェーンが頼むと、オーは自分で買ったネクタイの一本を見せてくれた。紫の地に金色の摩天楼が描かれたヴィンテージ。

「あの日、台無しにしてしまったネクタイの代わりを手に入れれば家内が喜ぶでしょうから」オーは声をひそめて言い足した。「もう聞き飽きたかもしれませんが、今回は見事なお手並みでした」

「やり残したことがもうひとつあるの。マンソンに約束してしまったのよ」

フーヴァーとデンプシーもこのガレージ・セールに参加していた。デンプシーとロジャー・グローヴランドはビジネス・セミナーのような場所で出会い、グローヴランドは心臓発作を起こす直前に、〈ホームタウンUSA〉のカンカキーでの立ち上げに協力を申し出ていた。グローヴランドの姪は、亡き叔父の自宅をデンプシーとフーヴァーに貸すことにして、そのときにガレージにある物は自由に使ってかまわないと告げた。ジェーンはデンプシーとフーヴァーのふたりがなんらかの罪で刑務所送りになることを確信していたが、警察はそのための犯罪事実をまだつかめずにいる。なんとか詐欺または詐欺の意図によって告発してやりたいのだが、ひと筋縄ではいきそうになかった。

ファジーが石や鏃を土に埋めていたことをみんなのまえで告白してしまったので、遺物に見せかけた標本を埋めてニールソン家の土地の価値を上げようとしていたとして、あのふたりを告発することはできなくなった。フーヴァーがファジーの農園で、ボスティックの広げた腕のなかに飛びこむまえに両手から落とした段ボール箱のなかにはいっていたのは動物の骨だった。あれはグローヴランドのガレージで車のトランクに入れていた段ボール箱にちがいない。が、そう言い切ることはできないし、同じ箱だとしても今の時点ではなんの証拠にもならない。ガレージで拾った領収書に書かれていたハドロサウルスの骨がいずれどこかで見つかることになるとしても、まだ見つかってはいない。

フーヴァーは、あの夜、屋外トイレにいたことは認めた。自分もジョン・サリヴァンも少々飲みすぎて、サリヴァンはひどく感傷的になり、ついに猫のオットーのことで泣きだしたのだという。サリヴァンはフーヴァーの車を路肩に停めさせ、トウモロコシ径を歩きだした。掘っ立て小屋に近づくと、オットーの骨を両手ですくい上げ、トウモロコシ径のほうへ引き返した。そのあいだフーヴァーは屋外トイレにはいったが、トイレから出てみると大騒ぎになっていたので、大慌てで畑を走り抜けて道路に戻った。そのときはまだだれかが銃で撃たれたことを知らなかった……。

〈ホームタウンＵＳＡ〉のあの壮大なプランはどうだろう？　金銭の受け渡しは今のところおこなわれていない。デンプシーとフーヴァーはマンモス・サイズの巨大詐欺を企てているのか？　それとも、ジョー・デンプシーとマイク・フーヴァーは、カンカキーが復活するのに必要なドン・キホーテとサンチョ・パンサなのか？　ふたりを町から追い出せる正当な理由があるかどうかもわからないとマンソンは言っている。

ロジャー・グローヴランドは、投資話に乗ってきそうな地権者や高齢者の情報をくまなく集めていた。ジョン・サリヴァンはロジャー・グローヴランドの名を騙って、ニールソン家の農園で歴史的意義のあるものが発掘されたらしいという通報をしていた。サリヴァンはグローヴランドのガレージにあったブレザーを着ているると、土地について質問するときに人に近づきやすいことに気づいたらしい。自分から不動産仲介業者だと名乗ったことは一度もないが、相手はそう思って土地を売る気があるとかないとか彼に打ち明け、空港建設についての意見を述べた。マンソンから聴取を受けた〈カンカキー〝K3〟不動産〉のヘンリー・ベネットは、新空港が町にできることは望まなくても、〈ホームタウンUSA〉の構想がお気に召す高齢者は多いと答えた。土地は絶対に売らないと言っていた人たちが大勢、デンプシーとフーヴァーの開いた説明会に足を運んでいたと。ジョン・サリヴァンはふたりの影のパートナーだったのだ。

「卑劣な手口です」マンソンはジェーンに言った。「死んだ人間のネームバッジを使って、不動産仲介業者になりすまして、老人たちに信じこませるなんて」

ジェーンも同感だった。あのブレザーを着ていたジョン・サリヴァンはスピード違反の切符を切る制服警官にも心理的影響を与えられただろうか？

「やつらがこの町の住民から金を巻き上げるまえに追い出さなくてはなりません」

そこでジェーンは、その件はオーとわたしにまかせて、とマンソンに約束してしまった。

デンプシーとフーヴァーが借りている家のガレージには人だかりがなかった。グローヴランドの家財や持ち物は入念に選り分けられているように見えたが、売り物をよく見せようという努力はまったくなされていなかった。

「いつ町から出ていく予定なの？」カードテーブルに近づきながらジェーンは尋ねた。

「もうしばらくはいるつもりですよ。この町でのビジネスが順調なのでね。ティム・ローリーはカンカキーに希望と夢をもたらしてくれました」デンプシーが答えた。「愉しいことが起こるのを受け入れる準備はもうできています」

　ジェーンはブルース・オーから手渡された一通の手紙を体のまえで持ちながら喋っていた。オーが小型のデジタルカメラを取り出し、写真を撮ってもかまわないかと訊くと、ふたりはにっこり笑ってうなずいた。日本人の血を引くらしいこの探偵が、世界最大のガレージ・セールに参加している自分たちを写真に撮りたがるのをおもしろがっているようだ。

「お国の家族に写真を送るんですか？」フーヴァーが言った。

　オーがかすかに微笑んだように見えた。

「あなたたちのしていることが法律に触れないのか、そもそも、あなたたちが自称しているとおりの人たちなのか、全然わからないんだけど」とジェーン。「この町がディズニーランドのようになる必要があるとか、新たなディズニーランドをお届けするとかいうたわごとで、カンカキー市民を納得させることができたら」そこで一回息継ぎ。「拍手を送るわ」

　デンプシーとフーヴァーはともにこっくりとうなずいた。相変わらず笑顔でポーズを取りながら。

「あなたたちが自称しているとおりの人で、あなたたちのビジネスが順調なら、わたしが今から投函しようとしているこんな手紙はなんの効果ももたないわね」ジェーンは封筒を掲げてみせた。ふたりの手が届かないようにして。「宛名はジュディ・アイクージ。彼女とはもう連絡を取ったわ。この手紙には、あなたたちの名前と現住所が書いてあって、名刺がはいっている。〈ホームタウンUSA〉の連絡先が印刷されたメモ用紙とかも」

「わたしはあなたがたの近影をeメールで送るつもりです」とオー。

フーヴァーはぐえっとうめいたが、ジョー・デンプシーは笑顔を崩さず、今まで以上に目を大きく見開いた。

「こんなことをしても、あなたたちには痛くも痒くもないのかもしれないけど、あなたがデンプシー・ジョーゼフソンという名前を使ったことがあるなら、ミズ・アイクージはなんとしても昔話をしたがるでしょうね」


その日の後刻、やっとジェーンと出会うことができたティムは、ジェーンを抱擁した。思い描いていたとおりのガレージ・セールになったという言葉が、なんの衒《てら》いもなくティムの口から発せられた。

「町のみんなが嬉しそうに言葉を交わしている。カンカキーがこんなに生き生きとしていたのはいつ以来か思い出せないよ」

二週間にわたって週末に開催されてきたセールが幕を閉じるまでに住民全員が参加してくれたら最高だと言うティムに、きっとそうなるとジェーンは請け合った。ギネスブックに載ってほしいという声があちこちから耳にはいってきていた。

「まだ抵抗してる人がひとりいると思うけど、一応、挑戦してみれば？」

この一カ月間、ルーラがファジーの介護人を雇うまでのいっさいを手伝ったジェーンはへとへとだった。罪状認否手続きが始まるまでルーラは保釈されていた。おそらく故殺罪で起訴はされるだろうが、刑務所へは行かなくてすむとだれもが信じていた。ただ、裁判が開かれても、その結果は事実上問題ではないとジェーンは思っていた。ルーラの体力は日増しに低下していて、ホスピスの手配をしなければならず、癌専門医のドクター・ポールソンから、余命は長くて一カ月から二カ月だと宣告されていた。ファジーは今ではルーラのこともほとんどわからなくなっている。ほんとうにわからないのだと、ファジーはちがう世界へ行こうとしていて、もうほとんど行ってしまっているのだと悟ると、ルーラは自分の体のことをかまわなくなった。すると、それまでの長い年月、抑えこまれていた癌が、ルーラが大きな吐息をついたとたん、待ちかねたように一気に体じゅうに広がった。

ビル・ニールソンは母親と過ごすためにすぐに実家へ戻ってきていたが、翌週にはまた戻らなければならなかった。メアリ・リーは一週間まえにやってきて、すべてが終わるまで実家にとどまることになった。子どもたちはショックを受け、ルーラに怒りをぶつけた。当然ながら、いくつもの質問がなされたし、ふたりとも母親からの答えに満足したわけではなかった。それでも最終的には母親を抱きしめ、愛していると言った。父親のためにやるべきことはルーラに代わってなんでもやるというふたりの言葉がジェーンをほっとさせた。ルーラが自分の体を静かに終末へ向かわせるために必要なのは、子どもたちのその言葉だけだったのだ。

ジェーンはジョン・サリヴァンについてわかったことをルーラに話した。あの夜、酔っぱらったジョンがフーヴァーを連れてやってきたのはオットーの骨を小屋から盗むためだが、チャーリーに見つけさせるために新たな標本を埋めるというもうひとつの目的があった。それは、このあたりの農地が州の規制を受けると所有者に思わせ、〈ホームタウンＵＳＡ〉との契約にサインするように仕向けるための細工だった。ルーラはかぶりを振り、自分は疲れすぎたから、そのことに関してなにも考えられないと言った。

「オットーの骨のことを通報したのはジョニーだったの。オットーの骨だとは知らなかったんだけど、調査が必要になるような発掘物じゃないとわかっていて通報したのよ。つまり、ファジーに土を売ってくれと言っていた友人が。ジョン・サリヴァンもロジャー・グローヴランドもデンプシーとフーヴァーに協力していて、彼らは空港誘致の働きかけをしながら、土地の選択売買権を手に入れようとしていた。それから土地を転売して……」

ルーラが眠っていることに気づき、ジェーンは口をつぐんだ。

ささやかなお願いがあるとティムが言っている。いくら魅力を振りまいて参加を求めても屈しないカンカキー最強の女性を説得してくれというのだ。

「ひざまずいて頼んでもだめなんだよ」ティムはジェーンの肩に手を置いた。「っていうのは、もちろん言葉の綾《あや》だけど。きみからもう一度頼んでみてくれないかな」

それだけは疲労困憊を理由に願い下げにしたいところだ。そうする権利はあると思うけれど。でも、ティムはたしかによく頑張ったし、あと一歩で完璧な幸福感に包まれようとしている。自分の元気を取り戻すためにも、このミッションを成功させるべきではないだろうか。頑固な抵抗者を懐柔して扉を開けさせることができれば、自分がほんとうに求めている物が見つかるかもしれない。なにかが欲しいという気持ちがまた湧いてくるかもしれない。

しかし、ネリーの扉はやはり固かった。「売りたい物なんかなにもないさ。もともと、いらない物を取っておく習慣がないんだから。それはあんたがよくわかってるだろ」

ネリーの片づけ癖の被害に遭って、学校から帰るたびになにかが消えていた。ぬいぐるみの動物も、ナンシー・ドルーのシリーズも、〝ペイント・バイ・ナンバー〟も、石のコレクションも、ガムボール・マシーンで集めたキーホルダーも。

そうだ。わかっている。だから、子どものころの物がなにひとつ残っていないのだ。おもちゃも、学校新聞も、落書き帳も……ジェーンは思い出すのをやめた。こういうことはさんざんやってきた。ネリーと土をほじくり返しては無用な骨ばかりを掘り出してきたのだ。今度こそ停戦を申し入れよう。穴掘りはもうおしまい。聖域宣言をして全部埋めてしまおう。

子ども時代だけではない。大学の夏休みで実家に帰ったときには、裾を切ってきれいなフリンジにしたベルボトムのジーンズがなくなっていた。最高にフィットした一本だったのに。文句を言ってもネリーには通じなかった。

「そんなジーンズなんか見なかったね。見たとしたら捨てただろうけど。流れ者が穿くよう

ペイント・バイ・ナンバー

Paint-by-number

1950年代に流行した絵画キット。線画の数字通りに油絵具で色を塗って完成させる。

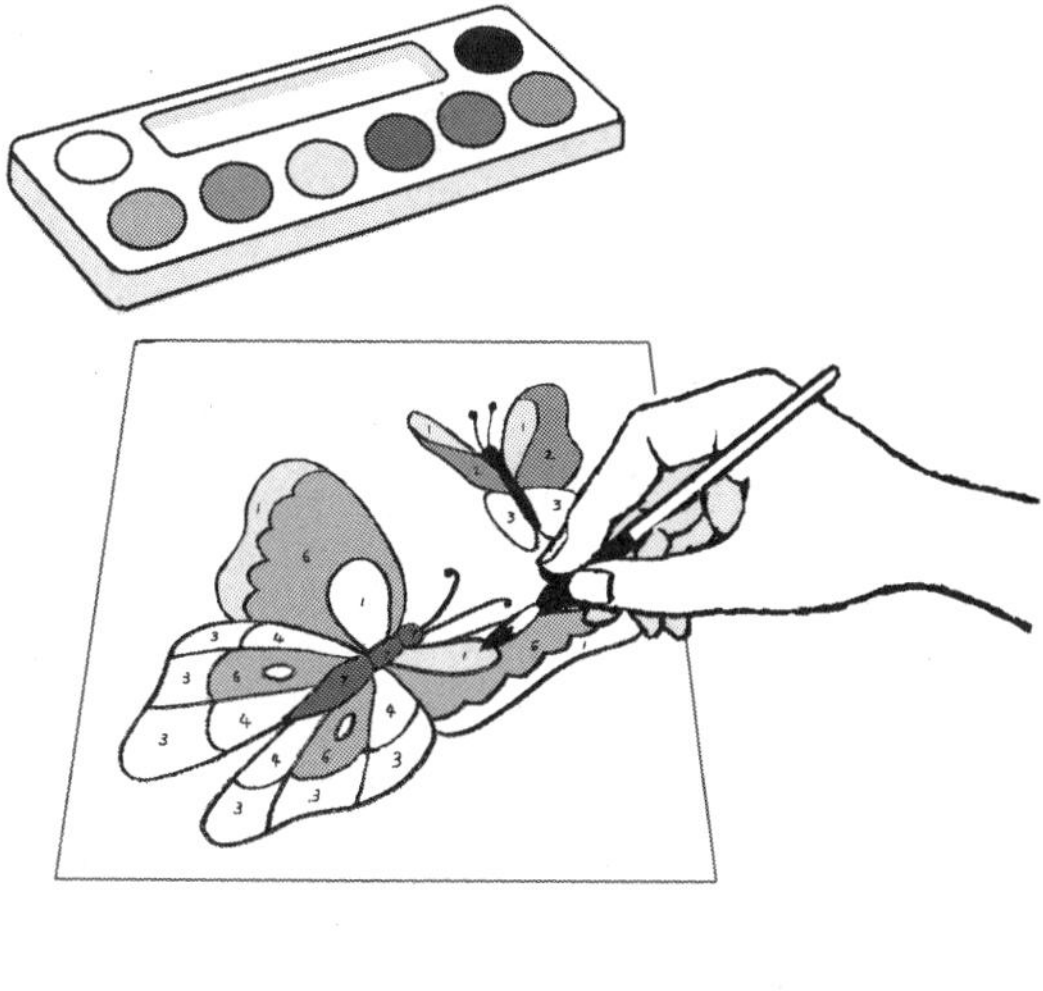

なそんなズボン」

一番頭に来たのは、ネリーはそうやって自分が処分したことを絶対に白状しないことだった。ジェーンの大切にしている物を見ては、これがなければ部屋がもっと片づくのに、と言い、ぼろぼろのぬいぐるみの代わりに新しいぬいぐるみを買ってきたり、裾を切ったジーンズの代わりに新しいジーンズを買ってやろうと言ったりするのだった。ジェーンは最初はいらないと拒否しながら、結局は新品で妥協し、買収された自分にあとから腹を立てた。それは剝奪とやけくそが二、自己嫌悪が一という、ネリー特製の神経症カクテルのようなものだった。ネリーは優しさを加えずに砕いた氷を投入し、シェイクして、母と娘の緊張した危うい関係をこしらえた。

そうよ。こんな記憶はもう埋めてしまおう。

「母さん、いらなくなった古いお鍋とかお皿とか、地下室にあるわよね？　大鍋や箒も」ジェーンはできるだけ声を抑えて言った。「ティムのために取ってあるんでしょ？」

セール最終日の日曜日、ドンが参加を表明した。

紙がすり減ったトランプ数組とユーカー用の木のスコアボードを数枚、それに〈EZウェイ・イン〉で使っていたグラスがあるので、地下室にある段ボール箱を運び出してもいいと言う。好きなようにすればいい、テーブルを外に出して全部売ってもかまわないと。

「がらくたを自分で買うなよ」ドンは娘の肩を叩いた。「母さんには内緒だぞ」

ドンとネリーはこれから〈EZウェイ・イン〉へ向かうところだった。セール期間中、毎日ネリーが作ったスープは、毎日売り切れとなっていた。店がこんなに賑わったのは〈ローパー・コンロ〉の工場が閉鎖してからはじめてだとドンは言った。ティムのところには、この催しを毎年やってほしいという声が続々と届いていた。

チャーリーとニックは〝本の街《ブックシティ》〟となった一画へバスで行こうとしていた。その四ブロックでは、〝アーチー〟と〝ヴェロニカ〟の漫画シリーズのヴィンテージからシェイクスピアにいたるまで、ありとあらゆる書物が売りに出されていた。住民の参加率百パーセントというティムの目標を達成させるために、ジェーンが両親の代わりを務めるつもりなのはチャーリーにもニックにもわかっていた。ニックがカードテーブルを運び出してきた。チャーリーはネリーがジェーンのために用意したコーヒーポットでコーヒーを淹れてくれた。

「まだなにも買っていないのよ、チャーリー」

チャーリーはすぐには答えず、ネリーの手で磨きあげられたキッチンの小引き出しのひとつを開けた。仕切りのある引き出しのなかにはスプーンがはいっていた。その場所はスプーンの場所と決まっていた。なにがあろうと、未来永劫スプーンしかしまってはいけない場所なのだ。フォークやナイフは誤ってその場所に落ち着かないよう注意しなければならない。そこは彼らの居場所ではなく、彼らは求められていないのだから。もしも、だれかが銀食器専用の引き出しの秩序を気まぐれに乱そうものなら、ネリーは個人攻撃と受け止めるだろう。チャーリーはジェーンを見つめた。それから、フォークを一本、スプーンのなかに紛れこませ、引き出しを閉めた。

「地下室からドンの物を運ぶのを手伝ったほうがいいかい？　ニックと出かけるまえに」

ジェーンは首を横に振り、チャーリーの抱擁に身をまかせた。なにかが欲しいと思いたい、とチャーリーの腕のなかで言った。でも、わたしにはチャーリーがいる……。ジェーンは彼の上着に顔をうずめたまま微笑んだ。

「泣いているのかい？」

「いいえ。ただ、家に帰りたくなっただけ」

「今夜は帰れるじゃないか。テーブルをもうひとつ外に出して、あと一時間頑張ってから、記念写真を撮ってもらおう。それでぼくたちがティムに果たすべき任務は完了だ。あとは」チャーリーは腕の長さのぶんだけジェーンの体を離した。「きみをうちへ連れて帰るだけだ」

ジェーンはうなずいた。

「うちへ帰ったら、ニックと見つけた掘り出し物をひとつずつ見せてあげるよ」

ジェーンはドンが段ボール箱にしまいこんでいたグラスやトランプを取り出した。それらを玄関ポーチのテーブルに置き、最後の点検をしに地下室へ下りた。ほかにもセールで売れる父の物があるだろうか。地下室は気味が悪いほど整然としていた。一家がこの家へ引っ越したのはジェーンがハイスクールの三年生のときなので、さほど懐かしさはないが、完全な地下室があることだけは魅力的だと思ったのを覚えている。〝完全〟というのはむろん、ほかと比較すればということだ。この家の以前の持ち主は〝パーティルーム〟用の家具を残していった。〈フォーマイカ〉の合成樹脂の大きな丸形のテーブルとか、座りにくい金属チェアとか、ヴィンテージとはまちがっても呼べないソファとか。そのふたつの古いソファが新しかったとしても買う人がいるとはとても信じられない。

造りつけのカウンターのうしろは節《ふし》だらけのマツ材の羽目板の壁で、細いコードが網の目のように張りめぐらされてクリスマスツリー用の豆電球が光っている。ドンの箱はそのカウンターの下に押しこまれていた。ネリーの鷲のような監視の目からなんとか逃れてきたようだ。ジェーンは最後の箱を引っぱり出してから、ちかちか光る豆電球に目をやった。この豆電球を引き剝がさなかったとはネリーらしくもない。そんなものを壁に掛けていたら埃を集めるのは知れたことだだし、埃がネリーの天敵なのは神さまもごぞんじだ。ジェーンはコードを持ち上げて、豆電球の電源はどこから取っているのかを調べようとした。プラグを抜けば、コードを振って少し落とすこともできるだろう。

コードを持ち上げてみると、なんとコンセントがあるだけでないことがわかった。ドアノブがあり、その下にはバネ式の掛け金までついている。羽目板の一カ所がドアになっていたのだ。壁の向こうは階段なので無駄なスペースがクロゼットとして有効利用されているのは当然かもしれない。カウンターは造りつけだが、この家の元の持ち主は羽目板を張って階段下のスペースを目立たないようにしたわけだ。ドンとネリーはこの秘密のドアがあることを知っているのだろうか？

ジェーンはドアの取っ手をつかみ、掛け金のバネを強く押し下げながら、ぐいと押してみた。ドアが開いた。奥行きは約一メートル、横幅は二メートル半ほど。階段の傾斜がそのままクロゼットの斜め天井になっている。なかを覗きこみ、その窮屈なクロゼットに足を踏み入れてみた。暗くてなにも見えない。いったんクロゼットから出て、地下室じゅうの明かりをつけてみた。ネリーは蝙蝠《こうもり》なみに明るい光を嫌うので、地下室の電球は十五ワットに替えられていた。フロアランプだけが四十ワットだ。それをカウンターのそばまで引っぱってきた。スウィッチを入れ、父がソファの脇のローテーブルに置いていったラジオもつけた。今はカウンターの上方のべつのコードに豆電球もちかちか光っている。耳に馴染みのある曲をインスツルメンタル用にアレンジしたメロディがラジオから流れてきた。〝エレベーター・ミュージック〟のBGM。メロディをハミングすることはできるが、原曲とはほど遠いアレンジなので、歌詞がすんなり頭に浮かんでこない。「ウェン・アイム・ドライヴィング……」……オー・ノー……これが〈サティスファクション〉？　ザ・ローリング・ストーンズのメンバーは死亡宣告を許可したとしても、こんなアレンジを聴かされたら墓のなかでひっくり返ることだろう。

ジェーンは階段下のクロゼットに戻った。箱が積み上げられ、きちんと梱包されマスキングテープで密封されている。体の底から湧き上がるこの感情はなんだろう？　ルーラとファジーと過ごしながら心身に積もった困憊と倦怠、悲哀と落胆が薄れていく。そうした感情がまったく消えたわけではなくて、わずかに癒やされはじめただけなのはわかっているが、身に覚えのあるこのむずむずした感じがなんとも心地よい。段ボール箱の山をひとつ、クロゼットから引き出し、明かりのそばまで移動させてみた。それから、欲を出して、もうふたつ引っぱり出した。クロゼットのなかには少なくともまだ六箱残っているが、とりあえず外に出した箱から開いて、自分がどういう状態に陥るかを確かめようとした。両親がどんな人からこの家を買ったのかは記憶にない。ハイスクールの三年生といえば、いつも家の外に足が一歩出ているようなものだから、この地下室に下りて短い時間を過ごすことすらほとんどなかった。

階段の反対側には洗濯機と乾燥機が置かれている。洗濯はジェーンの担当だったが、洗剤の加え方が気に入らないと言って、たいていはネリーがやっていた。湿っている衣類を乾燥機に入れるときの振り方が変だというのも母の口癖で、乾いたときに余計に皺になるといつも言われた。十七歳のジェーンは、そんな規則がどこにあるのか教えてもらいたいという気持ちと、それより早く家の外に出たいという思いの狭間で揺れていた。

一度友達を家に連れてきて、この地下室に下りたときのことはよく覚えている。ネリーはキッチンのドアを開けたままにして、今呼んだかとひっきりなしに声をかけていた。

「呼んでないわよ、母さん。呼んでないってば」そのたびにジェーンはそう答えた。

「おや、そうかい。呼んだ声が聞こえた気がしたけど」そのたびにネリーはそう返した。

三度めか四度めで、友達はネリーのメッセージを理解し、それ以上地下室で過ごすことを諦めた。ネリーの監視下では、こっそり煙草を吸うのも、お酒を飲むのも、キスをするのも不可能だった。

「それにしても、ここになにがしまってあるの？」ジェーンは大声を出した。ここに隠されている宝物がなんだとしても、だれかが大事にしていた物だということはわかる。どの段ボールにも注意深く封がしてあるし、湿気対策としてクロゼットの床には煉瓦が敷き詰められている。

慎重にマスキングテープを引き剥がし、最初の箱を開けてみた。

防虫剤の強いにおいがぷーんと漂う。上にかぶせられた薄紙を取り、一番上の服を手に取った。ブルーのウールのコート。プリンセス・カラー（大きな丸襟）に緑の革の縁取りがされている。三、四歳の幼女用だろうか。五〇年代なかばの日曜礼拝の装いにぴったりだ。気がつくと顔がにやけ、感嘆の声を漏らしていた。このヴィンテージの服を着せてあげられる幼い娘をもった知り合いがどこかにいないかしら？　それとも、衣装デザイナーと連絡を取るべき？　クロゼットの箱の中身が新品同様のコンディションの服ばかりなら、相当な価値があるのではないか。つぎに取り出したのはコートと揃いの帽子だった。顎の下で紐を結ぶタイプで、毛糸の紐付きのミトンとブルーの毛皮のマフも出てきた。箱のなかに手を入れて順に取り出すと、下のほうへいくうちに少しずつおとなっぽくなっていくのがわかる。箱の底にしまわれていたのはウールのネイビーブルーのジャンパーだった。

「この家に聖パトリック小学校へかよっている女の子がいたんだわ。だってこれ、聖パトリックのジャンパーだもの」

「そうだよ」ネリーが言った。

「ぎゃっ！」ジェーンは悲鳴をあげて跳び上がった。「いつからそこにいたのよ？」

「五分まえから。あんたがそこでダンスを踊りながら自分と話してるのを見せてもらったよ。それをどうする気なんだい？」

「だって父さんが……」

「父さんはあのカードテーブルのうしろに座って、今にもちぎれそうなトランプを十セントで売るつもりらしいね」

「母さんはこのクロゼットがあることを知っていたの？」

ネリーはまじまじとジェーンを見た。ジェーンはネリーの目を見つめた。暗い茶色のジェーンとは対照的な淡いブルー。唇が引きつっている。自分にはとてつもない秘密があるけれども、それを隠し通すべきか明かすべきか、どちらが気分がいいのかわからないとでもいうように。

そこでジェーンははっと気づいた。

ここにあるのは自分のコートだと。帽子もミトンも聖パトリックのジャンパーも自分の物だと。

ネリーはうなずき、そばへ来てクロゼットのなかに頭を突っこんだ。

「ああ、みんなあんたの物さ。隅のふたつの箱の中身以外はね。あのふたつにはマイケルの成績表や宿題のノートがはいってるから。本も少し。グローブもはいってるかもしれない」

「ずっと取っていたってこと？」

「だからなにさ？　あんなコート、あんたはもう着られないだろ？　ニックには着せられないから、孫娘でもいつか生まれたらと思ってね。さもなきゃ曾孫娘でも」ネリーは鼻をひくつかせながら、ジェーンが床に落とした薄紙を拾い上げた。

「ほかになにがあるの？」

ネリーは肩をすくめた。

ジェーンはつぎの箱のテープを剝がし、懐かしい友達を引っぱり出した。永遠に会えないと思っていたテディベアの〝モーティマー〟を。記憶にあるより小さくて、ぼろぼろで、片目がなくなっているが、あのモーティマーだ。

「捨てたって言ったじゃない」

「そんなこと言ってないよ。捨てたなんて一度も言ってやしない。あんたは勝手にそう思いこんでるようだけど、あたしは部屋を片づけたと言っただけさ。それに、しばらくして新しいのを買ってもらったら、なにも言わなくなっただろ。あたしはちゃんとした物を持たせたかっただけ。まったく、こんながらくた好きなおとなになるとは思いもしなかった」とネリー。「あたしの落ち度じゃないことは神さまがごぞんじだからね。あたしはいつもちゃんとした物を娘に与えてたんだから」

ニックとチャーリーが戻ってくるころには、ジェーンは秘密のクロゼットに隠されていた宝物の荷解きを終え、お気に入りのおもちゃや、学校のノートや、学校賞でもらったキリストの小像や、昔住んでいた家の裏庭でティムと一緒に描いた絵と再会していた。カリフォルニアに住んでいる弟のマイケルに電話して、大事にしていた野球カードがあったと教えると、マイケルは嬉し泣きをした。

「どうして隠そうとしたの、おばあちゃん？」ニックが訊いた。

「隠してなんかいないよ。埃をかぶらないようにしてただけさ」

「でも、だれにも言わなかったでしょう、ネリー」チャーリーが言った。「ここにずっと埋もれさせたままで」

「だからってだれが気にする？　ジェーンはあたしが捨てたと決めつけて、一度だって訊いたことはないんだよ。今日、ジェーンがここへ下りてごそごそやってるのを見るまでは、自分でも忘れてたのさ。人間はまえへ進まなくちゃいけない。思い出にかかずらってちゃだめなんだよ。まあ、こんなことを言っても無駄だろうけど」

ジェーンは中学時代の英語のノートをめくっていた。当時の大親友のペギー・サンドウェルとまる一年、ノートを交換していたようだ。一度でも授業のノートを取ったことがあるのかと心配になってきた。

「それじゃ、なぜ取っておいたの、母さん？」

「そこにクロゼットがあったから」ネリーは真面目に答えようとしていた。実際、そのことを真剣に考えたことがなかったらしい。「あんたが家を出ようとしてたからかもしれないね。マイケルもそうだったから、あんたたちのために取っておこうと思ったのさ。たぶん、戻ってきたときのために。でも、ここにある物のことをあんたが一度も訊かなかったのはほんとうだからね」

ジェーンは今や地下室のそこここに置かれている物を眺めた。たしかに一度も訊かなかった。母に捨てられたと決めつけていた。そして、こんなにたくさんの物の代わりを見つけようとしてきたのだ。こんなに長い時間を費やして。的はずれな場所に愛を探そうとしていたのだろうか？　ドンがいつのまにかラジオをカントリー・ウェスタンの局に替えていた。

「大学時代に穿いていたジーンズは？　あれがはいっているのはどの箱？」

「ああいうボロは捨てた」とネリー。

チャーリーが立ち上がり、キッチンへ通じる階段を上りはじめた。

「どこへ行くのさ？」とネリー。「お腹がすいたのかい？　だったら、みんなが引きあげるまえになにか夕食をこしらえよう」

「いや、お腹がすいたわけじゃないんだ。捨てなくちゃいけないフォークが一本あることを思い出したものだから」

ジェーンは、クロゼットから引き出した物がもう一度箱に収められても文句を言わないことにした。ネリーは目に見えてほっとした様子で、あんたが持って帰ったら、かならずほかの物とごちゃまぜにすると言いながら、箱をクロゼットに戻した。ジェーンは最後にもうひとつ質問してみた。

「母さん、わたしがこういう古い物をいっぱい集めているのは知っているでしょう。なのに、どうしてわたしが知りたがるとは思わなかったの……？　つまり、わたしの子ども時代はこここにちゃんとしまわれているってことを」

「あんたが知りたがるとは思わなかったからだよ。だって、ここにある物はあんたの物じゃなく、あたしの物なんだから。あんたはあのコートを覚えてもいなかったじゃないか。でも、あたしはシカゴの百貨店まで行って、あれを買った日まで覚えてる。あんたがあれを着て鏡のまえでくるくるまわってたこともね。あのころ、うちにはまだ、一年に何度かしか行かない日曜礼拝に着ていくための娘のコートに高いお金をつぎこむ余裕はなかった。だけど、あんたが欲しがったから思いきって買ったのさ。それだけのことさ。あれはあたしの思い出なの。あんたのじゃない」とネリー。「あんたはニックのどんな思い出をしまってるんだい？　言っとくけど、それはニックが子どものころのあんたの物であって、ニックの物じゃないんだよ、これからもずっと」

ニックが一度も遊ばなかった〈ブリオ〉の鉄道模型をクレア・オーがガレージ・セールに出したいと言ったとき、断ってしまいこんだことを思い出した。

ネリーの言うとおりだ。ここに埋もれていた物、捨てられたと嘆いている物はみな、それがどんなに大事で貴重なのか母にわかるわけがないと思っていた物ばかりだ。ネリーはなんと言っていたっけ？　わたしはネリーが与えるものを受け取らずに、ただ母が持っている物をねだりつづけてきただけだ。コインを土に埋めていたファジーの姿がよみがえる。ファジーは自分の宝物を残そうとしていた。ファジーのコインを見つけた人にその価値がわかるだろうか？

「目を縫いつけておやり」ネリーはジェーンの腕のなかになにかを押しこみ、別れの挨拶代わりにジェーンがキスをしようとすると、ひょいと身をかわした。「家の片づけをちゃんとするんだよ。熊の手当てもね」

ジェーンはうなずき、モーティマーを抱きしめた。壊れやすく一時的な関係かもしれないけれど……少なくともひとつの思い出については、ついにネリーと共有できたと思いながら。

訳者あとがき

アンティーク雑貨探偵シリーズ第四巻『月夜のかかしと宝さがし』をお届けします。

使いこまれた古い物が大好きで、見知らぬ家の地下室や屋根裏で眠っている思い出に心惹かれるジェーン・ウィールの週末は、自宅があるイリノイ州エヴァンストン周辺で開催される各種のセール場めぐりで始まるのがつねでした。ライバルたちより少しでも先にセール場にはいるために、ジェーンは早朝からハウス・セールの列に並び、ヴィンテージやコレクティブルの品々を買い付けてから、ガレージ・セールやラメッジ・セールで、ライバルが見向きもしないがらくたまで自分のために確保し、ほくほく顔で家へ帰ってきていました。ところが――

今回はなにやら様相がちがいます。

なんと、ジェーン自身が自宅のガレージでセールを開いているのではありませんか！　どうやら、溜めこみすぎて家からあふれそうになっている物を少し整理してはどうかと、高級アンティーク・ディーラーであるクレア・オーに説得されたようです。

それにしてもジェーン、よくぞ大事ながらくた、もといお宝を売る決心をしてくれました。

とりあえず、拍手。

このガレージ・セールには夫のチャーリーと息子のニック、親友のティム、ブルース・オーとクレア・オーの夫妻といった本シリーズのレギュラー陣が顔を揃えています。見当たらないのはジェーンの両親のドンとネリーだけ。と、そこへネリーから電話がかかってきました。でも、例によってネリーの用件はさっぱり要領を得ません。電話の向こうでなにかとんでもないことが起こったことだけはたしかなようです。

これを受けてジェーン・ウィール宅の初のガレージ・セールは開始後十五分で中断。あらら。

アンティーク雑貨の〝拾い屋《ピッカー》〟であるジェーンのもうひとつの仕事、〝探偵〟の舞台となるのは、ジェーンが生まれ育った古い町カンカキー。プロの探偵として依頼を受けたジェーンは、町の西の農園で起こった殺人事件の真相解明に乗り出すことになります。

一方、相棒のティムは〝北米で最も住みにくい町〟に選ばれたカンカキーで、そのありがたくない格付けを逆手に取った〝世界最大のガレージ・セール〟を企画中。目指すはカンカキー住民の参加率百パーセントです。自宅にある不用品を売る〝セール〟という習慣が広く認知・実践されている欧米ならではの発想は羨ましいかぎり。日本にも昔からある蚤の市《フリーマーケット》を発展・拡大させたような、出品者も主催者も地元住民で、しかも全員参加のこんな夢のあるセールの一員になれたら、さぞ愉しいことでしょう。

ティムの企画とはべつのところで進められている町興しの話からは、古き良きアメリカのイメージが鮮明に伝わってきます。それはジェーンがこだわる食器やキッチン雑貨や小物が醸す空気とも重なり、つくづく五〇年代はアメリカの、もっとはっきり言うならアメリカ中西部の白人の郷愁をそそる時代なのだなあ、と思わずにはいられません。

第一巻では別居していたジェーンとチャーリーは巻を重ねるごとに相互理解を深め、もはや新婚ムードに戻ったようです。やれやれ……。息子のニックのいちじるしい成長には目を瞠るものがあり、厳しい状況に置かれた農園の老夫婦にさりげなく優しさを示すニックに、ほろりとする方も多いのでは？　準レギュラーで、ゲイのティムと相性が悪いカンカキー警察のマンソン刑事も今回はなかなかいい人間味を出しています。

跡を継ぐ者のいない広い農園。老いた親たち。身につまされる重いテーマをふくんだ第四巻、最後はネリーがさすがの貫禄で締めてくれました。一見、はた迷惑でとっぴな言動が多いネリーですが、合理的かつまっとうな意見にうなずくこともしばしば。じつに魅力的なキャラクターです。

アンティーク雑貨探偵シリーズを訳す愉しみのひとつは、ジェーンの好きな物を通してアメリカのアンティークやコレクティブルについて自然と詳しくなっていくことなのはもちろんですが、まったくちがう方面ではじめて知ることにも事欠きません。たとえば、本書『月夜のかかしと宝さがし』での驚きは、コーヒーを冷ますためにカップから受け皿に流し入れ、それを飲むというカップ&ソーサーのトリビアでした。検索したら出てくるわ出てくるわ、貴婦人がその飲み方をしている絵画まで見つけてしまいました。そこまでして冷ます？　あるいは昔はそれがおしゃれで上品な飲み方だったのでしょうか？

　最後に本巻で話題になったカンカキーの空港についての情報を。現在、カンカキーには、市街の真南の州間幹線道路《インターステート・ハイウェイ》五七号線沿いにグレイター・カンカキー空港が、州道一一五号線沿いにはカンカキー空港が存在しています。どちらも周囲は果てしなく広がる農地です。ファジーの農園に近いカンカキー空港のほうは可愛らしいといってもいいくらい小さな空港で、Googleマップの画像で見るかぎり、テーマパークはおろか宅地開発された形跡もありません。もしかしたら、空港誘致当時の町の噂や酒場での話題などが、著者の創作のヒントになったのかもしれませんね。

　〝ピッカー兼私立探偵〟という名刺を作ることになったジェーン・ウィールのさらなる活躍を期待したいと思います。

二〇一五年二月

コージーブックス

アンティーク雑貨探偵④

月《つき》夜《よ》のかかしと宝《たから》探《さが》し

著者　シャロン・フィファー
訳者　川《かわ》副《ぞえ》智《とも》子《こ》

2015年2月20日　初版第1刷発行

発行人　成瀬雅人
発行所　株式会社　原書房
〒160-0022 東京都新宿区新宿1-25-13
電話・代表　03-3354-0685
振替・00150-6-151594
http://www.harashobo.co.jp
ブックデザイン　atmosphere ltd.
印刷所　中央精版印刷株式会社

落丁・乱丁本はお取り替えいたします。
定価は、カバーに表示してあります。
 ISBN978-4-562-06036-8 Printed in Japan